半生缘

张爱玲

北京出版集团公司
北京十月文艺出版社

青马(天津)文化有限公司
出 品

一

他和曼桢认识，已经是多年前的事了。算起来倒已经有十四年了——真吓人一跳！马上使他连带地觉得自己老了许多。日子过得真快，尤其对于中年以后的人，十年八年都好像是指顾间的事。可是对于年轻人，三年五载就可以是一生一世。他和曼桢从认识到分手，不过几年的工夫，这几年里面却经过这么许多事情，仿佛把生老病死一切的哀乐都经历到了。

曼桢曾经问过他，他是什么时候起开始喜欢她的。他当然回答说："第一次看见你的时候。"说那个话的时候是在那样的一种心醉的情形下，简直什么都可以相信，自己当然绝对相信那不是谎话。其实他到底是什么时候第一次看见她的，根本就记不清楚了。

是叔惠先认识她的。叔惠是他最要好的同学，他们俩同是学工程的，叔惠先毕了业出来就事，等他毕了业，叔惠又把他介绍到同一个厂里来实习。曼桢也在这爿厂里做事，她的写字台就在叔惠隔壁，世钧好两次跑去找叔惠，总该看见她的，可是并没有印象。大概也是因为他那时候刚离开学校不久，见到女人总有点拘束，觉得不便多看。

他在厂里做实习工程师，整天在机器间里跟工人一同工作，才做熟了，就又被调到另一个部门去了。那生活是很苦，但是那经验却是花钱买不到的。薪水是少到极点，好在他家里也不靠他养家。他的家不在上海，他就住在叔惠家里。

他这还是第一次在外面过阴历年。过去他对于过年这件事并没有多少好感，因为每到过年的时候，家里例必有一些不痛快的事情。家里等着父亲回来祭祖吃团圆饭，小公馆里偏偏故意地扣留不放。母亲平常对于这些本来不大计较的，大除夕这一天却是例外。她说"一家人总得像个人家"，做主人的看在祖宗份上，也应当准时回家，主持一切。

事实上是那边也照样有祭祖这一个节目，因为父亲这一个姨太太跟了他年份也不少了，生男育女，人丁比这边还要兴旺些。父亲是长年驻跸在那边的。难得回家一次，母亲也对他客客气气的。惟有到了过年过节的时候，大约也因为这种时候她不免一种身世之感，她常常忍不住要和他吵闹。这么大年纪的人了，也还是哭哭啼啼的。每年是这个情形，世钧从小看到现在。今年倒好，不在家里过年，少掉许多烦恼。可是不知道为什么，一到了急景凋年的时候，许多人家提早吃年夜饭，到处听见那疏疏落落的爆竹声，一种莫名的哀愁便压迫着他的心。

除夕那一天，世钧在叔惠家里吃过年夜饭，就请叔惠出去看电影，连看了两场——那一天午夜也有一场电影。在除夕的午夜看那样一出戏，仿佛有一种特殊的情味似的，热闹之中稍带一点凄凉。

他们厂里只放三天假，他们中午常去吃饭的那个小馆子却要过了年初五才开门。初四那天他们一同去吃饭，扑了个空。只得又往回走，街上满地都是掼炮的小红纸屑。走过一家饭铺子，倒是开着门，叔惠道："就在这儿吃了吧。"这地方大概也要等到接过财神方才正式营业，今天还是半开门性质，上着一半排门，走进去黑洞洞的。新年里面，也没有什么生意，一进门的一张桌子，却有一个少女朝外坐着，穿着件淡灰色的旧羊皮大衣，她面前只有一副杯箸，饭菜还没有拿上来，她仿佛等得很无聊似的，手上戴着红绒线手套，便顺着手指缓缓地往下抹着，一直抹到手丫里，两只手指夹住一只，只管轮流地抹着。叔惠一看见她便咦了一声道："顾小姐，你也在这儿！"说着，就预备坐到她桌子上去，一回头看见世钧仿佛有点踌躇不前的样子，便道："都是同事，见过的吧？这是沈世钧，这是顾曼桢。"她是圆圆的脸，圆中见方——也不是方，只是有轮廓就是了。蓬松的头发，很随便地披在肩上。世钧判断一个女人的容貌以及体态衣着，本来是没有分析性的，他只是笼统地觉得她很好。她的两只手抄在大衣袋里，微笑着向他点了个头。当下他和叔惠拖开长凳坐下，那朱漆长凳上面腻着一层黑油，世钧本来在机器间里弄得浑身稀脏的，他当然无所谓，叔惠却是西装笔挺，坐下之前不由得向那张长凳多看了两眼。

这时候那跑堂的也过来了，手指缝里夹着两只茶杯，放在桌上。叔惠看在眼里，又连连皱眉，道："这地方不行，实在太脏了！"跑堂的给他们斟上两杯茶，他们每人叫了一客客饭。叔惠忽然想起来，又道："喂，给拿两张纸来擦擦筷子！"那跑堂的已经去远了，没有听见。曼桢便道："就在茶杯里涮一涮吧，这茶我想你们也不见得要吃的。"说着，就把他面前那双筷子取过来，在茶杯里面洗了一洗，拿起来甩了甩，把水洒干了，然后替他架在茶杯上面，顺手又把世钧那双筷子也拿了过来，世钧忙欠身笑道："我自己来，我自己来！"等她洗好了，他伸手接过去，又说"谢谢。"曼桢始终低着眼皮，也不朝人看着，只是含着微笑。世钧把筷子接了过来，依旧搁在桌上。搁下之后，忽然一个转念，桌上这样油腻腻的，这一搁下，这双筷子算是白洗了，我这样子好像满不在乎似的，人家给我洗筷子倒仿佛是多事了，反而使她自己觉得她是殷勤过分了。他这样一想，赶紧又把筷子拿起来，也学她的样子端端正正架在茶杯上面，而且很小心的把两只筷子头比齐了。其实筷子要是沾脏了也已经脏了，这不是掩人耳目的事么？他无缘无故地竟觉得有些难为情起来，因搭讪着把汤匙也在茶杯里淘了一淘。这时候堂倌正在上菜，有一碗蛤蜊汤，世钧舀了一匙子喝着，便笑道："过年吃蛤蜊，大概也算是一个好口彩——算是元宝。"叔惠道："蛤蜊也是元宝，芋艿也是元宝，饺子蛋饺都是元宝，连青果同茶叶蛋都算是元宝——我说我们中国人真是财迷心窍，眼睛里看出来，什么东西都像元宝。"曼桢笑道："你不知道，还有呢，有一种'蓑衣虫'，是一种毛毛虫，常常从屋顶掉下来的，北方人管它叫'钱串子'。也真是想钱想疯了！"世钧笑道："顾小姐是北方人？"曼桢笑着摇摇头，道："我母亲是北方人。"世钧道："那你也是半个北方人了。"叔惠道："我们常去的那个小馆子倒是个北方馆子，就在对过那边，你去过没有？倒还不错。"曼桢道："我没去过。"叔惠道："明天我们一块儿去，这地方实在不行。太脏了！"

从这一天起，他们总是三个人在一起吃饭；三个人吃客饭，凑起来有三菜一汤，吃起来也不那么单调。大家熟到一个地步，站在街上吃烘山芋当一餐的时候也有。不过熟虽熟，他们的谈话也只限于叔惠和曼桢两人谈些办公室里的事情。叔惠和她的交谊仿佛也是只限于办公时间内。出了办公室，叔惠不但没有去找过她，连提都不大提起她的名字。有一次，他和世钧谈起厂里的人事纠纷，世钧道："你还算运气的，至少你们房间里两个人还合得来。"叔惠只是不介意地"唔"了一声，说："曼桢这个人不错。很直爽的。"世钧没有再往下说，不然，倒好像他是对曼桢发生了兴趣似的，待会儿倒给叔惠俏皮两句。

还有一次，叔惠在闲谈中忽然说起："曼桢今天跟我讲到你。"世钧倒呆了一呆，过了一会方才笑道："讲我什么呢？"叔惠笑道："她说怎么我跟你在一起的时候，总是只有我一个人说话的份儿。我告诉她，人家都说我欺负你，连我自己母亲都替你打抱不平。其实那不过是个性关系，你刚巧是那种唱滑稽的充下手的人材。"世钧笑道："充下手的怎么样？"叔惠道："不怎么样，不过常常给人用扇子骨在他头上敲一下。"说到这里，他自己呵呵地笑起来了。又道："我知道你倒是真不介意的。这是你的好处。我这一点也跟你一样，人家尽管拿我开心好了，我并不是那种只许他取笑人，不许人取笑他的。……"叔惠反正一说到他自己就没有完了。大概一个聪明而又漂亮的人，总不免有几分"自我恋"吧。他只管滔滔不绝地分析他自己个性中的复杂之点，世钧坐在一边，心里却还在那里想着，曼桢是怎样讲起他来着。

他们这个厂坐落在郊区，附近虽然也有几条破烂的街道，走不了几步路就是田野了。春天到了，野外已经濛濛地有了一层绿意，天气可还是一样的冷。这一天，世钧中午下了班，照例匆匆洗了洗手，就到总办公处来找叔惠。叔惠恰巧不在房里，只有曼桢一个人坐在写字台前面整理文件。她在户内也围着一条红蓝格子的小围巾，衬着深蓝布罩袍，倒像个高小女生的打扮。蓝布罩袍已经洗得绒兜兜地泛了灰白，那颜色倒有一种温雅的感觉，像一种线装书的暗蓝色封面。

世钧笑道:"叔惠呢?"曼桢向经理室微微偏了偏头,低声道:"总喜欢等到下班之前五分钟,忽然把你叫去,有一样什么要紧公事交代给你。做上司的恐怕都是这个脾气。"世钧笑着点点头。他倚在叔惠的写字台上,无聊地伸手翻着墙上挂的日历,道:"我看看什么时候立春。"曼桢道:"早已立过春了。"世钧道:"那怎么还这样冷?"他仍旧一张张地掀着日历,道:"现在印的日历都比较省俭了,只有礼拜天是红颜色的。我倒喜欢我们小时候的日历,礼拜天是红的,礼拜六是绿的。一撕撕到礼拜六,看见那碧绿的字,心里真高兴。"曼桢笑道:"是这样的,在学校里的时候,礼拜六比礼拜天还要高兴。礼拜天虽然是红颜色的,已经有点夕阳无限好了。"

正说着,叔惠进来了,一进来便向曼桢嚷着:"我不是叫你们先走的么?"曼桢笑道:"忙什么呢。"叔惠道:"吃了饭我们还要拣个风景好点的地方去拍两张照片,我借了个照相机在这里。"曼桢道:"这么冷的天,照出来红鼻子红眼睛的也没什么好看。"叔惠向世钧努了努嘴,道:"喏,都是为了他呀。他们老太太写信来,叫他寄张照片去。我说一定是有人替他做媒。"世钧红着脸道:"什么呀?我知道我母亲没有别的,就是老嘀咕着,说我一定瘦了,我怎么说她也不相信,一定要有照片为证。"叔惠向他端相了一下,道:"你瘦倒不瘦,好像太脏了一点。老太太看见了还当你在那里掘煤矿呢,还是一样的心疼。"世钧低下头去向自己身上那套工人装看了看。曼桢在旁笑道:"拿块毛巾擦擦吧,我这儿有。"世钧忙道:"不,不,不用了,我这些黑渍子都是机器上的油,擦在毛巾上洗不掉的。"他一弯腰,便从字纸篓里拣出一团废纸团来,使劲在裤腿上擦了两下。曼桢道:"这哪儿行?"她还是从抽屉里取出一条摺叠得齐齐整整的毛巾,在叔惠喝剩的一杯开水里蘸湿了递了过来。世钧只得拿着,一擦,那雪白的毛巾上便是一大块黑,他心里着实有点过意不去。

叔惠站在窗前望了望天色,道:"今天这太阳还有点靠不住呢,不知道拍得成拍不成。"一面说着,他就从西服裤袋里摸出一把梳子来,对着玻璃窗梳了梳头发,又将领带拉了一拉,把脖子伸了一伸。曼桢看见他那顾影自怜的样子,不由得抿着嘴一笑。叔惠又偏过脸来向自己的半侧面微微瞟了一眼,口中却不断地催促着世钧:"好了没有?"曼桢向世钧道:"你脸上还有一块黑的。不,在这儿——"她在自己脸上比画了一下,又道:"还有。"她又把自己皮包里的小镜子找了出来,递给他自己照着。叔惠笑道:"喂,曼桢,你有口红没有?借给他用一用。"说说笑笑的,他便从世钧手里把那一面镜子接了过来,自己照了一照。

三个人一同出去吃饭,因为要节省时间,一人叫了一碗面,草草地吃完了,便向郊外走去。叔惠说这一带都是荒田,太平淡了,再过去点他记得有两棵大柳树,很有意思。可是走着,走着,老是走不到。世钧看曼桢仿佛有点赶不上的样子,便道:"我们走得太快了吧?"叔惠听了,便也把脚步放慢了些,但是这天气实在不是一个散步的天气。他们为寒冷所驱使,不知不觉地步伐又快了起来,而且越走越快。大家喘着气,迎着风,说话都断断续续的。曼桢竭力按住她的纷飞的头发,因向他们头上看了一眼,笑道:"你们的耳朵露在外面不冷么?"叔惠道:"怎么不冷。"曼桢笑道:"我常常想着,我要是做了男人,到了冬天一定一天到晚伤风。"

那两棵柳树倒已经丝丝缕缕地抽出了嫩金色的芽。他们在树下拍了好几张照。有一张是叔惠和曼桢立在一起,世钧替他们拍的。她穿着的淡灰色羊皮大衣被大风刮得卷了起来,她一只手掩住了嘴,那红绒线手套衬在脸上,显得脸色很苍白。

那一天的阳光始终很稀薄。一卷片子还没有拍完,天就变了。赶紧走,走到半路上,已经下起了霏霏的春雪,下着下着就又变成了雨。走过一家小店。曼桢看见里面挂着许多油纸伞,她要买一把。撑开来,有一色的蓝和绿,也有一种描花的。有一把上面画着一串紫葡萄,她拿着看看,又看看另一把没有花的,老是不能决定,叔惠说女人买东西总是这样。世钧后来笑着说了一声"没有花的好,"她就马上买了那把没有花的。叔惠说:"价钱好像并不比市区里便宜。不会是敲我们的竹杠吧?"曼桢把伞尖指了指上面挂的招牌,笑道:"不是写着'童叟无欺'么?"叔惠笑道:"你又不是童,又不是叟,欺你一下也不罪过。"

走到街上,曼桢忽然笑道:"嗳呀,我一只手套丢了。"叔惠道:"一定是丢在那爿店里了。"重新回到那爿店里去问了一声,店里人说并没有看见。曼桢道:"我刚才数钱的时候是没有戴着手套。——那就是拍照的时候丢了。"

世钧道:"回去找找看吧。"这时候其实已经快到上班的时候了,大家都急于要回到厂里去,曼桢也就说:"算了算了,为这么一只手套!"她说是这样说着,却多少有一点怅惘。曼桢这种地方是近于琐碎而小气,但是世钧多年之后回想起来,她这种地方也还是很可怀念。曼桢有这么个脾气,一样东西一旦属于她了,她总是越看越好,以为它是世界上最最好的……他知道,因为他曾经是属于她的。

那一天从郊外回到厂里去,雨一直下得不停,到下午放工的时候,才五点钟,天色已经昏黑了。也不知道是怎么样一种朦胧的心境,竟使他冒着雨重又向郊外走去。泥泞的田陇上非常难走,一步一滑。还有那种停棺材的小瓦屋,像狗屋似的,低低地伏在田陇里,白天来的时候就没有注意到,在这昏黄的雨夜里看到了,却有一种异样的感想。四下里静悄悄的,只听见那皇皇的犬吠声。一路上就没有碰见过一个人,只有一次,他远远看见有人打着灯笼,撑着杏黄色的大伞,在河滨对岸经过。走了不少时候,才找到那两棵大柳树那里。他老远的就用手电筒照着,一照就照到树下那一只红色的手套,心里先是一高兴,走到跟前去,一弯腰拾了起来,用电筒照着,拿在手里看了一看,却又踌躇起来了。明天拿去交给她,怎么样说呢?不是显着奇怪么?冒着雨走上这么远的路,专为替她把这么只手套找回来。他本来的意思不过是因为抱歉,都是因为他要拍照片,不然人家也不会失落东西。但是连他自己也觉得这理由不够充分的。那么怎么样呢?他真懊悔来到这里,但是既然来了,东西也找到了,总不见得能够再把它丢在地下?他把上面的泥沙略微掸了一掸,就把它塞在袋里。既然拿了,总也不能不还给人家。自己保存着,那更是笑话了。

第二天中午,他走到楼上的办公室里。还好,叔惠刚巧又被经理叫到里面去了。世钧从口袋里掏出那只泥污的手套,他本来很可以这样说,或者那样说,但是结果他一句话也没有,仅只是把它放在她面前。他脸上如果有任何表情的话,那便是一种冤屈的神气,因为他起初实在没想到,不然他也不会自找麻烦,害得自己这样窘。

曼桢先是怔了一怔,拿着那只手套看看,说:"咦?……嗳呀,你昨天后来又去了?那么远的路——还下着雨——"正说到这里,叔惠进来了。她看见世钧的脸色仿佛不愿意提起这件事似的，她也就机械地把那红手套捏成一团，握在手心里，然后搭讪着就塞到大衣袋里去了。她的动作虽然很从容，脸上却慢慢地红了起来。自己觉得不对，脸上热烘烘的，热气非常大，好容易等这一阵子热退了下去，腮颊上顿时凉飕飕的，仿佛接触到一阵凉风似的，可见刚才是热得多么厉害了。自己是看不见，人家一定都看见了。这么想着，心里一急，脸上倒又红了起来。

当时虽然无缘无故地窘到这样，过后倒还好，在一起吃饭，她和世钧的态度都和平常没什么两样。春天的天气忽冷忽热，许多人都患了感冒症，曼桢有一天也病了，打电话到厂里来叫叔惠替她请一天假。那一天下午，叔惠和世钧回到家里，世钧就说："我们要不要去看看她去？"叔惠道："唔。看样子倒许是病得不轻。昨天就是撑着来的。"世钧道："她家里的地址你知道？"叔惠露出很犹豫的样子，说："知是知道，我可从来没去过。你也认识她这些天了，你也从来没听见她说起家里的情形吧？她这个人可以说是一点神秘性也没有的，只有这一点，倒好像有点神秘。"他这话给世钧听了，却有点起反感。是因为他说她太平凡，没有神秘性呢，还是因为他疑心她有什么不可告人的秘密呢？那倒也说不清，总之，是使人双重地起反感。世钧当时就说："那也谈不上神秘，也许她家里人多，没地方招待客人；也许她家里人还是旧脑筋，不赞成她在外面交朋友，所以她也不便叫人到她家里去。"叔惠点点头，道："不管他们欢迎不欢迎，我倒是得去一趟。我要去问她拿钥匙，因为有两封信要查一查底稿，给她锁在抽屉里了。"世钧道："那么就去一趟吧。不过……这时候上人家家里去，可太晚了？"厨房里已经在烧晚饭了，很响亮的"嗤啦啦，嗤啦啦"的炒菜下锅的声音，一阵阵传到楼上来。叔惠抬起手来看了看手表，忽然听见他母亲在厨房里喊："叔惠！有人找你！"

叔惠跑下楼去一看，却是一个面生的小孩。他正觉得诧异，那小孩却把一串钥匙举得高高地递了过来，说："我姐姐叫我送来的。这是她写字台上的钥匙。"叔惠笑道："哦，你是曼桢的弟弟？她怎么样，好了点没有？"那孩子答道："她说她好些了，明天就可以来了。"看他年纪不过七八岁光景，倒非常老练，把话交代完了，转身就走，叔惠的母亲留他吃糖他也不吃。

叔惠把那串钥匙放在手心里颠着，一抬头看见世钧站在楼梯口，便笑道："她一定是怕我们去，所以预先把钥匙给送来了。"世钧笑道："你今天怎么这样神经过敏起来？"叔惠道："不是我神经过敏，刚才那孩子的神气，倒好像是受过训练的，叫他不要跟外人多说话。——可会不是她的弟弟？"世钧不禁有点不耐烦起来，笑道："长得很像她的嘛！"叔惠笑道："那也许是她的儿子呢？"世钧觉得他越说越荒唐了，简直叫人无话可答。叔惠见他不作声，便又说道："出来做事的女人，向来是不管有没有结过婚，一概都叫'某小姐'的。"世钧笑道："那是有这个情形，不过，至少……她年纪很轻，这倒是看得出来的。"叔惠摇摇头道："女人的年纪……也难说！"

叔惠平常说起"女人"怎么样怎么样，总好像他经验非常丰富似的。实际上，他刚刚踏进大学的时候，世钧就听到过他这种论调，而那时候，世钧确实知道他只有一个女朋友，也是一个同学，名叫姚珮珍。他说"女人"如何如何，所谓"女人"，就是姚珮珍的代名词。现在也许不止一个姚珮珍了，但是他也还是理论多于实践，他的为人，世钧知道得很清楚。今天他所说的关于曼桢的话，也不过是想到哪里说到哪里，绝对没有恶意的。世钧也不是不知道，然而仍旧觉得非常刺耳。和他相交这些年，从来没有像这样跟他生气过。

那天晚上世钧推说写家信，一直避免和叔惠说话。叔惠见他老是坐在台灯底下，对着纸发楞，还当他是因为家庭纠纷的缘故，所以心事很重。

二

　　曼桢病好了，回到办公室里来的第一天，叔惠那天恰巧有人请吃饭——有一个同事和他赌东道赌输了，请他吃西餐。曼桢和世钧单独出去吃饭，这还是第一次。起初觉得很不惯，叔惠仿佛是他们这一个小集团的灵魂似的，少了他，马上就显得静悄悄的，只听见碗盏的声音。

　　今天这小馆子里生意也特别清，管账的女人坐在柜台上没事做，眼光不住地向他们这边射过来。也许这不过是世钧的心理作用，总好像人家今天对他们特别注意。那女人大概是此地的老板娘，烫着头发，额前留着稀稀的几根前刘海。总是看见她在那里织绒线，做一件大红绒线衫。今天天气暖了，她换了一件短袖子的二蓝竹布旗袍，露出一大截肥白的胳膊，压在那大红绒线上面，鲜艳夺目。胳膊上还戴着一只翠绿烧料镯子。世钧笑向曼桢道："今天真暖和。"曼桢道："简直热。"一面说，一面脱大衣。

　　世钧道："那天我看见你弟弟。"曼桢笑道："那是我顶小的一个弟弟。"世钧道："你们一共姊妹几个？"曼桢笑道："一共六个呢。"世钧笑道："你是顶大的么？"曼桢道："不，我是第二个。"

世钧道:"我还以为你是顶大的呢。"曼桢笑道:"为什么?"世钧道:"因为你像是从小做姊姊做惯了的,总是你照应人。"曼桢笑了一笑。桌上有一圈一圈茶杯烫的迹子,她把手指顺着那些白迹子画圈圈,一面画,一面说道:"我猜你一定是独养儿子。"世钧笑道:"哦?因为你觉得我是娇生惯养,惯坏了的,是不是?"曼桢并不回答他的话,只说:"你就使有姊妹,也只有姊妹,没有哥哥弟弟。"世钧笑道:"刚巧猜错了,我有一个哥哥,不过已经故世了。"他约略地告诉她家里有些什么人,除了父亲母亲,就只有一个嫂嫂,一个侄儿,他家里一直住在南京的,不过并不是南京人。他问她是什么地方人,她说是六安州人。世钧道:"就是那出茶叶的地方,你到那儿去过没有?"曼桢道:"我父亲下葬的那年,去过一次。"世钧道:"哦,你父亲已经不在了。"曼桢道:"我十四岁的时候,他就死了。"

话说到这里,已经到了她那个秘密的边缘上。世钧是根本不相信她有什么瞒人的事,但是这时候突然有一种静默的空气,使他不能不承认这秘密的存在。但是她如果不告诉他,他决不愿意问的。而且说老实话,他简直有点不愿意知道。难道叔惠所猜测的竟是可能的——这情形好像比叔惠所想的更坏。而她表面上是这样单纯可爱的一个人。简直不能想像。

他装出闲适的神气,夹了一筷子菜吃,可是菜吃到嘴里,木肤肤的,一点滋味也没有。搭讪着拿起一瓶番茄酱,想倒上一点,可是番茄酱这样东西向来是这样,可以倒上半天也倒不出,一出来就是一大堆。他一看,已经多得不可收拾,通红的,把一碗饭都盖没了。柜台上的老板娘又向他们这边桌上狠狠地看了两眼;这一次,却不是出于一种善意的关切了。

曼桢并没有注意到这些。她好像是下了决心要把她家里的情形和他说一说。一度沉默过之后,她就又带着微笑开口说道:"我父亲从前是在一个书局里做事的,家里这么许多人,上面还有我祖母,就靠着他那点薪水过活。我父亲一死,家里简直不得了。那时候我们还不懂事呢,只有我姊姊一个人年纪大些。从那时候起,我们家里就靠着姊姊一个人了。"世钧听到这里,也有点明白了。

曼桢又继续说下去,道:"我姊姊那时候中学还没有毕业,想出去做事,有什么事是她能做的呢?就是找得到事,钱也不会多,不会够她养家的。只有去做舞女。"世钧道:"那也没有什么,舞女也有各种各样的,全在乎自己。"曼桢顿了一顿,方才微笑着说:"舞女当然也有好的,可是照那样子,可养活不了一大家子人呢!"世钧就也无话可说了。曼桢又道:"反正一走上这条路,总是一个下坡路,除非这人是特别有手段的——我姊姊呢又不是那种人,她其实是很忠厚的。"说到这里,世钧听她的嗓音已经哽着,他一时也想不出什么话来安慰她,只微笑着说了声"你不要难过。"曼桢扶起筷子来挑着饭,低着头尽在饭里找稗子,一粒一粒拣出来。半晌,忽道:"你不要告诉叔惠。"世钧应了一声。他本来就没打算跟叔惠说。倒不是为别的,只是因为他无法解释怎么曼桢会把这些事情统统告诉他了,她认识叔惠在认识他之前,她倒不告诉叔惠。曼桢这时候却也想到了这一层,觉得自己刚才那句话很不妥当,因此倒又红了脸。因道:"其实我倒是一直想告诉他的,也不知怎么的……一直也没说。"世钧点点头道:"我想你告诉叔惠不要紧的,他一定能够懂得。你姊姊是为家庭牺牲了,根本是没办法的事情。"

曼桢向来最怕提起她家里这些事情。这一天她破例对世钧说上这么许多话,当天回家的时候,心里便觉得很惨淡。她家里现在住着的一幢房子,还是她姊姊从前和一个人同居的时候,人家给顶下来的。后来和那人走开了,就没有再出来做了。她蜕变为一个二路交际花,这样比较实惠些,但是身价更不如前了。有时候被人误认为舞女,她总是很高兴。

曼桢走进衖堂,她那个最小的弟弟名叫杰民,正在衖堂里踢毽子,看见她就喊:"二姊,妈回来了!"他们母亲是在清明节前到原籍去上坟的。曼桢听见说回来了,倒是很高兴。她从后门走进去,她弟弟也一路踢着毽子跟了进去。小大姐阿宝正在厨房里开啤酒,桌上放着两只大玻璃杯。曼桢便皱着眉头向她弟弟说道:"嗳哟,你小心点吧,不要砸了东西!要踢还是到外头踢去。"

阿宝在那里开啤酒,总是有客人在这里。同时又听见一台无线电哇啦哇啦唱得非常响,可以知道她姊姊的房门是开着的。她便站在厨房门口向里张了一张,没有直接走进去。阿宝便说:"没有什么人,王先生也没有来,只有他一个朋友姓祝的,倒来了有一会了。"杰民在旁边补充了一句:"喏,就是那个笑起来像猫,不笑像老鼠的那个人。"曼桢不由得噗哧一笑,道:"胡说!一个人怎么能够又像猫,又像老鼠。"说着,便从厨房里走了进去,经过她姊姊曼璐的房间,很快地走上楼梯。

曼璐原来并不在房间里,却在楼梯口打电话。她那嗓子和无线电里的歌喉同样地尖锐刺耳,同样地娇滴滴的,同样地声震屋瓦。她大声说道:"你到底来不来?你不来你小心点儿!"她站在那里,电话底下挂着一本电话簿子,她扳住那沉重的电话簿子连连摇撼着,身体便随着那势子连连扭了两扭。她穿着一件苹果绿软缎长旗袍,倒有八成新,只是腰际有一个黑隐隐的手印,那是跳舞的时候人家手汗印上去的。衣裳上忽然现出这样一只淡黑色的手印，看上去却有一些恐怖的意味。头发乱蓬蓬的还没梳过，脸上却已经是全部舞台化妆，红的鲜红，黑的墨黑，眼圈上抹着蓝色的油膏，远看固然是美丽的，近看便觉得面目狰狞。曼桢在楼梯上和她擦身而过，简直有点恍恍惚惚的，再也不能相信这是她的姊姊。曼璐正在向电话里说："老祝早来了，等了你半天了！……放屁！我要他陪我！……谢谢吧，我前世没人要，也用不着你替我做媒！"她笑起来了。她是最近方才采用这种笑声的，笑得合合的，仿佛有人在那里嗝吱她似的。然而，很奇异地，那笑声并不怎样富于挑拨性；相反地，倒有一些苍老的意味。曼桢真怕听那声音。

　　曼桢急急地走上楼去，楼上完全是另一个世界。她母亲坐在房间里，四面围绕着网篮，包袱，铺盖卷，她母亲一面整理东西，一面和祖母叙着别后的情形。曼桢上前去叫了一声"妈"。她母亲笑嘻嘻地应了一声，一双眼睛直向她脸上打量着，仿佛有什么话要说似的，却也没有说出口。曼桢倒有点觉得奇怪。她祖母在旁边说："曼桢前两天发寒热，睡了好两天呢。"她母亲道："怪不得瘦了些了。"说着，又笑眯眯地向她看着。曼桢问起坟上的情形，她母亲叹息着告诉她，几年没回去，树都给人砍了，看坟的也不管事。数说了一会，忽然想起来向曼桢的祖母说："妈不是一直想吃家乡的东西么？这回我除了茶叶，还带了些烘糕来，还有麻饼，还有炒米粉。"说着，便窸窸窣窣在网篮里掏摸，又向曼桢道："你们小时候不是顶喜欢吃炒米粉么？"

　　曼桢的祖母说要找一只不透气的饼干筒装这些糕饼，到隔壁房间里去找，她一走开，曼桢的母亲便走到书桌跟前，把桌上的东西清理了一下，说："我不在家里，你又病了，几个小孩就把这地方糟蹋得不像样子。"这书桌的玻璃下压着几张小照片，是曼桢上次在郊外拍的，内中有一张是和叔惠并肩站着的，也有叔惠单独一个人的——世钧的一张她另外收起来了，没有放在外面。曼桢的母亲弯腰看了看，便随口问道："你这是在哪儿照的？"又指了指叔惠，问："这是什么人？"虽然做出那漫不经心的口吻，问出这句话之后，却立刻双眸炯炯十分注意地望着她，看她脸上的表情有无变化。曼桢这才明白过来，母亲刚才为什么老是那样笑不嗤嗤朝她看着。大概母亲一回来就看到这两张照片了，虽然是极普通的照片，她却寄托了无限的希望在上面。父母为子女打算的一片心，真是可笑而又可怜的。

曼桢当时只笑了笑，回答说："这是一个同事。姓许的，许叔惠。"她母亲看看她脸上的神气，也看不出所以然来，当时也就没有再问下去了。曼桢说道："姊姊可知道妈回来了？"她母亲点点头道："她刚才上来过的，后来有客来了，她才下去的。——可是那个姓王的来了？"曼桢道："那王先生没来吧？不过这个人也是他们一伙里的人。"她母亲叹了口气，道："她现在轧的这一帮人越来越不像样了，简直下流。大概现在的人也是越来越坏了！"她母亲只觉得曼璐这些客人的人品每况愈下，却没有想到这是曼璐本身每况愈下的缘故。曼桢这样想着，就更加默然了。

她母亲用开水调出几碗炒米粉来，给她祖母送了一碗去，又说："杰民呢？刚才就闹着要吃点心了。"曼桢道："他在楼下踢毽子呢。"她下去叫他，走到楼梯口，却见他正站在楼梯的下层，攀住栏杆把身子宕出去，向曼璐房间里探头探脑张望着。曼桢着急起来，低声喝道："嗳！你这是干吗？"杰民道："我一只毽子踢到里面去了。"曼桢道："你不会告诉阿宝，叫她进去的时候顺便给你带出来。"

两人一递一声轻轻地说着话，曼璐房间里的客人忽然出现了，就是那姓祝的，名叫祝鸿才。他是瘦长身材，削肩细颈，穿着一件中装大衣。他叉着腰站在门口，看见曼桢，便点点头，笑着叫了一声"二小姐"。大概他对她一直相当注意，所以知道她是曼璐的妹妹。曼桢也不是没看见过这个人，但是今天一见到他，不由得想起杰民形容他的话，说他笑起来像猫，不笑的时候像老鼠。他现在脸上一本正经，他眼睛小小的，嘴尖尖的，的确很像一只老鼠。她差一点笑出声来，极力忍住了，可是依旧笑容满面的，向他点了个头。祝鸿才也不知道她今天何以这样对自己表示好感。她这一笑，他当然也笑了；一笑，马上变成一只猫脸。曼桢这时候实在熬不住了，立刻反身奔上楼去。在祝鸿才看来，还当作一种娇憨的羞态，他站在楼梯脚下，倒有点悠然神往。

他回到曼璐房间里，便说："你们二小姐有男朋友没有？"曼璐道："你打听这个干吗？"鸿才笑道："你不要误会，我没有什么别的意思，她要是没有男朋友的话，我可以给她介绍呀。"曼璐哼了一声道："你那些朋友里头还会有好人？都不是好东西！"鸿才笑道："嗳哟，嗳哟，今天怎么火气这样大呀？我看还是在那里生老王的气吧？"曼璐突然说道："你老实告诉我，老王是不是又跟菲娜搅上了？"鸿才道："我怎么知道呢？你又没有把老王交给我看着。"

曼璐也不理他，把她吸着的一支香烟重重地揿灭了，自己咕噜着说："胃口也真好——菲娜那样子，翘嘴唇，肿眼泡，两条腿像日本人，又没有脖子……人家说'一白掩百丑'，我看还是'一年轻掩百丑'！"她悻悻地走到梳妆台前面，拿起一把镜子自己照了照。照镜子的结果，是又化起妆来了。她脸上的化妆是随时

19

的需要修葺的。

她对鸿才相当冷淡，他却老耗在那里不走。桌子上有一本照相簿子，他随手拖过来翻着看。有一张四吋半身照，是一个圆圆脸的少女，梳着两根短短的辫子。鸿才笑道："这是你妹妹什么时候拍的？还留着辫子呢！"曼璐向照相簿上瞟了一眼，厌烦地说："这哪儿是我妹妹。"鸿才道："那么是谁呢？"曼璐倒顿住了，停了一会，方才冷笑道："你一点也不认识？我就不相信，我会变得这么厉害！"说到最后两个字，她的声音就变了，有一点沙嗄。鸿才忽然悟过来了，笑道："哦，是你呀？"他仔细看看她，又看看照相簿，横看竖看，说："嗳！说穿了，倒好像有点像。"

他原是很随便的一句话，对于她却也具有一种刺激性。曼璐也不作声，依旧照着镜子涂口红，只是涂得特别慢。嘴唇张开来，呼吸的气喷在镜子上，时间久了，镜子上便起了一层昏雾。她不耐烦地用一排手指在上面一阵乱扫乱揩，然后又继续涂她的口红。

鸿才还在那里研究那张照片，忽然说道："你妹妹现在还在那里读书么？"曼璐只含糊地哼了一声，懒得回答他。鸿才又道："其实……照她那样子，要是出去做，一定做得出来。"曼璐把镜子往桌上一拍，大声道："别胡说了，我算是吃了这碗饭，难道我一家都注定要吃这碗饭？你这叫做门缝里瞧人，把人看扁了！"鸿才笑道："今天怎么了？一碰就要发脾气，也算我倒楣，刚碰到你不高兴的时候。"

曼璐横了他一眼，又拿起镜子来。鸿才涎着脸凑到她背后去，低声笑道："打扮得这么漂亮，要出去么？"曼璐并不躲避，别过头来向他一笑，道："到哪儿去？你请客？"这时候鸿才也就像曼桢刚才一样，在非常近的距离内看到曼璐的舞台化妆，脸上五颜六色的，两块鲜红的面颊，两个乌油油的眼圈。然而鸿才非但不感到恐怖，而且有一点销魂荡魄，可见人和人的观点之间是有着多么大的差别。

那天鸿才陪她出去吃了饭，一同回来，又鬼混到半夜才走。曼璐是有吃消夜的习惯的，阿宝把一些生煎馒头热了一热，送了进来。曼璐吃着，忽然听见楼上有脚步声，猜着一定是她母亲还没有睡，她和她母亲平常也很少机会说话，她当时就端着一碟子生煎馒头，披着一件黑缎子绣着黄龙的浴衣上楼来了。她母亲果然一个人坐在灯下拆被窝。曼璐道："妈，你真是的——这时候又去忙这个！坐了一天火车，不累么？"她母亲道："这被窝是我带着出门的，得把它拆下来洗洗，趁着这两天天晴。"曼璐让她母亲吃生煎馒头，她自己在一只馒头上咬了一口，忽然怀疑地在灯下左看右看，那肉馅子红红的。她说："该死，这肉还是生的！"再看看，连那白色的面皮子也染红了，方才知道是她嘴上的唇膏。

她母亲和曼桢睡一间房。曼璐向曼桢床上看看，轻声道："她睡着了？"她母亲道："老早睡着了。她早上起得早。"曼璐道："二妹现在也有这样大了；照说，她一个女孩子家，跟我住在一起实在是不大好，人家要说的。我倒希望她有个合适的人，早一点结了婚也好。"她母亲叹了口气道："谁说不是呢！"她母亲这时候很想告诉她关于那照片上的漂亮青年，但是连她母亲也觉得曼桢和她是两个世界里的人，暂时还是不要她预闻的好。过天再仔细问问曼桢自己吧。

曼桢的婚姻问题到底还是比较容易解决的。她母亲说道："她到底还小呢，再等两年也不要紧，倒是你，你的事情我想起来就着急。"曼璐把脸一沉，道："我的事情你就别管了！"她母亲道：

"我哪儿管得了你呢,我不过是这么说!你年纪也有这样大了,干这一行是没办法,还能做一辈子吗?自己也得有个打算呀!"曼璐道:"我还不是过一天是一天。我要是往前看着,我也就不要活了!"她母亲道:"唉,你这是什么话呢?"说着,心中也自内疚,抽出胁下的一条大手帕来擦眼泪,说道:"也是我害了你。从前要不是为了我,还有你弟弟妹妹们,你也不会落到这样。我替你想想,弟弟妹妹都大起来了,将来他们各人干各人的去了……"曼璐不耐烦地剪断她的话,道:"他们都大了,用不着我了,就嫌我丢脸了是不是?所以又想我嫁人!这时候叫我嫁人,叫我嫁给谁呢?"她母亲被她劈头劈脑堵搡了几句,气得无言可对,半晌方道:"你看你这孩子,我好意劝劝你,你这样不识好歹!"

两人都沉默了下来,只听见隔壁房间里的人在睡眠中的鼻息声。祖母打着鼾。上年纪的人大都要打鼾的。

她母亲忽然幽幽地说道:"这次我回乡下去,听见说张豫瑾现在很好,做了县城里那个医院的院长了。"她说到张豫瑾三个字,心里稍微有点胆怯,因为这个名字在她们母女间已经有好多年没有提起了。曼璐从前订过婚的。她十七岁那年,他们原籍有两个亲戚因为地方上不太平,避难避到上海来,就耽搁在他们家里。是她祖母面上的亲戚,姓张,一个女太太带着一个男孩子。这张太太看见了曼璐,非常喜欢,想要她做媳妇。张太太的儿子名叫豫瑾。这一头亲事,曼璐和豫瑾两个人本人虽然没有什么表示,看那样子也是十分愿意的。就此订了婚。后来张太太回乡下去了,豫瑾仍旧留在上海读书,住在宿舍里,曼璐和他一直通着信,也常常见面。直到后来她父亲死了,她出去做舞女,后来他们就解除婚约了,是她这方面提出的。

她母亲现在忽然说到他，她就像不听见似的，一声不响。她母亲望望她，仿佛想不说了，结果还是忍不住说了出来，道："听见说，他到现在还没有结婚。"曼璐突然笑了起来道："他没结婚又怎么样，他现在还会要我？妈你就是这样脑筋不清楚，你还在那里惦记着他哪？"她一口气说上这么一大串，站起来，磕托把椅子一推，便趿着拖鞋下楼去了。啪塌啪塌，脚步声非常之重。这么一来，她祖母的鼾声便停止了，并且发出问句来，问曼璐的母亲："怎么啦？"她母亲答道："没什么。"她祖母道："你怎么还不睡？"她母亲道："马上就睡了。"随即把活计收拾收拾，准备着上床。

临上床，又窸窣窸窣，寻寻觅觅，找一样什么东西找不到。曼桢在床上忍不住开口说道："妈，你的拖鞋在门背后的箱子上。是我放在那儿的，我怕他们扫地给扫上些灰。"她母亲道："咦，你还没睡着？"曼桢道："我醒了半天了。"她母亲道："是我跟姊姊说话把你吵醒了吧？"曼桢道："不，我是因为前两天生病的时候睡得太多了，今天一点也不困。"

她母亲把拖鞋拿来放在床前，熄灯上床，听那边房里祖母又高一阵低一阵发出了鼾声，母亲便又在黑暗中叹了口气，和曼桢说道："你刚才听见的，我劝她拣个人嫁了，这也是正经话呀！劝了她这么一声，就跟我这样大发脾气。"曼桢半晌不作声，后来说："妈，你以后不要跟姊姊说这些话了。姊姊现在要嫁人也难。"

然而天下的事情往往出人意料之外。就在这以后不到两个礼拜，就传出了曼璐要嫁人的消息。是伺候她的小大姐阿宝说出来的。他们家里楼上和楼下向来相当隔膜，她母亲所知道的关于她的事情，差不多全是从阿宝那里听来的。这次听见说她要嫁给祝鸿才，阿宝说这人和王先生一样是吃交易所饭的,不过他是一直跟着王先生的,他自己没有什么钱。

她母亲本来打算采取不闻不问的态度,因为鉴于上次对她表示关切,反而惹得她大发脾气,这次不要又去讨个没趣。然而有一天,曼桢回家来,她母亲却又悄悄地告诉她:"我今天去问过她了。"曼桢笑道:"咦,你不是说不打算过问的么?"她母亲道:"唉,我也就为了上回跟她说过那个话,我怕她为了赌气,就胡乱找个人嫁了。并不是说现在这时候我还要来挑剔,只因为她从前也跟过人,好两次了,都是有始无终,我总盼望她这回不要再上了人家的当。这姓祝的,既然说没有钱,她是贪他什么呢?他家里有没有女人呢?三四十岁的人,难道还没有娶太太么?"她说到这里便顿住了,且低下头去掸了掸身上的衣服,很仔细地把袖子上黏着的两根线头一一拈掉了。

曼桢道:"她怎么说呢?"她母亲慢吞吞地说道:"她说他有一个老婆在乡下,不过他从来不回去的。他一直一个人在上海,本来他的朋友们就劝他另外置一份家。现在他和曼璐的事情要是成功了,他是决不拿她当姨太太看待的。他这人呢她觉得还靠得住——至少她是拿得住他的。他钱是没什么钱,像我们这一份人家的开销总还负担得起——"曼桢默然听到这里,忍不住插嘴道:"妈,以后无论如何,家里的开销由我拿出来。姊姊从前供给我念书是为什么的,我到现在都还替不了她?"她母亲道:"这话是不错,靠你那点薪水不够呀,我们自己再省点儿都不要紧,几个小的还要上学,这笔学费该要多少呀?"曼桢道:"妈,你先别着急,到时候总有办法的。我可以再找点事做,姊姊要是走了,佣人也可以用不着了,家里的房子也用不着这么许多了,也可以分租出去,我们就是挤点儿也没关系。"她母亲点头道："这样倒也好，就是苦一点，心里还痛快点儿。老实说，我用你姊姊的钱，我心里真不是味儿。我不能想，想起来就难受。"说到这里，嗓子就哽起来了。曼桢勉强笑道："妈，你真是的！姊姊现在不是好了么？"

她母亲道："她现在能够好好的嫁个人，当然是再好也没有了，当然应当将就点儿，不过我的意思，有钱没钱倒没关系，人家家里要是有太太的话，照她那个倔脾气，哪儿处得好？现在这姓祝的，也就是这一点我不赞成。"曼桢道："你就不要去跟她说了！"她母亲道："我是不说了，待会儿还当我是嫌贫爱富。"

楼下两个人已经在讨论着结婚的手续。曼璐的意思是一定要正式结婚，这一点使祝鸿才感到为难。曼璐气起来了，本来是两人坐在一张椅子上的，她就站了起来，说："你要明白，我嫁你又不是图你的钱，你这点面子都不给我！"她在一张沙发上噗通坐下，她有这么一个习惯，一坐下便把两脚往上一缩，蜷曲在沙发上面。脚上穿着一双白兔子皮镶边的紫红绒拖鞋，她低着头扭着身子，用手抚摸着那兔子皮，像抚摸一只猫似的。尽摸着自己的鞋，脸上作出一种幽怨的表情。

鸿才也不敢朝她看，只是搔着头皮，说道："你待我这一片心，我有什么不知道的，不过我们要好也不在乎这些。"曼璐道："你不在乎我在乎！人家一生一世的事情，你打算请两桌酒就算了？"鸿才道："那当然，得要留个纪念。这样好吧？我们去拍两张结婚照——"曼璐道："谁要拍那种蹩脚照——十块钱，照相馆里有现成的结婚礼服借给你穿一穿，一共十块钱，连喜纱花球都有了。你算盘打得太精了！"鸿才道："我倒不是为省钱，我觉得那样公开结婚恐怕太招摇了。"曼璐越发生气，道："怎么叫太招摇了？

除非是你觉得难为情，跟我这样下流女人正式结婚，给朋友们见笑。是不是，我猜你就是这个心思！"他的心事正给她说中了，可是他还是不能不声辩，说："你别瞎疑心，我不是怕别的，你要知道，这是犯重婚罪的呀！"曼璐把头一扭，道："犯重婚罪，只要你乡下那个女人不说话就得了——你不是说她管不了你吗？"鸿才道："她是绝对不敢怎么样的，我是怕她娘家的人出来说话。"曼璐笑道："你既然这样怕，还不趁早安份点儿。以前我们那些话就算是没说，干脆我这儿你也别来了！"

鸿才给她这样一来，也就软化了，他背着手在房间里踱来踱去，说："好，好，好，依你依你。没有什么别的条件了吧？没有什么别的，我们就'敲'！"曼璐噗哧一笑道："这又不是谈生意。"她这一开笑脸，两人就又喜气洋洋起来。虽然双方都怀着几分委屈的心情，觉得自己是屈就，但无论如何，是喜气洋洋地。

第二天，曼桢回家来，才一进门，阿宝就请她到大小姐房里去。她发现一家人都聚集在她姊姊房里，祝鸿才也在那里，热热闹闹地赶着她母亲叫"妈"。一看见曼桢，便说："二小姐，我现在要叫你一声二妹了。"他今天改穿了西装。他虽然是第一次穿西装，姿势倒相当熟练，一直把两只大拇指分别插在两边的裤袋里，把衣襟撩开了，显出他胸前横挂着的一只金表链。他叫曼桢"二妹"，她只是微笑点头作为招呼，并没有还叫他一声姊夫。鸿才对于她虽然是十分向往，见了面却觉得很拘束，反而和她无话可说。

曼璐这间房是全宅布置得最精致的一间，鸿才走到一个衣橱前面，敲敲那木头，向她母亲笑道："她这一堂家具倒不错。今天我陪她出去看了好几堂木器，她都不中意，其实现在外头都是这票货色，要是照这个房间里这样一套，现在价钱不对了！"曼璐听见这话，心中好生不快，正待开口说话，她母亲恐她为了这个又要和姑爷呕气，忙道："其实你们卧房里的家具可以不用买了，就拿这间房里的将就用用吧。我别的陪送一点也没有，难为情的。"鸿才笑道："哪里哪里，妈这是什么话呀！"曼璐只淡淡地说了声："再说吧。家具反正不忙，房子没找好呢。"她母亲道："等你走了，我打算把楼下的房间租出去，这许多家具也没处搁，你还是带去吧。"曼璐怔了一怔，道："这儿的房子根本不要它了，我们找个大点的地方一块儿住。"母亲道："不喽，我们不跟过去了。我们家里这么许多孩子，都吵死了；你们小两口子还是自己过吧，清清静静的不好吗？"

曼璐因为心里本来有一点芥蒂，以为她母亲也许是为弟妹的前途着想，存心要和她疏远着点，所以不愿意和她同住，她当时就没有再坚持了。鸿才不知就里，她本来是和他说好在先的，她一家三代都要他赡养，所以他还是不能不再三劝驾："还是一块儿住的好，也有个照应。我看曼璐不见得会管家，有妈在那里，这个家就可以交给妈了。"她母亲笑道："她这以后成天待在家里没事做，这些居家过日子的事情也得学学。不会，学学就会了。"她祖母便插进嘴来向鸿才说道："你别看曼璐这样子好像不会过日子，她小时候她娘给她去算过命的，说她有帮夫运呢！就是嫁了个叫化子也会做大总统的，何况你祝先生是个发财人，那一定还要大富大贵。"鸿才听了这话倒是很兴奋，得意得摇头晃脑，走到曼璐跟前，一弯腰，和她脸对脸笑道："真有这个话？那我不发财我找你，啊！"曼璐推了他一把，皱眉道："你看你，像什么样子！"

鸿才嘻嘻笑着走开了，向她母亲说道："你们大小姐什么世面都见过了，就只有新娘子倒没做过，这回一定要过过瘾，所以我预备大大的热闹一下,请二小姐做傧相,请你们小妹妹拉纱,每人奉送一套衣服,"曼桢觉得他说出话来实在讨厌,这人整个地言语无味,面目可憎,她不由得向她姊姊望了一眼,她姊姊脸上也有一种惭愧之色,仿佛怕她家里的人笑她拣中这样一个丈夫。曼桢看见她姊姊面有惭色,倒觉得一阵心酸。

三

　　这一天，世钧叔惠曼桢又是三个人一同去吃饭，大家说起厂里管庶务的叶先生做寿的事情，同人们公送了二百只寿碗。世钧向叔惠说道："送礼的钱还是你给我垫的吧？"说着，便从身边掏出钱来还他。叔惠笑道："你今天拜寿去不去？"世钧皱眉道："我不想去。老实说，我觉得这种事情实在无聊。"叔惠笑道："你就圆通点吧，在社会上做事就是这样，没理可讲的，你不去要得罪人的。"世钧笑着点了点头，道："不过我想今天那儿人一定很多，也许我不去也没人注意。"叔惠也知道世钧的脾气向来如此，随和起来是很随和，可是执拗起来也非常执拗，所以他随便劝了一声，也就算了。曼桢在旁边也没说什么。

　　那天晚上，世钧和叔惠回到家里，休息了一会，叔惠去拜寿去了，世钧忽然想起来，曼桢大概也要去的。这样一想，也没有多加考虑，就把玻璃窗推开了，向窗口一伏，想等叔惠经过的时候喊住他，跟他一块儿去。然而等了半天也没看见叔惠，想必他早已走过去了。楼窗下的街堂黑沉沉的，春夜的风吹到人脸上来，微带一些湿意，似乎外面倒比屋子里暖和。在屋里坐着，身上老是寒飕飕的。这灯光下的小房间显得又小，又空，又乱。其实这种客邸凄凉的况味也是他久已习惯了的，但今天也不知怎么的，简直一刻也坐不住了。他忽然很迫切地要想看见曼桢。结果延挨了一会，还是站起来就出去了，走到街上，便雇了一辆车，直奔那家饭馆。

那叶先生的寿筵是设在楼上，一上楼，就有一张两屉桌子斜放在那里，上面搁着笔砚和签名簿。世钧见了，不觉笑了笑，想道："还以为今天人多，谁来谁不来也没法子查考。——倒幸而来了！"他提起笔来，在砚台里蘸了一蘸。好久没有用毛笔写过字了，他对于毛笔字向来也就缺乏自信心，落笔之前不免犹豫了一下。这时候却有一只手从他背后伸过来，把那支笔一掣，掣了过去，倒抹了他一手的墨。世钧吃了一惊，回过头去一看，他再也想不到竟是曼桢，她从来没有这样跟他开玩笑过，他倒怔住了。曼桢笑道："叔惠找你呢，你快来。"她匆匆地把笔向桌上一搁，转身就走，世钧有点茫然地跟在她后面。这地方是很大的一个敞厅，摆着十几桌席，除了厂里的同人之外，还有叶先生的许多亲戚朋友，一时也看不见叔惠坐在哪里。曼桢把他引到通阳台的玻璃门旁边，便站住了脚。世钧伸头看了看，阳台上并没有人，便笑道："叔惠呢？"曼桢倒仿佛有点侷促不安似的，笑道："不是的，并不是叔惠找你，你等我告诉你，有一个原因。"但是好像很费解释似的，她说了这么半天也没说出所以然来，世钧不免有些愕然。曼桢也知道他是错会了意思，不由得红了脸，越发顿住了说不出话来了。正在这时候，却有个同事的拿着签名簿走过来，向世钧笑道："你忘了签名了！"世钧便把口袋上插着的自来水笔摘下来，随意签了个字，那人捧着簿子走了，曼桢却轻轻地顿了顿脚，低声笑道："糟了！"世钧很诧异地问道:"怎么了?"曼桢还没回答,先向四面望了望,然后就走到阳台上去,世钧也跟了出来,曼桢皱眉笑道:"我已经给你签了个名了。——我因为刚才听见你说不来,我想大家都来,你一个人不来也许不大好。"

世钧听见这话,一时倒不知道说什么好了,也不便怎样向她道谢,惟有怔怔地望着她笑着。曼桢被他笑得有些不好意思起来,一扭身伏在阳台栏杆上。这家馆子是一个老式的洋楼,楼上楼下灯火通明,在这临街的阳台上,房间里面嘈杂的声浪倒听不大见,倒是楼底下五魁八马的豁拳声听得十分清晰,还有卖唱的女人柔艳的歌声,胡琴咿咿哑哑拉着。曼桢偏过头来望着他笑道:"你不是说不来的么,怎么忽然又来了?"世钧却没法对她说,是因为想看见她的缘故。因此他只是微笑着,默然了一会,方道:"我想你同叔惠都在这儿,我也就来了。"

两人一个面朝外,一个面朝里,都靠在栏杆上。今天晚上有月亮,稍带长圆形的,像一颗白净的莲子似的月亮,四周白濛濛的发出一圈光雾。人站在阳台上,在电灯影里,是看不见月色的,只看见曼桢露在外面的一大截子手臂浴在月光中,似乎特别的白。她今天也仍旧穿了件深蓝布旗袍,上面罩着一件淡绿的短袖绒线衫,胸前一排绿珠钮子。今天她在办公室里也就是穿着这一身衣服。世钧向她身上打量着,便笑道:"你没回家,直接来的?"曼桢笑道:"嗳。你看我穿着蓝布大褂,不像个拜寿的样子是吧?"

正说着,房间里面有两个同事的向他们这边嚷道:"喂,你们还不来吃饭,还要人家催请!"曼桢忙笑着走了进去,世钧也一同走了进去。今天因为人多,是采取随到随吃的制度,凑满一桌就开一桌酒席。现在正好一桌人,大家已经都坐下了,当然入座的时候都抢着坐在下首,单空着上首的两个座位。世钧和曼桢这两个迟到的人是没有办法,只好坐在上首。世钧一坐下来,便有一个感想,像这样并坐在最上方,岂不是像新郎新娘吗?他偷眼向曼桢看了看,她或者也有同样的感觉,她仿佛很难为情似的,在席上一直也没有和他交谈。

席散后,大家纷纷的告辞出来,世钧和她说了声:"我送你回去。"他始终还没有到她家里去过,这次说要送她回去,曼桢虽然并没有推辞,但是两人之间好像有一种默契,送也只送到衖堂口,不进去的。既然不打算进去,其实送这么一趟是毫无意味的,要是坐电车公共汽车,路上还可以谈谈,现在一人坐了一辆黄包车,根本连话都不能说。然而还是非送不可,仿佛内中也有一种乐趣似的。

曼桢的一辆车子走在前面,到了她家里的衖堂口,她的车子先停了下来。世钧总觉得她这里是门禁森严,不欢迎人去的,为了表示他绝对没有进去的意思,他一下车,抢着把车钱付掉了,便匆匆地向她点头笑道:"那我们明天见吧,"一面说着,就转身要走。曼桢笑道:"要不然就请你进去坐一会了,这两天我家里乱七八糟的,因为我姐姐就要结婚了。"世钧不觉怔了怔,笑道:"哦,你姐姐就要结婚了?"曼桢笑道:"嗯。"街灯的光线虽然不十分明亮,依旧可以看见她的眉宇间透出一团喜气。世钧听见这消息,也是心头一喜。他是知道她的家庭状况的,他当然替她庆幸她终于摆脱了这一重关系,而她姐姐也得到了归宿。

他默然了一会,便又带笑问道:"你这姊夫是怎么样的一个人?"曼桢笑道:"那人姓祝,'祝福'的祝。吃交易所饭的。"说到这里,曼桢忽然想起来,今天她母亲陪着她姐姐一同去布置新房,不知道可回来了没有，要是刚巧这时候回来了，被她们看见她站在衖堂口和一个男子说话，待会儿又要问长问短，虽然也没有什么要紧，究竟不大好。因此她接着就说："时候不早了吧，我要进去了。"世钧便道："那我走了。"他说走就走，走过几家门面，回过头去看看，曼桢却还站在那里。然而就在这一看的工夫，她仿佛忽然醒悟了似的，一转身就进去了。世钧倒又站住了发了一会楞。

次日照常见面，却没有再听见她提起姊姊结婚的事情。世钧倒一直惦记着。不说别的，此后和她来往起来也方便些，也可以到她家里去，不必有那些顾忌了。

隔了有一星期模样，她忽然当着叔惠说起她姊姊结婚了，家里房子空出来了，要分租出去，想叫他们代为留心，如果听见有什么人要房子，给介绍介绍。

世钧很热心地逢人就打听，有没有人要找房子。不久就陪着一个间接的朋友，一个姓吴的，到曼桢家里来看房子。他自己也还是第一次踏进这衖堂，他始终对于这地方感到一种禁忌，因而有一点神秘之感。这衖堂在很热闹的地段，沿马路的一面全是些店面房子，店家卸下来的板门，一扇一扇倚在后门外面。一群娘姨大姊聚集在公共自来水龙头旁边淘米洗衣裳，把水门汀地下溅得湿漉漉的。内中有一个小大姐，却在那自来水龙头下洗脚。她金鸡独立地站着，提起一只脚来哗啦哗啦放着水冲着。脚趾甲全是鲜红的，涂着蔻丹——就是这一点引人注目。世钧向那小大姐看了一眼，心里就想着，这不知道可是顾家的佣人，伺候曼桢的姊姊的。

顾家是五号，后门口贴着招租条子。门虚掩着，世钧敲了敲，没人应，正要推门进去，衖堂里有个小孩子坐在人家的包车上玩，把脚铃踏着叮叮地响,这时候就从车上跳了下来,赶过来拦着门问:"找谁?"世钧认识他是曼桢的弟弟,送钥匙到叔惠家里去过的,他却不认识世钧。世钧向他点点头笑笑,说:"你姊姊在家吗?"世钧这句话本来也问得欠清楚,杰民听了,更加当作这个人是曼璐从前的客人。他虽然是一个小孩子,因为环境的关系,有许多地方非常敏感,对于曼璐的朋友一直感到憎恶,可是一直也没有发泄的机会。这时候便理直气壮地吆喝道:"她不在这儿了!她结婚了!"世钧笑道:"不是的,我是说你二姊。"杰民楞了一楞,因为曼桢从来没有什么朋友到家里来过。他仍旧以为这两个人是跑到此地来寻开心的,便瞪着眼睛道:"你找她干吗?"这孩子一副声势汹汹的样子,当着那位同来的吴先生,却使世钧有些难堪。他笑道:"我是她的同事,我们来看房子的。"杰民又向他观察了一番,方始转身跑进去,一路喊着:"妈!有人来看房子!"他不去喊姊姊而去喊妈,可见还是有一点敌意。世钧倒没有想到,上她家里来找她会有这么些麻烦。

过了一会,她母亲迎了出来,把他们往里让。世钧向她点头招呼着,又问了一声"曼桢在家么?"她母亲笑道:"在家,我叫杰民上去喊她了。——贵姓呀?"世钧道:"我姓沈。"她母亲笑道:"哦,沈先生是她的同事呀?"她仔细向他脸上认了一认,见他并不是那照片上的青年,心里稍微有点失望。

楼下有一大一小两间房,已经出空了,一眼望过去,只看见光塌塌的地板,上面浮着一层灰。空房间向来是显得大的,同时又显得小,像个方方的盒子似的。总之,从前曼桢的姊姊住在这里是一个什么情形,已经完全不能想像了。

杰民上楼去叫曼桢,她却耽搁了好一会方才下来,原来她去换了一件新衣服，那是她因为姊姊结婚，新做的一件短袖夹绸旗袍，粉红地上印着菉豆大的深蓝色圆点子。这种比较娇艳的颜色她从前是决不会穿的，因为家里有她姊姊许多朋友出出进进；她永远穿着一件蓝布衫，除了为省俭之外，也可以说是出于一种自卫的作用。现在就没有这些顾忌了。世钧觉得她好像陡然脱了孝似的，使人眼前一亮。

世钧把她介绍给吴先生。吴先生说这房子朝西，夏天恐怕太热了，敷衍了两句说再考虑考虑，就说："那我先走一步了，还有几个地方要去看看。"他先走了，曼桢邀世钧到楼上去坐一会。她领着他上楼，半楼梯有个窗户，窗台上搁着好几双黑布棉鞋，有大人的，有小孩的，都是穿了一冬天的，放在太阳里晒着。晚春的太阳暖洋洋的，窗外的天是淡蓝色的。

到了楼上，楼上的一间房是她祖母带着几个弟弟妹妹同住的，放着两张大床，一张小铁床。曼桢陪着世钧在靠窗的一张方桌旁边坐下。他们一路上来，一个人影子也没看见，她母亲这时候也不知去向了，隐隐的却听见隔壁房间有咳嗽声和喊喊促促说话的声音，想必人都躲到那边去了。

一个小大姐送茶进来，果然就是刚才在衖堂里洗脚，脚趾甲上涂着蔻丹的那一个。她大概是曼桢的姊姊留下的唯一的遗迹了。她现在赤着脚穿着双半旧的镂空白皮鞋，身上一件花布旗袍，头发上夹着粉红赛璐珞夹子，笑嘻嘻地捧了茶进来，说了声"先生请用茶"，礼貌异常周到。出去的时候顺手就带上了门。世钧注意到了，心里也有点不安；倒不是别的，关着门说话，给她的祖母和母亲看着，是不是不大好。然而他不过是稍微有点侷促而已，曼桢却又是一种感想，她想着阿宝是因为一直伺候她姊姊，训练有素的缘故。这使她觉得非常难为情。

她马上去把门开了,再坐下来谈话,说:"刚才你那个朋友不知是不是嫌贵了?"世钧道:"我想不是吧,叔惠家里也是住这样两间房间,租钱也跟这个差不多,房间还不及这儿敞亮。"曼桢笑道:"你跟叔惠住一间房么?"世钧道:"唔。"

杰民送了两碗糖汤渥鸡蛋进来。曼桢见了,也有点出于意外。当然总是她母亲给做的,客人的碗里有两只鸡蛋。她的碗里有一只鸡蛋。她弟弟咚咚咚走进来放在桌上,板着脸,也不朝人看,回身就走。曼桢想叫住他,他头也不回一回。曼桢笑道:"他平常很老练的,今天不知道怎么忽然怕难为情起来了。"这原因,世钧倒很明了,不过也没有去道破它,只笑着说:"为什么还要弄点心,太费事了。"曼桢笑道:"乡下点心!你随便吃一点。"

世钧一面吃着一面问:"你们早上吃什么当早饭?"曼桢道:"吃稀饭。你们呢?"世钧道:"叔惠家里也是吃稀饭,不过是这样:叔惠的父亲是非常好客的,晚上常常有人来吃饭,一来来上好些人,把叔惠的母亲都累坏了,早上还得天不亮起来给我们煮粥,我真觉得不过意,所以我常常总是不吃早饭出来,在摊子上吃两副大饼油条算了。"曼桢点点头道:"在人家家里住着就是这样,有些地方总有点受委屈。"世钧道:"其实他们家里还算是好的。叔惠的父亲母亲待我真像自己人一样,不然我也不好意思老住在那里。"

曼桢道:"你有多少时候没回家去了?"世钧道:"快一年了吧。"曼桢笑道:"不想家么?"世钧笑道:"我也真怕回去。将来我要是有这个力量,总想把我母亲接出来。我父亲跟她感情很坏,总是闹别扭。"曼桢道:"哦。……"世钧道:"就为了我,也呕了许多气。"曼桢道:"怎么呢?"世钧道:"我父亲开着一爿皮货店,他另外还做些别的生意。从前我哥哥在世的时候,他毕业之后就在家里帮着我父亲,预备将来可以接着做下去。后来我哥哥死了,我父亲意思要我代替他,不过我对于那些事情不感到兴趣,我要学工程。我父亲非常生气,从此就不管我的事了。后来我进大学,还是靠我母亲偷偷地接济我一点钱。"所以他那时候常常在窘境中。说起来,曼桢在求学时代也是饱受经济压迫的,在这一点上大家谈得更是投契。

曼桢道:"你在上海大概熟人不多,不然我倒又有一桩事情想托托你。"世钧笑道:"什么事?"曼桢道:"你如果听见有什么要兼职的打字的……我很想在下班以后多做两个钟头事情。教书也行。"世钧向她注视了一会,微笑道:"那样你太累了吧?"曼桢笑道:"不要紧的。在办公室里一大半时候也是白坐着,出来再做一两个钟头也算不了什么。"

世钧也知道,她姊姊一嫁了人,她的负担更增重了。做朋友的即使有力量帮助她,也不是她所能够接受的,唯一的帮忙的办法是替她找事。然而他替她留心了好些时,并没有什么结果。有一天她又叮嘱他:"我本来说要找个事情在六点钟以后,现在我要改在晚饭后。"世钧道:"晚饭后?不太晚了么?"曼桢笑道:"晚饭前我已找到了一个事情了。"世钧道:"嗳呀,你这样不行的!这样一天到晚赶来赶去,真要累出病来的!你不知道,在你这个年纪顶容易得肺病了。"曼桢笑道:"'在你这个年纪!'倒好像你自己年纪不知有多大了!"

她第二个事情不久又找到了。一个夏天忙下来,她虽然瘦了些,一直兴致很好。世钧因为住在叔惠家里,一年到头打搅人家,所以过年过节总要买些东西送给叔惠的父母。这一年中秋节他送的礼就是托曼桢买的。送叔惠的父亲一条纯羊毛的围巾，送叔惠的母亲一件呢袍料。在这以前他也曾经送过许太太一件衣料，但是从来也没看见她做出来穿，他还以为是他选择的颜色或者欠大方，上了年纪的人穿不出来。其实许太太看上去也不过中年。她从前想必是个美人，叔惠长得像她而不像他父亲。他父亲许裕舫是个胖子，四五十岁的人了，看着也还像个黑胖小子。裕舫在一家银行里做事，就是因为他有点名士派的脾气，不善于逢迎，所以做到老还是在文书股做一个小事情，他也并不介意。这一天，大家在那里赏鉴世钧送的礼，裕舫看见衣料便道："马上拿到裁缝店去做起来吧，不要又往箱子里一收！"许太太笑道："我要穿得那么漂亮干吗？跟你一块儿出去，更显得你破破烂烂像个老当差的，给人家看见了，一定想这女人霸道，把钱都花在自己身上了！"她掉过脸来又向世钧说："你不知道他那脾气，叫他做衣服，总是不肯做。"裕舫笑道："我是想开了，我反正再打扮也就是这个样子，漂亮不了了，所以我还是对于吃比较感到兴趣。"

　　提起吃，他便向他太太说："这两天不知有些什么东西新上市？明天我跟你逛菜场去！"他太太道："你就别去了，待会儿看见什么买什么，想要留几个钱过节呢。"裕舫道："其实要吃好东西也不一定要在过节那天吃，过节那天只有贵，何必凑这个热闹呢？"他太太依旧坚持着世俗的看法，说："节总是要过的。"

　　这过节不过节的问题，结果是由别人来替他们解决了。他们家来了一个朋友借钱，有一笔急用，把裕舫刚领到的薪水差不多全部借去了。这人也是裕舫的一个多年的同事，这一天他来了，先闲谈了一会，世钧看他那神气仿佛有话要说似的，就走了出来，回到自己房间里去。过了一会，许太太到他房门外搬取她的一只煤球炉子，顺便叫了他一声："世钧！许伯伯要做黄鱼羹面呢，你也来吃！"世钧笑着答应了一声，便跟过来了。裕舫正在那里揎拳掳袖预备上灶，向客人说道："到我这儿来，反正有什么吃什么，决不会为你多费一个大，这你可以放心！"

除了面，还有两样冷盆。裕舫的烹调手法是他生平最自负的，但是他这位大师傅手下，也还是需要一个"二把刀"替他把一切都准备好了，一样一样切成丝，剁成末，所以许太太还是忙个不停。而且裕舫做起菜来一丝不苟，各种原料占上许多不同的碟子，摊满一房间。客人走了半天，许太太还在那里洗碟子。她今天早上买这条鱼，本来是因为叔惠说了一声，说想吃鱼。现在这条大鱼去掉了中间的一段，她依旧把剩下的一个头和一条尾巴凑在一起，摆出一条完整的鱼的模样，搁在砧板上，预备吃晚饭的时候照原定计画炸来吃。叔惠回来了，看见了觉得很诧异，说："这只鱼怎么头这么大？"裕舫接口道："这鱼矮。"许太太也忍不住笑起来了。

叔惠把两只手插在裤袋里，露出他里面穿的绒线背心，灰色绒线上面满缀着雪珠似的白点子。他母亲便问道："你这背心是新的？是机器织的还是打的？"叔惠道："是打的。"许太太道："哦？是谁给你打的？"叔惠道："顾小姐。你不认识的。"许太太道："我知道的——不就是你那个同事的顾小姐吗？"

曼桢本来跟世钧说要给他打件背心，但是她这种地方向来是非常周到的，她替叔惠也织了一件。她的绒线衫口袋里老是揣着一团绒线，到小饭馆子里吃饭的时候也手不停挥地打着。是叔惠的一件先打好，他先穿出来了。被他母亲看在眼里，他母亲对于儿子的事情也许因为过分关心的缘故，稍微有点神经过敏，从此倒添了一桩心事。当时她先搁在心里没说什么。叔惠是行踪无定的，做母亲的要想钉住他跟他说两句心腹话，简直不可能。倒是世钧，许太太和他很说得来。她存心要找个机会和他谈谈，从他那里打听打听叔惠的近况，因为儿女到了一个年龄，做父母的跟他们简直隔阂得厉害，反而是朋友接近得多。

　　第二天是一个星期日，叔惠出去了，他父亲也去看朋友去了。邮差送了封信来，许太太一看，是世钧家里寄来的，便送到他房间里来。世钧当着她就把信拆开来看，她便倚在门框上，看着他看信，问道："是南京来的吧？你们老太太好呀？"世钧点点头，道："她说要到上海来玩一趟。"许太太笑道："你们老太太兴致这样好！"世钧皱着眉笑道："我想她还是因为我一直没回去过，所以不放心，想到上海来看看。其实我是要回去一趟的。我想写信去告诉她，她也可以不必来了——她出一趟门，是费了大事的，而且住旅馆也住不惯。"许太太叹道："也难怪她惦记着，她现在就你这么一个孩子嘛！你一个人在上海，也不怪她不放心——她倒没催你早一点结婚？"世钧顿了一顿，微笑道："我母亲这一点倒很开通。也是因为自己吃了旧式婚姻的苦，所以对于我她并不干涉。"许太太点头道："这是对的。现在这世界，做父母的要干涉也不行呀！别说像你们老太太跟你，一个在南京，一个在上海，就像我跟叔惠这样住在一幢房子里，又有什么用？他外边有女朋友，他哪儿肯对我们说？"世钧笑道："那他要是真的有了结婚的对象，他决不会不说的。"许太太微笑不语，过了一会，便又说道："你们同事有个顾小姐，是怎么一个人？"世钧倒楞了一楞，不知道为什么马上红了脸，道："顾曼桢呀？她人挺好的，可是……她跟叔惠不过是普通朋友。"许太太半信半疑地哦了一声，心想，至少那位小姐对叔惠很不错，要不怎么会替他打绒线背心。除非她是相貌长得丑，所以叔惠对她并没有意思。因又笑道："她长得难看是吧？"世钧不由得笑了一笑，道："不，她……并不难看。不过我确实知道她跟叔惠不过是普通朋友。"他自己也觉得他结尾这句话非常无力，一点也不能保证叔惠和曼桢没有结合的可能，许太太要疑心也还是要疑心的。只好随她去吧。

世钧写了封信给他母亲，答应说他不久就回来一趟。他母亲很高兴，又写信来叫他请叔惠一同来。世钧知道他母亲一定是因为他一直住在叔惠家里，她要想看看他这个朋友是个什么样的人，是否对于他有不良的影响。他问叔惠可高兴到南京去玩一趟。这一年的双十节恰巧是一个星期五，和周末连在一起，一共放三天假。他们决定乘这个机会去痛痛快快玩两天。

在动身的前夕，已经吃过晚饭了，叔惠又穿上大衣往外跑。许太太知道他刚才有一个女朋友打电话来，便道："这么晚了还要出去，明天还得起个大早赶火车呢！"叔惠道："我马上回来的。一个朋友有两样东西托我带到南京去，我去拿一拿。"许太太道："哟，东西有多大呀，装得下装不下？你的箱子我倒已经给你理好了。"她还在那里念叨着，叔惠早已走得无影无踪了。

他才去了没一会儿，倒又回来了，走到楼梯底下就往上喊："喂，有客来了！"原来是曼桢来了，他在衖堂口碰见她，便又陪着她一同进来。曼桢笑道："你不是要出去么？你去吧，真的，没关系的。我没有什么事情——我给你们带了点点心来，可以在路上吃。"叔惠道："你干吗还要买东西？"他领着她一同上楼，楼梯上有别的房客在墙上钉的晾衣裳绳子，晾满了一方一方的尿布，一根绳子斜斜地一路牵到楼上去。楼梯口又是煤球炉子，又是空肥皂箱，洋油桶；上海人家一幢房子里住上几家人家，常常就成为这样一个立体化的大杂院。叔惠平常走出去,西装穿得那么挺刮,人家大约想不到他家里是这样一个情形。他自己也在那里想着:这是曼桢,还不要紧,换了一个比较小姐脾气的女朋友,可不能把人家往家里带。

走到三层楼的房门口,他脸上做出一种幽默的笑容,向里面虚虚地一伸手,笑道:"请请请。"由房门里望进去,迎面的墙上挂着几张字画和一只火腿。叔惠的父亲正在灯下洗碗筷,他在正中的一张方桌上放着一只脸盆,在脸盆里晃荡晃荡洗着碗。今天是他洗碗,因为他太太吃了饭就在那里忙着絮棉袄——他们还有两个孩子在北方念书,北方的天气冷得早,把他们的棉袍子给做起来,就得给他们寄去了。

许太太看见来了客,一听见说是顾小姐,知道就是那个绒线背心的制做者,心里不知怎么却有点慌张,笑嘻嘻地站起来让坐,嘴里只管叽咕着:"看我这个样子!弄了一身的棉花!"只顾忙着拍她衣服上黏着的棉花衣子。许裕舫在家里穿着一件古铜色对襟夹袄,他平常虽然是那样满不在乎,来了这么个年轻的女人,却使他侷促万分,连忙加上了一件长衫。这时候世钧也过来了。许太太笑道:"顾小姐吃过饭没有?"曼桢笑道:"吃过了。"叔惠陪着坐了一会,曼桢又催他走,他也就走了。

裕舫在旁边一直也没说话,到现在方才开口问他太太:"叔惠上哪儿去了?"他太太虽然知道叔惠是到女朋友家去了,她当时就留了个神,很圆滑地答道:"不知道,我只听见他说马上就要回来的,顾小姐你多坐一会。这儿实在乱得厉害,要不,上那边屋去坐坐吧。"她把客人让到叔惠和世钧的房间里去,让世钧陪着,自己就走开了。

许太太把她刚才给曼桢泡的一杯茶也送过来了。世钧拿起热水瓶来给添上点开水,又把台灯开了。曼桢看见桌上有个闹钟,便拿过来问道:"你们明天早上几点钟上火车?"世钧道:"是七点钟的车。"曼桢道:"把闹钟拨到五点钟,差不多吧?"她开着钟,那轧轧轧的声浪,反而显出这间房间里面的寂静。

世钧笑道:"我没想到你今天会来。……为什么还要买了点心来呢?"曼桢笑道:"咦,你不是说,早上害许伯母天不亮起来给你们煮稀饭,你觉得不过意,我想明天你们上火车,更要早了,你一定不肯麻烦人家,结果一定是饿着肚子上车站,所以我带了点吃的来。"

她说这个话,不能让许太太他们听见,声音自然很低。世钧走过来听,她坐在那里,他站得很近,在那一刹那间,他好像是立在一个美丽的深潭的边缘上,有一点心悸,同时心里又感到一阵阵的荡漾。她的话早就说完了,他还没有走开。也许不过是顷刻间的事,但是他自己已经觉得他逗留得太久了,她一定也有同感,因为在灯光下可以看见她脸上有点红晕。她亟于要打破这一个局面,便说:"你忘了把热水瓶盖上了。"世钧回过头去一看,果然那热水瓶像烟囱似的直冒热气,刚才倒过开水就忘了盖上,今天也不知道怎么这样心神恍惚。他笑着走过去把它盖上了。

曼桢道:"你的箱子理好了没有?"世钧笑道:"我也不带多少东西。"他有一只皮箱放在床上,曼桢走过去,扶起箱子盖来看看,里面乱七八糟的。她便笑道:"我来给你理一理。不要让你家里人说你连箱子都不会理,更不放心让你一个人在外面了。"世钧当时就想着,她替他理箱子,恐怕不大妥当,让人家看见了要说闲话的。然而他也想不出适当的话来拦阻她。曼桢有些地方很奇怪,羞涩起来很羞涩，天真起来又很天真——而她并不是一个一味天真的人，也并不是一个怕羞的人。她这种矛盾的地方，实在是很费解。

曼桢见他呆呆地半天不说话，便道："你在那里想什么？"世钧笑了一笑，道："唔？……"他回答不出来，看见她正在那里摺叠一件衬衫，便随口说道："等我回来的时候，我那件背心大概可以打好了吧？"曼桢笑道："你礼拜一准可以回来么？"世钧笑道："礼拜一一定回来。没有什么必要的事情，我不想请假。"曼桢道："你这么些时候没回去过，你家里人一定要留你多住几天的。"世钧笑道："不会的。"

那箱子盖忽然自动地扣下来，正斫在曼桢手背上。才扶起来没有一会，又扣下来。世钧便去替她扶着箱子盖。他坐在旁边，看着他的衬衫领带和袜子一样一样经过她的手，他有一种异样的感觉。

许太太装了两碟子糖果送了来，笑道："顾小姐吃糖。——呦，你替世钧理箱子呀？"世钧注意到许太太已经换上了一件干净衣服，脸上好像还扑了点粉，那样子仿佛是预备到这儿来陪着客人谈谈似的，然而她结果并没有坐下来，敷衍了两句就又走了。

曼桢道："你的雨衣不带去？"世钧道："我想不带了——不见得刚巧碰见下雨，一共去这么两天工夫。"曼桢道："你礼拜一定回来么？"话已经说出口，她才想起刚才已经说过了，自己也笑了起来。就在这一阵笑声中匆匆关上箱子，拿起皮包，说："我走了。"世钧看她那样子好像相当窘，也不便怎样留她，只说了一声："还早呢，不再坐一会儿。"曼桢笑道："不，你早点睡吧。我走了。"世钧笑道："你不等叔惠回来了？"曼桢笑道："不等了。"

世钧送她下楼，她经过许太太的房间，又在门口向许太太夫妇告辞过了,许太太送她到大门口,再三叫她有空来玩。关上大门,许太太便和世钧说:"这顾小姐真好,长得也好!"她对他称赞曼桢,仿佛对于他们的关系有了一种新的认识似的,世钧觉得有点窘,他只是唯唯诺诺,没说什么。

回到房间里来,他的原意是预备早早的上床睡觉;要铺床,先得把床上那只箱子拿掉,但是他结果是在床沿上坐下了,把箱子开开来看看,又关上了,心里没着没落的,非常无聊。终于又站起来,把箱子锁上了,从床上拎到地下。钥匙放到口袋里去,手指触到袋里的一包香烟,顺手就掏出来,抽出一根来点上了。既然点上了,总得把这一根抽完了再睡觉。

看看钟,倒已经快十一点了。叔惠还不回来。夜深人静,可以听见叔惠的母亲在她房里轧轧轧转动着她的手摇缝衣机器。大概她在等着替叔惠开门,不然她这时候也已经睡了。

世钧把一支香烟抽完了,有点口干,去倒杯开水喝。他的手接触到热水瓶的盖子,那金属的盖子却是滚烫的。他倒吓了一跳。开开来,原来里面一只软木塞没有塞上,所以热气不停地冒出来,把那盖子薰得那么烫。里面的水可已经凉了。他今天也不知道怎么那样糊涂,这只热水瓶,先是忘了盖;盖上了,又忘了把里面的软木塞塞上。曼桢也许当时就注意到了,但是已经提醒过他一次,不好意思再说了。世钧想到这里,他尽管一方面喝着凉开水,脸上却热辣辣起来了。

楼窗外有人在吹口哨,一定是叔惠。叔惠有时候喜欢以吹口哨代替敲门,因为晚上天气冷,他两手插在大衣袋里,懒得拿出来。世钧心里想,许太太在那里轧轧轧做着缝衣机器,或者会听不见;他既然还没有睡,不妨下去一趟,开一开门。

他走出去，经过许太太房门口，却听见许太太在那里说话，语声虽然很低，但是无论什么人，只要一听见自己的名字，总有点触耳惊心，决没有不听见的道理。许太太在那儿带笑带说："真想不到，世钧这样不声不响的一个老实头儿，倒把叔惠的女朋友给抢了去！"裕舫他是不会窃窃私语的，向来是声如洪钟。他说道："叔惠那小子——就是一张嘴！他哪儿配得上人家！"这位老先生和曼桢不过匆匆一面，对她的印象倒非常之好。这倒没有什么，但是他对自己的儿子评价过低，却使他太太感到不快。她没有接口，轧轧轧又做起缝衣机器来了。世钧就借着这机器的响声作为掩护，三级楼梯一跨，跑回自己房来。

许太太刚才说的话，他到现在才回过味来。许太太完全曲解了他们三个人之间的关系，然而他听到她的话，除了觉得一百个不对劲之外，紊乱的心绪里却还夹杂着一丝喜悦。所以心里也说不上来是一种什么滋味。

叔惠还在楼窗外吹着口哨，并且蓬蓬蓬敲着门了。

四

　　他们乘早班火车到南京。从下关车站到世钧家里有公共汽车可乘，到家才只有下午两点钟模样。

　　世钧每一次回家来，一走进门，总有点诧异的感觉，觉得这地方比他记忆中的家还要狭小得多，大约因为他脑子里保留的印象还是幼年时代的印象，那时候他自己身个儿小，从他的眼睛里看出来，当然一切都特别放大了一圈。

　　他家里开着一爿皮货店，自己就住在店堂楼上。沈家现在阔了，本来不靠着这爿皮货店的收入，但是家里省俭惯了，这些年来一直住在这店堂楼上，从来不想到迁移。店堂里面阴暗而宏敞，地下铺着石青的方砖。店堂深处停着一辆包车，又放着一张方桌和两把椅子，那是给店里的账房和两个年份多些的伙计在那里起坐和招待客人的。桌上搁着茶壶茶杯，又有两顶瓜皮小帽覆在桌面上，看上去有一种闲适之感。抬头一看，头上开着天窗，屋顶非常高，是两层房子打通了的。四面围着一个走马楼，楼窗一扇扇都是宝蓝彩花玻璃的。

　　世钧的母亲一定是在临街的窗口瞭望着，黄包车拉到门口，她就看见了。他这里一走进门，他母亲便从走马楼上往下面哇啦一喊："阿根，二少爷回来了，帮着拿拿箱子！"阿根是包车夫，他随即出现了，把他们手里的行李接过去。世钧便领着叔惠一同上楼。沈太太笑嘻嘻迎出来，问长问短，叫女佣打水来洗脸，饭菜早预备好了，马上热腾腾的端了上来。沈太太称叔惠为"许家少爷"。叔惠人既漂亮，一张嘴又会说，老太太们见了自然是喜欢的。

世钧的嫂嫂也带着孩子出来相见。一年不见，他嫂嫂又苍老了许多。前一向听见说她有腰子病，世钧问她近来身体可好，他嫂嫂说还好。他母亲说："大少奶奶这一向倒胖了。倒是小健，老是不舒服，这两天出疹子刚好。"他这个侄儿身体一向单弱，取名叫小健，正是因为他不够健康的缘故。他见了世钧有点认生，大少奶奶看他仿佛要哭似的，忙道："不要哭，哭了奶奶要发脾气的！"沈太太笑道："奶奶发起脾气来是什么样子？"小健便做出一种呜呜的声音，像狗的怒吼。沈太太又道："妈发起脾气来怎么样？"他又做出那呜呜的吼声。大家都笑了。世钧心里想着，家里现在就只有母亲和嫂嫂两个人，带着这么一个孩子过活着，哥哥已经死了，父亲又不大回家来——等于两代寡居，也够凄凉的，还就靠这孩子给这一份人家添上一点生趣。

小健在人前只出现了几分钟，沈太太便问叔惠："许家少爷你出过疹子没有？"叔惠道："出过了。"沈太太道："我们世钧也出过了，不过还是小心点的好。小健虽然已经好了，仍旧会过人的。奶妈你还是把他带走吧。"

沈太太坐在一边看着儿子吃饭，问他们平常几点钟上班，几点钟下班，吃饭怎么样，日常生活情形一一都问到了。又问起冬天屋子里有没有火，苦苦劝世钧做一件皮袍子穿，马上取出各种细毛的皮统子来给他挑拣。拣过了，仍旧收起来，叫大少奶奶帮着收到箱子里去。大少奶奶便说："这种洋灰鼠的倒正好给小健做个皮斗篷。"沈太太道："小孩子不可以给他穿皮的——火气太大了。我们家的规矩向来这样，像世钧他们小时候，连丝棉的都不给他们穿。"大少奶奶听了，心里很不高兴。

沈太太因为儿子难得回来一次，她今天也许兴奋过度了，有时神情恍惚，看见佣人也笑嘻嘻的，一会儿说"快去这样"，一会儿说"快去那样"，颠三倒四，跑出跑进地乱发号令，倒好像没用惯佣人似的，不知道要怎样铺张才好，把人支使得团团转。大少奶奶在旁边要帮忙也插不上手去。世钧看见母亲这样子，他不知道这都是因为他的缘故，他只是有一点伤感，觉得他母亲渐渐露出老态了。

世钧和叔惠商量着今天先玩哪几个地方，沈太太道："找翠芝一块儿去吧，翠芝这两天也放假。"翠芝是大少奶奶的表妹，姓石。世钧马上就说："不要了，今天我还得陪叔惠到一个地方去，有人托他带了两样东西到南京来，得给人家送去。"被他这样一挡，沈太太就也没说什么了，只叮嘱他们务必要早点回来，等他们吃饭。

叔惠开箱子取出那两样托带的东西，沈太太又找出纸张和绳子来，替他重新包扎了一下。世钧在旁边等着，立在窗前，正看见他侄儿在走马楼对面，伏在窗口向他招手叫二叔。看到小健，非常使他想起自己的童年。因而就联想到石翠芝。翠芝和他是从小就认识的，虽然并不是什么青梅竹马的小情侣，他倒很记得她的。倒是快乐的回忆容易感到模糊，而刺心的事情——尤其是小时候觉得刺心的事情——是永远记得的，常常无缘无故地就浮上心头。

他现在就又想起翠芝的种种。他和翠芝第一次见面，是在他哥哥结婚的时候。他哥哥结婚，叫他做那个捧戒指的童儿，在那婚礼的行列里他走在最前面。替新娘子拉纱的有两个小女孩，翠芝就是其中的一个。在演习仪式的时候，翠芝的母亲在场督导，总是挑眼，嫌世钧走得太快了。世钧的母亲看见翠芝，却把她当宝贝，赶着她儿呀肉的叫着，想要认她做干女儿。世钧不知道这是一种社交上的策略，小孩子家懂得什么，看见他母亲这样疼爱这小女孩，不免有些妒忌。他母亲叫他带着她玩，说他比她大得多，应该让着她，不可以欺负她。世钧教她下象棋。她那时候才七岁，教她下棋，她只是在椅子上爬上爬下的，心不在焉。一会儿又趴在桌上，两只胳膊肘子撑在棋盘上，两手托着腮，把一双漆黑的眼睛灼灼地凝视着他，忽然说道："我妈说你爸爸是个暴发户。嗳！"世钧稍微楞了一楞，就又继续移动着棋子："我吃你的马。哪，你就拿炮打我——"翠芝又道："我妈说你爷爷是个毛毛匠。"世钧道："吃你的象。喏，你可以出车了。——打你的将军！"

那一天后来他回到家里，就问他母亲："妈，爷爷从前是干什么的？"他母亲道："爷爷是开皮货店的。这爿店不就是他开的么？"世钧半天不作声，又道："妈，爷爷做过毛毛匠吗？"他母亲向他看了一眼，道："爷爷从前没开店的时候本来是个手艺人，这也不是什么难为情的事情，也不怕人家说的。"然而她又厉声问道："你听见谁说的？"世钧没告诉她。她虽然说这不是什么难为情的事，她这种神情和声口已经使他深深地感到羞耻了。但是更可耻的是他母亲对翠芝母女那种巴结的神气。

世钧的哥哥结婚那一天，去拍结婚照，拉纱的和捧戒指的小孩预先都经各人的母亲关照过了，镁光灯一亮的时候，要小心不要闭上眼睛。后来世钧看到那张结婚照片，翠芝的眼睛是紧紧闭着的。他觉得非常快心。

那两年他不知道为什么，简直没有长高，好像完全停顿了。大人常常嘲笑他："怎么，你一定是在屋子里打着伞来着？"因为有这样一种禁忌，小孩子在房间里打着伞，从此就不再长高了。翠芝也笑他矮，说："你比我大，怎么跟我差不多高？还是个男人。——将来长大一定是个矮子。"几年以后再见面，他已经比她高出一个头半了，翠芝却又说："怎么你这样瘦？简直瘦得像个蚂蚱。"这大约也是听见她母亲在背后说的。

石太太一向不把世钧放在眼里的，只是近年来她因为看见翠芝一年年的大了起来，她替女儿择婿的范围本来只限于他们这几家人家的子弟，但是年纪大的太大，小的太小，这些少爷们又是荒唐的居多，看来看去，还是世钧最为诚实可靠。石太太自从有了这个意思，便常常打发翠芝去看她的表姊，就是世钧的嫂嫂。世钧的母亲从前常说要认翠芝做干女儿，但是结果没有能成为事实，现在世钧又听见这认干女儿的话了，这一次不知道是哪一方面主动的。大概是他嫂嫂发起的。干兄干妹好做亲——世钧想他母亲和嫂嫂两个人在她们的寂寞生涯中，也许很乐于想像到这一头亲事的可能性。

这一天他和叔惠两人一同出去，玩到天黑才回来。他母亲一看见他便嚷："嗳呀，等你们等得急死了！"世钧笑道："要不是因为下雨了，我们还不会回来呢。"他母亲道："下雨了么？——还好，下得不大。翠芝要来吃晚饭呢。"世钧道："哦？"他正觉得满肚子不高兴，偏偏这时候小健在门外走过，拍着手唱着："二叔的女朋友来喽！二叔的女朋友就要来喽！"世钧听了，不由得把两道眉毛紧紧地皱在一起，道："怎么变了我的女朋友了？笑话！这是谁教他这么说的？"其实世钧有什么不知道，当然总是他嫂嫂教的了。世钧这两年在外面混着，也比从前世故得多了，但是不知道怎么，一回到家里来，就又变成小孩子脾气了，把他磨练出来的一点涵养功夫完全抛开了。

他这样发作了两句，就气烘烘的跑到自己房里去了。他母亲也没接碴，只说："陈妈，你送两盆洗脸水去，给二少爷同许家少爷擦把脸。"叔惠搭讪着也回房去了。沈太太便向大少奶奶低声道："待会儿翠芝来了，我们倒也不要太露骨了，你也不要去取笑他们，还是让他们自自然然的好，说破了反而僵的慌。"她这一番嘱咐本来就是多余的，大少奶奶已经一肚子火在那里，还会去跟他们打趣么？大少奶奶冷笑道："那当然啰。不说别的，翠芝先就受不了。我们那位小姐也是个倔脾气。这次她听见说世钧回来了，一请，她就来了，也是看在小时候总在一块儿玩的份上；她要知道是替她做媒，她不见得肯来的。"沈太太知道她这是替她表妹圆圆面子的话，便也随声附和道："是呀，现在这些年轻人都是这种脾气！只好随他们去吧。唉，这也是各人的缘分！"

叔惠和世钧在他们自己的房间里，叔惠问他翠芝是什么人。世钧道："是我嫂嫂的表妹。"叔惠笑道："他们要替你做媒，是不是？"世钧道："那是我嫂嫂一厢情愿。"叔惠笑道："漂亮不漂亮？"世钧道："待会儿你自己看好了。——真讨厌，难得回来这么两天工夫，也不让人清静一会儿！"叔惠望着他笑道："喝！瞧你这股子骠劲！"世钧本来还在那里生气，这就不由得笑了起来，道："我这算什么呀，你没看见人家那股子骠劲，真够瞧的！小城里的大小姐，关着门做皇帝做惯的吗！"叔惠笑道："'小城里的大小姐'，南京可不能算是个小城呀。"世钧笑道："我是冲着你们上海人的心理说的。在上海人看来,内地反正不是乡下就是小城。是不是有这种心理的?"

正说到这里,女佣来请吃饭,说石小姐已经来了。叔惠带着几分好奇心,和世钧来到前面房里。世钧的嫂嫂正在那里招呼上菜,世钧的母亲陪着石翠芝坐在沙发上说话。叔惠不免向她多看了两眼。那石翠芝额前打着很长的前刘海,直罩到眉毛上,脑后却蓬着一大把鬈发。小小的窄条脸儿,眼泡微肿,不然是很秀丽的。体格倒很有健康美,胸部鼓蓬蓬的,看上去年纪倒大了几岁,足有二十来岁了。穿着件翠蓝竹布袍子,袍叉里微微露出里面的杏黄银花旗袍。她穿着这样一件蓝布罩袍来赴宴,大家看在眼里都觉得有些诧异。其实她正是因为知道今天请她来是有用意的,她觉得如果盛妆艳服而来,似乎更觉得不好意思。

她抱着胳膊坐在那里,世钧走进来,两人只是微笑着点了个头。世钧笑道:"好久不见了。伯母好吧?"随即替叔惠介绍了一下。大少奶奶笑道:"来吃饭吧。"沈太太客气,一定要翠芝和叔惠两个客人坐在上首,沈太太便坐在翠芝的另一边。翠芝和老太太们向来没有什么话可说的,在座的几个人,她只有和她表姊比较谈得来,但是今天刚巧碰着大少奶奶正在气头上,简直不愿意开口,因此席面上的空气很感到沉寂。叔惠虽然健谈,可是他觉得在这种保守性的家庭里,对一个陌生的小姐当然也不宜于多搭讪。陈妈站在房门口伺候着,小健躲在她身后探头探脑,问道:"二叔的女朋友怎么还不来?"大少奶奶一听见这个话便心头火起,偏那陈妈又不识相,还嬉皮笑脸弯着腰轻轻地和孩子说:"那不就是么?"小健道:"那是表姨呀!二叔的女朋友呢?"大少奶奶实在忍不住了,把饭碗一搁,便跑出去驱逐小健,道:"还不去睡觉!

什么时候了？"亲自押着他回房去了。

翠芝道："我们家那只狗新近生了一窝小狗，可以送一只给小健。"沈太太笑道："对了，你上回答应他的。"翠芝笑道："要是世钧长住在家里，我就不便送狗给你们了。世钧看见狗顶讨厌了！"世钧笑道："哦，我并没说过这话呀。"翠芝道："你当然不会说了，你总是那么客气，从来没有一句真话。"世钧倒顿住了，好一会，他方才笑着问叔惠："叔惠，我这人难道这样假？"叔惠笑道："你别问我。石小姐认识你的年份比我多，她当然对你的认识比较深。"大家都笑了。

雨渐渐停了，翠芝便站起来要走，沈太太说："晚一点回去不要紧的，待会儿叫世钧送你回去。"翠芝道："不用了。"世钧道："没关系。叔惠我们一块儿去，你也可以看看南京之夜是什么样子。"翠芝含着微笑向世钧问道："许先生还是第一次到南京来？"她不问叔惠，却问世钧。叔惠便笑道："嗳。其实南京离上海这样近，可是从来就没来过。"翠芝一直也没有直接和他说过话，他这一答话，她无故的却把脸飞红了，就没有再说下去。

又坐了一会，她又说要走，沈太太吩咐佣人去叫一辆马车。翠芝便到她表姊房里去告辞。一进门，便看见一只小风炉，上面咕嘟咕嘟煮着一锅东西。翠芝笑道："哼，可给我抓住了！这是你自己吃的私房菜呀？"大少奶奶道："什么私房菜，这是小健的牛肉汁。小健病刚好，得吃点补养的东西，也是我们老太太说的，每天叫王妈给炖鸡汤，或是牛肉汁。这两天就为了世钧要回来了，把几个佣人忙得脚丫子朝天，家里反正什么事都扔下不管了，谁还记得给小健炖牛肉汁。所以我赌气买了块牛肉回来，自己煨着。这班佣人也是势利，还不是看准了将来要吃二少爷的饭了！像我们这孤儿寡妇，谁拿你当个人？"她说到这里，不禁流下泪来。其实她在一个旧家庭里做媳妇，也积有十余年的经验了，何至于这样沉不住气。还是因为世钧今天说的那两句话，把她得罪了，她从此就多了一个心，无论什么芝麻大的事，对于她都成为一连串的刺激。

翠芝不免解劝道："佣人都是那样的，不理他们就完了。你们老太太倒是很疼小健的。"大少奶奶哼了一声道："别看她那么疼孩子，全是假的，不过拿他解闷儿罢了。一看见儿子，就忘了孙子了。小健出疹子早已好了，还不许他出来见人——世钧怕传染呵！他的命特别值钱！今天下午又派我上药房去，买了总有十几种补药补针，给世钧带到上海去。是我说了一声，我说'这些药上海也买得到，'就炸起来了：'买得到，也要他肯买呢！就这样也还不知道他肯不肯吃——年轻人都是这样，自己身体一点也不知道当心！'"翠芝道："世钧身体不好么？"大少奶奶道："他好好的，一点病也没有。像我这个有病的人，就从来不说给你请个医生吃个药。我腰子病，病得脸都肿了，还说我这一向胖了！你说气人不气人？咳，做他们家的媳妇也真苦呵！"她最后的一句话显然是说给翠芝听的，暗示那件事情是不会成功的，但是不成功倒也好。翠芝当然也不便有什么表示，只能够问候她的病体，又问她吃些什么药。

女佣来说马车叫好了，翠芝便披上雨衣去辞别沈太太，世钧和叔惠两人陪着她一同坐上马车。马蹄得得，在雨夜的石子路上行走着，一颗颗鹅卵石像鱼鳞似的闪着光。叔惠不断地掀开油布幕向外窥视说："一点也看不见，我要坐到赶马车的旁边去了。"走了一截子路，他当真喊住了马车夫，跳下车来，爬到上面去和车夫并排坐着，下雨他也不管。车夫觉得很奇怪，翠芝只是笑。

马车里只剩下翠芝和世钧两个人，空气立刻沉闷起来了，只觉得那座位既硬，又颠簸得厉害。在他们的静默中，倒常常听见叔惠和马车夫在那里一问一答，不知说些什么。翠芝忽道："你在上海就住在许先生家里？"世钧道："是的。"过了半天，翠芝又道："你们礼拜一就要回去么？"世钧道："嗳。"翠芝这一个问句听上去异常耳熟——是曼桢连问过两回的。一想起曼桢，他陡然觉得寂寞起来，在这雨潺潺的夜里，坐在这一颠一颠的潮湿的马车上，他这故乡好像变成了异乡了。

他忽然发觉翠芝又在那里说话，忙笑道："唔？你刚才说什么？"翠芝道："没什么。我说许先生是不是跟你一样，也是工程师。"本来是很普通的一句问句，他使她重复了一遍，她忽然有点难为情起来了，不等他回答，就攀着油布帘子向外面张望着，说："就快到了吧？"世钧倒不知道应当回答她哪一个问题的好。他过了一会，方才笑道："叔惠也是学工程的，现在他在我们厂里做到帮工程师的地位了，像我，就还是一个实习工程师，等于练习生。"翠芝终究觉得不好意思，他还在这里解释着，她却只管掀开帘子向外面张望着，好像对他的答覆已经失去了兴趣，只顾喃喃说道："嗳呀，不要已经走过了我家里了？"世钧心里想着："翠芝就是这样。真讨厌。"

毛毛雨，像雾似的。叔惠坐在马车夫旁边，一路上看着这古城的灯火，他想到世钧和翠芝，生长在这古城中的一对年轻男女。也许因为自己高踞在马车上面，类似上帝的地位，他竟有一点悲天悯人的感觉。尤其是翠芝这一类的小姐们，永远生活在一个小圈子里，唯一的出路就是找一个地位相等的人家，嫁过去做少奶奶——这也是一种可悲的命运。而翠芝好像是一个个性很强的人，把她葬送在这样的命运里，实在是很可惜。

世钧从里面伸出头来喊："到了到了。"马车停下来，世钧先跳下来，翠芝也下来了，她把雨衣披在头上，特地绕到马车前面来和叔惠道别，在雨丝与车灯的光里仰起头来说："再见。"叔惠也说"再见"，心里却想着不见得会再见了。他有点惆怅。她和世钧固然无缘，和他呢，因为环境太不同的缘故，也是无缘的。

世钧把她送到大门口，要等她揿了铃，有人来开门，方才走开。这里叔惠已经跳下来，坐到车厢里面去。车厢里还遗留着淡淡的头发的香气。他一个人在黑暗中坐着，世钧回来了，却没有上车，只探进半身，匆匆说道："我们要不要进去坐一会，一鹏也在这儿——这是他姑妈家里。"叔惠怔了一怔，道："一鹏，哦，方一鹏啊？"原来世钧的嫂嫂娘家姓方，她有两个弟弟，大的叫一鸣，小的叫一鹏，一鹏从前和世钧一同到上海去读大学的，因此和叔惠也是同学，但是因为气味不相投，所以并不怎么熟。一鹏因为听见说叔惠家境贫寒，有一次他愿意出钱找叔惠替他打枪手代做论文，被叔惠拒绝了，一鹏很生气，他背后对着世钧说的有些话，世钧都没有告诉叔惠，但是叔惠也有点知道。现在当然久已事过境迁了。

世钧因为这次回南京来也不打算去看一鹏兄弟，今天刚巧在石家碰见他们，要是不进去坐一会，似乎不好意思。又不能让叔惠一个人在车子里等着，所以叫他一同进去，叔惠便也跳下车来，这时又出来两个听差，打着伞前来迎接。一同走进大门，翠芝还在门房里等着他们，便在前面领路，进去就是个大花园，黑沉沉的雨夜里，也看不分明。那雨下得虽不甚大，树叶上的积水却是大滴大滴的掉在人头上。桂花的香气很浓。石家的房子是一幢老式洋房，老远就看见一排玻璃门，玻璃门里面正是客室，一簇五星抱月式的电灯点得通亮，灯光下红男绿女的，坐着一些人，也不及细看，翠芝便引他们由正门进去，走进客室。

　　翠芝的母亲石太太在牌桌上慢吞吞的略欠了欠身，和世钧招呼着，石太太是个五短身材，十分肥胖。一鹏也在那儿打牌，一看见世钧便叫道："咦，你几时到南京来的，我都不知道！叔惠也来了！我们好些年没见了！"叔惠也和他寒暄一下。牌桌上还有一鹏的哥哥一鸣，嫂嫂爱咪。那爱咪在他们亲戚间是一个特出的摩登人物，她不管长辈平辈，总叫人叫她爱咪，可是大家依旧执拗地称她为"一鸣少奶奶"，或是"一鸣大嫂"。当下世钧叫了她一声"大嫂"，爱咪睇着他说道："啊，你来了，都瞒着我们！"世钧笑道："我今天下午刚到的。"爱咪笑道："哦，一到就把翠妹妹找去了，就不找我们！"一鸣笑道："你算什么呢，你怎么能跟翠妹妹比！"世钧万想不到他们当着石太太的面，竟会这样大开玩笑。石太太当然也不便说什么，只是微笑着。翠芝却把脸板得一丝笑容也没有，道："你们今天怎么了，净找上我！"爱咪笑道："好，不闹不闹，说正经的，世钧，你明天上我们那儿吃饭，翠妹妹也要来的。"世钧还没来得及回答，翠芝便抢先笑道："明天我可没有工夫。"她正站在爱咪身后看牌，爱咪便背过手去捞她的胳膊，笑道："人家好好儿请你，你倒又装腔作势的！"翠芝正色道："我是真的有事。"爱咪也不理她，抓进一张牌，把面前的牌又顺了一顺，因道："你们这副牌明天借给我们用用，我们明天有好几桌麻将，牌不够用，翠妹妹你来的时候带来。世钧你也早点来。"世钧笑道："我改天有工夫是要来的，明天不要费事了，明天我还打算跟叔惠出去逛逛。"一鹏便道："你们一块儿来，叔惠也来。"世钧依旧推辞着，这时候刚巧一鸣和了一副大牌，大家忙着算和子，一混就混过去了。

翠芝上楼去转了一转，又下楼来，站在旁边看牌。一鹏恰巧把一张牌掉在地下，弯下腰去捡，一眼看见翠芝脚上穿着一双簇新的藕色缎子夹金线绣花鞋，便笑道："喝！这双鞋真漂亮！"他随口说了这么一声，他对于翠芝究竟还是把她当小孩子看待，并不怎么注意。他在上海读书的时候，专门追求皇后校花，像翠芝这样的内地小姐他自然有点看不上眼，觉得太呆板，不够味。可是经他这么一说，叔惠却不由得向翠芝脚上看了一眼，他记得她刚才不是穿的这样一双鞋，大概因为皮鞋在雨里踩湿了，所以一回家就另外换了一双。

世钧自己揣度着已经坐满了半个多钟头模样，便向石太太告辞。石太太大约也有点不高兴他，只虚留了一声，便向翠芝说："你送送。"翠芝送他们出来，只送到阶沿上。仍旧由两个听差打着伞送他们穿过花园。快到园门了，忽然有一只狗汪汪叫着，从黑影里直窜出来，原来是一只很大的狼狗，那两个仆人连声呵叱着，那狗依旧狂吠个不停。同时就听见翠芝的声音远远唤着狗的名字，并且很快的穿过花园，奔了过来。世钧忙道："哟，下雨，你别出来了！"翠芝跑得气喘吁吁的，也不答话，先弯下腰来揪住那只狗的领圈。世钧又道："不要紧的，它认识我的。"翠芝冷冷的道："它认识你可不认识许先生！"她弯着腰拉着那狗，扭过身来就走了，也没有再和他们道别。这时候的雨恰是下得很大，世钧和叔惠也就匆匆忙忙的转身往外走，在黑暗中一脚高一脚低的，皮鞋里也进去水了，走一步，就噗哜一响。叔惠不禁想起翠芝那双浅色的绣花鞋，一定是毁了。

他们出了园门，上了马车。在归途中，叔惠突然向世钧说道："这石小姐……她这人好像跟她的环境很不调和。"世钧笑道："你的意思是：她虽然是个阔小姐，可是倒穿着件蓝布大褂。"被他这样一下注解，叔惠倒笑起来了。世钧又笑道："这位小姐呀，就是穿一件蓝布大褂，也要比别人讲究些。她们学校里都穿蓝布制服，可是人家的都没有她的颜色翠——她那蓝布褂子每次洗一洗，就要染一染。她家里洗衣裳的老妈子，两只手伸出来都是蓝的。"叔惠笑道："这些事情你怎么知道？"世钧道："我也是听我嫂嫂说的。"叔惠道："你嫂嫂不是很热心的要替你们做媒么？怎么肯对你说这些话？"世钧道："那还是从前，她还没有想到做媒的时候。"叔惠笑道："这些奶奶太太们，真会批评人，呃？尤其是对于别的女人。就连自己娘家的亲戚也不是例外。"他这话虽然是说世钧的嫂嫂，也有点反映到世钧的身上，仿佛觉得他太婆婆妈妈的。世钧本来也正在那里自咎；他对于翠芝常常有微词，动机本来就自卫，唯恐别人以为他和她要好，这时候转念一想，人家一个小姐家，叔惠一定想着，他怎么老是在背后议论人家，不像他平常的为人了。他这样一想，便寂然无语起来。叔惠也有些觉得了，便又引着他说话，和他谈起一鹏，道："一鹏现在没出去做事是吧？刚才我也没好问他。"世钧道："他现在大概没有事，他家里不让他出去。"叔惠笑道："为什么？他又不是个大姑娘。"世钧笑道："你不知道，他这位先生，每回在上海找了个事，总是赚的钱不够花，结果闹了许多亏空，反而要家里替他还债，不止一次了，所以现在把他圈在家里，再也不肯让他出去了。"这些话都是沈太太背地里告诉世钧的，大少奶奶对于她兄弟这些事情向来是忌讳说的。

世钧和叔惠一路谈谈说说,不觉已经到家了。他们打算明天一早起来去逛牛首山,所以一到家就回房睡觉,沈太太却又打发人送了两碗馄饨来,叔惠笑道:"才吃了晚饭没有一会儿,哪儿吃得下?"世钧叫女佣送一碗到他嫂嫂房里去,他自己便把另一碗拿去问他母亲吃不吃。他母亲高兴极了,觉得儿子真孝顺。儿子一孝顺,做母亲的便得寸进尺起来,乘机说道:"你坐下,我有话跟你说。"世钧不觉又皱起眉头,心里想一定是与翠芝有关的。但是并不是。

沈太太深恐说错了话激怒了他,所以预先打好了腹稿,字斟句酌地道:"你难得回来一趟,不是我一看见你就要说你——我觉得你今天那两句话说得太莽撞了,你嫂嫂非常生气——看得出来的。"世钧道:"我又不是说她,谁叫她自己多心呢?"沈太太叹道:"说你你又要不高兴。你对我发脾气不要紧,别人面前要留神些。这么大的人了,你哥哥从前在你这个年纪早已有了少奶奶,连孩子都有了!"

说到这里,世钧早已料到下文了——迟早还是要提到翠芝的。他笑道:"妈又要来了!我去睡觉了,明天还得早起呢。"沈太太笑道:"我知道你最怕听这些话。我也并不是要你马上结婚,不过……你也可以朝这上面想想了。碰见合适的人,不妨交交朋友。譬如像翠芝那样,跟你从小在一起玩惯了的——"世钧不得不打断她的话道:"妈,石翠芝我实在跟她脾气不合适。我现在是不想结婚,就使有这个意思,也不想跟她结婚。"这一次他下了决心,把话说得再明白也没有了。他母亲受了这样一个打击,倒还镇静,笑道:"我也不一定是说她。反正跟她差不多的就行了!"

经过这一番话,世钧倒觉得很痛快。关于翠芝,他终于阐明

61

了自己的态度，并且也得到了母亲的谅解，以后决不会再有什么麻烦了。

他们本来预备第二天一早去游山，不料那雨下了一宿也没停，没法出去，正觉得焦躁，方家却派了一个听差来说："请二少爷同那位许少爷今天一定来，晚点就晚点。请沈太太同我们姑奶奶也来打牌。"沈太太便和世钧说："这下雨天，我是不想出去了，你们去吧。"世钧道："我也不想去，我已经回了他们了。"沈太太道："你就去一趟吧，一鹏不还是你的老同学么，他跟许少爷也认识的吧？"世钧道："叔惠跟他谈不来的。"沈太太低声道："我想你就去一趟，敷衍敷衍你嫂嫂的面子也得。"说着，又向大少奶奶房那边指了一指，悄悄说道："还在那儿生气呢，早起说不舒服，没起来。今天她娘家请客，我们一个也不去，好像不大好。"世钧道："好好好好，我去跟叔惠说。"

本来他不愿意去的原因，也是因为他们把他和翠芝请在一起，但是昨天亲耳听见翠芝说不去，那么他就去一趟也没什么关系。他却没想到翠芝也是这样想着，因为昨天听见他斩钉截铁的说不去，以为他总不会去了，今天上午爱咪又打电话到石家，一定磨着她要她去吃饭，所以结果翠芝也去了。世钧来到那里，翠芝倒已经在那儿了，两人见面都是一怔，觉得好像是个做成的圈套。世钧是和叔惠一同来的，今天方家的客人相当多，已经有三桌麻将在那里打着。他们这几个年轻人都不会打麻将，爱咪便和世钧说："你们在这儿看着他们打牌也没什么意思，请你们看电影吧。我这儿走不开，你替我做主人，陪翠妹妹去。"翠芝皱着眉向爱咪说道："你不用招待我，我就在这儿待着挺好的，我不想看电影。"爱咪也不睬她，自顾自忙着打听哪一家电影院是新换的片子，又道："去看一场回来吃饭正好。"世钧只得笑道:"叔惠也一块儿去!"爱咪便也笑道:"对了,许先生也一块儿去。"叔惠不免踌躇了一下,他也知道在爱咪的眼光中他是一个多余的人,因此就笑着向世钧说:"还是你陪着石小姐去吧,这两张片子我都看过了。"世钧道:"别瞎说了,你几时看过的?一块儿去一块儿去!"于是爱咪吩咐仆人给他们雇车,翠芝虽然仍旧抗议着,也不生效力,终于一同去了。

翠芝今天装束得十分艳丽,乌绒阔滚的豆绿软缎长旗袍,直垂到脚面上。他们买的是楼厅的票,翠芝在上楼的时候一个不留神,高跟鞋踏在旗袍角上,差点没摔跤,幸而世钧搀了她一把,笑道:"怎么了,没摔着吧?"翠芝道:"没什么。——嗳呀,该死,我这鞋跟断了!"她鞋上的高跟别断了一只,变成一脚高一脚低。世钧道:"能走么?"翠芝道:"行,行。"她当着叔惠,很不愿意让世钧搀着她,所以宁可一跷一拐的一个人走在前面,很快的走进剧场。好在这时候电影已经开映了,里面一片漆黑,也不怕人看见。

这张影片是个轰动一时的名片,世钧在上海错过了没看到,没想到在南京倒又赶上了。他们坐定下来,银幕上的演员表刚刚映完,世钧便向叔惠低声笑道:"还好,我们来得还不算晚。"他是坐在叔惠和翠芝中间,翠芝一面看着戏,不由得心中焦灼,便悄悄的和世钧说道:"真糟极了,等会儿出去怎么办呢?只好劳你驾给我跑一趟吧,到我家去给我拿双鞋来。"世钧顿了一顿,道:"要不,等一会你勉强走到门口,我去叫部汽车来。上了车到了家就好办了。"翠芝道:"不行哪,这样一脚高一脚低怎么走,给人看见还当我是瘸子呢。"世钧心里想着:"你跷着脚走不行吗?"但是并没有说出口来,默然了一会,便站起身来道:"我去给你拿去。"他在叔惠跟前挤了过去,也没跟叔惠说什么。

他急急的走出去，出了电影院，这时候因为不是散场的时间，戏院门口冷清清的，一辆黄包车也没有。雨仍旧在那里下着，世钧冒雨走着，好容易才叫到一辆黄包车。到了石家，他昨天才来过，今天倒又来了，那门房一开门看见是他，仆人们向来消息最灵通的，本就知道这位沈少爷很有作他们家姑爷的希望，因此对他特别殷勤，一面招呼着，一面就含笑说："我们小姐出去了，到方公馆去了。"世钧想道："怎么一看见我就说小姐出去了，就准知道我是来找他们小姐的。可见连他们都是这样想。"当下也不便怎样，只点了点头，微笑道："我知道，我看见你们小姐的。她一只鞋子坏了，你另外拿一双给我带去。"那门房听他这样说，还当他是直接从方家来的，心里想方家那么些个佣人，倒不差个佣人来拿，偏要差他来，便望着他笑道："嗳哟，怎么还要沈少爷特为跑一趟！"世钧见他这一副笑嘻嘻的样子，知道一定是笑他给他们小姐当差，心里越发添了几分不快。

　　那听差又请他进去坐一会，世钧恐怕石太太又要出来应酬他一番，他倒有点怕看见她，便道："不用了，我就在这儿等着好了。"他在门房里等了一会，那听差拿了一只鞋盒出来，笑道："可要我给送去吧？"世钧道："不用了，我拿去好了。"那听差又出去给他雇了一辆车。

　　世钧回到戏院里，在黑暗中摸索着坐了下来，便把那鞋盒递给翠芝，说了一声："鞋子拿来了。"翠芝道："谢谢你。"世钧估计着他去了总不止一个钟头，电影都已经快映完了，正到了紧张万分的时候，这是一个悲剧，楼上楼下许多观众都在窸窸窣窣掏手帕擤鼻子擦眼泪。世钧因为没看见前半部，只能专凭猜测，好容易才摸出一点头绪来，他以为那少女一定是那男人的女儿，但是再看下去，又证明他是错误的，一直看到剧终，始终有点迷迷糊糊，似懂非懂的。灯光大明，大家站起身来，翠芝把眼圈揉得红红的，似乎也被剧情所感动了。她已经把鞋子换上了，换下来的那双装在鞋盒里拿着。三个人一同下楼，她很兴奋的和叔惠讨论着片中情节。世钧在旁边一直不作声。已经走到戏院门口了，世钧忽然笑道："看了后头没看见前头，真憋闷，你们先回去，我下一场再去看一遍。"说着，也不等他们回答，便掉过身来又往里走，挤到卖票处去买票。他一半也是因为赌气，同时也因为他实在懒得再陪着翠芝到东到西，一同回到方家去，又要被爱咪他们调笑一番。不如让叔惠送她去，叔惠反正是没有关系的，跟她又不熟，只要把她送回去就可以脱身了。

但是无论如何，他这样扔下就走，这种举动究竟近于稚气，叔惠倒觉得有点窘。翠芝也没说什么。走出电影院，忽然满眼阳光，地下差不多全干了，翠芝不禁咦了一声，笑道："现在天倒晴了！"叔惠笑道："这天真可恶，今天早上下那么大雨，我们要到牛首山去也没有去成。"翠芝笑道："你这次来真冤枉。"叔惠笑道："可不是么，哪儿也没去。"翠芝略顿了一顿，便道："其实现在还早，你愿意上哪儿去玩，我们一块儿去。"叔惠笑道："好呀，我这儿不熟悉，你说什么地方好？"翠芝道："到玄武湖去好不好？"叔惠当然说好，于是就叫了两部黄包车，直奔玄武湖。

到了玄武湖，先到五洲公园去兜了个圈子。那五洲公园本来没有什么可看的，和任何公园也没有什么两样，不过草坪上面不是蓝天，而是淡青色的茫茫的湖水。有个小型的动物园，里面有猴子，又有一处铁丝栏里面，有一只猫头鹰迎着斜阳站在树枝桠上，两只金灿灿的大眼睛，像两块金黄色的宝石一样。他们站在那里看了一会。

　　从五洲公园出来，就叫了一只船。翠芝起初约他来的时候，倒是一鼓作气的，仿佛很大胆，可是到了这里，不知怎么倒又拘束起来，很少说话。上了船，她索性把刚才一张电影说明书拿了出来，摊在膝上看着。叔惠不禁想道："她老远的陪着我跑到这里来，究竟也不知是一时高兴呢，还是在那儿跟世钧赌气。"玄武湖上的晚晴，自是十分可爱，湖上的游船也相当多。在一般人的眼光中，像他们这样一男一女在湖上泛舟，那不用说，一定是一对情侣。所以不坐船还好，一坐到船上，就更加感觉到这一点。叔惠心里不由得想着，今天这些游客里面不知道有没有翠芝的熟人，要是刚巧碰见熟人，那一定要引起许多闲话，甚至于世钧和翠芝的婚事不成功，都要归咎于他，也未可知。这时候正有一只小船和他们擦身而过，两边的船家互打招呼，他们这边的划船的是一个剪发女子，穿着一身格子布袄裤，额前斜飘着几根前刘海，上窄下宽的紫棠脸，却是一口糯米银牙。那边的船家称她为"大姑娘"，南京人把"大"念作"夺"，叔惠就也跟着人家叫她"夺姑娘"，卷着舌头和她说南京话，说得又不像，引得翠芝和那夺姑娘都笑不可仰。叔惠又要学划船，坐到船头上去扳桨，一桨打下去，水花溅了翠芝一身，她那软缎旗袍因为光滑的缘故，倒是不吸水，水珠骨碌碌乱滚着落了下去，翠芝拿手绢子随便擦了擦，叔惠十分不过意，她只是笑着，把脸上也擦了擦，又取出粉镜子来，对着镜子把前刘海拨拨匀。叔惠想道："至少她在我面前是一点小姐脾气也没有的。可是这话要是对世钧说了，他一定说她不过是对我比较客气，所以不露出来。"他总觉得世钧对她是有成见的，世钧所说的关于她的话也不尽可信，但是先入之言为主，他多少也有点受影响。他也觉得像翠芝这样的千金小姐无论如何不是一个理想的妻子。当然交交朋友是无所谓,可是内地的风气比较守旧,尤其是翠芝这样的小姐,恐怕是不交朋友则已,一做朋友,马上就要谈到婚姻,若是谈到婚姻的话,他这样一个穷小子,她家里固然是绝对不会答应,他却也不想高攀,因为他也是一个骄傲的人。

他这样想着的时候,只管默默的扳着桨。翠芝也不说话,船上摆着几色现成的果碟,她抓了一把瓜子,靠在藤椅上嗑瓜子,人一动也不动,偶尔抬起一只手来,将衣服上的瓜子壳掸掸掉。隔着水,远远望见一带苍紫的城墙,映着那淡青的天,叔惠这是第一次感觉到南京的美丽。

他们坐了一会船,到天黑方才回去。上了岸,叔惠便问道:"你还回方家去吧?"翠芝道:"我不想去了,他们那儿人多,太乱。"可是她也没说回家去的话,仿佛一时还不想回去。叔惠沉默了一会,便道:"那么我请你去吃饭吧,好不好?"翠芝笑道:"应该我请你,你到南京来算客。"叔惠笑道:"这个以后再说吧,你先说我们上哪儿去吃。"翠芝想了一想,说她记得离这儿不远有一个川菜馆,就又雇车前去。

他们去吃饭,却没有想到方家那边老等他们不来,到了吃晚饭的时候,就打了个电话到翠芝家里去问,以为她或者已经回去了。石太太听见说翠芝是和世钧一同出去的,还不十分着急,可是心里也有点嘀咕。等到八九点钟的时候,仆人报说小姐回来了,石太太就一直迎到大门口,叫道:"你们跑了哪儿去了?方家打电话来找你,说你们看完电影也没回去。"她一看翠芝后面还跟着一个人,可是并不是世钧,而是昨天跟世钧一同来的,他那个朋友。昨天他们走后,一鹏曾经谈起他们从前都是同学,他说叔惠那时候是一面读书，一面教书，因为家里穷。石太太当时听了，也不在意，可是这回又见到叔惠，就非常的看不起他，他向她鞠躬，她也好像没看见似的，只道："咦，世钧呢？"翠芝道："世钧因为给我拿鞋子，电影只看了一半，所以又去看第二场了。"石太太道："那你看完电影上哪儿去了？怎么到这时候才回来？饭吃过没有？"翠芝道："吃过了，跟许先生一块儿在外头吃的。"石太太把脸一沉，道："你这个孩子，怎么这样，也不言语一声，一个人在外头乱跑！"她所谓"一个人"，分明是不拿叔惠当人，他在旁边听着，脸上实在有点下不去，他真后悔送翠芝回来，不该进来的，既然进来了，却也不好马上就走。翠芝便道："妈也是爱找急，我这么大的人，又不是个小孩子，还怕丢了吗？"一面说着，就径直的走了进去，道："许先生进来坐！王妈，倒茶！"她气烘烘的走进客厅，将手里的一只鞋盒向沙发上一掼。叔惠在进退两难的情形下，只得也跟了进来。石太太不放心，也夹脚跟了进来，和他们品字式坐下，密切注意着他们两人之间的神情。仆人送上茶来，石太太自己在香烟筒里拿了一支烟抽，也让叔惠一声，叔惠欠身道："嗳，不客气不客气。"石太太搭拉着眼皮吸了一会烟，便也随便敷衍了他几句，问他几时回上海。叔惠勉强又坐了几分钟，便站起来告辞。

　　翠芝送他出去，叔惠再三叫她回去，她还是一直送到外面，在微明的星光下在花园里走着。翠芝起初一直默然，半晌方道："你明天就要走了？我不来送你了。"说话间偶然一回头，却看见一个女佣不声不响跟在后面，翠芝明明没有什么心虚的事，然而也胀红了脸，问道："干什么？鬼鬼祟祟的，吓我一跳！"那女佣笑道："太太叫我来给这位先生雇车子。"叔惠笑道："不用了，我一边走一边叫。"那女佣也没说什么,但是依旧含着微笑一路跟随着。已经快到花园门口了,翠芝忽道:"王妈,你去看看那只狗拴好没有,不要又像昨天那样,忽然蹿出来,吓死人的。"那女佣似乎还有些迟疑,笑道:"拴着在那儿吧?"翠芝不由得火起来了,道:"叫你去看看!"那女佣见她真生了气,也不敢作声,只好去了。

翠芝也是因为赌这口气,所以硬把那女佣支开了,其实那女佣走后,她也并没有什么话可说,又走了两步路,她突然站住了,道:"我要回去了。"叔惠笑道:"好,再见再见!"他还在那里说着,她倒已经一扭身,就快步走了。叔惠倒站在那里怔了一会。忽然在眼角里看见一个人影子一闪,原来那女佣并没有真的走开,还掩在树丛里窥探着呢,他觉得又好气又好笑。由这上面却又想起,那女佣刚才说要给他雇车,他说他自己雇,但是雇到什么地方去呢,世钧的住址他只记得路名,几号门牌记不清楚了。在南京人生地不熟的,这又是个晚上,不见得再回到石家来问翠芝,人家已经拿他当个拆白党看待,要是半夜三更再跑来找他们小姐,简直要给人打出去了。他一方面觉得是一个笑话,同时也真有点着急,那门牌号码越急越想不起来了。幸而翠芝还没有去远,他立刻赶上去叫道:"石小姐!石小姐!"翠芝觉得很意外,猛然回过身来向他呆望着。叔惠见她脸上竟是泪痕狼藉,也呆住了,一时竟忘了他要说些什么话。翠芝却本能的往后退了一步,站在暗影里,拿手帕捂着脸擤鼻子。叔惠见她来不及遮掩的样子,也只有索性装不看见,便微笑道:"看我这人多糊涂,世钧家门牌是多少号,我会忘了!"翠芝道:"是王府街四十一号。"叔惠笑道:"哦,四十一号。真幸亏想起来问你,要不然简直没法回去了,要流落在外头了!"一面笑着,就又向她道了再会,然后他头也不回的走了。

　　他回到世钧家里,他们也才吃完晚饭没有多少时候,世钧正在和小健玩,他昨天从雨花台拣了些石子回来,便和小健玩"挝子儿"的游戏,扔起一个,抓起一个,再扔起一个,抓起两个,把抓起的数目逐次增加,或者倒过来依次递减。他们一个大人,一个孩子,嘻嘻哈哈的玩得很有兴致,叔惠见了,不禁有一种迷惘之感,他仿佛从黑暗中午走到灯光下,人有点呆呆的。世钧问道:"你怎么这时候才回来?我母亲说你准是迷了路,找不到家了,骂我不应该扔下你,自己去看电影。——你上哪儿去了?"叔惠道:"上玄武湖去的。"世钧道:"跟石翠芝一块儿去的?"叔惠道:"嗳。"世钧顿了一顿,因笑道:"今天真是对不起你。"又问知他还请翠芝在外面吃了饭,更觉得抱歉。他虽然抱歉,可是再也没想到,叔惠今天陪翠芝出去玩这么一趟,又还引起这许多烦恼。

五

今天星期日,是世钧在南京的最后一天。他母亲轻轻地跟他说了一声:"你今天可要去看看爸爸。"

世钧很不愿意到他父亲的小公馆里去。他母亲又何尝愿意他去,但是她觉得他有一年光景没回家来了,这一次回来,既然亲友们都知道他回来了,如果不到父亲那里去一趟,无论如何是有点缺礼。世钧也知道,去总得去一趟的,不过他总喜欢拖延到最后一刻。

这一天他拣上午他父亲还没出门的时候,到小公馆里去。那边的气派比他们这边大得多,用着两个男当差的。来开门的一个仆人是新来的,不认识他,世钧道:"老爷起来了没有?"那人有点迟疑地向他打量着,道:"我去看看去。您贵姓?"世钧道:"你就说老公馆里二少爷来了。"

那人让他到客厅里坐下,自去通报。客厅里全堂红木家具。世钧的父亲是很喜欢附庸风雅的,高几上,条几上,茶几上,到处摆着古董磁器,使人一举手一投足都怕打碎了值钱的东西。世钧别的都不注意,桌上有一只托盘,里面散放着几张来客的名片和请帖,世钧倒顺手拿起来看了一看。有一张粉红色的结婚请帖,请的是"沈啸桐先生夫人",可见在他父亲来往的这一个圈子里面,人家都拿他这位姨太太当太太看待了。

啸桐大约还没有起身,世钧独自坐在客厅里等着,早晨的阳光照进来,照在他所坐的沙发上。沙发上蒙着的白布套子,已经相当旧了,可是倒洗得干干净净的。显然地,这里的主妇是一个勤俭持家的人物。

她这时候正上小菜场买了菜回来,背后跟着一个女佣,代她拎着篮子,她自己手里提着一杆秤,走过客堂门口,向里面张了一张,笑道:"哟,二少爷来了!几时回南京来的?"世钧向来不叫她什么的,只向她起了一起身,正着脸色道:"刚回来没两天。"这姨太太已经是个半老徐娘了,从前虽是风尘中人,现在却打扮得非常老实,梳着头,穿着件半旧黑毛葛旗袍,脸上也只淡淡地扑点粉。她如果是一个妖艳的荡妇,世钧倒又觉得心平气和些,而她是这样的一个典型的家庭主妇,完全把世钧的母亲的地位取而代之,所以他每次看见她总觉得心里很不舒服。

她见了他总是满敷衍,但是于客气中并不失她的身分。她回过头去叫道:"李升,怎么不给二少爷倒茶?"李升在外面答道:"在这儿倒呢!"她又向世钧点点头笑道:"你坐会儿,爸爸就下来了。小三儿,你来叫哥哥。来!"她的第三个孩子正背着书包下楼来,她招手把他叫过来,道:"叫二哥!"那孩子跟世钧的侄儿差不多大。世钧笑道:"你几岁啦?"姨太太笑道:"二哥问你话呢。说呀!"世钧笑道:"我记得他有点结巴。"姨太太笑道:"那是他哥哥。他是第三个,上次你看见他,还抱在手里呢!"世钧道:"小孩子长得真快。"姨太太道:"可不是。"

姨太太随即牵着孩子的手走出去了,远远地可以听见她在那里叫喊着:"车夫呢?叫他送小少爷到学堂去,马上就回来,老爷要坐呢。"她知道他们父子会谈的时间不会长的,也不会有什么心腹话,但她还是防范得很周到,自己虽然走开了,却把她母亲调遣了来,在堂屋里坐镇着。这老太太一直跟着女儿过活,她女儿现在虽然彻头彻尾经过改造,成为一个标准的人家人了,这母亲的虔婆气息依旧非常浓厚。世钧看见她比看见姨太太还要讨厌。她大约心里也有点数,所以并没有走来和他招呼。只听见她在堂屋里窸窸窣窣坐下来,和一个小女孩说:"小四呀,来,外婆教你叠锡箔!喏,这样一摺,再这样一摺……"纸摺的元宝和锭子投入篮中的綷縩声都听得见,这边客室里的谈话她当然可以听见。她年纪虽大,耳朵大概还好。

这里的伏兵刚刚布置好,楼梯上一声熟悉的"合罕!"世钧的父亲下楼来了。父亲那一声咳嗽虽然听上去很熟悉,父亲本人却有点陌生。沈啸桐背着手踱了进来,世钧站起来叫了声"爸爸。"啸桐向他点点头道:"你坐。你几时回来的?"世钧道:"前天回来的。"啸桐道:"这一向谣言很多呀,你在上海可听见什么消息?"然后便大谈其时局。世钧对于他的见解一点也不佩服,他只是一个旧式商人,他那些议论都是从别的生意人那里听来的,再不然就是报上看来的一鳞半爪。

啸桐把国家大事一一分析过之后,稍稍沉默了一会。他一直也没朝世钧脸上看过,但是这时候忽然说道:"你怎么晒得这样黑?"世钧笑道:"大概就是我回来这两天,天天出去爬山,晒的。"啸桐道:"你这次来,是告假回来的?"世钧道:"没有告假,这一次双十节放假,刚巧连着星期六星期日,有好几天工夫。"啸桐从

73

来不大问他关于他的职业,因为父子间曾经闹得非常决裂,就为了他的职业问题。所以说到这里,啸桐便感到一种禁忌似的,马上掉转话锋道:"大舅公死了,你知道不知道?"世钧本来要说:"我听见妈说的,"临时却改成:"我听见说的。"

他们亲戚里面有几个仅存的老长辈,啸桐对他们十分敬畏,过年的时候,他到这几家人家拜年,总是和世钧的母亲一同去的,虽然他们夫妇平时简直不见面,这样俪影双双地一同出去,当然更是绝对没有的事了。现在这几个长辈一个个都去世了,只剩下这一个大舅公,现在也死了,从此啸桐再也不会和太太一同出去拜年了。

啸桐说起了大舅公这次中风的经过,说:"真快……"啸桐自己也有很严重的血压高的毛病,提起大舅公,不免联想到自己身上。他沉默了一会,便道:"从前刘医生替我开的一张方子,也不知到哪儿去了,赶明儿倒要找出来,去买点来吃吃。"世钧道:"爸爸为什么不再找刘医生看看呢?"啸桐向来有点讳疾忌医,便推托地道:"这人也不知还在南京不在。"世钧道:"在。这次小健出疹子就是他看的。"啸桐道:"哦?小健出疹子?"世钧心里想,同是住在南京的人,这些事他倒要问我这个从上海来的人,可见他和家里隔膜的一斑了。

啸桐道:"小健这孩子,老是生病,也不知养得大养不大。我看见他就想起你哥哥。你哥哥死了倒已经有五年了!"说着,忽然淌下眼泪来。世钧倒觉得非常愕然。他这次回来,看见母亲有点颠三倒四,他想着母亲是老了,现在父亲又向他流眼泪,这也是从来没有过的事——也是因为年老的缘故么?

哥哥死了已经五年了,刚死那时候,父亲也没有这样涕泗纵横,怎么五年之后的今天，倒又这样伤感起来了呢？或者是觉得自己老了，哥哥死了使他失掉一条臂膀，第二个儿子又不肯和他合作，他这时候想念死者，正是向生者表示一种无可奈何的怀念。

世钧不作声。在这一刹那间，他想起无数的事情，想起他父亲是怎样对待他母亲的，而母亲的痛苦又使自己的童年罩上一层阴影。他想起这一切，是为了使自己的心硬起来。

姨太太在楼上高声叫道："张妈，请老爷听电话！"嘴里喊的是张妈，实际上就是直接地喊老爷。她这一声喊，倒提醒了世钧，他大可不必代他父亲难过，他父亲自有一个温暖的家庭。啸桐站起身来待要上楼去听电话，世钧便道："爸爸我走了，我还有点事。"啸桐顿了一顿，道："好，你走吧。"

世钧跟在父亲后面一同走出去，姨太太的母亲向他笑道："二少爷，怎么倒要走了？不在这儿吃饭呀？"啸桐很不耐烦地道："他还有事。"走到楼梯口，他转身向世钧点点头，自上楼去了。世钧便走了。

回到家里，他母亲问他："爸爸跟你说了些什么？"世钧只说："说起大舅公来，说他也是血压高的毛病，爸爸自己好像也有点害怕。"沈太太道："是呀，你爸爸那毛病，就怕中风。不是我咒他的话，我老是担心你再不回来，恐怕都要看不见他了！"世钧心里想着，父亲一定也是这样想，所以刚才那样伤感。这一次回南京来，因为有叔惠在一起，母亲一直没有机会向他淌眼抹泪的，想不到父亲却对他哭了！

他问他母亲："这一向家用怎么样？"沈太太道："这一向倒还好，总是按月叫人送来。不过……你别说我心肠狠，我老这么想着，有一天你爸爸要是死了，可怎么办，他的钱都捏在那个女人手里。"

75

世钧道:"那……爸爸总会有一个安排的,他总也防着有这样的一天……"沈太太苦笑道:"可是到那时候,也由不得他做主了。东西都在别人手里,连他这个人,我们要见一面都难呢!我不见得像秦雪梅吊孝似的跑了去!"

世钧也知道他母亲这并不是过虑。亲戚间常常有这种事件发生,老爷死在姨太太那里,太太这方面要把尸首抬回来,那边不让抬,闹得满天星斗,结果大公馆里只好另外布置一个灵堂,没有棺材也照样治丧,这还是小事,将来这析产的问题,实在是一桩头痛的事。但愿他那时候已经有这能力可以养活他母亲、嫂嫂和侄儿,那就不必去跟人家争家产了。他虽然有这份心,却不愿拿空话去安慰他母亲,所以只机械地劝慰了几句,说:"我们不要杞人忧天。"沈太太因为这是他最后一天在家里,也愿意大家欢欢喜喜的,所以也就不提这些了。

他今天晚车走,白天又陪着叔惠去逛了两处地方,下午回家,提早吃晚饭。大少奶奶抱着小健笑道:"才跟二叔混熟了,倒又要走了。下次二叔再回来,又要认生了!"沈太太想道:"再回来,又要隔个一年半载,孩子可不是又要认生了。"她这样想着,眼圈便红了,勉强笑道:"小健,跟二叔到上海去吧?去不去呀?"大少奶奶也道:"上海好!跟二叔去吧?"问得紧了,小健只是向大少奶奶怀里钻,大少奶奶笑道:"没出息!还是要妈!"

世钧和叔惠这次来的时候没带多少行李,去的时候却是满载而归,除了照例的水果,点心,沈太太又买了两只桂花鸭子给他们带去,那正是桂花鸭子上市的季节,此外还有一大箱药品,是她逼着世钧打针服用的。她本来一定要送他们上车站,被世钧拦住了。家里上上下下所有的人都站在大门口送他们上车,沈太太笑嘻嘻地直擦眼泪，叫世钧"一到就来信"。

一上火车，世钧陡然觉得轻松起来。他们买了两份上海的报纸躺在铺上看着。火车开了，轰隆轰隆离开了南京，那古城的灯火渐渐远了。人家说"时代的列车"，比譬得实在有道理，火车的行驰的确像是轰轰烈烈通过一个时代。世钧的家里那种旧时代的空气，那些悲剧性的人物，那些恨海难填的事情，都被丢在后面了。火车轰隆轰隆向黑暗中驰去。

叔惠睡的是上面一个铺位，世钧躺在下面，看见叔惠的一只脚悬在铺位的边缘上，皮鞋底上糊着一层黄泥，边上还镶着一圈毛氄氄的草屑。所谓"游屐"，就是这样的吧？世钧自问实在不是一个良好的游伴。这一次回南京来，也不知为什么，总是这样心不定，无论做什么事，都是匆匆的，只求赶紧脱身，仿佛他另外有一个约会似的。

第二天一早到上海，世钧说："直接到厂里去吧。"他想早一点去，可以早一点看见曼桢，不必等到吃饭的时候。叔惠道："行李怎样呢？"世钧道："先带了去，放在你办公室里好了。"他帮着送行李到叔惠的办公室里，正好看见曼桢。叔惠道："别的都没关系，就是这两只鸭子，油汪汪的，简直没处放。我看还是得送回去。我跑一趟好了，你先去吧。"

世钧独自乘公共汽车到厂里去，下了车，看看表才八点不到，曼桢一定还没来。他尽在车站上徘徊着。时间本来还太早，他也知道曼桢一时也不会来，但是等人心焦，而且计算着时间，叔惠也许倒就要来了。如果下一辆公共汽车里面有叔惠，跳下车来，却看见他这个早来三刻钟的人还在这里，岂不觉得奇怪么？

他这样一想，便觉得芒刺在背，立即掉转身来向工厂走去。

这公共汽车站附近有一个水果摊子。世钧刚才在火车上吃过好几只橘子,家里给他们带的水果吃都吃不了,但是他走过这水果摊,却又停下来,买了两只橘子,马上剥出来,站在那里缓缓地吃着。两只橘子吃完了,他觉得这地方实在不能再逗留下去了,叔惠随时就要来了。而且,曼桢怎么会这时候还不来,不要是老早来了,已经在办公室里了?他倒在这里傻等!这一种设想虽然极不近情理,却使他立刻向工厂走去,并且这一次走得非常快。

半路上忽然听见有人在后面喊:"喂!"他一回头,却是曼桢,她一只手撩着被风吹乱的头发,在清晨的阳光中笑嘻嘻地向这边走来。一看见她马上觉得心里敞亮起来了。她笑道:"回来了?"世钧道:"回来了。"这也没有什么可笑,但是两人不约而同地都笑了起来。曼桢又道:"刚到?"世钧道:"嗳,刚下火车。"他没有告诉她他是在那里等她。

曼桢很注意地向他脸上看着。世钧有点侷促地摸摸自己的脸,笑道:"在火车上马马虎虎洗的脸,也不知道洗干净了没有。"曼桢笑道:"不是的……"她又向他打量了一下,笑道:"你倒还是那样子。我老觉得好像你回去一趟,就会换了个样子似的。"世钧笑道:"去这么几天工夫,就会变了个样子么?"然而他自己也觉得他不止去了几天工夫,而且是从很远的地方回来的。

曼桢道:"你母亲好吗?家里都好?"世钧道:"都好。"曼桢道:"他们看见你的箱子有没有说什么?"世钧笑道:"没说什么。"曼桢笑道:"没说你理箱子理得好?"世钧笑道:"没有。"

一面走着一面说着话,世钧忽然站住了,道:"曼桢!"曼桢见他仿佛很为难的样子,便道:"怎么?"世钧却又不作声了,并且又继续往前走。

一连串的各种灾难在她脑子里一闪：他家里出了什么事了——他要辞职不干了——家里给他订了婚了——他爱上了一个什么人了，或者是从前的一个女朋友，这次回去又碰见的。她又问了声"怎么？"他说："没什么。"她便默然了。

世钧道："我没带雨衣去，刚巧倒又碰见下雨。"曼桢道："哦，南京下雨的么？这儿倒没下。"世钧道："不过还好，只下了一晚上，反正我们出去玩总是在白天。不过我们晚上也出去的，下雨那天也出去的。"他发现自己有点语无伦次，就突然停止了。

曼桢倒真有点着急起来了，望着他笑道："你怎么了？"世钧道："没什么。——曼桢，我有话跟你说。"曼桢道："你说呀。"世钧道："我有好些话跟你说。"

其实他等于已经说了。她也已经听见了。她脸上完全是静止的，但是他看得出来她是非常快乐。这世界上突然照耀着一种光，一切都可以看得特别清晰，确切。他有生以来从来没有像这样觉得心地清楚。好像考试的时候，坐下来一看题目，答案全是他知道的，心里是那样地兴奋，而又感到一种异样的平静。

曼桢的表情忽然起了变化，她微笑着叫了声"陈先生早"，是厂里的经理先生，在他们身边走过。他们已经来到工厂的大门口了。曼桢很急促地向世钧道："我今天来晚了，你也晚了。待会儿见。"她匆匆跑进去，跑上楼去了。

世钧当然是快乐的，但是经过一上午的反覆思索，他的自信心渐渐消失了，他懊悔刚才没有能够把话说得明白一点，可以得到一个比较明白的答覆。他一直总以为曼桢跟他很好，但是她对他表示好感的地方，现在一样一样想起来，都觉得不足为凭，或者是出于友谊，或者仅仅是她的天真。

吃饭的时候，又是三个人在一起，曼桢仍旧照常说说笑笑，若无其事的样子。照世钧的想法，即使她是不爱他的，他今天早上曾经对她作过那样的表示，她也应当有一点反应，有点窘，有点僵——他不知道女人在这种时候是一种什么态度，但总之不会完全若无其事的吧？如果她是爱他的话，那她的镇静功夫更可惊了。女人有时候冷静起来，简直是没有人性的。而且真会演戏。恐怕每一个女人都是一个女戏子。

从饭馆子出来，叔惠到烟纸店去买一包香烟，世钧和曼桢站在稍远的地方等着他，世钧便向她说："曼桢，早上我说的话太不清楚了。"然而他一时之间也无法说得更清楚些。他低着头望着秋阳中的他们两人的影子。马路边上有许多落叶，他用脚尖拨了拨，拣一片最大的焦黄的叶子，一脚把它踏破了，"咔嚓"一声响。

曼桢也避免向他看，她望望叔惠的背影，道："待会儿再说吧。待会儿你上我家里来。"

那天晚上他上她家里来。她下了班还有点事情，到一个地方去教书，六点到七点，晚饭后还要到另一个地方去，也是给两个孩子补书，她每天的节目，世钧是很熟悉的，他只能在吃晚饭的时候到她那里去，或者可以说到几句话。

他扣准了时候，七点十分在顾家后门口揿铃。顾家现在把楼下的房子租出去了，所以是一个房客的老妈子来开门。这女佣正在做菜，大烹小割忙得乌烟瘴气，只向楼上喊了一声："顾太太，你们有客来！"便让世钧独自上楼去。

世钧自从上次带朋友来看房子，来过一次，以后也没大来过，因为他们家里人多，一来了客，那种肃静回避的情形，使他心里很觉得不安,尤其是那些孩子们,孩子们天性是好动的,乒乒乓乓没有一刻安静,怎么能够那样鸦雀无声。

这一天,世钧在楼梯上就听见他们在楼上大说大笑的。一个大些的孩子叱道:"吵死人了!人家这儿做功课呢!"他面前的桌子上乱摊着书本,尺,和三角板。曼桢的祖母手里拿着一把筷子,把他的东西推到一边去,道:"喂,可以收摊子了!要腾出地方来摆碗筷。"那孩子只管做他的几何三角,头也不抬。

曼桢的祖母一回头,倒看见了世钧,忙笑道:"呦,来客了!"世钧笑道:"老太太。"他走进房去,看见曼桢的母亲正在替孩子们剪头发,他又向她点头招呼,道:"伯母,曼桢回来了没有?"顾太太笑道:"她就要回来了。你坐,我来倒茶。"世钧连声说不敢当。顾太太放下剪刀去倒茶,一个孩子却叫了起来:"妈,我脖子里直痒痒!"顾太太道:"头发渣子掉了里头去了。"她把他的衣领一把拎起来,翻过来,就着灯光仔细掸拂了一阵。顾老太太拿了支扫帚来,道:"你看这一地的头发!"顾太太忙接过扫帚,笑道:"我来我来。这真叫'客来扫地'了!"顾老太太道:"可别扫了人家一脚的头发!让沈先生上那边坐吧。"

顾太太便去把灯开了,把世钧让到隔壁房间里去。她站在门口,倚在扫帚柄上,含笑问他:"这一向忙吧?"寒暄了几句,便道:"今天在我们这儿吃饭。没什么吃的——不跟你客气!"世钧刚赶着吃饭的时候跑到人家这儿来,正有点不好意思,但也没办法。顾太太随即下楼去做饭去了,临时要添菜,又有一番忙碌。

世钧独自站在窗前,向衖堂里看看,不看见曼桢回来。他知道曼桢是住在这间房里的,但是房间里全是别人的东西,她母亲

81

的针线篮,眼镜匣子,小孩穿的篮球鞋之类。墙上挂着她父亲的放大照片。有一张床上搁着她的一件绒线衫,那想必是她的床了。她这房间等于一个寄宿舍,没有什么个性。看来看去,真正属于她的东西只有书架上的书。有杂志,有小说,有翻译的小说,也有她在学校里读的教科书,书脊脱落了的英文读本。世钧逐一看过去,有许多都是他没有看过的,但是他觉得这都是他的书,因为它们是她的。

曼桢回来了。她走进来笑道:"你来了有一会了?"世钧笑道:"没有多少时候。"曼桢把手里的皮包和书本放了下来,今天他们两人之间的空气有点异样,她仿佛觉得一举一动都被人密切注意着。她红着脸走到穿衣镜前面去理头发,又将衣襟扯扯平,道:"今天电车上真挤,挤得人都走了样了,袜子也给踩脏了。"世钧也来照镜子,笑道:"你看我上南京去了一趟,是不是晒黑了?"他立在曼桢后面照镜子,立得太近了,还没看出来自己的脸是不是晒黑了,倒看见曼桢的脸是红的。

曼桢敷衍地向他看了看,道:"太阳晒了总是这样,先是红的,要过两天才变黑呢。"她这样一说,世钧方才发现自己也是脸红红的。

曼桢俯身检查她的袜子,忽然嗳呀了一声道:"破了!都是挤电车挤的,真不上算!"她从抽屉里另取出一双袜子,跑到隔壁房间里去换,把房门带上了,剩世钧一个人在房里。他很是忐忑不安,心里想她是不是有一点不高兴。他从书架上抽出一本书来看,刚抽出来,曼桢倒已经把门开了,向他笑道:"来吃饭。"

一张圆桌面,坐得满满的,曼桢坐在世钧斜对面。世钧觉得今天净跟她一桌吃饭,但是永远有人在一起,而且距离她越来越远了。他实在有点怨意。

顾太太临时添了一样皮蛋炒鸡蛋，又派孩子去买了些熏鱼酱肉，把这几样菜都拥挤地放在世钧的一方。顾老太太在旁边还是不时地嘱咐着媳妇："你拣点酱肉给他。"顾太太笑道："我怕他们新派人不喜欢别人拣菜。"

孩子们都一言不发，吃得非常快，呼噜呼噜一会就吃完了，下桌子去了。他们对世钧始终有些敌意，曼桢看见他们这神气，便想起从前她姊姊的未婚夫张豫瑾到他们家里来，那时候曼桢自己只有十二三岁，她看见豫瑾也非常讨厌。那一个年纪的小孩好像还是部落时代的野蛮人的心理，家族观念很强烈，总认为人家是外来的侵略者，跑来抢他们的姊姊，破坏他们的家庭。

吃完饭，顾太太拿抹布来擦桌子，向曼桢道："你们还是到那边坐吧。"曼桢向世钧道："还是上那边去吧，让他们在这儿念书，这边的灯亮些。"

曼桢先给世钧倒了杯茶来。才坐下，她又把刚才换下的那双丝袜拿起来，把破的地方补起来。世钧道："你不累么，回来这么一会儿工夫，倒忙个不停。"曼桢道："我要是搁在那儿不做，我妈就给做了。她也够累的，做饭洗衣裳，什么都是她。"世钧道："从前你们这儿有个小大姐，现在不用了？"曼桢道："你说阿宝么？早已辞掉她了。你看见她那时候，她因为一时找不到事，所以还在我们这儿帮忙。"

她低着头补袜子，头发全都披到前面来，后面露出一块柔腻的脖子。世钧在房间里踱来踱去，走过她身边，很想俯下身来在她颈项上吻一下。但是他当然没有这样做。他只摸摸她的头发。曼桢仿佛不觉得似的，依旧低着头补袜子，但是手里拿着针，也不知戳到哪里去了，一不小心就扎了手。她也没说什么，看看手指上凝着一颗小小的血珠子，她在手帕上擦了擦。

世钧老是看钟，道："一会儿你又得出去了，我也该走了吧？"他觉得非常失望。她这样忙，简直没有机会跟她说话，一直要等到礼拜六，而今天才礼拜一，这一个漫长的星期怎样度过。曼桢道："你再坐一会，等我走的时候一块儿走。"世钧忽然醒悟过来了，便道："我送你去。你坐什么车子？"曼桢道："没有多少路，我常常走了去的。"她正把一根线头送到嘴里去咬断它，齿缝里咬着一根丝线，却向世钧微微一笑。世钧陡然又生出无穷的希望了。

曼桢立起来照照镜子，穿上一件大衣，世钧替她拿着书，便一同走了出去。

走到衖堂里，曼桢又想起她姊姊从前有时候和豫瑾出去散步，也是在晚餐后。曼桢和衖堂里的小朋友们常常跟在他们后面鼓噪着，钉他们的梢。她姊姊和豫瑾虽然不睬他们，也不好意思现出不悦的神气，脸上总带着一丝微笑。她现在想起来，觉得自己真是不可恕，尤其因为她姊姊和豫瑾的一段姻缘后来终于没有成功，他们这种甜蜜的光阴并不久长，真正没有多少时候。

世钧道："今天早上我真高兴。"曼桢笑道："是吗？看你的样子好像一直很不高兴似的。"世钧笑道："那是后来。后来我以为我误会了你的意思。"曼桢也没说什么。在半黑暗中，只听见她噗哧一笑。世钧直到这时候方才放了心。

他握住她的手。曼桢道："你的手这样冷。……你不觉得冷么？"世钧道："还好。不冷。"曼桢道："刚才我回来的时候已经有点冷了，现在又冷了些。"他们这一段谈话完全是烟幕作用。在烟幕下，他握着她的手。两人都有一种说不出来的感觉。

马路上的店家大都已经关了门。对过有一个黄色的大月亮，低低地悬在街头，完全像一盏街灯。今天这月亮特别有人间味。它仿佛是从苍茫的人海中升起来的。

世钧道："我这人太不会说话了，我要像叔惠那样就好了。"曼桢道："叔惠这人不坏，不过有时候我简直恨他，因为他给你一种自卑心理。"世钧笑道："我承认我这种自卑心理也是我的一个缺点。我的缺点实在太多了，好处可是一点也没有。"曼桢笑道："是吗？"世钧道："真的。不过我现在又想，也许我总有点好处，不然你为什么……对我好呢？"曼桢只是笑，半天方道："你反正总是该说什么就说什么。"世钧道："你是说我这人假？"曼桢道："说你会说话。"

世钧道："我临走那天，你到我们那儿来，后来叔惠的母亲说：'真想不到，世钧这样一个老实人，倒把叔惠的女朋友给抢了去了。'"曼桢笑道："哦？以后我再也不好意思上那儿去了。"世钧笑道："那我倒懊悔告诉你了。"曼桢道："她是当着叔惠说的？"世钧道："不，她是背地里跟叔惠的父亲在那儿说，刚巧给我听见了。我觉得很可笑。我总想着恋爱应当是很自然的事，为什么动不动就要像打仗似的，什么抢不抢。我想叔惠是不会跟我抢的。"曼桢笑道："你也不会跟他抢的，是不是？"

世钧倒顿了一顿，方才笑道："我想有些女人也许喜欢人家为她打得头破血流，你跟她们两样的。"曼桢笑道："这也不是打架的事。……幸而叔惠不喜欢我，不然你就一声不响，走得远远的了。我永远也不会知道是怎么回事。"说得世钧无言可对。

刚才走过一个点着灯做夜市的水果摊子，他把她的手放下了，现在便又紧紧地握住她的手。她却挣脱了手，笑道："就要到了，他们窗户里也许看得见。"世钧道："那么再往回走两步。"

他们又往回走。世钧道："我要是知道你要我抢的话，我怎么着也要把你抢过来的。"曼桢不由得噗哧一笑，道："有谁跟你抢呢？"世钧道："反正谁也不要想。"曼桢笑道："你这个人——我永远不知道你是真傻还是装傻。"世钧道："将来你知道我是真傻，你就要懊悔了。"曼桢道："我是不会懊悔的，除非你懊悔。"

世钧想吻她，被她把脸一偏，只吻到她的头发。他觉得她在颤抖着。他说："你冷么？"她摇摇头。

她把他的衣袖捋上一些，看他的手表。世钧道："几点了？"曼桢隔了一会方才答道："八点半。"时候已经到了。世钧立刻说道："你快去吧，我在这儿等你。"曼桢道："那怎么行？你不能一直站在这儿，站一个钟头。"世钧道："我找一个地方去坐一会。刚才我们好像走过一个咖啡馆。"曼桢道："咖啡馆倒是有一个，不过太晚了，你还是回去吧。"世钧道："你就别管了！快进去吧！"他只管催她走，可忘了放掉她的手，所以她走不了两步路，又被拉回来了，两人都笑起来了。

然后她走了，急急地走去揿铃。她那边一揿铃，世钧不能不跑开了。

道旁的洋梧桐上飘下一片大叶子，像一只鸟似的，"嚓！"从他头上掠过。落在地下又是"嚓嚓"两声，顺地溜着。世钧慢慢走过去，听见一个人在那里喊"黄包车！黄包车！"从东头喊到西头，也没有应声，可知这条马路是相当荒凉的。

世钧忽然想起来，她所教的小学生说不定会生病，不能上课了，那么她马上就出来了，在那里找他，于是他又走回来，在路角上站了一会。

月亮渐渐高了，月光照在地上。远处有一辆黄包车经过，摇曳的车灯吱吱轧轧响着，使人想起更深夜静的时候，风吹着秋千索的幽冷的声音。

待会儿无论如何要吻她。

世钧又向那边走去，寻找那个小咖啡馆。他回想到曼桢那些矛盾的地方，她本来是一个很世故的人，有时候却又显得那样天真，有时候又那样羞涩得过分。他想道："也许只是因为她……非常喜欢我的缘故么？"他不禁心旌摇摇起来了。

这是他第一次对一个姑娘表示他爱她。他所爱的人刚巧也爱他，这也是第一次。他所爱的人也爱他，想必也是极普通的事情，但是对于身当其境的人，却好像是千载难逢的巧合。世钧常常听见人家说起某人怎样怎样"闹恋爱"，但是，不知道为什么，别人那些事情从来不使他联想到他和曼桢。他相信他和曼桢的事情跟别人的都不一样。跟他自己一生中发生过的一切事情也都不一样。

街道转了个弯，便听见音乐声。提琴奏着东欧色彩的舞曲。顺着音乐声找过去，找到那小咖啡馆，里面透出红红的灯光。一个黄胡子的老外国人推开玻璃门走了出来，玻璃门荡来荡去，送出一阵人声和温暖的人气。世钧在门外站着，觉得他在这样的心情下，不可能走到人丛里去。他太快乐了。太剧烈的快乐与太剧烈的悲哀是有相同之点的——同样地需要远离人群。他只能够在寒夜的街沿上踯躅着，听听音乐。

今天一早就在公共汽车站上等她，后来到她家里去，她还没回来，又在她房间里等她。现在倒又在这儿等她了。

从前他跟她说过,在学校里读书的时候,星期六这一天特别高兴,因为期待着星期日的到来。他没有知道他和她最快乐的一段光阴将在期望中度过,而他们的星期日永远没有天明。

六

世钧的母亲叫他一到上海就来信，他当夜就写了一封短信，手边没有邮票，预备交给叔惠在办公室里寄出。第二天早上他特地送到叔惠的办公室里来，借此又可以见曼桢一面。

曼桢还没有来。世钧把那封信从口袋里摸了出来，搁在叔惠面前道："喏，刚才忘了交给你了。"然后就靠在写字台上谈天。

曼桢来了，说："早。"她穿着一件浅粉色的旗袍，袖口压着极窄的一道黑白辫子花边。她这件衣服世钧好像没看见过。她脸上似笑非笑的，眼睛也不大朝他看，只当房间里没有他这个人。然而她的快乐是无法遮掩的。满溢出来了的生之喜悦，在她身上化为万种风情。叔惠一看见她便怔了怔，道："曼桢今天怎么这样漂亮？"他原是一句无心的话，曼桢不知道为什么，却顿住了答不出话来，并且红了脸。世钧在旁边也紧张起来了。幸而曼桢只顿了一顿，便笑道："听你的口气，好像我平常总是奇丑。"叔惠笑道："你可别歪曲我的意思。"曼桢笑道："你明明是这个意思。"

他们两人的事情，本来不是什么瞒人的事，更用不着瞒着叔惠，不过世钧一直没有告诉他。他没有这欲望要和任何人谈论曼桢，因为他觉得别人总是说些隔靴搔痒的话。但是他的心理是这么样地矛盾，他倒又有一点希望人家知道。叔惠跟他们一天到晚在一起，竟能够这样糊涂，一点也不觉得。如果恋爱是盲目的，似乎旁边的人还更盲目。

他们这爿厂里，人事方面本来相当复杂。就是上回做寿的那个叶先生，一向植党营私，很有许多痕迹落在众人眼里。他仗着他是厂长的私人，胆子越来越大，不肯与他同流合污的人，自然被他倾轧得很厉害。世钧是在楼下工作的，还不很受影响，不像叔惠是在楼上办公室里，而且职位比较高，责任也比较重。所以叔惠一直想走。刚巧有一个机会，一个朋友介绍他到另外一爿厂里去做事，这边他立刻辞职了。他临走的时候，世钧替他饯行，也有曼桢。三个人天天在一起吃饭的这一个时期，将要告一段落了。

他们三个人在一起，有一种特殊的空气，世钧很喜欢坐在一边听叔惠和曼桢你一言我一语，所说的也不过是一些浮面上的话，但是世钧在旁边听着却深深地感到愉快。那一种快乐，只有儿童时代的心情是可以比拟的。而实际上，世钧的童年并不怎样快乐，所以人家回想到童年，他只能够回想到他和叔惠曼桢三个人在一起的时候。

世钧替叔惠饯行，是在一个出名的老正兴馆，后来听见别的同事说："你们不会点菜，最出色的两样菜都没有吃到。"叔惠闹着要再去一趟，曼桢道："那么这次你请客。"叔惠道："怎么要我请？这次轮到你替我饯行了！"两人推来推去，一直相持不下。到付账的时候，叔惠说没带钱，曼桢道："那么我替你垫一垫。待会儿要还我的。"叔惠始终不肯松这句口。吃完了走出来，叔惠向曼桢鞠躬笑道："谢谢！谢谢！"曼桢也向他鞠躬笑道："谢谢！谢谢！"

世钧在旁边笑不可仰。

叔惠换了一个地方做事,工厂在杨树浦,他便住到宿舍里去了,每到周末才回家来一次。有一天,许家收到一封信,是寄给叔惠的,他不在家,许太太便把那封信搁在他桌上。世钧看见了,也没注意,偶然看见信封上盖着南京的邮戳,倒觉得有点诧异,因为叔惠上次到南京去的时候,曾经说过他在南京一个熟人也没有,他有个女友托他带东西给一个凌太太,那家人家跟他也素不相识的。这封信的信封上也没有署名,只写着"内详",当然世钧再也猜不到这是翠芝写来的。他和翠芝虽然自幼相识,却不认识她的笔迹。他母亲有一个时期曾经想叫他和翠芝通信,但是结果没有成功。

等到星期六,叔惠回来的时候,世钧早已忘了这回事,也没想起来问他。叔惠看了那封信,信的内容是很简单,不过说她想到上海来考大学,托他去给她要两份章程。叔惠心里想着,世钧要是问起的话,就照直说是翠芝写来的,也没什么要紧,她要托人去拿章程,因为避嫌疑的缘故,不便托世钧,所以托了他,也是很自然的事吧。但是世钧并没有问起,当然他也就不提了。过了几天,就抽空到她指定的那两个大学去要了两份章程,给她寄了去,另外附了一封信。她的回信很快的就来了,叔惠这一次却隔了很长的时间才回信,时间隔得长,信又是很短,翠芝以后就没有再写信来了。其实叔惠自从南京回来,倒是常常想起她的。想起她对他的一番情意,他只有觉得惆怅。

第二年正月里,翠芝却又来了一封信,这封信搁在叔惠的桌上没有开拆,总快有一个星期了,世钧走出走进都看见它,一看见那南京的邮戳,心里就想着,倒不知道叔惠有这样一个朋友在南京。也说不定是一个上海的朋友,新近才上南京去的。等他回来的时候问他。但是究竟事不关己,一转背就又忘了。到星期六那天,世钧上午在厂里,有人打电话给他,原来是一鹏,一鹏到上海来了,约他出去吃饭。刚巧世钧已经和曼桢约好了在一个饭馆子里碰头,便向一鹏说:"我已经约了朋友在外面吃饭,你要是高兴的话,就一块儿来。"一鹏道:"男朋友还是女朋友?"世钧道:"是一个女同事,并不是什么女朋友。你待会儿可别乱说,要得罪人的。"一鹏道:"哦,女同事。是你们那儿的女职员呀?怪不得你赖在上海不肯回去,我说呢,你在上海忙些什么——就忙着陪花瓶吃馆子呀?嗨嗨,你看我回去不说!"世钧这时候已经十分懊悔,不该多那一句嘴邀他同去,当下只得说道:"你别胡说了!这位顾小姐不是那样的人,你看见她就知道了。"一鹏笑道:"喂,世钧,你索性请这位顾小姐再带一个女朋友来,不然我一个人不太寂寞吗?"世钧皱着眉道:"你怎么老是胡说,你拿人家当什么人?"一鹏笑道:"好好,不说了,你别认真。"

一鹏背后虽然轻嘴薄舌的,和曼桢见了面,也还是全副绅士礼貌,但是他对待这种自食其力的女人,和他对待有钱人家的小姐们的态度,毕竟有些不同。曼桢是不知道,她还以为这人向来是这样油头滑脑的。世钧就看得出那分别来,觉得很生气。

一鹏多喝了两杯酒,有了几分醉意,忽然笑嘻嘻的说道:"爱咪不知怎么想起来的,给我们做媒!"世钧笑道:"给谁做媒?"一鹏笑道:"我跟翠芝。"世钧笑道:"哦,那好极了!再好也没有了!"一鹏忙道:"呃,你可别嚷嚷出来,还不知事情成不成呢!"又带着笑容微微叹了口气,道:"都是一鸣跟爱咪——其实我真不想结婚!一个人结了婚就失掉自由了,你说是不是?"世钧笑道:"算了吧,你也是该有人管管你了!"一面说,一面在他肩膀上拍了拍。一鹏似乎很得意,世钧也觉得很高兴——倒并不是出于一种自私的心理,想着翠芝嫁掉了最好,好让他母亲和嫂嫂死了这条心。他并没有想到这一层。他这一向非常快乐,好像整个的世界都改观了,就连翠芝,他觉得她也是个很可爱的姑娘,一鹏娶了她一定很幸福的。

曼桢见他们说到这些私事,就没有插嘴,只在一旁微笑着。饭后,世钧因为他嫂嫂托他买了件衣料,他想乘这机会交给一鹏带回去,就叫一鹏跟他一块儿回家去拿。曼桢一个人回去了。这里世钧带着一鹏来到许家,这一天因为是星期六,所以叔惠下午也回来了,也才到家没有一会,看见一鹏来了,倒是想不到的事情。叔惠是最看不起一鹏的,觉得他这人非常无聊,虽然也和他周旋了几句,只是懒懒的。所幸一鹏这人是没有自卑感的,所以从来也不觉得人家看不起他。

当下世钧把那件衣料取出来交给他,一鹏打开一看,是一段瓦灰闪花绸,闪出一棵棵的小梅桩。一鹏见了,不由得咦了一声,笑道:"跟顾小姐那件衣裳一样!我正在那儿想着,她穿得真素,像个小寡妇似的。原来是你送她的!"世钧有点窘,笑道:"别胡扯了!"一鹏笑道:"那哪有那么巧的事!"世钧道:"那有什么奇怪呢,我因为嫂嫂叫我买料子,我又不懂这些,所以那天找顾小姐跟我一块儿去买的,她同时也买了一件。"一鹏笑道:"那你还要赖什么?我早就看出来了,你们的交情不错。你们几时结婚哪?"世钧笑道:"大概你这一向脑子里充满了结婚,所以动不动就说结婚。你再闹,我给你宣布了!"一鹏忙道:"不许不许!"叔惠笑道:"怎么,一鹏要结婚啦?"一鹏道:"你听他瞎说!"又说笑了几句,便起身走了。世钧和叔惠送他出去,却看见门外飘着雪花,也不知道是什么时候下起的。

　　两人一同回到楼上，世钧因为刚才一鹏取笑他的话，说他跟曼桢好，被叔惠听见了，一定想着他们这样接近的朋友，怎么倒一直瞒着他，现在说穿了，倒觉得很不好意思。世钧今天本来和曼桢约好了，等会还要到她家去，一同去看电影，只是因为叔惠难得回来的，不好一见面就走，不免坐下来预备多谈一会。没话找话说，就告诉他一鹏也许要和翠芝结婚了。其实这消息对于叔惠并不能说是一个意外的打击，因为叔惠今天一回家就看见翠芝的信，信上说她近来觉得很苦闷，恐怕没有希望到上海来读书了，家里要她订婚。不过她没有说出对象是谁，叔惠总以为是他不认识的人，却没有想到是一鹏。

　　她写信告诉他，好像是希望他有点什么表示，可是他又能怎样呢？他并不是缺少勇气，但是他觉得问题并不是完全在她的家庭方面。他不能不顾虑到她本人，她是享受惯了的，从来不知道艰难困苦为何物，现在一时感情用事，将来一定要懊悔的。也许他是过虑了，可是他志向不小，不见得才上路就弄上个绊脚石？

　　而现在她要嫁给一鹏了。要是嫁给一个比较好的人，倒也罢了，他也不至于这样难过。他横躺在床上，反过手去把一双手垫在头底下，无言的望着窗外，窗外大雪纷飞。世钧笑道："一块儿去看电影好吧？"叔惠道："下这大雪，还出去干吗？"说着，索性把脚一缩，连着皮鞋，就睡到床上去，顺手拖过一床被窝，搭在身上。许太太走进房来，把刚才客人用过的茶杯拿去洗，见叔惠大白天躺在床上，便道："怎么躺着？不舒服呀？"叔惠没好气的答道："没有。"说他不舒服，倒好像是说他害相思病似的，他很生气。

　　许太太向他的脸色看了看，又走过来在他头上摸摸，因道："看你这样子不对，别是受了凉了，喝一杯酒去去寒气吧，我给你拿来，"叔惠也不言语。许太太便把自己家里用广柑泡的一瓶酒取了来。叔惠不耐烦的说："告诉你没有什么嘛！让我睡一会就好了。"许太太道："好，我搁在这儿，随你爱喝不喝！"说着，便赌气走了，走到门口，又道："要睡就把鞋脱了，好好睡一会。"叔惠也没有回答，等她走了，他方才坐起身来脱鞋，正在解鞋带，一抬头看见桌上的酒，就倒了一杯喝着解闷。但是"酒在肚里，事在心里，"中间总好像隔着一层，无论喝多少酒，都淹不到心上去。心里那块东西要想用烧酒把它泡化了，烫化了，只是不能够。

他不知不觉间，一杯又一杯的喝着，世钧到楼下去打电话去了，打给曼桢，因为下雪，问她还去不去看电影。结果看电影是作罢了，但是仍旧要到她家里去看她，他们一打电话，决不是三言两语可以结束的，等他挂上电话，回到楼上来，一进门就闻见满房酒气扑鼻，不觉笑道："咦，不是说不喝，怎么把一瓶酒都喝完了？"许太太正在房门外走过，便向叔惠嚷道："你今天怎么了？让你喝一杯避避寒气，你怎么傻喝呀？年年泡了酒总留不住，还没几个月就给喝完了！"叔惠也不理会，脸上红扑扑的向床上一倒，见世钧穿上大衣，又像要出去的样子，便道："你还是要出去？"世钧笑道："我说好了要上曼桢那儿去。"叔惠见他仿佛有点忸怩的样子，这才想起一鹏取笑他和曼桢的话，想必倒是真的。看他那样高高兴兴的冒雪出门去了，叔惠突然感到一阵凄凉，便一翻身，蒙着头睡了。

世钧到了曼桢家里，两人围炉谈天。炉子是一只极小的火油炉子，原是烧饭用的，现在搬到房间里来，用它炖水兼取暖。曼桢擦了根洋火，一个一个火眼点过去，倒像在生日蛋糕上点燃那一圈小蜡烛。

因为是星期六下午,她的弟弟妹妹们都在家里。世钧现在和他们混得相当熟了。世钧向来不喜欢小孩子的,从前住在自己家里,虽然只有一个侄儿,他也常常觉得讨厌,曼桢的弟弟妹妹这样多,他却对他们很有好感。

孩子跑马似的,楼上跑到楼下。蹬蹬蹬奔来,在房门口张一张,又逃走了。后来他们到衖堂里去堆雪人去了,一幢房子里顿时静了下来。火油炉子烧得久了,火焰渐渐变成美丽的蓝色,蓝汪汪的火,蓝得像水一样。

世钧道:"曼桢,我们什么时候结婚呢?……我上次回去,我母亲也说她希望我早点结婚。"曼桢道:"不过我想,最好还是不要靠家里帮忙。"世钧本来也是这样想。从前为了择业自由和父亲冲突起来,跑到外面来做事,闹了归齐,还是要父亲出钱给他讨老婆,实在有点泄气。世钧道:"可是这样等下去,要等到什么时候呢?"曼桢道:"还是等等再说吧。现在我家里人也需要我。"世钧皱着眉毛道:"你的家累实在太重了,我简直看不过去。譬如说结了婚以后,两个人总比一个人有办法些。"曼桢笑道:"我正是怕这个。我不愿意把你也拖进去。"世钧道:"为什么呢?"曼桢道:"你的事业才正开始,负担一个家庭已经够麻烦的,再要是负担两个家庭,那简直就把你的前途毁了。"世钧望着她微笑着,道:"我知道你这都是为了我的好,不过……我不知道为什么,有一点恨你。"

她当时没有说什么,在他吻着她的时候,她却用极细微的声音问道:"你还恨我吗?"炉子上的一壶水已经开了,他们竟一点也不知道。还是顾太太在隔壁房间里听见水壶盖被热气顶着,咕嘟咕嘟响,她忍不住在外面喊了一声:"曼桢,水开了没有?开了要沏茶。"曼桢答应了一声,忙站起身来,对着镜子把头发掠了掠,便跑出来拿茶叶,给她母亲也沏了一杯。

顾太太捧着茶站在房门口,一口口啜着,笑道:"茶叶梗子站着,一定要来客了!"曼桢笑向世钧努了努嘴,道:"喏,不是已经来了吗?"顾太太笑道:"沈先生不算,他不是客。"她这话似乎说得太露骨了些,世钧倒有点不好意思起来。顾太太把开水拿去冲热水瓶,曼桢道:"我去冲。妈坐这儿说说话。"顾太太道:"不行,一坐下就站不起来了。一会儿又得做饭去了。"她搭讪着就走开了。

天渐渐黑下来了。每到这黄昏时候,总有一个卖蘑菇豆腐干的,到这条衖堂里来叫卖。每天一定要来一趟的。现在就又听见那苍老的呼声:"豆……干!五香蘑菇豆……干!"世钧笑道:"这人倒真风雨无阻。"曼桢道:"嗳,从来没有一天不来的。不过他的豆腐干并不怎样好吃。我们吃过一次。"

他们在沉默中听见那苍老的呼声渐渐远去。这一天的光阴也跟着那呼声一同消逝了。这卖豆腐干的简直就是时间老人。

七

有一天，曼桢回家来，她祖母告诉她："你妈上你姊姊家去了，你姊姊有点不舒服，你妈说去瞧瞧她去，大概不回来吃晚饭了，叫我们不用等她。"曼桢便帮着她祖母热饭端菜。她祖母又道："你妈说你姊姊，怎么自从搬到新房子里去，老闹不舒服，不要是这房子不大好吧，先没找个人来看看风水。我说哪儿呀，还不是'财多身弱'，你姊夫现在发财发得这样，你记得他们刚结婚那时候，租人家一个客堂楼住，现在自己买地皮盖房子——也真快，我们眼看着他发起来的！你姊姊运气真好，这个人真给她嫁着了！咳，真是'命好不用吃斋'！"曼桢笑道："不是说姊姊有帮夫运吗？"她祖母拍手笑道："可不是，你不说我倒忘了！那算命的真灵得吓死人。待会儿倒要问问你妈，从前是在哪儿算的，这人不知还在那儿吗，倒要找他去算算。"曼桢笑道："那还是姊姊刚出世那时候的事情吧，二三十年了，这时候哪儿找他去。"

曼桢吃过饭又出去教书。她第二次回来，照例是她母亲开门放她进来，这一天却是她祖母替她开门。曼桢道："妈还没回来？奶奶你去睡吧，我等门。我反正还有一会儿才睡呢。"

她等了有半个多钟头,她母亲也就回来了。一进门便说:"你姊姊病了,你明天看看她去。"曼桢一面闩后门,一面问道:"姊姊什么地方不舒服?"顾太太道:"说是胃病又发了,还有就是老毛病,筋骨痛。"她在黑暗的厨房里又附耳轻轻向女儿说:"还不是从前几次打胎,留下来的毛病。——咳!"其实曼璐恐怕还有别的病症,不过顾太太自己骗自己,总不忍也不愿朝那上面想。

母女回到房中,顾太太的旗袍右边凸起一大块,曼桢早就看见了,猜着是她姊姊塞给母亲的钱,也没说什么。顾太太因为曼桢曾经屡次劝她不要再拿曼璐的钱,所以也不敢告诉她。一个人老了,不知为什么,就有些惧怕自己的儿女。

到上床睡觉的时候,顾太太把旗袍脱下来,很小心地搭在椅背上。曼桢见她这样子是不预备公开了,便含笑问道:"妈,姊姊这次给了你多少钱?"顾太太吃了一惊,忙从被窝里坐起来,伸手在旗袍袋里摸出一个手巾包,笑道:"我也不知道,我来看看有多少。"曼桢笑道:"甭看了,快睡下吧,你这样要着凉了。"她母亲还是把手巾包打开来,取出一叠钞票来数了数,道:"我说不要,她一定要我拿着,叫我买点什么吃吃。"曼桢笑道:"你哪儿舍得买什么东西吃,结果还不是在家用上贴掉了!妈,我跟你说过多少回了,不要拿姊姊的钱,给那姓祝的知道了,只说姊姊贴娘家,还不知道贴了多少呢!"顾太太道:"我知道,我知道,嗳呀,为这么点儿钱,又给你叨叨这么一顿!"曼桢道:"妈,我就是这么说:不犯着呀,你用他这一点钱,待会儿他还以为我们一家子都是他养活着呢,姓祝的他那人的脾气!"顾太太道:"人家现在阔了,不见得还那么小器。"曼桢笑道:"你不知道吗,越是阔人越啬刻,就像是他们的钱特别值钱似的!"

顾太太叹了口气道："孩子，你别想着你妈就这样没志气。你姊夫到底是外人，我难道愿意靠着外人，我能够靠你倒不好吗？我实在是看你太辛苦了，一天忙到晚，我实在心疼得慌。"说着，就把包钱的手帕拿起来擦眼泪。曼桢道："妈，你别这么着。大家再苦几年，就快熬出头了。等大弟弟能够出去做事了，我就轻松得多了。"顾太太道："你一个女孩子家，难道一辈子就为几个弟弟妹妹忙着？我倒想你早点儿结婚。"曼桢笑道："我结婚还早呢。至少要等大弟弟大了。"顾太太惊道："那要等到什么时候？人家怎么等得及呀？"曼桢不觉噗哧一笑，轻声道："等不及活该。"她从被窝里伸出一只白手臂来，把电灯捻灭了。

顾太太很想趁此就问问她，世钧和她有没有私订终身。先探探她的口气，有机会就再问下去，问她可知道世钧的收入怎样，家境如何。顾太太在黑暗中沉默了一会，便道："你睡着了？"曼桢道："唔。"顾太太笑道："睡着了还会答应？"本来想着她是假装睡着，但是转念一想，她大概也是十分疲倦了，在外面跑了一天，刚才又害她等门，今天睡得特别晚。这样一想，自己心里觉得很抱歉，就不言语了。

次日是星期六，曼桢到她姊姊家去探病。她姊姊的新房子在虹桥路，地段虽然荒凉一些，好在住在这一带的都是些汽车阶级，进出并不感到不方便。他们搬了家之后，曼桢还没有去过，她祖母和母亲倒带着孩子们去过两次，回来说讲究极了，走进去像个电影院，走出来又像是逛公园。这一天下午，曼桢初次在那花园里经过，草地上用冬青树栽出一道墙，隔墙有个花匠哎哎哎推着一架刈草的机器，在下午的阳光中，只听见那微带睡意的哎哎的声浪，此外一切都是柔和的寂静。曼桢觉得她姊姊生病，在这里静养倒是很相宜。

房屋内部当然豪华万分,曼桢也不及细看,跟在一位女佣后面,一径上楼来到她姊姊卧房里。卧房里迎面一排丈来高的玻璃窗,紫水晶似的薄纱窗帘,人字式斜吊着,一层一层,十几幅交叠悬挂着。曼璐蓬着头坐在床上。曼桢笑道:"姊姊今天好些了,坐起来了?"曼璐笑道:"好些了。妈昨天回去还好吗?这地方真太远了,晚上让她一个人回去,我倒有点不放心。下次接她来住两天。"曼桢笑道:"妈一定要说家里离不开她。"曼璐皱眉道:"不是我说,你们也太省俭了,连个佣人也不用。哦,对了,昨天我忘了问妈,从前我用的那个阿宝,现在不知在哪儿?"曼桢道:"等我回去问问妈去。姊姊要找她吗?"曼璐道:"我结婚那时候没把她带过来,因为我觉得她太年轻了,怕她靠不住。现在想想,还是老佣人好。"

电话铃响了。曼璐道:"二妹你接一接。"曼桢跑去把听筒拿起来,道:"喂?"那边怔了一怔,道:"咦,是二妹呀?"曼桢听出是鸿才的声音,便笑道:"嗳。姊夫你等一等,我让姊姊来听电话。"鸿才笑道:"二妹你真是稀客呀,请都请不到的,今天怎么想起来上我们这儿来的——"曼桢把电话送到曼璐床前,一路上还听见那只听筒哇啦哇啦不知在说些什么。

曼璐接过听筒,道:"嗯?"鸿才道:"我买了台冰箱,送来了没有?"曼璐道:"没有呀。"鸿才道:"该死,怎么还不送来?"说着,就要挂上电话。曼璐忙道:"喂喂,你现在在哪儿?答应回来吃饭也不——"她说着说着,突然断了气。她使劲把听筒向架子上一搁,气忿忿地道:"人家一句话还没说完,他那儿倒已经挂掉了。你这姊夫的脾气现在简直变了!我说他还没发财,先发神经了!"

曼桢岔开来说了些别的。曼璐道:"我听妈说,你近来非常忙。"

曼桢笑道："是呀，所以我一直想来看看姊姊，也走不开。"谈话中间，曼璐忽然凝神听着外面的汽车喇叭响，她听得出是他们家的汽车。不一会，鸿才已经大踏步走了进来。曼璐望着他说："怎么？一会儿倒又回来了？"鸿才笑道："咦，不许我回来么？这儿还是不是我的家？"曼璐道："是不是你的家，要问你呀！整天整夜的不回来。"鸿才笑道："不跟你吵！当着二妹，难为情不难为情？"他自顾自架着腿坐了下来，点上一支烟抽着，笑向曼桢道："不怪你姊姊不高兴，我呢也实在太忙了，丢她一个人在家里，敢情是闷得慌，没病也要闷出病来了。二妹你也不来陪陪她。"曼璐道："你看你，还要怪到二妹身上去！二妹多忙，她哪儿有工夫陪我，下了班还得出去教书呢。"鸿才笑道："二妹，你一样教书，干吗不教教你姊姊呢？我给她请过一个先生，是个外国人，三十块钱一个钟头呢——抵人家一个月的薪水了！她没有耐心，念念就不念了。"曼璐道："我这样病病哼哼的，还念什么书。"鸿才笑道："就是这样不上进！我倒很想多念点书，可惜事情太忙，一直也没有机会研究研究学问，不过我倒是一直有这个志向。怎么样，二妹，你收我们这两个徒弟！"曼桢笑道："姊夫说笑话了。凭我这点本事，只配教教小孩子。"

又听见外面皮鞋响。曼璐向她妹妹说："大概是给我打针的那个看护。"曼桢道："姊姊打什么针？"鸿才接口道："葡萄糖针。你看我们这儿的药，够开一爿药房了！咳，你姊姊这病真急人！"曼桢道："姊姊的气色倒还好。"鸿才哈哈笑了起来道："像她脸上搽得这个样子，她的气色还能作准么？二妹你这是外行话了！你没看见那些女人，就是躺在殡仪馆里，脸上也还是红的红，白的白！"

这时候那看护已经进来了，在那儿替曼璐打针。曼桢觉得鸿才当着人就这样损她姊姊，太不给人面子了，而她姊姊竟一声不响，只当不听见。也不知从几时起，她姊姊变得这样贤慧了，鸿才的气焰倒越来越高，曼桢看着很觉得不平。她便站起来说要走了。鸿才道："一块儿走。我也还要出去呢，我车子送送你。"曼桢连声道："不用了，这儿出去叫车挺便当的。"曼璐沉着脸问鸿才："怎么刚回来倒又要出去了？"鸿才冷冷地道："回来了就不许出去了，照这样我还敢回来么？"依曼璐的性子，就要跟他抓破脸大闹一场，无论如何不放他出去。无如一个人一有了钱，就有了身分，就被自己的身分拘住了。当着那位看护，当然更不便发作了。

曼桢拿起皮包就要走，鸿才又拦住她道："二妹你等我一下。我马上就走了。"他匆匆地向隔壁房间一钻，不知去干什么去了。曼桢便向曼璐说："我不等姊夫了，我真的用不着送。"曼璐皱着眉头道："你就让他送送你吧，还快一点。"她对自己的妹妹倒是绝对放心的，知道她不会诱惑她的丈夫。鸿才虽然有点色迷迷的，料想他也不敢怎样。

这时鸿才已经出来了，笑道："走走走。"曼桢觉得如果定要推辞，被那看护小姐看着，也有点可笑，就没说什么了。两人一同下楼，鸿才道："这儿你还没来过吧？有两个地方你不能不看一看。我倒是很费了点事，请专家设计的。"他在前领导，在客室和餐室里兜了个圈子，又道："我最得意的就是我这间书房。这墙上的壁画，是我塌了个便宜货，找一个美术学校的学生画的，只要我三块钱一方尺。这要是由那个设计专家介绍了人来画，那就非上千不可了！"那间房果然墙壁上画满了彩色油画，画着天使，圣母，爱神拿着弓箭，和平女神与和平之鸽，各色风景人物，密密布满了，从房顶到地板，没有一寸空隙。地下又铺着阿拉伯式的拼花五彩小方砖，窗户上又镶着五彩玻璃，更使人头晕眼花。鸿才道："我有时候回来了，觉得疲倦了，就在这间房里休息休息。"曼桢差一点噗哧一笑，笑出声来。她想起她姊姊说他有神经病，即使是一个好好的人，在这间房里多休息休息，也要成神经病了。

走出大门，汽车就停在门口。鸿才又道："我这辆汽车买上当了！"随即说出一个惊人的数目。他反正三句话不离吹，但是吹不吹对于曼桢也是一样的，她对于汽车的市价根本不熟悉。

一坐到汽车里面，就可以明白了，鸿才刚才为什么跑到另外一间房里去转了一转，除了整容之外，显然是还喷射了大量的香水。在这车厢里闭塞的空气里面，那香气特别浓烈，让人不能不注意到了。男人搽香水，仿佛是小白脸拆白党的事，以一个中年的市侩而周身香气袭人，实在使人有一种异样的感觉。

汽车夫回过头来问："上哪儿？"鸿才便道："二妹，我请你吃咖啡去，难得碰见的，你也是个忙人，我也是个忙人。"曼桢笑道："今天我还有点事，所以刚才急着要回去呢，不然我还要多坐一会的，难得来看看姊姊。"鸿才只笑道："你真是难得来的，以后我希望你常常来玩。"曼桢笑道："我有空总会来的。"鸿才向汽车夫道："先送二小姐。二小姐家里你认识？"车夫回说认识。

汽车无声地行驶着。这部汽车的速度，是鸿才引以为荣的，今天他却恨它走得太快了。他一向觉得曼桢是一个高不可攀的人物；虽然俗语说"钱是人的胆"，仗着有钱，胆子自然大起来了，但是他究竟有点怕她。他坐在车厢的一隅，无聊地吹上一两声口哨，有腔无调地。曼桢也不说什么，只静静地发出一股子冷气来。鸿才则是静静地发出香气。

汽车开到曼桢家里，曼桢向车夫说："停在衖堂外面好了。"

鸿才却说:"进去吧,我也要下来,我跟岳母谈谈,好久不看见她老人家了。"曼桢笑道:"妈今天刚巧带孩子们上公园去了。今天就奶奶一个人在家里看门,我一会儿也还要出去。"鸿才道:"噢,你还要上别处去?"曼桢道:"一个同事约我看电影去。"鸿才道:"刚才先晓得直接送你去了。"曼桢笑道:"不,我是要回来一次,那沈先生说好了上这儿来接我。"鸿才点点头。他一撩衣袖看了看手表,道:"嗳哟,倒已经快五点了,我还有个约会,那我不下来了,改天再来看你们。"

这一天晚上,鸿才在外面玩到快天亮才回家。喝得醉醺醺的,踉跄走进房来,皮鞋也没脱,便向床上一倒。他没开灯,曼璐却把床前的台灯一开,她一夜没睡,红着眼睛蓬着头,一翻身坐了起来,大声说道:"又上哪儿去了?不老实告诉我,我今天真跟你拚了!"这一次她来势汹汹,鸿才就是不醉也要装醉,何况他是真的喝多了。他直挺挺躺着,闭着眼睛不理她,曼璐便把一个枕头"噗"掷过去,砸在他脸上,恨道:"你装死!你装死!"鸿才把枕头掀掉了,却低声喊了声"曼璐!"曼璐倒觉得非常诧异,因为有许久许久没看见他这种柔情蜜意的表现了。她想他一定还是爱她的,今天是酒后流露了真实的情感。她的态度不由得和缓下来了,应了一声"唔?"鸿才又伸出手来拉她的手,曼璐佯嗔道:"干什么?"随即一扭身在他的床沿上坐下。

鸿才把她的手搁在他胸前,望着她笑道:"以后我听你的话,不出去,不过有一个条件。"曼璐突然起了疑心,道:"什么条件?"鸿才道:"你不肯的。"曼璐道:"你说呀。怎么又不说了?我猜你就没什么好事!哼,你不说,你不说——"她使劲推他,搥他,闹得鸿才的酒直往上涌,鸿才叫道:"嗳哟,嗳哟,人家已经要吐了！叫王妈倒杯茶来我喝。"曼璐却又殷勤起来,道:"我给你倒。"她站起来,亲自去倒了杯酽茶,袅袅婷婷捧着送过来,一口口喂给他吃。鸿才喝了一口,笑道:"曼璐,二妹怎么越来越漂亮了?"曼璐变色道:"你呢,神经病越来越厉害了!"她把茶杯往桌上一搁,不管了。

鸿才犹自惘惘地向空中望着,道:"其实要说漂亮,比她漂亮的也有,我也不知怎么,尽想着她。"曼璐道:"亏你有脸说!你趁早别做梦了!告诉你,她就是肯了,我也不肯——老实说,我这一个妹妹,我赚了钱来给她受了这些年的教育,不容易的,我牺牲了自己造就出来这样一个人,不见得到了儿还是给人家做姨太太?你别想着顾家的女孩子全是姨太太胚——"鸿才道:"得了得了,人家跟你闹着玩儿,你这人怎么惹不起的?我不睬你,总行了?"

曼璐实在气狠了,哪肯就此罢休,兀自絮絮叨叨骂着:"早知道你不怀好意了!吃着碗里看着锅里。算你有两个钱了,就做了皇帝了,想着人家没有不肯的,人家都是只认得钱的。你不想想,就连我,我那时候嫁你也不是看中你有钱!"鸿才突然一骨碌坐了起来,道:"动不动就抬出这句话来!谁不知道我从前是个穷光蛋,你呢,你又是什么东西!滥污货!不要脸!"

曼璐没想到他会出口伤人,倒呆了一呆,道:"好,你骂我!"鸿才两手撑在床沿上,眼睛红红地望着她,道:"我骂了你了,我打你又怎么样?打你这个不要脸的滥污货!"曼璐看他那样子,借酒盖着脸,真像是要打人。真要是打起架来,又是自己吃亏,当下只得珠泪双抛,呜呜哭了起来,道:"你打,你打——没良心的东西!我也是活该,谁叫我当初认错人了!给你打死也是活该！"说着，便向床上一倒，掩面痛哭。鸿才听她的口风已经软了下来，但是他还坐在床沿上睇着她，半晌，忽然长长地打了个呵欠，便一歪身躺了下来，依旧睡他的觉。他这里鼾声渐起，她那边哭声却久久没有停止。她的哭，原意也许是借此下台，但是哭到后来，却悲从中来，觉得前途茫茫，简直不堪设想。窗外已经天色大明，房间里一盏台灯还开着，灯光被晨光冲淡了，显得惨淡得很。

鸿才睡不满两个钟头，女佣照例来叫醒他，因为做投机是早上最吃紧，家里虽然装着好几支电话，也有直接电话通到办公室里，他还是惯常一早就赶出去。他反正在旅馆里开有长房间，随时可以去打中觉的。

那天下午，曼璐的母亲打电话来，把从前那小大姐阿宝的地址告诉她。曼璐从前没有用阿宝，原是因为鸿才常喜欢跟她搭讪，曼璐觉得有点危险性。现在情形不同了，她倒又觉得身边有阿宝这样一个人也好，或者可以拉得住鸿才。她没想到鸿才今非昔比，这样一个小大姐，他哪里放在眼里。

当下她把阿宝的地址记了下来。她母亲道："昨天你二妹回来，说你好了些了。"曼璐道："是好多了。等我好了我来看妈。"她本来说要请她母亲来住两天，现在也不提了，也是因为她妹妹的关系，她想还是疏远一点的好。虽然这桩事完全不怪她妹妹，更不与她母亲相干，她在电话上说话的口吻却有点冷淡，也许是不自觉地。顾太太虽然不是一个爱多心的人，但是女儿现在太阔了，贫富悬殊，有些地方就不能不多着点心，当下便道："好，你一好了就来玩，奶奶也惦记着你呢。"

自从这一次通过电话，顾太太一连好两个月也没去探望女儿。

曼璐也一直没有和他们通音信。这一天她到市区里来买东西，顺便弯到娘家来看看。她好久没回来过了，坐着一辆特大特长的最新型汽车，看衖堂的和一些邻人都站在那里看着，也可以算是衣锦荣归。她的弟弟们在衖堂里学骑脚踏车，一个青年替他们扶着车子，曼桢也站在后门口，抱着胳膊倚在门上看着。曼璐跳下汽车，曼桢笑道："咦，姊姊来了！"那青年听见这称呼，似乎非常注意，掉转目光向曼璐这边看过来，然而曼璐的眼睛像闪电似的，也正在那里打量着他，他的眼神没有她那样足，敌不过她，疾忙望到别处去了。他所得到的印象只是一个穿着皮大衣的中年太太。原来曼璐现在力争上游，为了配合她的身分地位，已经放弃了她的舞台化妆，假睫毛，眼黑，太红的胭脂，一概不用了。她不知道她这样正是自动地缴了械。时间是残酷的，在她这个年龄，浓妆艳抹固然更显憔悴，但是突然打扮成一个中年妇人的模样，也只有更像一个中年妇人。曼璐本来还不觉得，今天到绸缎店去买衣料，她把一块紫红色的拿起来看看，正考虑间，那不识相的伙计却极力推荐一块深蓝色的，说："是您自己穿吗？这蓝的好，大方。"曼璐心里很生气，想道："你当我是个老太太吗？我倒偏要买那块红的！"虽然赌气买了下来，心里却很不高兴。

今天她母亲也不高兴，因为她的小弟弟杰民把腿摔伤了。曼璐上楼去，她母亲正在那里替杰民包扎膝部。曼璐道："嗳呀，怎么摔得这样厉害？"顾太太道："怪他自己呀！一定要学着骑车，我就知道要闯祸！有了这部车子，就都发了疯似的，你也骑，我也骑！"曼璐道："这自行车是新买的么？"顾太太道："是你大弟弟说，他那学堂太远了，每天乘电车去，还是骑车合算。一直就想要一部自行车，我可是没给他买。新近沈先生买了一部送给他。"

说到这里,她把眉毛紧紧蹙了起来。世钧送他们一辆脚踏车,她当时是很高兴的,可是现在因为心疼孩子,不免就迁怒到世钧身上去了。

曼璐道:"这沈先生是谁?刚才我在门口看见一个人,可就是他?"顾太太道:"哦,你已经看见了?"曼璐笑道:"是二妹的朋友吗?"顾太太点点头,道:"是她的一个同事。"曼璐道:"他常常来?"顾太太把杰民使开了,方才低声笑道:"这一向差不多天天在这里。"曼璐笑道:"他们是不是算订婚了呢?"顾太太皱眉笑道:"就是说呀,我也在这儿纳闷儿,只看见两人一天到晚在一起,怎么不听见说结婚的话。"曼璐道:"妈,你怎么不问问二妹。"顾太太道:"问也是白问。问她,她就说傻话,说要等弟弟妹妹大了才肯出嫁。我说人家怎么等得及呀!可是看这样子,沈先生倒一点也不着急。倒害我在旁边着急。"曼璐忽道:"嗳呀!这位小姐,不要是上了人家的当吧?"顾太太道:"那她不会的。"曼璐道:"你别说,越是像二妹这样没经验,越是容易入迷。这种事情倒也说不定。"顾太太道:"不过那沈先生,我看他倒是个老实人。"曼璐笑道:"哼,老实人!我看他那双眼睛挺坏的,直往人身上溜!"说着,不由得抬起手来,得意地抚摸着自己的头发。她却没想到世钧刚才对她特别注意,是因为他知道她的历史,对她不免抱着一种好奇心。

顾太太道:"我倒觉得他挺老实的。不信,你待会儿跟他谈谈就知道了。"曼璐道:"我倒是要跟他谈谈。我见过的人多了,是个什么样的人,我决不会看走眼的。"顾太太因为曼璐现在是有夫之妇了,所以也不反对她和曼桢的男朋友接近,便道:"对了,你帮着看看。"

正说着，曼璐忽然听见曼桢在楼梯口和祖母说话，忙向她母亲使了个眼色，她母亲便不作声了。随后曼桢便走进房来，开橱门拿大衣。顾太太道："你要出去？"曼桢笑道："去看电影去。不然我就不去了，票子已经买好了。姊姊你多玩一会，在这儿吃饭。"她匆匆地走了。世钧始终没有上楼来，所以曼璐也没有机会观察他。

顾太太和曼璐并肩站在窗前，看着曼桢和世钧双双离去，又看着孩子们学骑脚踏车，在衖堂里骑来骑去。顾太太闲闲地说道："前些日子阿宝到这儿来了一趟。"阿宝现在已经在曼璐那里帮佣了。曼璐道："是呀，我听见她说，乡下有封信寄到这儿来，她来拿。"顾太太道："唔。……姑爷这一向还是那样？"曼璐知道一定是阿宝多事，把鸿才最近花天酒地的行径报告给他丈母娘听了，便笑道："这阿宝就是这样多嘴！"顾太太笑道："你又要说我多嘴了——我可是要劝劝你，你别这么一见他就跟他闹，伤感情的。"曼璐不语。她不愿意向她母亲诉苦，虽然她很需要向一个人哭诉，除了母亲也没有更适当的人了，但是她母亲劝慰的话从来不能够搔着痒处，常常还使她觉得啼笑皆非。顾太太又悄悄的道："姑爷今年几岁了，也望四十了吧？别说男人不希罕小孩子，到了一个年纪，也想要得很哩！我想着，你别的没什么对不起他，就只有这一桩。"曼璐从前打过两次胎，医生说她不能够再有孩子了。

顾太太又道："我听你说，乡下那一个也没有儿子，只有一个女儿？"曼璐懒懒地道："怎么，阿宝没告诉你吗，乡下有人出来，把那孩子带出来了。"顾太太听了很诧异，道："哦？不是一直跟着她娘的吗？"曼璐道："她娘死了，所以现在送了来交给她爸爸。"顾太太怔了一怔，道："她娘死了？……真的？……呵呀，孩子，你奶奶一直说你命好，敢情你的命真好！我可不像你这样沉得住气！"说着，不由得满脸是笑。曼璐只是淡淡地笑了一笑。

顾太太又道："我可是又要劝劝你，人家没娘的孩子，也怪可怜的，你待她好一点。"曼璐刚才上街买的大包小裹里面有一个鞋盒，她向母亲面前一送，笑道："喏，你看，我这儿给她买了皮鞋，我还在那儿教她认字块呢，还要怎么样？"顾太太笑道："孩子几岁了？"曼璐道："八岁。"顾太太道："叫什么？"曼璐道："叫招弟。"顾太太听了，又叹了口气，道："要是能给她生个弟弟就好了！咳，说你命好，怎么偏偏命中无子呢？"曼璐突然把脸一沉，恨道："左一句命好，右一句命好，你明知道我一肚子苦水在这里！"说着，她便一扭身，背冲着她母亲，只听见她不耐烦地用指尖叩着玻璃窗，"的的"作声。她的指甲特别长而尖。顾太太沉默了一会，方道："你看开点吧，我的小姐！"不料这句话一说，曼璐索性呼噜呼噜哭起来。顾太太站在她旁边，倒有半晌说不出话来。

曼璐用手帕擤了擤鼻子，说道："男人变起心来真快，那时候他情愿犯重婚罪跟我结婚，现在他老婆死了，我要他跟我重新办一办结婚手续，他怎么着也不答应。"顾太太道："干吗还要办什么手续，你们不是正式结婚的吗？"曼璐道："那不算。那时候他老婆还在。"顾太太皱着眉毛觑着眼睛向曼璐望着，道："我倒又不懂了。……"嘴里说不懂，她心里也有些明白曼璐的处境，反正是很危险的。

顾太太想了一想，又道："反正你别跟他闹。他就是另外有了人，也还有个先来后到的——"曼璐道："有什么先来后到，招弟的娘就是个榜样，我真觉得寒心，人家还是结发夫妻呢，死在乡下，还是族里人凑了钱给她买的棺材。"顾太太长长地叹了口气，道："说来说去还是那句话，你要是有个儿子就好了！这要是从前就又好办了，太太做主给老爷弄个人，借别人的肚子养个孩子。这话我知道你又听不进。"她自己也觉得这种思想太落伍了，说到这里，不由得笑了一笑。曼璐便也勉强笑了笑，道："得了，得了，妈！"顾太太道："那么你就领个孩子。"曼璐笑道："得了，家里已经有了个没娘的孩子，再去领一个来——开孤儿院？"

母女俩只顾谈心，不知不觉地天已经黑下来了，房间里黑洞洞的，还是顾老太太从外面一伸手，把灯开了，笑道："怎么摸黑坐在这儿，我说娘儿俩上哪儿去了呢。——姑奶奶今天在这儿吃饭吧？"顾太太也向曼璐说："我给你弄两样清淡些的菜，包你不会吃坏。"曼璐道："那么我打个电话回去，叫他们别等我。"

她打电话回去，一半也是随时调查鸿才的行动。阿宝来接电话，说："姑爷刚回来，要不要叫他听电话？"曼璐道："唔……不用了，我也就要回来了。"她挂断电话，就说要回去。她祖母不知就里，还再三留她吃饭，她母亲便道："让她回去吧，她姑爷等着她吃饭呢。"

曼璐赶回家去，一径上楼，来到卧室里，正碰见鸿才往外走，原来他是回来换衣服的。曼璐道："又上哪儿去？"鸿才道："你管不着！"他顺手就把房门"砰！"一关。曼璐开了门追出去，鸿才已经一阵风走下楼去，一阵香风。

那名叫招弟的小女孩偏赶着这时候跑了出来，她因为曼璐今天出去之前告诉她，说给她买皮鞋，所以特别兴奋。她本来在女佣房间里玩耍，一听见高跟鞋响，就往外奔，一路喊着"阿宝！妈回来了！"她叫曼璐叫"妈"，本来是女佣们教她这样叫的，鸿才也不是第一次听见她这样叫，但是今天他不知为什么，诚心跟曼璐过不去，在楼梯脚下高声说道："他妈的什么东西，你管她叫妈！她也配！"曼璐听见了，马上就捞起一个磁花盆要往下扔，被阿宝死命抱住了。

曼璐气得说不出话来，鸿才已经走远了，她方才骂道："谁要他那个拖鼻涕丫头做女儿，小叫化子，乡下佬，送给我我也不要！"她恨死了那孩子，两只眼睛眨巴眨巴，站在旁边，看着这一幕的演出。孩子的妈如果有灵的话，一定觉得很痛快吧，曼璐仿佛听见她在空中发出胜利的笑声。

自从招弟来到这里，曼璐本来想着，只要把她笼络好了，这孩子也可以成为一种感情的桥梁，鸿才虽然薄情，父女之情总有的。但是这孩子非但不是什么桥梁，反而是个导火线，夫妻吵闹，有她夹在中间做个旁观者，曼璐更不肯输这口气，所以吵得更凶了。

那女孩子又瘦又黑，小辫子上扎着一截子白绒线，呆呆地站在那里望着她，她真恨不得一巴掌打过去。她把她带回来的那只鞋盒三把两把拆散了，两只漆皮的小皮鞋骨碌碌滚下地去，她便提起脚来在上面一阵乱踩。皮鞋这样东西偏又特别结实，简直无法毁灭它。结果那两只鞋被她滴溜溜扔到楼底下去了。

在招弟的眼光中，一定觉得曼璐也跟她父亲一样，都是喜怒无常。

曼璐回到房中，晚饭也不吃，就上床睡了。阿宝送了个热水袋来，给她塞在被窝里。她看见阿宝，忽然想起来了，便道："你上次到太太那儿去说了些什么？我顶恨佣人这样搬弄是非。"阿宝到现在还是称曼璐为大小姐，称她母亲为太太。阿宝忙道："我没说什么呀，是太太问我——"曼璐冷笑道："哦，还是太太不对。"阿宝知道她正是一肚子的火，没处发泄，就不敢言语了。悄悄的收拾收拾，就出去了。

113

今天睡得特别早，预料这一夜一定特别长。曼璐面对着那漫漫长夜，好像要走过一个黑暗的甬道，她觉得恐惧，然而还是得硬着头皮往里走。

床头一盏台灯，一只钟。一切寂静无声，只听见那只钟滴答滴答，显得特别响。曼璐一伸手，就把钟拿起来，收到抽屉里去。

一开抽屉，却看见一堆小纸片，是她每天教招弟认的字块。曼璐大把大把地捞出来，往痰盂里扔。其实这时候她的怒气已经平息了，只觉得伤心。背后画着稻田和猫狗牛羊的小纸片，有几张落在痰盂外面，和她的拖鞋里面。

曼璐在床上翻来覆去，思前想后，她追溯到鸿才对她的态度恶化，是什么时候开始的。就是那一天，她妹妹到这里来探病，后来那天晚上，鸿才在外面吃醉酒回来，倚风作邪地，向她表示他对她妹妹有野心。被她骂了一顿。

要是真能够让他如愿以偿，他倒也许从此就好了，不出去胡闹了。他虽然喜新厌旧，对她妹妹倒好像是一片痴心。

她想想真恨，恨得她牙痒痒地。但是无论如何，她当初嫁他的时候，是打定主意，跟定了他了。她准备着粗茶淡饭过这一辈子，没想到他会发财。既然发了财了，她好像买奖券中了头奖，难道到了儿还是一场空？

有一块冰凉的东西贴在脚背上。热水袋已经冷了，可以知道时候已经不早了，已经是深夜。更深夜静，附近一条铁路上有火车驰过，萧萧地鸣着汽笛。

她母亲那一套"妈妈经"，她忽然觉得不是完全没有道理的。有个孩子就好了。借别人的肚子生个孩子。这人还最好是她妹妹，一来是鸿才自己看中的，二来到底是自己妹妹，容易控制些。

母亲替她出主意的时候,大概决想不到她会想到二妹身上。她不禁微笑。她这微笑是稍微带着点狞笑的意味的,不过自己看不见罢了。

然后她突然想道:"我疯了。我还说鸿才神经病,我也快变成神经病了!"她竭力把那种荒唐的思想打发走了,然而她知道它还是要回来的,像一个黑影,一只野兽的黑影,它来过一次就认识路了,咻咻地嗅着认着路,又要找到她这儿来了。

她觉得非常恐怖。

八

在一般的家庭里,午后两三点钟是一天内最沉寂的一段时间,孩子们都在学校里,年轻人都在外面工作,家里只剩下老弱残兵。曼桢家里就是这样,只有她母亲和祖母在家。这一天下午,衖堂里来了个磨刀的,顾太太听见他在那儿吆喝,便提着两把厨刀下楼去了。不一会,她又上来了,在楼梯上便高声喊道:"妈,你猜谁来了?豫瑾来了!"顾老太太一时也记不起豫瑾是谁,模模糊糊地问了声:"唔?谁呀?"顾太太领着那客人已经走进来了。顾老太太一看,原来是她娘家侄女儿的儿子,从前和她的长孙女儿有过婚约的张豫瑾。

豫瑾笑着叫了声"姑外婆"。顾老太太不胜欢喜,道:"你怎么瘦了?"豫瑾笑道:"大概乡下出来的人总显得又黑又瘦。"顾老太太道:"你妈好吗?"豫瑾顿了一顿,还没来得及回答,顾太太便在旁边说:"表姊已经故世了。"顾老太太惊道:"啊?"顾太太道:"刚才我看见他袖子上裹着黑纱,我就吓了一跳!"

顾老太太呆呆地望着豫瑾,道:"这是几时的事?"豫瑾道:"就是今年三月里。我也没寄讣闻来,我想着等我到上海来的时候,我自己来告诉姑外婆一声。"他把他母亲得病的经过约略说了一说,顾老太太不由得老泪纵横,道:"哪儿想得到的。像我们这样老的倒不死,她年纪轻轻的倒死了!"其实豫瑾的母亲也有五十几岁了,不过在老太太的眼光中,她的小辈永远都是小孩。

顾太太叹道:"表姊也还是有福气的,有豫瑾这样一个好儿子。"顾老太太点头道:"那倒是!豫瑾,我听见说你做了医院的院长了。年纪这样轻,真了不得。"豫瑾笑道:"那也算不了什么。人家说的,'乡下第一,城里第七。'"顾太太笑道:"你太谦虚了。从前你表舅舅在的时候,他就说你好,说你大了一定有出息的。妈,你记得?"当初也就是因为她丈夫对于豫瑾十分赏识,所以把曼璐许配给他的。

顾太太问道:"你这次到上海来有什么事情吗?"豫瑾道:"我因为医院里要添办一点东西,我到上海来看看。"顾太太又问他住在什么地方,他说住在旅馆里,顾老太太便一口说:"那你就搬在这儿住好了,在旅馆里总不大方便。"顾太太忙附和着,豫瑾迟疑了一下,道:"那太麻烦了吧?"顾太太笑道:"不要紧的——又不跟你客气!你从前不也住在我们家的?"顾老太太道:"真巧,刚巧有间屋子空着没人住,楼下有一家人家刚搬走。"顾太太又向豫瑾解释道:"去年那时候曼璐出嫁了,我们因为家里人少,所以把楼下两间屋子分租出去了。"到现在为止,他们始终没有提起曼璐。顾老太太跟着就说:"曼璐结婚了,你知道吧?"豫瑾微笑道:"我听说的。她好吧?"顾老太太道:"她总算运气好,碰见这个人,待她倒不错。她那姑爷挺会做生意的,现在他们自己盖了房子在虹桥路。"顾老太太对于曼璐嫁得金龟婿这一回事,始终认为是一个奇迹,也可以说是她晚年最得意的一桩事,所以一说就是一大套。豫瑾一面听,一面说:"噢。——噢。——那倒挺好。"顾太太看他那神气有点不大自然,好像他对曼璐始终未能忘情。他要不是知道她已经结婚了,大概他决不会上这儿来的,因为避嫌疑的缘故。

磨刀的在后门外哇啦哇啦喊,说刀磨好了,顾太太忙起身下楼,豫瑾趁势也站起身来告辞。她们婆媳俩又坚邀他来住,豫瑾笑道:"好,那么今天晚上我就把行李搬来,现在我还有点事,要上别处去一趟。"顾太太道:"那么你早点来,来吃饭。"

当天晚上,豫瑾从旅馆里把两件行李运到顾家,顾太太已经把楼下那间房给收拾出来了,她笑着喊她的两个儿子:"伟民,杰民,来帮着拿拿东西。"豫瑾笑道:"我自己拿。"他把箱子拎到房间里去。两个孩子也跟进来了,站得远远地观望着。顾太太道:"这是瑾哥哥。杰民从前太小了,大概记不得,伟民你总该记得的,你小时候顶喜欢瑾哥哥了,他走了,你哭了一天一夜,后来还给爸爸打了一顿——他给你闹得睡不着觉,火起来了。"伟民现在已经是个十四五岁的少年,长得跟他母亲一样高了,听见这话,不禁有些讪讪的,红着脸不作声。

顾老太太这时候也走进房来,笑道:"东西待会儿再整理,先上去吃饭吧。"顾太太自到厨房里去端菜,顾老太太领着豫瑾一同上楼。今天他们因为等着豫瑾,晚饭吃得特别晚。曼桢吃过饭还得出去教书,所以她等不及了,先盛了一碗饭坐在那里吃着。豫瑾走进来,一看见她便怔住了。在最初的一刹那,他还当是曼璐——六七年前的曼璐。曼桢放下碗筷,站起身来笑道:"瑾哥哥不认识我了吧?"豫瑾不好意思说:正是因为太认识她了,所以望着她发怔。他笑着说了声:"是二妹吧?要在别处见了,真不认识了。"顾老太太道:"本来吗,你从前看见她的时候,她还没有伟民大呢。"

曼桢又把筷子拿起来，笑道："对不起，我先吃了。因为我吃了饭还要出去。"豫瑾看她盛了一碗白饭，拣了两块咸白菜在那里吃着，觉得很不过意。等到顾太太把一碗碗的菜端了进来，曼桢已经吃完了。豫瑾便道："二妹再吃一点。"曼桢笑道："不吃了，我已经饱了。妈，我让你坐。"她站起来，自己倒了杯茶，靠在她母亲椅背上慢慢地喝着，看见她母亲夹了一筷辣椒炒肉丝送到豫瑾碗里去，便道："妈，你忘了，瑾哥哥不吃辣的。"顾太太笑道："嗳哟，真的，我倒忘了。"顾老太太笑道："这孩子记性倒好。"她们再也想不到，她所以记得的原因，是因为她小时候恨豫瑾夺去她的姊姊，她知道他不吃辣的，偏抢着替他盛饭，在碗底抹上些辣酱。他当时总也知道是她恶作剧，但是这种小事他也没有放在心上，现在当然忘得干干净净了。他只觉得曼桢隔了这些年，还记得他不爱吃什么，是值得惊异的。而她的声容笑貌，她每一个姿态和动作，对于他都是这样地熟悉，是他这些年来魂梦中时时萦绕着的，而现在都到眼前来了。命运真是残酷的，然而这种残酷，身受者于痛苦之外，未始不觉得内中有一丝甜蜜的滋味。

曼桢把一杯茶喝完了就走了。豫瑾却一直有些惘惘的。过去他在顾家是一个常客，他们专给客人使用的一种上方下圆的老式骨筷，尺寸特别长，捏在手里特别沉重，他在他们家一直用惯这种筷子，现在又和他们一门老幼一桌吃饭了，只少了一个曼璐。他不免有一种沧桑之感，在那黄黯黯的灯光下。

豫瑾在乡下养成了早睡的习惯，九点半就睡了。顾太太在那里等门，等曼桢回来，顾老太太今天也不瞌睡，尽坐着和媳妇说话，说起侄女儿的生前种种，说说又掉眼泪。又谈到豫瑾，婆媳俩异口同声都说他好。顾太太道："所以从前曼璐他们爹看中他呢。——咳，也是我们没福气，不该有这样一个好女婿。"顾老太太道："这种事情也都是命中注定的。"顾太太道："豫瑾今年几岁了？他跟曼璐同年的吧？他耽误到现在还没结婚，我想想都觉得不过意。"顾老太太点头道："可不是吗？他娘就这么一个儿子，三十岁出头了还没娶亲，她准得怪我们呢。死的时候都没一个孙子给她穿孝！"顾太太叹道："豫瑾这孩子呢也是太痴心了。"

两人沉默了一会，她们的思想都朝一条路子上走。还是顾老太太嘴快，先说了出来，道："其实曼桢跟他也是一对儿。"顾太太低声笑说："是呀，要是把曼桢给了他，报答他这一番情意，那就再好也没有了。可惜曼桢已经有了沈先生。"顾老太太摇摇头，道："沈先生的事情，我看也还没准儿呢。认识了已经快两年了，照这样下去，可不给他白耽误了！"顾太太虽然对世钧这种态度也有些不满，但是究竟是自己女儿的男朋友，她觉得她不能不替女儿辩护，便叹了口气，道："沈先生呢，人是个好人，就是好像脾气有点不爽快。"顾老太太道："我说句粗话，这就是'骑着茅坑不拉屎！'"说着，她呵呵地笑起来了。顾太太也苦笑。

豫瑾住到他们家里来的第三天晚上，世钧来了。那时候已经是晚饭后，豫瑾在他自己房里。曼桢告诉世钧，现在有这样一个人寄住在他们这里，他是个医生，在故乡的一个小城里行医。她说："有几个医生肯到那种苦地方去工作？他这种精神我觉得很可佩服。我们去找他谈谈。"她和世钧一同来到豫瑾的房间里，提出许多问题来问他，关于乡下的情形，城镇的情形，她对什么都感到兴趣。世钧不免有一种本能的妒意。他在旁边默默地听着，不过他向来在生人面前不大开口的，所以曼桢也不觉得他的态度有什么异样。

他临走的时候,曼桢送他出来,便又告诉他关于豫瑾和她姊姊的一段历史,道:"这已经是七年前的事了,他一直没有结婚,想必是因为他还不能够忘记她。"世钧笑道:"哦,这人还这样感情丰富,简直是个多情种子嚜!"曼桢笑道:"是呀,说起来好像有点傻气,我倒觉得这是他的好处。一个人要不是有点傻气,也不会跑到这种穷乡僻壤的地方去办医院。干那种吃力不讨好的事情。"

世钧没说什么。走到衖堂口,他向她点点头,简短地说了声"明儿见",转过身来就走了。

这以后,世钧每次到她家里来,总有豫瑾在座。有时候豫瑾在自己房间里,曼桢便把世钧拉到他房里去,三个人在一起谈谈说说。曼桢其实是有用意的。她近来觉得,老是两个人腻在一起,热度一天天往上涨,总有一天他们会不顾一切,提前结婚了,而她不愿意这样,所以很欢迎有第三者和他们在一起。她可以说是用心良苦,但是世钧当然不了解。他感到非常不快。

他们办公室里现在改了规矩,供给午膳了,他们本来天天一同出去吃小馆子,曼桢劝他省两个钱,这一向总是在厂里吃,所以谈话的机会更少了。曼桢觉得这样也好,在形迹上稍微疏远一点。她不知道感情这样东西是很难处理的,不能往冰箱里一搁,就以为它可以保存若干时日,不会变质了。

星期六,世钧照例总要到她家里来的,这一个星期六他却打了个电话来,约她出去玩。是顾太太接的电话。她向曼桢嚷了声:"是沈先生。"他们正在吃饭,顾太太回到饭桌上,随手就把曼桢的碟子盖在饭碗上面,不然饭一定要凉了。她知道他们两人一打电话,就要说上半天工夫。

曼桢果然跑出去许久,还没进来。豫瑾本来在那里猜测着,她和她这姓沈的同事的友谊不知道到了什么程度，现在可以知道了。他有点爽然若失，觉得自己真是傻，见面才几天工夫，就容许自己这样胡思乱想起来，其实人家早有了爱人了。

杰民向来喜欢在饭桌上絮絮叨叨说他学校里的事，无论是某某人开夜学，还是谁跟谁打架，他总是兴奋地，气急败坏地一连串告诉他母亲。今天他在那里说他们要演一出戏，他在这出戏里也要担任一个角色，是一个老医生。顾太太道："好好，快吃饭吧。"杰民爬了两口饭，又道："妈，你一定要去看的。先生说这出戏非常有意义，是先生替我们拣的这个剧本，这剧本好极了，全世界有名的！"他说的话顾太太一概不理会，她只向他脸上端相着，道："你嘴角上黏着一粒饭。"杰民觉得非常泄气，心里很不高兴，懒洋洋伸手在嘴角抹了一抹。顾太太道："还在那儿。"他哥哥伟民便道："他要留着当点心呢。"一桌子人都笑了，只有豫瑾，他正在那里发呆，他们这样哄然一笑，他倒有点茫然，以为自己或者举止失措，做出可笑的事情来了。他一个个向他们脸上看去，也不得要领。

这一天下午，豫瑾本来有点事情要接洽，他提早出去，晚饭也没有回来吃。同时，世钧和曼桢也是在外面吃了晚饭，方才一同回来，豫瑾也才回来没有一会儿。世钧和曼桢走过他房门口，听见里面一片笑声，原来杰民在那里逼着豫瑾做给他看，怎样演那个医生的角色。豫瑾教他怎样用听筒，怎样量血压。曼桢和世钧立在房门口看着，豫瑾便做不下去了，笑道："我也就会这两招儿，都教给你了。"杰民只管磨着他。孩子们向来是喜欢换新鲜的，从前世钧教他们骑脚踏车的时候，他们和世钧非常亲近，现在有了豫瑾，对他就冷淡了许多。若在平常的时候，世钧也许觉都不觉得，现在他却特别敏感起来,连孩子们对豫瑾的爱戴,他也有些醋意。

豫瑾一个不防备,打了个呵欠。曼桢道:"杰民,我们上楼去吧,瑾哥哥要睡觉了。"豫瑾笑道:"不不,还早呢。我是因为这两天睡得不大好——现在简直变成个乡下人了,给汽车电车的声音吵得睡不着觉。"曼桢道:"还有隔壁这只无线电,真讨厌,一天开到晚。"豫瑾笑道:"我也是因为不习惯的缘故。我倒想找两本书来看看,睡不着,看看书就睡着了。"曼桢道:"我那儿有。杰民,你上去拿,多拿两本。"

杰民抱了一大叠书走进来,全是她书架上的,内中还有两本是世钧送她的。她一本本检视着,递给豫瑾,笑道:"不知道你看过没有?"豫瑾笑道:"都没看过。告诉你,我现在完全是个乡下人,一天做到晚,哪儿有工夫看书。"他站在电灯底下翻阅着,曼桢道:"嗳呀,这灯泡不够亮,得要换个大点的。"豫瑾虽然极力拦阻着,曼桢还是上楼去拿灯泡去了。世钧这时候就有点坐不住,要想走了,想想又有点不甘心。他信手拿起一本书来,翻翻看看。杰民又在那里咭咭呱呱说他那出戏,把情节告诉豫瑾。

曼桢拿了只灯泡来,笑道:"世钧,你帮我抬一抬桌子。"豫瑾抢着和世钧两人把桌子抬了过来,放在电灯底下,曼桢很敏捷地爬到桌子上面,豫瑾忙道:"让我来。"曼桢笑道:"不要紧的,我行。"她站在桌子上,把电灯上那只灯泡一拧,摘了下来,这间房屋顿时陷入黑暗中,在黑暗到来之前的一刹那,豫瑾正注意到曼桢的脚踝,他正站在桌子旁边,实在没法子不看见。她的脚踝是那样纤细而又坚强的,正如她的为人。这两天她母亲常常跟豫瑾谈家常,豫瑾知道他们一家七口人现在全靠着曼桢,她能够若无其事的,一点也没有怨意,他觉得真难得。他发现她的志趣跟一般人也两样。她真是充满了朝气的。现在他甚至于有这样一个感想，和她比较起来，她姊姊只是一个梦幻似的美丽的影子了。

灯又亮了，那光明正托在她手里，照耀在她脸上。曼桢蹲下身来，跳下桌子，笑道："够亮了吧？不过你是要躺在床上看书的，恐怕还是不行。"豫瑾道："没关系，一样的。可别再费事了！"曼桢笑道："我索性好人做到底吧。"她又跑上楼去，把一只台灯拿了来。世钧认得那盏台灯，就是曼桢床前的那一盏。

豫瑾坐在床沿上，就着台灯看着书。他也觉得这灯光特别温暖么？世钧本来早就想走了，但是他不愿意做出负气的样子，因为曼桢一定要笑他的。他在理智上也认为他的妒忌是没有根据的。将来他们结婚以后，她对他的朋友或者也是这样殷勤招待着，他也决不会反对的——他不见得脑筋这样旧，气量这样小。可是理智归理智，他依旧觉得难以忍受。

尤其难以忍受的是临走的时候，他一个人走向黑暗的街头，而他们仍旧像一家人似的团聚在灯光下。

顾太太这一向冷眼看曼桢和豫瑾，觉得他们俩很说得来，心里便存着七八分的希望，又看见世钧不大来了，更是暗暗高兴，想着一定是曼桢冷淡了他了。

又是一个星期六下午，午饭后，顾太太在桌上铺了两张报纸，把几升米摊在报纸上，慢慢地拣出稗子和沙子。豫瑾便坐在她对过，和她谈天。他说他后天就要回去了，顾太太觉得非常惋惜，因道："我们也想回去呢，乡下也还有几亩地，两间房子，我们老太太就老惦记着要回去。我也常跟老太太这么说着，说起你娘，我说我们到乡下去，空下来可以弄点吃的，接她来打打小牌，我们老姊妹聚聚。哪晓得就看不见了呢！"说着，又长叹一声。又道："乡下就是可惜没有好学校,孩子们上学不方便。将来等他们年纪大些,可以住读了,有这么一天,曼桢也结婚了,我真跟我们老太太下乡去了!"

豫瑾听她的口气,仿佛曼桢的结婚是在遥远的将来,很不确定的一桩事情,便微笑问道:"二妹没有订婚么?"顾太太低声笑道:"没有呀。她也没有什么朋友,那沈先生倒是常来,不过这种不知底细的人家,曼桢也不见得愿意。"她的口风豫瑾也听出来了,她显然是属意于他的。但是曼桢本人呢?那沈先生对于她,完全是单恋么?豫瑾倒有些怀疑。可是,人都有这个脾气,凡是他愿意相信的事情,总是特别容易相信。豫瑾也不是例外。他心里又有点活动起来了。

这一向,他心里的苦闷,也不下于世钧。

世钧今天没有来,也没打电话来。曼桢疑心他可会是病了,不过也说不定是有什么事情,所以来晚了。她一直在自己房里,伏在窗台上往下看着。看了半天,无情无绪地走到隔壁房间里来,她母亲见了她便笑道:"今天怎么不去看电影去呀?瑾哥哥后天就要走了,你请请他。"豫瑾笑道:"我请,我请。我到上海来了这些天,电影还一趟也没看过呢!"曼桢笑道:"我记得你从前顶爱看电影的,怎么现在好像不大有兴趣了?"豫瑾笑道:"看电影也有瘾的,越看得多越要看。在内地因为没得看,憋个两年也就戒掉了。"曼桢道:"有一张片子你可是不能不看。——不过现在不知道还在那儿演着吗?"她马上找报纸,找来找去,单缺那一张有电影广告的。她伏在桌上,把她母亲铺着拣米的报纸掀起一角来看,顾太太便道:"我这都是旧报纸。"曼桢笑道:"喏,这不是今天的吗?"她把最底下的一张报纸抽了出来,顾太太笑道:"好好,我让你。我也是得去歇歇去了,这次这米不好,沙子特别多,把我拣得头昏眼花的。"她收拾收拾,便走出去了。

曼桢在报上找出那张影片的广告,向豫瑾说:"最后一天了。我劝你无论如何得去看。"豫瑾笑道:"你也去。"曼桢道:"我已经看过了。"豫瑾笑道:"要是有你说的那么好,就有再看一遍的价值。"曼桢笑道:"你倒讹上我了!不,我今天实在有点累,不想再出去了,连我弟弟今天上台演戏,我也不打算去看。"豫瑾笑道:"那他一定很失望。"

豫瑾手里拿着她借给他的一本书,他每天在临睡前看上一段,把那本书卷着摺着,封面已经脱落了。他笑道:"你看,我把你的书看成这个样子!"曼桢笑道:"这么一本破书,有什么要紧。瑾哥哥你后天就要走了?"豫瑾道:"嗳。我已经多住了一个礼拜了。"他没有说:"都是为了你。"这些话,他本来预备等到临走那天对曼桢说,如果被她拒绝了,正好一走了之,被拒绝之后仍旧住在她家里,天天见面,那一定很痛苦。但是他现在又想,难得有这么一个机会,没有人在旁边。

他踌躇了一会,便道:"我很想请姑外婆跟表舅母到乡下去玩,等伟民他们放春假的时候,可以大家一块儿去,多住几天。可以住在我们医院里,比较干净些。你们大概不放假?"曼桢摇摇头笑道:"我们一年难得放几天假的。"豫瑾道:"能不能告几天假呢?"曼桢笑道:"恐怕不行,我们那儿没这规矩。"豫瑾露出很失望的样子,道:"我倒很希望你能够去玩一趟,那地方风景也还不错,一方面你对我这人也可以多认识认识。"

曼桢忽然发觉,他再说下去,大有向她求婚的趋势。事出意外,她想着,赶紧拦住他吧。这句话无论如何不要让他说出口,徒然落一个痕迹。但是想虽这样想着,一颗心只是突突地跳着,她只是低着头,缓缓地把桌上遗留着的一些米粒掳到面前来,堆成一小堆。

豫瑾道:"你一定想我这人太冒失,怎么刚认识了你这点时候,就说这些话。我实在是因为不得已——我又不能常到上海来,以后见面的机会很少了。"

曼桢想道:"都是我不好。他这次来,我一看见他就想起我小时候这样顽皮,他和姊姊在一起,我总是跟他们捣乱,现在想起来很抱歉,所以对他特别好些。没想到因为抱歉的缘故,现在倒要感到更深的歉仄了。"

豫瑾微笑着说道:"我这些年来,可以说一天忙到晚,埋头在工作里,倒也不觉得自己是渐渐老了。自从这次看见了你,我才觉得我是老了。也许我认识你已经太晚了……是太晚了吧?"曼桢沉默了一会,方才微笑道:"是太晚了,不过不是你想的那个缘故。"豫瑾顿了顿,道:"是因为沈世钧吗?"曼桢只是微笑着,没有回答,她算是默认了。她是有意这样说的,表示她先爱上了别人,所以只好对不起他了,她觉得这样比较不伤害他的自尊心。其实她即使先碰见他,后碰见世钧,她相信她还是喜欢世钧的。

她现在忽然明白了,这一向世钧的态度为什么这样奇怪,为什么他不大到这儿来了。原来是因为豫瑾的缘故,他起了误会。曼桢觉得非常生气——他这样不信任她,以为她这样容易就变心了?就算她变心了吧,世钧从前不是答应过她的么,他说:"我无论如何要把你抢回来的。"那天晚上他在月光下所说的话,难道不算数的?他还是一贯的消极作风,一有第三者出现,他马上悄悄地走开了,一句话也没有,这人太可恨了。

曼桢越想越气，在这一刹那间，她的心已经飞到世钧那里去了，几乎忘了豫瑾的存在。豫瑾这时候也是百感交集，他默默地坐在她对过，半晌，终于站起来说："我还要出去一趟。待会儿见。"

他走了，曼桢心里倒又觉得一阵难过。她怅然把她借给他的那本书拿过来。封面撕破了。她把那本书卷成一个圆筒，紧紧地握在手里，在桌上托托敲着。

已经近黄昏了，看样子世钧今天不会来了。这人真可恶，她赌气要出去了，省得在家里老是惦记着他，等他他又不来。

她走到隔壁房间里，她祖母今天"犯阴天"，有点筋骨疼，躺在床上。她母亲戴着眼镜在那儿做活。曼桢道："杰民今天演戏，妈去不去看？"顾太太道："我不去了，我也跟奶奶一样，犯阴天，腰酸背疼的。"曼桢道："那么我去吧，一个人也不去，太让他失望了。"她祖母便道："瑾哥哥呢？你叫瑾哥哥陪你去。"曼桢道："瑾哥哥出去了。"她祖母向她脸上望了望，她母亲始终淡淡的，不置一词。曼桢也有些猜到两位老太太的心事，她也不说什么，自管自收拾收拾，就到她弟弟学校里看戏去了。

她走了没有多少时候，电话铃响了，顾太太去听电话，却是豫瑾打来的，说："我不回来吃饭了，表舅母别等我。我在一个朋友家里，他留我在这儿住两天，我今天晚上不回来了。"听他说话的声音，虽然带着微笑，那一点笑意却很勉强。顾太太心里很明白，一定是刚才曼桢给他碰了钉子，他觉得难堪，所以住到别处去了。

顾太太心里已经够难过的，老太太却又絮絮叨叨问长问短，说："住到朋友家去了？怎么一回事，曼桢一个人跑出去了。两个小人儿别是拌了嘴吧？刚才还好好的嚜，我看他们有说有笑的。"顾太太叹了口冷气，道："谁知道怎么回事！曼桢那脾气，真叫人灰心，反正以后再也不管她的事了！"

她打定主意不管曼桢的事，马上就好像感情无处寄托似的，忽然想起大女儿曼璐。曼璐上次回娘家，曾经哭哭啼啼告诉她夫妻失和的事，近来不知道怎么样，倒又有好些日子不听见她的消息了，很不放心。

她打了个电话给曼璐，问她这一向身体可好。曼璐听她母亲的口气好像要来看她，自从那一次她妹妹来探病，惹出是非来，她现在抱定宗旨，尽量避免娘家人到她这里来，宁可自己去。她便道："我明天本来要出来的，我明天来看妈。"顾太太倒楞了一楞，想起豫瑾现在住在他们家里，曼璐来了恐怕不大方便。豫瑾今天虽然住在外面，明天也许要回来了，刚巧碰见。她踌躇了一会，便道："你明天来不大好，索性还是过了这几天再来吧。"曼璐倒觉得很诧异，问："为什么？"顾太太在电话上不便多说，只含糊地答了一声："等见面再说吧。"

她越是这样吞吞吐吐，曼璐越觉得好奇，在家里独守空闺，本来觉得十分无聊，当天晚上她就坐汽车赶到娘家，看看到底是怎么回事。那天晚上，家里孩子们都在学校里开游艺会，婆媳俩冷清清地吃了晚饭，便在灯下对坐着拣米。曼璐忽然来了，顾太太倒吓了一跳，还当她跟姑爷闹翻了，赌气跑出来了，只管向她脸上端相着，不看见她有泪容，心里还有些疑惑，问道："你可有什么事？"曼璐笑道："没有什么事。我一直想来的，明天不叫来，所以我今天来了。"

她还没坐定，顾老太太就夹七夹八地抢着告诉她："豫瑾到上海来了，你妈有没有跟你说，他现在住在我们这儿。他娘死了，特为跑来告诉我们。这孩子，几年不见，比从前更能干了，这次到上海来,给他们医院里买爱克司光机器。刚过了三十岁的人,就当了院长,他娘也是苦命,没享到几年福就死了,我听见了真难受,几个侄女儿里头,就数她对我最亲热了——哪儿想得到的,她倒走在我的前头!"说着,又眼泪汪汪起来。

曼璐只听得头里两句,说豫瑾到上海来了,并且住在他们这儿,一听见这两句话,马上耳朵里嗡的一声,底下的话一概听不见了。怔了半天,她仿佛不大信任她祖母似的,别过脸去问她母亲:"豫瑾住在我们这儿?"顾太太点点头,道:"他今天出去了,在一个朋友家过夜,不回来了。"曼璐听了,方才松了一口气,道:"刚才你在电话上叫我明天不要来,就是为这缘故?"顾太太苦笑道:"是呀,我想着你来了,还是见面好不见面好呢?怪僵的。"曼璐道:"那倒也没有什么。"顾太太道:"照说呢,也没什么,已经这些年了,而且我们本来是老亲,也不怕人家说什么——"一语未完,忽然听见门铃响。曼璐坐在椅子上,不由得欠了欠身,向对过一面穿衣镜里张了一张,拢了拢头发,深悔刚才出来的时候太匆忙了,连衣服也没有换一件。

顾老太太道:"可是豫瑾回来了?"顾太太道:"不会吧,他说今天晚上不回来了。"顾老太太道:"不会是曼桢他们,这时候才八点多,他们没那么快。"曼璐觉得楼上楼下的空气都紧张起来了,仿佛一出戏就要开场,而她身为女主角,一点准备也没有,台词一句也记不得,脑子里一切都非常模糊而渺茫。

顾太太推开窗户,嚷了声:"谁呀?"一开窗,却有两三点冷雨洒在脸上。下雨了。房客的老妈子也在后门口嚷:"谁呀?……哦,是沈先生!"顾太太一听见说是世钧,顿时气往上冲,回过身来便向曼璐说:"我们上那边屋去坐,我懒得见他。是那个姓沈的。

我想想真气，要不是他——"说到这里，又长长地叹了口气，便源源本本，把这件事的经过一一诉给她女儿听。豫瑾这次到上海来，因为他至今尚未结婚，祖母就在背后说，把曼桢嫁给他倒挺好的，报答他十年未娶这一片心意。看他对曼桢也很有意思，曼桢呢也对他很好，不过就因为先有这姓沈的在这里……

世钧今天本来不打算来的，但是一到了星期六，一定要来找曼桢，已经成了习惯。白天憋了一天，没有来，晚上还是来了。楼梯上黑黝黝的，平常走到这里，曼桢就在上面把楼梯上的电灯开了，今天没有人给他开灯，他就猜着曼桢也许不在家。摸黑走上去，走到转弯的地方，忽然觉得脚胫上热烘烘的，原来地下放着一只煤球炉子，上面还煮着一锅东西，踢翻了可不是玩的。他倒吓了一跳，更加寸步留心起来。走到楼上，看见顾老太太一个人坐在灯下，面前摊着几张旧报纸，在那里拣米。世钧一看见她，心里便有点不自在。这一向顾老太太因为觉得他是豫瑾的敌人，她护着自己的侄孙，对世钧的态度就跟从前大不相同了。世钧是有生以来从来没有被人家这样冷遇过的，他勉强笑着叫了声"老太太"。她抬起头来笑笑，嘴里嗡隆了一声作为招呼，依旧拣她的米。世钧道："曼桢出去了吗？"顾老太太道："嗳，她出去了。"世钧道："她上哪儿去了？"顾老太太道："我也不大清楚。看戏去了吧？"世钧这就想起来，刚才在楼下，在豫瑾的房门口经过，里面没有灯。豫瑾也出去了，大概一块儿看戏去了。

椅子背上搭着一件女式大衣，桌上又搁着一只皮包，好像有客在这里。是曼桢的姊姊吧？刚才没注意，后门口仿佛停着一辆汽车。

世钧本来马上就要走了，但是听见外面的雨越下越大，他出来也没带雨衣,走出去还许叫不到车子。正踌躇着,那玻璃窗没关严,一阵狂风,就把两扇窗户哗啦啦吹开了。顾老太太忙去关窗户,通到隔壁房间的一扇门也给风吹开了,顾太太在那边说话,一句句听得很清楚:"要不然,她嫁给豫瑾多好哇,你想!那她也用不着这样累了,老太太一直想回家乡去的,老太太也称心了。我们两家并一家,好在本来是老亲,也不能说我们是靠上去。"另一个女人的声音不知说了一句什么,大概是叫她轻声点,以后便喊喊喳喳,听不见了。

顾老太太拴上窗户,回过身来,面不改色的,那神气好像是没听见什么,也不知耳朵有点聋呢还是假装不听见。世钧向她点了个头,含糊地说了声"我走了"。不要说下雨,就是下锥子他也要走了。

然而无论怎样性急如火,走到那漆黑的楼梯上,还是得一步步试探着,把人的心都急碎了,要想气烘烘地冲下楼去,那是绝对不可能的。世钧在黑暗中想道:"也不怪她母亲势利——本来嘛,豫瑾的事业可以说已经成功了,在社会上也有相当地位了,不像我是刚出来做事,将来是怎么样,一点把握也没有。曼桢呢,她对他是非常佩服的,不过因为她跟我虽然没有正式订婚,已经有了一种默契,她又不愿意反悔。她和豫瑾有点相见恨晚吧?……好,反正我决不叫她为难。"

他把心一横,立下这样一个决心。下了楼,楼下那房客的老妈子还在厨房里搓洗抹布,看见他就说:"雨下得这样大,沈先生你没问他们借把伞?这儿有把破伞,要不要撑了去?"倒是这不相干的老妈子,还有这种人情上的温暖,相形之下,世钧心里更觉得一阵凄凉。他朝她笑了笑,便推开后门,向萧萧夜雨中走去。

楼上，他一走，顾老太太便到隔壁房里去报告："走了。……雨下得这样大，曼桢他们回来要淋得像落汤鸡了。"老太太一进来，顾太太便不言语了，祖孙三代默然对坐着，只听见雨声潺潺。

顾太太刚才对曼璐诉说，把豫瑾和曼桢的事情一五一十说给她听，一点顾忌也没有，因为曼璐自己已经嫁了人，而且嫁得这样好，飞黄腾达的，而豫瑾为了她一直没有结婚——叫自己妹妹去安慰安慰他，岂不好吗？她母亲以为她一定也赞成的。其实她是又惊又气，最气的就是她母亲那种口吻，就好像是长辈与长辈之间，在那里讨论下一代的婚事。好像她完全是个局外人，这桩事情完全与她无关，她已经没有妒忌的权利了。她母亲也真是多事，怎么想起来的，又要替她妹妹和豫瑾撮合，二妹不是已经有了朋友吗，又让豫瑾多受一回刺激。她知道的，豫瑾如果真是爱上了她妹妹，也是因为她的缘故——因为她妹妹有几分像她。他到现在还在那里追逐着一个影子呀！

她心里非常感动。她要见他一面，劝劝他，劝他不要这样痴心。她对自己说，她没有别的目的，不过是要见见他，规谏他一番。但是谁知道呢，也许她还是抱着一种非份的希望的，尤其因为现在鸿才对她这样坏，她的处境这样痛苦。

当着她祖母，也不便说什么，曼璐随即站起身来，说要走了。她母亲送她下楼，走到豫瑾房门口，曼璐顺手就把电灯捻开了，笑道："我看看。"那是她从前的卧房，不过家具全换过了，现在临时布置起来的，疏疏落落放着一张床，一张桌子，两把椅子。房间显得很空。豫瑾的洗脸毛巾晾在椅背上，豫瑾的帽子搁在桌上，桌上还有他的自来水笔和一把梳子。换下来的衬衣，她母亲给他洗干净了，叠得整整齐齐的，放在他床上。枕边还有一本书。

曼璐在灯光下呆呆地望着这一切。几年不见，他也变成一个陌生的人了。这房间是她住过好几年的，也显得这样陌生，她心里恍恍惚惚的，好像做梦一样。

顾太太道："他后天就要动身了，老太太说我们要做两样菜，给他饯行，也不知道他明天回来不回来。"曼璐道："他的东西都在这里，明天不回来，后天也要来拿东西的。他来的时候你打个电话告诉我。我要见见他，有两句话跟他说。"顾太太倒怔了一怔，道："你想再见面好吗？待会儿让姑爷知道了，不大好吧？"曼璐道："我光明正大的，怕什么？"顾太太道："其实当然没有什么，不过让姑爷知道了，他又要找碴子跟你闹了！"曼璐不耐烦地道："你放心好了，反正不会带累你的！"也不知道为什么，曼璐每次和她母亲说话，尽管双方都是好意，说到后来总要惹得曼璐发脾气为止。

第二天，豫瑾没有回来。第三天午后，他临上火车，方才回来搬行李。曼璐没等她母亲打电话给她，一早就来了，午饭也是在娘家吃的。顾太太这一天担足心事，深恐他们这一见面，便旧情复炽，女儿女婿的感情本来已经有了裂痕，这样一来，说不定就要决裂了。女儿的脾气向来是这样，不听人劝的，哪里拦得住她。待要跟在她后面，不让她和豫瑾单独会面，又好像是加以监视，做得太明显了。

豫瑾来了，正在他房里整理行李，一抬头，却看见一个穿着紫色丝绒旗袍的瘦削的妇人，也不知道她什么时候进来的，倚在床栏杆上微笑望着他。豫瑾吃了一惊，然后他忽然发现，这女人就是曼璐——他又吃了一惊。他简直说不出话来，望着她，一颗心直往下沉。

他终于微笑着向她微微一点头。但是他实在不知道说什么好，再也找不出一句话来，脑子里空得像洗过了一样。两人默默相对，只觉得那似水流年在那里滔滔地流着。

还是曼璐先开口。她说："你马上就要走了？"豫瑾道："就是两点钟的车。"曼璐道："一定要走了？"豫瑾道："我已经在这儿住了半个多月了。"曼璐抱着胳膊，两肘撑在床栏杆上，她低着眼皮，抚摸着自己的手臂，幽幽地道："其实你不该上这儿来的。难得到上海来一趟，应当高高兴兴的玩玩。……我真希望你把我这人忘了。"

她这一席话，豫瑾倒觉得很难置答。她以为他还在那里迷恋着她呢。他也无法辩白。他顿了一顿，便道："从前那些话还提它干吗？曼璐，我听见说你得到了很好的归宿，我非常安慰。"曼璐淡淡地笑了一笑道："哦，你听见他们说的。他们只看见表面，他们哪儿知道我心里的滋味。"

豫瑾不敢接口，他怕曼璐再说下去，就要细诉衷情，成为更进一步的深谈了。于是又有一段较长的沉默。豫瑾极力制止自己，没有看手表。他注意到她的衣服，她今天穿这件紫色的衣服，不知道是不是偶然的。从前她有件深紫色的绸旗袍，他很喜欢她那件衣裳。冰心有一部小说里说到一个"紫衣的姊姊"，豫瑾有一个时期写信给她，就称她为"紫衣的姊姊"。她和他同年，比他大两个月。

曼璐微笑打量着他道："你倒还是那样子。你看我变了吧？"豫瑾微笑道："人总要变的，我也变了。我现在脾气也跟从前两样了，也不知是年纪的关系，想想从前的事，非常幼稚可笑。"

他把从前的一切都否定了。她所珍惜的一些回忆，他已经羞于承认了。曼璐身上穿着那件紫色的衣服,顿时觉得芒刺在背,浑身都像火烧似的。她恨不得把那件衣服撕成破布条子。

也幸而她母亲不迟不早,正在这时候走了进来,拎着一只提篮盒,笑道:"豫瑾你昨天不回来,姑外婆说给你饯行,做了两样菜,后来你没回来,就给你留着,你带到火车上吃。"豫瑾客气了一番。顾太太又笑道:"我叫刘家的老妈子给你雇车去。"豫瑾忙道:"我自己去雇。"顾太太帮他拎着箱子,他匆匆和曼璐道别,顾太太送他出去,一直送到衖堂口。

曼璐一个人在房里,眼泪便像抛沙似的落了下来。这房间跟她前天来的时候并没有什么两样,他用过的毛巾依旧晾在椅背上,不过桌上少了他的帽子。前天晚上她在灯下看到这一切,那种温暖而亲切的心情,现在想起来,却已经恍如隔世了。

他枕边那本书也还在那里,掀到某一页。她前天没注意到,桌上还有好几本小说,原来都是她妹妹的书,她认识的,还有那只台灯,也是她妹妹的东西。——二妹对豫瑾倒真体贴,借小说书给他看,还要拿一只台灯来,好让他躺在床上舒舒服服的看。那一份殷勤,可想而知。她母亲还不是也鼓励她,故意支使她送茶送水,一天到晚借故跑到他房里来,像个二房东的女儿似的,老在他面前转来转去,卖弄风情。只因为她是一个年轻的女孩子,她无论怎么样卖弄风情,人家也还是以为她是天真无邪,以为她的动机是纯洁的。曼璐真恨她,恨她恨入骨髓。她年纪这样轻,她是有前途的,不像曼璐的一生已经完了,所剩下的只有她从前和豫瑾的一些事迹,虽然凄楚,可是很有回味的。但是给她妹妹这样一来,这一点回忆已经给糟蹋掉了,变成一堆刺心的东西,碰都不能碰,一想起来就觉刺心。

连这一点如梦的回忆都不给她留下。为什么这样残酷呢？曼桢自己另外有爱人的。听母亲说，那人已经在旁边吃醋了。也许曼桢的目的就是要他吃醋。不为什么，就为了要她的男朋友吃醋。

曼璐想道："我没有待错她呀，她这样恩将仇报。不想想从前，我都是为了谁，出卖了我的青春。要不是为了他们，我早和豫瑾结婚了。我真傻。真傻。"

她唯有痛哭。

顾太太回来的时候，看见她伏在桌上，哭得两只肩膀一耸一耸的。顾太太悄然站在她身边，半晌方道："你看，我劝你你不信，见了面有什么好处，不是徒然伤心吗！"

太阳光黄黄地晒在地板上，屋子里刚走掉一个赶火车的人，总显得有些零乱。有两张包东西的旧报纸抛在地下，顾太太一一拾了起来，又道："别难过了。还是这样好！刚才你不知道，我真担心，我想你刚巧这一向心里不痛快，老是跟姑爷呕气，不要一看见豫瑾，心里就活动起来，还好，你倒还明白！"

曼璐也不答理。只听见她那一阵一阵，摧毁了肺肝的啜泣。

九

世钧在那个风雨之夕下了决心，再也不到曼桢家里去了。但是这一类的决心，是没有多大价值的。究竟他所受的刺激，不过是由于她母亲的几句话，与她本人无关。就算她本人也有异志了，凭他们俩过去这点交情，也不能就此算了，至少得见上一面，把话说明白了。

世钧想是想通了，不知道为什么，却又延挨了一天。其实多挨上一天，不过使他多失眠一夜罢了。次日，他在办公时间跑到总办事处去找曼桢。自从叔惠走了，另调了一个人到曼桢的办公室里，说话也不大方便，世钧也不大来了，免得惹人注目。这一天，他也只简单地和她说："今天晚上出去吃饭好么，就在离杨家不远那个咖啡馆里，吃了饭你上他们那儿教书也挺方便的。"曼桢道："我今天不去教书，他们两个孩子要去吃喜酒，昨儿就跟我说好了。"世钧道："你不去教书顶好了，我们可以多谈一会。换一个地方吃饭也行。"曼桢笑道："还是上我家吃饭吧，你好久没来了。"世钧顿了一顿，道："谁说的，我前天刚来的。"曼桢倒很诧异，道："哦？他们怎么没告诉我？"世钧不语。曼桢见这情形，就猜着他一定是受了委屈了。当时也不便深究，只是笑道："前天我刚巧出去了，我弟弟学堂里不是演戏吗，杰民他是第一次上台，没办法，得去给他捧场。回来又碰见下大雨，几个人都着了凉，你过给我，我过给你，一家子都伤了风。今天就别出去吃馆子了，太油腻的东西我也不能吃，你听我嗓子都哑了！"世钧正是觉得她的喉咙略带一些沙音，却另有一种凄清的妩媚之致。他于是就答应了到她家里来吃饭。

他在黄昏时候来到她家，还没走到半楼梯上，楼梯上的电灯就一亮，是她母亲在楼上把灯捻开了。楼梯口也还像前天一样，搁着个煤球炉子，上面一只砂锅咕嘟咕嘟，空气里火腿汤的气味非常浓厚，世钧在他们家吃饭的次数多了，顾太太是知道他的口味的，这样菜大概还是特意为他做的。顾太太何以态度一变，忽然对他这样殷勤起来，一定是曼桢跟她说了什么，世钧倒有点不好意思。

顾太太仿佛也有点不好意思，笑嘻嘻地和他一点头道："曼桢在里头呢。"只说了这样一声，她自去照料那只火腿汤。世钧走到房间里面，看见顾老太太坐在那里剥豆瓣。老太太看见他也笑吟吟的，向曼桢的卧室里一努嘴，道："曼桢在里头呢。"被她们这样一来，世钧倒有些不安起来。

走进去，曼桢正伏在窗台上往下看，世钧悄悄走到她后面去，捉住她一只手腕，笑道："看什么，看得这样出神？"曼桢嗳哟了一声道："吓了我一跳！我在这儿看了半天了，怎么你来我会没看见？"世钧笑道："那也许眼睛一霎，就错过了。"他老捉着她的手不放，曼桢道："你干吗这些天不来？"世钧笑道："我这一向忙。"曼桢向他撇了撇嘴。世钧笑道："真的。叔惠不是有个妹妹在内地念书吗,最近她到上海来考学校,要补习算术,叔惠现在又不住在家里,这差使就落到我头上了,每天晚饭后补习两个钟头。——豫瑾呢?"曼桢道:"已经走了。就是今天走的。"世钧道:"哦。"他在曼桢的床上一坐,只管把她床前那盏台灯一开一关。曼桢打了他的手一下,道:"别这么着,扳坏了!我问你,你前天来,妈跟你说了些什么?"世钧笑道:"没说什么呀。"曼桢笑道:"你就是这样不坦白。我就是因为对我母亲欠坦白,害你受了冤枉。"世钧笑道:"冤枉我什么了?"曼桢笑道:"你就甭管了,反正我已经对她解释过了,她现在知道她是冤枉了好人。"世钧笑道:"哦,我知道,她一定是当我对你没有诚意。"曼桢笑道:"怎么,你听见她说的吗?"世钧笑道:"没有没有。那天我来,根本没见到她。"曼桢道:"我不相信。"世钧道:"是真的。那天你姊姊来的,是不是?"曼桢略点了点头。世钧道:"她们在里边屋子里说话,我听见你母亲说——"他不愿意说她母亲势利,略顿了一顿,方道:"我也记不清楚了,反正那意思是说豫瑾是个理想的女婿。"曼桢微笑道:"豫瑾也许是老太太们理想的女婿。"世钧望着她笑道:"我倒觉得他这人是雅俗共赏的。"

曼桢瞅了他一眼,道:"你不提,我也不说了——我正要跟你算账呢!"世钧笑道:"怎么?"曼桢道:"你以为我跟豫瑾很好,是不是?你这样不信任我。"世钧笑道:"没这个事!刚才我说着玩的。我知道你对他不过是很佩服罢了,他呢,他是个最多情的人,他这些年来这样忠于你姊姊,怎么会在短短几天内忽然爱上她的妹妹?不会有这样的事情。"他提起豫瑾,就有点酸溜溜的,曼桢本来想把豫瑾向她求婚的经过索性告诉了他,免得他老有那样一团疑云在那里。但是她倒又不愿意说了,因为她也觉得豫瑾为她姊姊"守节"这些年，忽然移爱到她身上，是有点使人诧异，给世钧那样一说，也是显得有点可笑。她不愿意让他给人家讪笑。她多少有一点回护着他。

世钧见她欲言又止的样子，倒有点奇怪，不禁向她看了一眼。他也默然了。半晌，方才笑道："你母亲说的话对。"曼桢笑道："哪一句话？"世钧笑道："还是早点结婚好。老这样下去，容易发生误会的。"曼桢笑道："除非你，我是不会瞎疑心的。譬如你刚才说叔惠的妹妹——"世钧笑道："叔惠的妹妹？人家今年才十四岁呢。"曼桢笑道："我并不是绕着弯子在那儿打听着，你可别当我是诚心的。"世钧笑道："也许你是诚心的。"曼桢却真的有点生气了，道："不跟你说话了！"便跑开了。

世钧拉住她笑道："跟你说正经的。"曼桢道："我们不是早已决定了吗，说再等两年。"世钧道："其实结了婚也是一样的，你不是照样可以做事吗？"曼桢道："那要是——要是有了小孩子呢？孩子一多，就不能出去做事了，就得你一个人负担这两份家的开销。这种事情我看得多了，一个男人除了养家，丈人家里也靠着他，逼得他见钱就抓，什么事都干，那还有什么前途——你笑什么？"世钧笑道："你打算要多少个小孩子？"曼桢啐道："这回真不理你了！"

世钧又道："说真的，我也不是不能吃苦的，有苦大家吃。你也不替我想想，我眼看着你这样辛苦，我不觉得难过吗？"曼桢道："我不要紧的。"她总是这样固执。世钧这些话也说过不止一回了。他郁郁地不作声了。曼桢向他脸上望了望，微笑道："你一定觉得我非常冷酷。"世钧突然把她向怀中一拉，低声道："我知道，要说是为你打算的话，你一定不肯的。要是完全为了我，为了我自私的缘故，你肯不肯呢？"她且不答他这句话，只把他一推，避免让他吻她，道："我伤风，你别过上了。"世钧笑道："我也有点伤风。"曼桢噗哧一笑，道："别胡说了！"她洒开了手，跑到隔壁房里去了。她祖母的豆瓣才剥了一半，曼桢笑道："我来帮着剥。"

世钧也走了出来，她祖母背后有一张书桌，世钧便倚在书桌上，拿起一张报纸来，假装看报，其实他一直在那儿看着她，并且向她微笑着。曼桢坐在那里剥豆子，就有一点定不下心来。她心里终于有点动摇起来了，想道："那么，就结了婚再说吧。家累重的人也多了，人家是怎样过的？"正是这样沉沉地想着，却听见她祖母呵哟了一声，道："你瞧你这是干什么呢？"曼桢倒吓了一跳，看时，原来她把豆荚留在桌上，剥出来的豆子却一颗颗的往地下扔。她把脸都要红破了，忙蹲下身去拣豆子，笑道："我这叫'郭呆子帮忙，越帮越忙！'"她祖母笑道："也没看见你这样的，手里做着事，眼睛也不看着。"曼桢笑道："再剥几颗不剥了。我这手指甲因为打字，剪得秃秃的，剥这豆子真有点疼。"她祖母道："我就知道你不行！"说着，也就扯过去了。

曼桢虽然心里起了动摇，世钧并不知道，他依旧有点郁郁的。饭后，老太太拿出一包香烟来让世钧抽，这是她们刚才清理楼下的房间，在抽屉里发现的，孩子们要拿去抽着玩，他们母亲不允许。当下世钧随意拿了一根吸着，等老太太走了，便向曼桢笑道："这是豫瑾丢在这儿的吧？"他记得豫瑾说过，在乡下，像这种"小仙女"已经算是最上品的香烟了，抽惯了，就到上海来也买着抽。大概他也是省俭惯了。世钧吸着他的烟，就又和曼桢谈起他来，曼桢却很不愿再提起豫瑾。她今天一回家，发现豫瑾已经来过了，把行李拿了直接上车站，分明是有意的避免和她见面，以后大概永远也不会再来了。她拒绝了他,就失去了他这样一个友人,虽然是没有办法的事,但是心里不免觉得难过。世钧见她满脸怅惘的神色,他记得前些时他们两人在一起的时候,她常常提起豫瑾,提起的次数简直太多了,而现在她的态度刚巧相反,倒好像怕提起他。这中间一定发生了一些什么事情。她不说,他也不去问她。

那天他一直有点闷闷不乐,回去得也比较早,藉口说要替叔惠的妹妹补习算术。他走了没有多少时候,忽然又听见门铃响,顾太太她们只当是楼下的房客,也没理会,后来听见楼梯上脚步声,便喊道:"谁呀?"世钧笑道:"是我,我又来了!"

顾太太和老太太,连曼桢在内,都为之愕然,觉得他一天来两次,心太热了,曼桢面颊上就又热烘烘起来,她觉得他这种做派,好像有点说不过去,给她家里人看着,不是让她受窘吗,可是她心里倒又很高兴,也不知为什么。

世钧还没走到房门口就站住了,笑道:"已经睡了吧?"顾太太笑道:"没有没有,还早着呢。"世钧走进来,一屋子人都笑脸相迎,带着三分取笑的意味。可是曼桢一眼看见他手里拎着一只小提箱,她先就吃了一惊,再看他脸上虽然带着笑容,神色很不安定。他笑道:"我要回南京去一趟,就是今天的夜车。我想我上这儿来说一声。"曼桢道:"怎么忽然要走了?"世钧道:"刚才来了个电报,说我父亲病了,叫我回去一趟。"他站在那里,根本就没把箱子放下,那样子仿佛不预备坐下了。曼桢也和他一样,有点心乱如麻,只管怔怔的站在那里。还是顾太太问了一声:"几点钟的车?"世钧道:"十一点半。"顾太太道:"那还早呢。坐一会,坐一会!"世钧方才坐了下来,慢慢的摘掉围巾,搁在桌上。

顾太太搭讪着说要泡茶去,就走开了,而且把其余的儿女们一个个叫了出去，老太太也走开了，只剩他和曼桢两个人。曼桢道："电报上没说是什么病？不严重吧？"世钧道："电报是我母亲打来的，我想，要不是很严重，我母亲根本就不会知道他生病。我父亲不是另外还有个家么，他总是住在那边。"曼桢点点头。世钧见她半天不说话，知道她一定是在那儿担心他一时不会回来，便道："我总尽快的回来。厂里也不能够多请假。"曼桢又点点头。

他上次回南京去，他们究竟交情还浅，这回他们算是第一次尝到别离的滋味了。曼桢半晌才说出一句话来，道："你家里地址我还不知道呢。"她马上去找纸笔，世钧道："不用写了，我一到那儿就来信，我信封上会注明的。"曼桢道："还是写一个吧。"世钧伏在书桌上写，她伏在书桌的另一头，看着他写。两人都感到一种凄凉的况味。

世钧写完了，将那纸条子拿起来看看，又微笑着说："其实我几天工夫就会回来的，也用不着写什么信。"曼桢不说什么，只把他的围巾拿在手里绞来绞去。

世钧看了看表，站起身来道："我该走了。你别出来了，你伤风。"曼桢道："不要紧的。"她穿上大衣，和他一同走了出来。衖堂里还没有闩铁门，可是街上已经行人稀少，碰见两辆黄包车，都是载着客的。沿街的房屋大都熄了灯了，只有一家老虎灶，还大开着门，在那黄色的电灯光下，可以看见灶头上黑黝黝的木头锅盖底下，一阵阵的冒出乳白色的水蒸气来。一走到他家门口，就暖烘烘。夜行人走过这里，不由得就有些恋恋的。天气是真的冷起来了，夜间相当寒冷了。

世钧道："我对我父亲本来没有什么感情的，可是上次我回去，那次看见他，也不知为什么，叫我心里很难过。"曼桢点头："我听见你说的。"世钧道："还有，我最担心的，就是以后家里的经济情形。其实这都是意料中的事，可是……心里简直乱极了。"

曼桢突然握住他的手道："我恨不得跟你一块儿去，我也不必露面，随便找个什么地方待着。有什么事情发生了，你有一个人在旁边，可以随时的跟我说说，你心里也痛快点儿。"世钧望着她笑道："你瞧，这时候你就知道了，要是结了婚就好办了，那我们当然一块儿回去，也省得你一个人在这儿惦记着。"曼桢白了他一眼道："你还有心肠说这些，可见你不是真着急。"

远远来了辆黄包车。世钧喊了一声，车夫过街往这边来了。世钧忽然又想起来，向曼桢低声叮嘱道："我的信没有人看的，你可以写得……长一点。"曼桢噗的一笑，道："你不是说用不着写信了，没有几天就要回来的？我就知道你是骗我！"世钧也笑了。

她站在街灯底下望着他远去。

次日清晨，火车到了南京，世钧赶到家里，他家里的店门还没开。他从后门进去，看见包车夫在那里掸拭包车。世钧道："太太起来了没有？"包车夫道："起来了，一会儿就要上那边去了。"说到"那边"两个字，他把头部轻轻地侧了一侧，当然"那边"就是小公馆的代名词。世钧心里倒砰地一跳，想道："父亲的病一定是好不了了，所以母亲得赶到那边去见一面。"这样一想，脚步便沉重起来。包车夫抢在他前面，跑上楼去通报，沈太太迎了出来，微笑道："你倒来得这样快。我正跟大少奶奶说着，待会儿叫车夫去接去，一定是中午那班车。"大少奶奶带着小健正在那里吃粥，连忙起身叫女佣添副碗筷，又叫她们切点香肠来。沈太太向世钧道："你吃了早饭就跟我一块儿去吧。"世钧道："爸爸的病怎么样？"沈太太道："这两天总算好了些，前两天可吓死人了！我也顾不得什么了，跑去跟他见了一面。看那样子简直不对，舌头也硬了，话也说不清楚。现在天天打针，医生说还得好好的静养着，还没脱离险境呢。我现在天天去。"

他母亲竟是天天往小公馆里跑，和姨太太以及姨太太那虔婆式的母亲相处，世钧简直不能想像。尤其因为他母亲这种女人，叫她苦守寒窑，无论怎么苦她也可以忍受，可是她有她的身分，她那种宗法社会的观念非常强烈，决不肯在妾媵面前跌了架子的。虽然说是为了看护丈夫的病，但是那边又不是没有人照顾，她跑去一定很不受欢迎的，在她一定也是很痛苦的事。世钧不由得想起他母亲平时，一说起他父亲，总是用一种冷酷的口吻，提起他的病与死的可能，她也很冷静，笑嘻嘻的说："我也不愁别的，他家里一点东西也不留，将来我们这日子怎么过呀？要不为这个，他马上死了我也没什么，反正一年到头也看不见他的人，还不如死了呢！"言犹在耳。

吃完早饭，他母亲和他一同到父亲那里去，他母亲坐着包车，另给世钧叫了一辆黄包车。世钧先到，跳下车来，一揿铃，一个男佣来开门，看到他仿佛很诧异，叫了声"二少爷"。世钧走进去，看见姨太太的娘在客室里坐着，替她外孙女儿编小辫子，一个女佣蹲在地下给那孩子系鞋带。姨太太的娘一面编辫子一面说："可是鼓楼那个来了？——别动，别动，爸爸生病呢，你还不乖一点！周妈你抱她去溜溜，可别给她瞎吃，啊！"世钧想道："'鼓楼那个'想必是指我母亲，我们不是住在鼓楼吗？倒是人以地名。"这时候"鼓楼那个"也进来了。世钧让他母亲在前面走，他跟在后面一同上楼。他这是第一次用别人的眼光看他的母亲，看到她的臃肿的身躯和惨淡的面容。她爬楼很吃力。她极力做出坦然的样子，表示她是到这里来执行她的天职的。

世钧从来没到楼上来过。楼上卧室里的陈设，多少还保留着姨太太从前在"生意浪"的作风，一堂红木家具堆得满坑满谷，另外也加上一些家庭风味，淡绿色士林布的窗帘，白色窗纱，淡绿色的粉墙。房间里因为有病人，稍形杂乱，啸桐一个人睡一张双人床，另外有张小铁床，像是临时搭的。姨太太正倚在啸桐的床头，在那里用小银匙喂他吃桔子汁，把他的头抱在怀里。啸桐不知道可认为这是一种艳福的表演。他太太走进来，姨太太只抬了抬眼皮，轻轻的招呼了声"太太"，依旧继续喂着桔子水。啸桐根本眼皮也没抬。沈太太却向他笑道："你看谁来了？"姨太太笑道："咦，二少爷来了！"世钧叫了声"爸爸。"啸桐很费劲的说道："嗳，你来了。你请了几天假？"沈太太道："你就别说话了，大夫不是不叫你多说话么？"啸桐便不作声了。姨太太又把小银匙伸到他唇边来碰碰他，他却厌烦地摇摇头，同时现出一种偏促的神气。姨太太笑道："不吃啦？"他越是这样，她倒偏要卖弄她的温柔体贴，将她衣襟上披着的雪白的丝巾拉下来，替他嘴上擦擦，又把他的枕头挪挪，被窝拉拉。

啸桐又向世钧问道："你什么时候回去？"沈太太道："你放心，他不会走的，只要你不多说话。"啸桐就又不言语了。

世钧看见他父亲，简直不大认识，当然是因为消瘦的缘故，一半也因为父亲躺在床上，没戴眼镜，看着觉得很不习惯。姨太太问知他是乘夜车来的，忙道："二少爷，这儿靠靠吧，火车上一下来，一直也没歇着。"把他让到靠窗一张沙发椅上，世钧顺手拿起一张报纸来看。沈太太坐在啸桐床面前一张椅子上，屋子里静悄悄的。楼下有个孩子哇哇哭起来了，姨太太的娘便在楼下往上喊：

"姑奶奶你来抱抱他吧。"姨太太正拿着个小玻璃碾子在那里挤桔子水,便嘟囔道:"一个老太爷,一个小太爷,简直要了我的命了!老太爷也是啰唆,一样一个桔子水,别人挤就嫌不干净。"

她忙出忙进,不一会,就有一个老妈子送上一大盘炒面,两副碗筷来,姨太太跟在后面,含笑让太太跟二少爷吃面。世钧道:"我不饿,刚才在家里吃过了。"姨太太再三说:"少吃一点吧。"世钧见他母亲也不动箸,他也不吃,好像有点难为情,只得扶起筷子来吃了一些。他父亲躺在床上,只管眼睁睁地看着他吃,仿佛感到一种单纯的满足,唇上也泛起一丝微笑。世钧在父亲的病榻旁吃着那油腻腻的炒面,心里却有一种异样的凄梗的感觉。

午饭也是姨太太盼咐另开一桌,给太太和二少爷在老爷房里吃的。世钧在那间房里整整坐了一天,沈太太想叫他早点回家去休息休息,啸桐却说:"世钧今天就住在这儿吧。"姨太太听见这话,心里十分不愿意,因笑道:"嗳哟,我们连一张好好的床都没有,不知道二少爷可睡得惯呢!"啸桐指了指姨太太睡的那张小铁床,姨太太道:"就睡在这屋里呀?你晚上要茶要水的,还把二少爷累坏了!他也做不惯这些事情。"啸桐不语。姨太太向他脸上望了望,只得笑道:"这样子吧,有什么事,二少爷你叫人好了,我也睡得警醒点儿。"

姨太太督率着女佣把她床上的被褥搬走了,她和两个孩子一床睡,给世钧另外换上被褥,说道:"二少爷只好在这张小床上委屈点吧,不过这被窝倒都是新钉的,还干净。"

灯光照着苹果绿的四壁,世钧睡在这间伉俪的情味非常足的房间里,觉得很奇怪,他怎么会到这里来了。姨太太一夜工夫跑进来无数遍,嘘寒问暖,伺候啸桐喝茶,吃药,便溺。世钧倒觉得很不过意，都是因为他在这里过夜，害她多赔掉许多脚步。他睁开眼来看看，她便笑道："二少爷你别动，让我来，我做惯的。"她睡眼惺忪，发髻睡得毛毛的，旗袍上钮扣也没扣好，露出里面的红丝格子纺短衫。世钧简直不敢朝她看，因为他忽然想起凤仪亭的故事。她也许想制造一个机会，好诬赖他调戏她。他从小养成了这样一种观念，始终觉得这姨太太是一个诡计多端的恶人。后来再一想，她大概是因为不放心屋角那只铁箱，怕他们父子间有什么私相授受的事，所以一趟趟的跑来察看。

沈太太那天回去，因为觉得世钧胃口不大好，以为他吃不惯小公馆的菜，第二天她来，便把自己家里制的素鹅和莴笋圆子带了些来。这莴笋圆子做得非常精致，把莴笋腌好了，长长的一段，盘成一只暗绿色的饼子，上面塞一朵红红的干玫瑰花。她向世钧笑道："昨天你在家里吃早饭，我看你连吃了好两只，想着你也许爱吃。"啸桐看见了也要吃。他吃粥，就着这种腌菜，更是合适，他吃得津津有味，说："多少年没吃到过这东西了！"姨太太听了非常生气。

啸桐这两天精神好多了。有一次，账房先生来了。啸桐虽然在病中，业务上有许多事他还是要过问的，有些事情也必须向他请示，因为只有他是一本清账，整套的数目字他都清清楚楚记在他脑子里。账房先生躬身坐在床前，凑得很近，啸桐用极细微的声音一一交代给他。账房先生走后，世钧便道："爸爸，我觉得你不应当这样劳神，大夫知道了，一定要说话的。"啸桐叹了口气道："实在放不下手来吗，叫我有什么办法！我这一病下来，才知道什么都是假的，用的这些人，就没一个靠得住的！"

世钧知道他是这个脾气，再劝下去，只有更惹起他的牢骚，无非说他只要今天还剩一口气在身上，就得卖一天命，不然家里这些人，叫他们吃什么呢？其实他何至于苦到这步田地，好像家里全靠他做一天吃一天。他不过是犯了一般生意人的通病，钱心太重了，把全副精神都寄托在上面，所以总是念念不忘。

他小公馆里的电话是装在卧室里的，世钧替他听了两次电话。有一次有一桩事情要接洽，他便向世钧说："你去一趟吧。"沈太太笑道："他成吗？"啸桐微笑道："他到底是在外头混过的，连这点事都办不了，那还行？"世钧接连替他父亲跑过两次腿，他父亲当面没说什么，背后却向他母亲夸奖他："他倒还细心。倒想得周到。"沈太太得个机会便喜孜孜地转述给世钧听。世钧对于这些事本来是个外行，他对于人情世故也不大熟悉，在上海的时候，就吃亏在这一点上，所以他在厂里的人缘并不怎么好，他也常常为了这一点而烦恼着。但是在这里，因为他是沈某人的儿子，大家都捧着他，办起事来特别觉得顺手，心里当然也很痛快。

渐渐的，事情全都套到他头上来了。账房先生有什么事要请老爷的示下，啸桐便得意地笑道："你问二少爷去！现在归他管了，我不管了。去问他去！"

世钧现在陡然变成一个重要的人物，姨太太的娘一看见他便说："二少爷，这两天瘦了，辛苦了！二少爷真孝顺！"姨太太也道："二少爷来了，老爷好多了，不然他一天到晚总是操心！"姨太太的娘又道："二少爷你也不要客气，要什么只管说，我们姑奶奶这一向急糊涂了，照应得也不周到！"母女俩一递一声，二少爷长，二少爷短，背地里却大起恐慌。姨太太和她母亲说："老头子就是现在马上死了，都太晚了！店里事情全给别人揽去管了。怪不得人家说生意人没有良心，除了钱，就认得儿子。可不是吗！跟他做了十几年的夫妻，就一点也不替我打算打算！"她母亲道："我说你也别生气，你跟他用点软功夫。说良心话，他一向对你也还不错，他倒是很有点惧着你。那一年跑到上海去玩舞女，你跟他一闹，不是也就好了吗？"

但是这回这件事却有点棘手，姨太太想来想去，还是只有用儿女来打动他的心。当天她就把她最小的一个男孩子领到啸桐房里来，笑道："老磨着我，说要看看爸爸。哪，爸爸在这里！你不是说想爸爸的吗？"那孩子不知道怎么，忽然犯起别扭劲来，站在啸桐床前，只管低着头揪着褥单。啸桐伸过手去摸摸他的脸，心里却很难过。中年以后的人常有这种寂寞之感，觉得睁开眼来，全是倚靠他的人，而没有一个人是可以倚靠的，连一个可以商量商量的人都没有。所以他对世钧特别倚重了。

世钧早就想回上海去了。他把这意思悄悄的对他母亲一说，他母亲苦苦的留他再住几天，世钧也觉得父亲的病才好了一点，不能给他这样一个打击。于是他就没提要走的话，只说要住到家里去。住在小公馆里，实在很别扭。别的还在其次，第一就是读信和写信的环境太坏了。曼桢的来信寄到他家里，都由他母亲陆续的带到这里来，但是他始终没能够好好的给她写一封长信。

世钧对他父亲说他要搬回家去，他父亲点点头，道："我也想住到那边去，那边地段还清静，养病也比较适宜。"他又向姨太太望了望，道："她这一向起早睡晚的，也累病了，我想让她好好的休息休息。"姨太太是因为晚上受凉了，得了咳嗽的毛病，而且白天黑夜像防贼似的，防着老头子把铁箱里的东西交给世钧，一个人的精神有限，也有些照顾不过来了。突然听见老头子说他要搬走了，她苍白着脸，一声也没言语。沈太太也呆住了，顿了一顿方才笑道："你刚好一点，不怕太劳动了？"啸桐道："那没关系，待会儿叫辆汽车，我跟世钧一块儿回去。"沈太太笑道："今天就回去？"啸桐其实久有此意，先没敢说出来，怕姨太太跟他闹，心里想等临时再说，说了就马上走。便笑道："今天来得及吗？要不你先回去吧，叫他们拾掇拾掇屋子，我们随后再来。"沈太太嘴里答应着，却和世钧对看了一下，两人心里都想着："还不定走得成走不成呢。"

沈太太走了，姨太太便冷笑了一声，发话道："哼，说得那样好听，说叫我休息休息！"才说到这里，眼圈就红了。啸桐只是闭着眼睛，露出很疲乏的样子。世钧看这样子，是免不了有一场口舌，他夹在里面，诸多不便，他立刻走了出去，到楼下去，假装叫李升去买份晚报。仆人们都在那里交头接耳，喊喊喳喳，很紧张似的，大约他们已经知道老爷要搬走的消息了。世钧在客室里踱来踱去，远远听见女佣们在那儿喊叫着："老爷叫李升。""李升给二少爷买报去了。"不一会，李升回来了，把报纸送到客室里来，便有一个女佣跟进来说："老爷叫你呢。叫你打电话叫汽车。"世钧听了，不由得也紧张起来了。汽车仿佛来得特别慢，他把一张晚报颠来倒去看了两三遍，才听见汽车喇叭响。李升在外面跟一个女佣说："你上去说一声。"那女佣便道："你怎么不去说？是你打电话叫来的。"李升正色道："去，去，去说一声！怕什么呀？"两人你推我，我推你，都不敢去，结果还是由李升跑到客室里来，垂着手报告说："二少爷，车子来了。"

世钧想起来他还有些衣服和零星什物在他父亲房里，得要整理一下，便回到楼上来。还没走到房门口，就听见姨太太在里面高声说道："怎么样？你把这些东西拿出来，全预备拿走哇？那可不行！你打算把我们娘儿几个丢啦？不打算回来啦？这几个孩子不是你养的呀？"啸桐的声音也很急促，道："我还没有死呢，我人在哪儿，当然东西得搁在哪儿，就是为了便当！"姨太太道："便当——告诉你，没这么便当！"紧跟着就听见一阵揪夺的声音，然后咕咚一声巨响，世钧着实吓了一跳，心里想着他父亲再跌上一跤，第二次中风，那就无救了。他不能再置身事外了，忙走进房去，一看，还好，他父亲坐在沙发上直喘气，说："你要气死我还是怎么？"铁箱开着，股票、存摺和栈单撒了一地，大约刚才他颤巍巍的去开铁箱拿东西，姨太太急了，和他拉拉扯扯的一来，他往前一栽，幸而没跌倒，却把一张椅子推倒在地下。

姨太太也吓得脸都黄了，犹自嘴硬，道："那么你自己想想你对得起我吗？病了这些日子，我伺候得哪一点不周到，你说走就走，你太欺负人了！"她一扭身坐下来，伏在椅背上呜呜哭了起来。她母亲这时候也进来了，拍着她肩膀劝道："你别死心眼儿，老爷走了又不是不回来了！傻丫头！"这话当然是说给老爷听的，表示她女儿对老爷是一片痴心地爱着他的。但是自从姨太太动手来抢股票和存摺，啸桐也有些觉得寒心了。乘着房间里乱成一片，他就喊："周妈！王妈！车来了没有？——来了怎么不说？混账！快搀我下去。"世钧把他自己的东西拣要紧的拿了几样，也就跟在后面，走下楼来，一同上车。

回到家里，沈太太再也没想到他们会来得这样早，屋子还没收拾好，只得先叫包车夫和女佣们搀老爷上楼，服侍他躺下了，沈太太自己的床让出来给他睡，自己另搭了一张行军床。吃的药也没带全，又请了医生来，重新开方子配药。又张罗着给世钧吃点心，晚餐也预备得特别丰盛。家里清静惯了，仆人们没经着过这些事情，都显得手忙脚乱。大少奶奶光只在婆婆后面跟出跟进，也忙得披头散发的，喉咙都哑了。这"父归"的一幕，也许是有些苍凉的意味的，但结果是在忙乱中度过。

晚上，世钧已经上床了，沈太太又到他房里来，母子两人这些天一直也没能够痛痛快快说两句话。沈太太细问他临走时候的情形，世钧就没告诉她关于父亲差点跌了一跤的事，怕她害怕。沈太太笑道："我先憋着也没敢告诉你，你一说要搬回来住，我就心想着，这一向你爸爸对你这样好，那女人正在那儿眼睛里出火呢，你这一走开，说不定就把老头子给谋害了！"世钧笑了一笑，道："那总还不至于吧？"

啸桐住回来了，对于沈太太，这真是喜从天降，而且完全是由于儿子的力量，她这一份得意，可想而知。他回是回来了，对她始终不过如此，要说怎样破镜重圆，是不会的，但无论如何，他在病中是无法拒绝她的看护，她也就非常满足了。

说也奇怪，家里新添了这样一个病人，马上就生气蓬勃起来。本来一直收在箱子里的许多字画，都拿出来悬挂着，大地毯也拿出来铺上了，又新做了窗帘，因为沈太太说自从老爷回来了，常常有客人来探病和访问，不能不布置得像样些。啸桐有两样心爱的古董摆设，丢在小公馆没带出来，他倒很想念，派佣人去拿，姨太太跟他赌气，扣着不给。啸桐大发脾气，摔掉一只茶杯，拍着床骂道："混账！叫你们做这点儿事都不成！你就说我要拿，她敢不给！"还是沈太太再三劝他："不要为这点点事生气了，太不犯着！大夫不是叫你别发急吗？"这一套细磁茶杯还是她陪嫁的东西，一直舍不得用，最近才拿出来使用，一拿出来就给小健砸了一只，这又砸了一只。沈太太笑道："剩下的几只我要给它们算算命了！"

　　沈太太因为啸桐曾经称赞过她的莴笋圆子，所以今年大做各种腌腊的东西，笋豆子、香肠、香肚、腌菜、臭面筋。这时候离过年还远呢，她已经在那里计画着，今年要大过年。又拿出钱来给所有的佣人都做上新蓝布裲子。世钧从来没看见她这样高兴过。他差不多有生以来，就看见母亲是一副悒郁的面容。她无论怎样痛哭流涕，他看惯了，已经可以无动于衷了，倒反而是她现在这种快乐到极点的神气，他看着觉得很凄惨。

　　姨太太那边，父亲不见得从此就不去了。以后当然还是要见面的。一见面，那边免不了又要施展她们的挑拨离间的本领，对这边就又会冷淡下来了。世钧要是在南京，又还要好些，父亲现在好像少不了他似的。他走了，父亲一定很失望。母亲一直劝他不要走，把上海的事情辞了。辞职的事情，他可从来没有考虑过。可是最近他却常常想到这问题了。要是真辞了职，那对于曼桢一定很是一个打击。她是那样重视他的前途，为了他的事业，她怎样吃苦也愿意的。而现在他倒自动的放弃了，好像太说不过去了——怎么对得起人家呢？

　　本来那样盼望着曼桢的信，现在他简直有点怕看见她的信了。

十

世钧跟家里说，上海那个事情，他决定辞职了，另外也还有些未了的事情，需要去一趟。他回到上海来，在叔惠家里住了一宿，第二天上午就到厂里去见厂长，把一封正式辞职信交递进去，又到他服务的地方去把事情交代清楚了，正是中午下班的时候，他上楼去找曼桢。他这次辞职，事前一点也没有跟她商量过，因为告诉了她，她一定是要反对的，所以他想来想去，还是先斩后奏吧。

一走进那间办公室，就看见曼桢那件淡灰色的旧羊皮大衣披在椅背上。她伏在桌上不知在那里抄写什么文件。叔惠从前那只写字台，现在是另一个办事员坐在那里，这人也仿效着他们经理先生的美国式作风，把一双脚高高搁在写字台上，悠然地展览着他的花条纹袜子与皮鞋，鞋底绝对没有打过掌子。他和世钧招呼了一声，依旧跷着脚看他的报。曼桢回过头来笑道："咦，你几时回来的？"世钧走到她写字台前面，搭讪着就一弯腰，看看她在那里写什么东西。她仿佛很秘密似的，两边都用别的纸张盖上了，只留下中间两行。他这一注意，她索性完全盖没了，但是他已经看出来这是写给他的一封信。他笑了一笑，当着人，也不便怎样一定要看。他扶着桌子站着,说:"一块儿出去吃饭去。"曼桢看着钟,说:"好,走吧。"她站起来穿大衣,临走,世钧又说:"你那封信呢,带出去寄了吧?"他径自把那张信纸拿起来叠了叠,放到自己的大衣袋里。曼桢笑着没说什么,走到外面方才说道:"拿来还我。你人已经来了,还写什么信?"世钧不理她,把信拿出来一面走一面看。一面看着,脸上便泛出微笑来。曼桢见了,不由得就凑近前去看他看到什么地方。一看,她便红着脸把信抢了过来,道:"等一会再看。带回去看。"世钧笑道:"好好,不看不看。你还我,我收起来。"

曼桢问他关于他父亲的病状,世钧约略说了一些,然后他就把他辞职的事情缓缓地告诉了她,从头说起。他告诉她,这次回南京去,在火车上就急得一夜没睡觉,心想着父亲的病万一要是不好的话,母亲和嫂嫂侄儿马上就成为他的负担,这担子可是不轻。幸而有这样一个机会,父亲现在非常需要他,一切事情都交给他管,趁此可以把经济权从姨太太手里抓过来,母亲和寡嫂将来的生活就有了保障了。因为这个缘故,他不能不辞职了。当然这不过是一时权宜之计,将来还是要出来做事的。

他老早预备好了一番话,说得也很委婉,但是他真正的苦衷还是无法表达出来。譬如说,他母亲近来这样快乐,就像一个穷苦的小孩拣到个破烂的小玩艺,就拿它当个宝贝。而她这点凄惨可怜的幸福正是他一手造成的,既然给了她了,他实在不忍心又去从她手里夺回来。此外还有一个原因,但是这一个原因,他不但不能够告诉曼桢,就连对他自己他也不愿意承认——就是他们的结婚问题。事实是,只要他继承了父亲的家业,那就什么都好办,结婚之后,接济接济丈人家,也算不了什么。相反地,如果他不能够抓住这个机会,那么将来他母亲、嫂嫂和侄儿势必都要靠他养活,他和曼桢两个人,他有他的家庭负担,她有她的家庭负担,她又不肯带累了他,结婚的事更不必谈了,简直遥遥无期。他觉得他已经等得够长久了,他心里的烦闷是无法使她了解的。

还有一层,他对曼桢本来没有什么患得患失之心,可是自从有过豫瑾那回事,他始终心里总不能释然。人家说夜长梦多,他现在觉得也许倒是有点道理。这些话他都不好告诉她,曼桢当然不明白,他怎么忽然和家庭妥协了,而且一点也没征求她的同意,就贸然的辞了职。她觉得非常痛心,她把他的事业看得那样重,为它怎样牺牲都可以,他却把它看得这样轻。本来要把这番道理跟他说一说,但是看他那神气,已经是很惭愧的样子,就也不忍心再去谴责他,所以她始终带着笑容,只问了声:"你告诉了叔惠没有?"世钧笑道:"告诉他了。"曼桢笑道:"他怎么说?"世钧笑道:"他说很可惜。"曼桢笑道:"他也是这样说?"世钧向她望了望,微笑道:"我知道,你一定很不高兴。"曼桢笑道:"你呢,你很高兴,是不是?你住到南京去了,从此我们也别见面了,你反正不在乎。"世钧见她只是一味的儿女情长,并没有义正辞严地责备他自暴自弃,他顿时心里一宽,笑道:"我以后一个礼拜到上海来一次,好不好?这不过是暂时的事。暂时只好这样。我难道不想看见你么?"

他在上海耽搁了两三天,这几天他们天天见面,表面上一切都和从前一样,但是他一离开她,就回过味来了,觉得有点不对。所以他一回到南京,马上写了封信来。信上说:"我真想再看见你,但是我刚来过,这几天内实在找不到一个藉口再到上海来一趟。这样好不好,你和叔惠一同到南京来度一个周末。你还没有到南京来过呢。我的父母和嫂嫂,我常常跟你说起他们,你一定也觉得他们是很熟悉的人,我想你住在这里不会觉得拘束的。你一定要来的。叔惠我另外写信给他。"

叔惠接到他的信,倒很费踌躇。南京他实在不想去了。他和曼桢通了一个电话,说:"要去还是等春天,现在这时候天太冷了,而且我上次已经去过一趟了。你要是没去过,不妨去看看。"曼桢笑道:"你不去我也不去了。我一个人去好像显得有点……突兀。"叔惠本来也有点看出来,世钧这次邀他们去,目的是要他的父母和曼桢见见面。假如是这样,叔惠倒也想着他是义不容辞的,应当陪她去一趟。

就在这一个星期尾,叔惠和曼桢结伴来到南京,世钧到车站上去接他们。他先看见叔惠,曼桢用一条湖绿羊毛围巾包着头,他几乎不认识她了。头上这样一扎,显得下巴尖了许多,是否好看些倒也说不出来,不过他还是喜欢她平常的样子,不喜欢有一点点改动。

世钧叫了一辆马车,叔惠笑道:"这大冷天,你请我们坐马车兜风?"曼桢笑道:"南京可真冷。"世钧道:"是比上海冷得多,我也忘了告诉你一声,好多穿点衣裳。"曼桢笑道:"告诉我也是白告诉,不见得为了上南京来一趟,还特为做上一条大棉裤。"世钧道:"待会儿问我嫂嫂借一条棉裤穿。"叔惠笑道:"她要肯穿才怪呢。"曼桢笑道:"你父亲这两天怎么样?可好些了?"世钧道:"好多了。"曼桢向他脸上端相了一下,微笑道:"那你怎么好像很担忧的样子。"叔惠笑道:"去年我来的时候他就是这神气,好像担心极了,现在又是这副神气来了,就像是怕你上他们家去随地吐痰或是吃饭抢菜,丢他的人。"世钧笑道:"什么话!"曼桢也笑了笑，搭讪着把她的包头紧了一紧，道："风真大，幸而扎着头，不然头发要吹得像蓬头鬼了！"然而，没有一会工夫，她又把那绿色的包头解开了，笑道："我看路上没有什么人扎着头，大概此地不兴这个，我也不高兴扎了，显着奇怪，像个红头阿三。"叔惠笑道："红头阿三？绿头苍蝇！"世钧噗哧一笑，道："还是扎着好，护着耳朵，暖和一点。"曼桢道："暖和不暖和，倒没什么关系，把头发吹得不像样子！"她拿出一把梳子来，用小粉镜照着，才梳理整齐了，又吹乱了，结果还是把围巾扎在头上，预备等快到的时候再拿掉。世钧和她认识了这些时，和她同出同进，无论到什么地方去，也没看见她像今天这样怯场。他不禁微笑了。

他跟他家里人是这样说的，说他请叔惠和一位顾小姐来玩两天，顾小姐是叔惠的一个朋友，和他也是同事。他也并不是有意隐瞒。他一向总觉得，家里人对于外来的女友总特别苛刻些，总觉得人家配不上他们自己的人。他不愿意他们用特殊的眼光看待曼桢，而希望他们能在较自然的情形下见面。至于见面后，对曼桢一定是一致赞成的，这一点他却很有把握。

马车来到皮货庄门前，世钧帮曼桢拿着箱子，三人一同往里走。店堂里正有两个顾客在那里挑选东西，走马楼上面把一只皮统子从窗口吊下来，唿唿唿放下绳子，吊下那么小小的一卷东西，反面朝外，微微露出一些皮毛。那大红绸里子就像襁褓似的，里面睡着一只毛茸茸的小兽。走马楼上的五彩玻璃窗后面，大概不是他母亲就是他嫂嫂，在那里亲手主持一切。是他母亲——她想必看见他们了，马上哇啦一喊："陈妈，客来了！"声音尖厉到极点，简直好像楼上养着一只大鹦鹉。世钧不觉皱了皱眉头。

皮货店里总有一种特殊的气息，皮毛与樟脑的气味，一切都好像是从箱子里才拿出来的,珍惜地用银皮纸包着的。世钧小时候总觉得楼下这爿店是一个阴森而华丽的殿堂。现在他把一切都看得平凡了,只剩下一些亲切感。他常常想像着曼桢初次来到这里,是怎样一个情形。现在她真的来了。

叔惠是熟门熟路,上楼梯的时候,看见墙上挂着两张猴皮,便指点着告诉曼桢:"这叫金丝猴,出在峨嵋山的。"曼桢笑道:"哦,是不是这黄毛上有点金光?"世钧道:"据说是额上有三条金线,所以叫金丝猴。"楼梯上暗沉沉的,曼桢凑近前去看了看,也看不出所以然来。世钧道:"我小时候走过这里总觉得很神秘,有点害怕。"

大少奶奶在楼梯口迎了上来,和叔惠点头招呼着,叔惠便介绍道:"这是大嫂。这是顾小姐。"大少奶奶笑道:"请里边坐。"世钧无论怎样撇清,说是叔惠的女朋友,反正是他专诚由上海请来的一个女客,家里的人岂有不注意的。大少奶奶想道:"世钧平常这样眼高于顶,看不起本地的姑娘,我看他们这个上海小姐也不见得怎样时髦。"

叔惠道:"小健呢?"大少奶奶道:"他又有点不舒服,躺着呢。"小健这次的病源,大少奶奶认为是他爷爷教他认字块,给他吃东西作为奖励,所以吃坏了。小健每一次生病,大少奶奶都要归罪于这个人或那个人,这次连她婆婆都怪在里面。沈太太这一向为了一个啸桐,一个世钧,天天挖空心思,弄上好些吃的,孩子看着怎么不眼馋呢?沈太太近来过日子过得这样兴头,那快乐的样子,大少奶奶这伤心人在旁边看着,自然觉得有点看不入眼。这两天小健又病了,家里一老一小两个病人,还要从上海邀上些男朋女友跑来住在这里,世钧不懂事罢了,连他母亲也跟着起哄!

沈太太出来了,世钧又给曼桢介绍了一下,沈太太对她十分客气，对叔惠也十分亲热。大少奶奶只在这间房里转了一转，就走开了。桌上已经摆好了一桌饭菜，叔惠笑道："我们已经在火车上吃过了。"世钧笑道："那我上当了，我到现在还没吃饭呢，就为等着你们。"沈太太道："你快吃吧。顾小姐，许家少爷，你们也再吃一点，陪陪他。"他们坐下来吃饭，沈太太便指挥仆人把他们的行李送到各人的房间里去。曼桢坐在那里，忽然觉得有一只狗尾巴招展着，在她腿上拂来拂去。她朝桌子底下看了一看，世钧笑道："一吃饭它就来了，都是小健惯的它，总拿菜喂它。"叔惠便道："这狗是不是就是石小姐送你们的那一只？"世钧道："咦，你怎么知道？"叔惠笑道："我上次来的时候不是听见她说，她家里的狗生了一窝小狗，要送一只给小健。"一面说着，便去抚弄那只狗，默然了一会，因又微笑着问道："她结了婚没有？"世钧道："还没有呢，大概快了吧，我最近也没有看见一鹏。"曼桢便道："哦，我知道，就是上回到上海来的那个方先生。"世钧笑道："对了，你还记得？我们一块儿吃饭的时候，他不是说要订婚了——就是这石小姐。他们是表兄妹。"

吃完饭，曼桢说："我们去看看老伯。"世钧陪他们到啸桐房里去，他们这时候刚吃过饭，啸桐却是刚吃过点心，他靠在床上，才说了声"请坐请坐"，就深深地打了两个嗝儿。世钧心里就想："怎么平常也不听见父亲打嗝，偏偏今天……也许平时也常常打，我没注意。"也不知道为什么原因，今天是他家里人的操行最坏的一天。就是他母亲和嫂嫂，也比她们平常的水准要低得多。

叔惠问起啸桐的病情。俗语说，久病自成医，啸桐对于自己的病，知道得比医生还多。尤其现在，他一切事情都交给世钧照管，他自己安心做老太爷了，便买了一部《本草纲目》，研究之下，遇到家里有女佣生病，就替她们开两张方子，至今也没有吃死人，这更增强了他的自信心。他自己虽然请的是西医，他认为有些病还是中医来得灵验。他在家里也没有什么可谈的人，世钧简直是个哑巴。倒是今天和叔惠虽然是初见，和他很谈得来。叔惠本来是哪一等人都会敷衍的。

啸桐正谈得高兴，沈太太进来了。啸桐便问道："小健今天可好些？"沈太太道："还有点热度。"啸桐道："我看他吃王大夫的药也不怎么对劲。叫他们抱来给我看看。我给他开个方子。"沈太太笑道："嗳哟，老太爷，你就歇歇吧，别揽这桩事了！我们少奶奶又胆子小。再说，人家就是名医，也还不给自己人治病呢。"啸桐方才不言语了。

他对曼桢，因为她是女性，除了见面的时候和她一点头之外，一直正眼也没有朝她看，这时候忽然问道："顾小姐从前可到南京来过？"曼桢笑道："没有。"啸桐道："我觉得好像在哪儿见过，可是再也想不起来了。"曼桢听了，便又仔细看了看他的面貌，笑道："我一时也想不起来了。可会是在上海碰见的？老伯可常常到上海去？"啸桐沉吟了一会，道："上海我也有好些年没去过了。"他最后一次去，曾经惹起一场不小的风波。是姨太太亲自找到上海去，把他押回来的。他每次去，都是住在他内弟家里。他和他太太虽然不睦，郎舅二人却很投机。他到上海来，舅爷常常陪他"出去溜溜"。在他认为是逢场作戏，在姨太太看来，却是太太的阴谋，特意叫舅老爷带他出去玩，娶一个舞女回来，好把姨太太压下去。这桩事情是怎样分辩也辩不明白的。当时他太太为这件事也很受屈，还跟她弟弟也呕了一场气。

啸桐忽然脱口说道："哦，想起来了！"——这顾小姐长得像谁？活像一个名叫李璐的舞女。怪不得看着这样眼熟呢！他冒冒失失说了一声"想起来了"，一屋子人都向他看着，等着他的下文，他怎么能说出来，说人家像他从前认识的一个舞女。他顿了一顿，方向世钧笑道："想起来了，你舅舅不是就要过生日么，我们送的礼正好托他们两位带去。"世钧笑道："我倒想自己跑一趟，给舅舅拜寿去。"啸桐笑道："你刚从上海回来，倒又要去了？"沈太太却说："你去一趟也好，舅舅今年是整生日。"叔惠有意无意的向曼桢睃了一眼，笑道："世钧现在简直成了要人啦，上海南京两头跑！"

正说笑间，女佣进来说："方家二少爷跟石小姐来了，在楼底下试大衣呢。"沈太太笑道："准是在那儿办嫁妆。世钧你下去瞧瞧去，请他们上来坐。"世钧便向曼桢和叔惠笑道："走，我们下去。"又低声笑道："这不是说着曹操，曹操就到。"叔惠却皱着眉说："我们今天还出去不出去呀？"世钧道："一会儿就走——我们走我们的，好在有我嫂嫂陪着他们。"叔惠道："那我把照相机拿着，省得再跑一趟楼梯。"

他自去开箱子取照相机，世钧和曼桢先到楼下去和一鹏翠芝这一对未婚夫妇相见。翠芝送他们的那只狗也跑出来了，它还认识它的旧主人，在店堂里转来转去，直摇尾巴。一鹏一看见曼桢便含笑叫了声："顾小姐！几时到南京来的？"翠芝不由得向曼桢锐利地看了一眼，道："咦，你们本来认识的？"一鹏笑道："怎么不认识，我跟顾小姐老朋友了！"说着，便向世钧睒了睒眼睛。世钧觉得他大可不必开这种玩笑，而且翠芝这人是一点幽默感也没有的，你去逗着她玩，她不要认真起来才好。他向翠芝看看，翠芝笑道："顾小姐来了几天了？"曼桢笑道："我们才到没有一会。"

翠芝道："这两天刚巧碰见天气这样冷。"曼桢笑道："是呀。"世钧每次看见两个初见面的女人客客气气斯斯文文谈着话，他就有点寒凛凛的，觉得害怕。也不知道为什么。他自问也并不是一个胆小如鼠的人。

一鹏笑道："喂，这儿还有一个人呢。我来介绍。"和他们同来的还有翠芝的一个女同学，站在稍远的地方，在那里照镜子试皮大衣。那一个时期的女学生比较守旧，到哪儿都喜欢拖着个女同学，即使是和未婚夫一同出去，也要把一个女同学请在一起。翠芝也不脱这种习气。她这同学是一位窦小姐，名叫窦文娴，年纪比她略长两岁，身材却比她矮小。这窦小姐把她试穿的那件大衣脱了，一鹏这些地方向来伺候得最周到的，他立刻帮她穿上她自己的那件貂皮大衣。翠芝是一件豹皮大衣。豹皮这样东西虽然很普通，但是好坏大有分别，坏的就跟猫皮差不多，像翠芝这件是最上等的货色，颜色黄澄澄的，上面的一个个黑圈都圈得笔酣墨饱，但是也只有十八九岁的姑娘们穿着好看，显得活泼而稍带一些野性。世钧笑道："要像你们这两件大衣，我敢保我们店里就拿不出来。"叔惠在楼梯上接口道："你这人太不会做生意了！"一鹏笑道："咦，叔惠也来了！我都不知道。"叔惠走过来笑道："恭喜，恭喜，几时请我们吃喜酒？"世钧笑道："就快了，已经在这儿办嫁妆了嚜！"一鹏只是笑。翠芝也微笑着，她俯身替那只小狗抓痒痒，在它颔下缓缓地搔着，搔得那只狗伸长了脖子，不肯走开了。

一鹏笑道："你们今天有些什么节目？我请你们吃六华春。"世钧道："干吗这样客气？"一鹏道："应当的。等这个月底我到上海，就该你们请我了。"世钧笑道："你又要到上海去了？"一鹏把头转向翠芝那边侧了侧,笑道:"陪她去买点东西。"窦文娴便道:"要买东西,是得到上海去。上海就是一个买东西,一个看电影,真方便!"她这样一个时髦人,却不住在上海,始终认为是一个缺陷,所以一提起来,她的一种优越感和自卑感就交战起来,她的喉咙马上变得很尖锐。

大少奶奶也下楼来了,她和文娴是见过的,老远就笑着招呼了一声"窦小姐"。翠芝叫了声"表姐",大少奶奶便道:"怎么还叫我表姐?该叫我姊姊啦!"翠芝脸红红的,把脸一沉,道:"你不要拿我开心。"大少奶奶笑道:"上去坐会儿。"翠芝却向一鹏说道:"该走了吧?你不是说要请文娴看电影吗?"一鹏便和世钧他们说:"一块儿去看电影,好不好?"翠芝道:"人家刚从上海来,谁要看我们那破电影儿!"大少奶奶便问世钧:"你们预备上哪儿去玩?"世钧想了想,临时和叔惠商量着,道:"你上次来,好像没到清凉寺去过。"大少奶奶道:"那你们就一块儿到清凉寺去好了,一鹏有汽车,可以快一点,不然你们只够来回跑的了!等一会一块回到这儿来吃饭,妈特为预备了几样菜给他们两位接风。"一鹏本来无所谓,便笑道:"好好,就是这样办。"

于是就到清凉山去了。六个人把一辆汽车挤得满满的。在汽车上,叔惠先没大说话,后来忽然振作起来了,嘻嘻哈哈的,兴致很好,不过世钧觉得他今天说的笑话都不怎么可笑,有点硬滑稽。翠芝和她的女同学始终是只有她们两个人唧唧哝哝,咭咭咕咕笑着,那原是一般女学生的常态。到了清凉山,下了汽车,两人也还是寸步不离,文娴跟在翠芝后面,把两只手插在翠芝的皮领子底下取暖。她们俩只顾自己说话,完全把曼桢撇下了,一鹏倒觉得有些不过意,但是他也不敢和曼桢多敷衍,当着翠芝,他究竟有些顾忌，怕她误会了。世钧见曼桢一个人落了单，他只好去陪着她，两人并肩走上山坡。

走不完的破烂残缺的石级。不知什么地方驻着兵，隐隐有喇叭声顺着风吹过来。在那淡淡的下午的阳光下听到军营的号声，分外觉得荒凉。

江南的庙宇都是这种惨红色的粉墙。走进去，几座偏殿里都有人住着，一个褴褛的老婆子坐在破蒲团上剥大蒜，她身边搁着只小风炉，竖着一卷席子，还有小孩子坐在门槛上玩。像是一群难民，其实也就是穷苦的人，常年过着难民的生活。翠芝笑道："我听见说这庙里的和尚有家眷的，也穿着和尚衣服。"叔惠倒好奇起来，笑道："哦？我们去看看。"翠芝笑道："真的，我们去瞧瞧去。"一鹏笑道："就有，他们也不会让你看见的。"

院子正中有一座鼎，曼桢在那青石座子上坐下了。世钧道："你走得累了？"曼桢道："累倒不累。"她顿了一顿，忽然仰起脸来向他笑道："怎么办？我脚上的冻疮破了。"她脚上穿着一双瘦伶伶的半高跟灰色麂皮鞋。那时候女式的长统靴还没有流行，棉鞋当然不登大雅之堂，毡鞋是有的，但是只能够在家里穿穿，穿出去就有点像个老板娘。所以一般女人到了冬天也还是丝袜皮鞋。

世钧道："那怎么办呢？我们回去吧。"曼桢道："那他们多扫兴呢。"世钧道："不要紧，我们两人先回去。"曼桢道："我们坐黄包车回去吧，不要他们的车子送了。"世钧道："好，我去跟叔惠说一声，叫他先别告诉一鹏。"

世钧陪着曼桢坐黄包车回家去，南京的冬天虽然奇冷，火炉在南京并不像在北京那样普遍，世钧家里今年算特别考究，父亲房里装了个火炉，此外只有起坐间里有一只火盆，上面搁着个铁架子，煨着一瓦钵子荸荠。曼桢一面烤着火一面还是发抖。她笑着说："刚才实在冰透了。"世钧道："我去找件衣裳来给你加上。"他本来想去问他嫂嫂借一件绒线衫，再一想，他嫂嫂的态度不是太友善，他懒得去问她借，而且嫂嫂和母亲一样，都是梳头的，衣服上也许有头油的气味。他结果还是拿了他自己的一件咖啡色的旧绒线衫，还是他中学时代的东西，他母亲称为"狗套头"式的。曼桢穿着太大了，袖子一直盖到手背上。但是他非常喜欢她穿着这件绒线衫的姿态。在微明的火光中对坐着，他觉得完全心满意足了，好像她已经是他家里的人。

荸荠煮熟了，他们剥荸荠吃。世钧道："你没有指甲，我去拿把刀来，你削了皮吃。"曼桢道："你不要去。"世钧也实在不愿意动弹，这样坐着，实在太舒服了。

他忽然在口袋里掏摸了一会，拿出一样东西来，很腼腆地递到她面前来，笑道："给你看。这是我在上海买的。"曼桢把那小盒子打开来，里面有一只红宝石戒指。她微笑道："哦，你还是上次在上海买的。怎么没听见你说？"世钧笑道："因为你正在那里跟我生气。"曼桢笑道："那是你多心了，我几时生气来着？"世钧只管低着头拿着那戒指把玩着，道："我去辞职那天，领了半个月的薪水，拿着钱就去买了个戒指。"曼桢听见说是他自己挣的钱买的，心里便觉得很安慰，笑道："贵不贵？"世钧道："便宜极了。你猜多少钱？才六十块钱。这东西严格的说起来，并不是真的，不过假倒也不是假的，是宝石粉做的。"曼桢道："颜色很好看。"世钧道："你戴上试试，恐怕太大了。"

戒指戴在她手上，世钧拿着她的手看着，她也默默地看着。世钧忽然微笑道："你小时候有没有把雪茄烟上匝着的那个纸圈圈当戒指戴过？"曼桢笑道："戴过的。你们小时候也拿那个玩么？"这红宝石戒指很使他们联想到那种朱红花纹的烫金小纸圈。

世钧道："刚才石翠芝手上那个戒指你看见没有？大概是他们的订婚戒指。那颗金刚钻总有一个手表那样大。"曼桢噗哧一笑道："哪有那么大，你也说得太过分了。"世钧笑道："大概是我的心理作用，因为我自己觉得我这红宝石太小了。"曼桢笑道："金刚钻这样东西我倒不怎么喜欢，只听见说那是世界上最硬的东西，我觉得连它那个光都硬，像钢针似的，简直扎眼睛。"世钧道："那你喜欢不喜欢珠子？"曼桢道："珠子又好像太没有色彩了。我还是比较喜欢红宝石，尤其是宝石粉做的那一种。"世钧不禁笑了起来。

那戒指她戴着嫌太大了。世钧笑道："我就猜着是太大了。得要送去收一收紧。"曼桢道："那么现在先不戴着。"世钧笑道："我去找点东西来裹在上头，先对付着戴两天。丝线成不成？"曼桢忙拉住他道："你可别去问她们要！"世钧笑道："好好。"他忽然看见她袖口拖着一绺子绒线，原来他借给她穿的那件旧绒线衫已经破了。世钧笑道："就把这绒线揪一点下来，裹在戒指上吧。"他把那绒线一抽，抽出一截子来揪断了，绕在戒指上，绕几绕，又给她戴上试试。正在这时候，忽然听见他母亲在外面和女佣说话，说道："点心先给老爷送去吧，他们不忙，等石小姐他们回来了一块儿吃吧。"那说话声音就在房门外面，世钧倒吓了一跳，马上换了一张椅子坐着，坐到曼桢对过去。

房门一直是开着的，随即看见陈妈端着一盘热气腾腾的点心从门口经过，往他父亲房里去了。大概本来是给他们预备的，被他母亲拦住了，没叫她进来。母亲一定是有点知道了。好在他再过几天就要向她宣布的，早一点知道也没什么关系。

他心里正这样想着,曼桢忽然笑道:"嗳,他们回来了。"楼梯上一阵脚步响,便听见沈太太的声音笑道:"咦,还有人呢?翠芝呢?"一鹏道:"咦,翠芝没上这儿来呀?还以为他们先回来了!"一片"咦咦"之声。世钧忙迎出去,原来只有一鹏和窦文娴两个人。世钧笑道:"叔惠呢?"一鹏道:"一个叔惠,一个翠芝,也不知他们跑哪儿去了。"世钧道:"你们不是在一块儿的么?"一鹏道:"都是翠芝,她一高兴,说听人说那儿的和尚有老婆,就闹着要去瞧瞧去,这儿文娴说走不动了,我就说我们上扫叶楼去坐会儿吧,喝杯热茶,就在那儿等他们。哪晓得左等也不来,右等也不来。"文娴笑道:"我倒真急了,我说我们上这儿来瞧瞧,准许先来了——本来我没打算再来了,我预备直接回去的。"世钧笑道:"坐一会,坐一会,他们横是也就要来了。这两人也真是孩子脾气——跑哪儿去了呢?"

世钧吃荸荠已经吃饱了,又陪着他们用了些点心。谈谈说说,天已经黑下来了,还不见叔惠翠芝回来。一鹏不由得焦急起来,道:"别是碰见什么坏人了。"世钧道:"不会的,翠芝也是个老南京了,而且有叔惠跟她在一起,叔惠很机灵的,决不会吃人家的亏。"嘴里这样说着,心里也有点嘀咕起来。

幸而没有多大的工夫,叔惠和翠芝也就回来了。大家纷纷向他们责问,世钧笑道:"再不回来,我们这儿就要组织探险队,灯笼火把上山去找去了!"文娴笑道:"可把一鹏急死啦!上哪儿去了,你们?"叔惠笑道:"不是去看和尚太太吗?没见着,和尚留我们吃素包子。吃了包子,到扫叶楼去找你们,已经不在那儿了。"曼桢道:"你们也是坐黄包车回来的?"叔惠道:"是呀,走了好些路也雇不到车,后来好容易才碰见一辆,又让他去叫了一辆,所以闹得这样晚呢。"

一鹏道:"那地方本来太冷静了,我想着别是出了什么事了。"叔惠笑道:"我就猜着你们脑子里一定会想起《火烧红莲寺》,当我们掉了陷阱里去,出不来了。不是说那儿的和尚有家眷吗,也许把石小姐也留下,组织小家庭了。"世钧笑道:"我倒是也想到这一层,没敢说,怕一鹏着急。"大家哈哈笑了起来。

翠芝一直没开口,只是露出很愉快的样子。叔惠也好像特别高兴似的,看见曼桢坐在火盆旁边,就向她嚷道:"喂,你怎么这样没出息,简直丢我们上海人的脸嚜,走那么点路就不行了,老早溜回来了!"翠芝笑道:"文娴也不行,走不了几步就闹着要歇歇。"一鹏笑道:"你们累不累?不累我们待会儿再上哪儿玩去。"叔惠道:"上哪儿去呢?我对南京可是完全外行,就知道有个夫子庙,夫子庙有歌女。"几个小姐们都笑了。世钧笑道:"你横是小说上看来的吧?"一鹏笑道:"那我们就到夫子庙听清唱去,去见识见识也好。"叔惠笑道:"那些歌女漂亮不漂亮?"一鹏顿了一顿,方才笑道:"那倒不知道,我也不常去,我对京戏根本有限。"世钧笑道:"一鹏现在是天下第一个正经人,你不知道吗?"话虽然是对叔惠说的,却向翠芝瞟了一眼。不料翠芝冷着脸,就像没听见似的。世钧讨了个没趣,惟有自己怪自己,明知道翠芝是一点幽默感也没有的,怎么又忘了,又去跟她开玩笑。

大家说得热热闹闹的,说吃了饭要去听戏,后来也没去成。曼桢因为脚疼,不想再出去了,文娴也说要早点回去。吃过饭,文娴和翠芝就坐着一鹏的汽车回去了。他们走了,世钧和叔惠曼桢又围炉谈了一会,也就睡觉了。

曼桢一个人住着很大的一间房。早上女佣送洗脸水来,顺便带来一瓶雪花膏和一盒半旧的三花牌香粉。曼桢昨天就注意到，沈太太虽然年纪不小了，仍旧收拾得头光面滑，脸上也不少搽粉，就连大少奶奶是个寡居的人，脸上也搽得雪白的。大概旧式妇女是有这种风气，年纪轻些的人，当然更不必说了，即使不出门，在家里坐着，也得涂抹得粉白脂红，方才显得吉利而热闹。曼桢这一天早上洗过脸，就也多扑了些粉。走出来，正碰见世钧，曼桢便笑道："你看我脸上的粉花不花？"世钧笑道："花倒不花，好像太白了。"曼桢忙拿手绢擦了擦，笑道："好了些吗？"世钧道："还有鼻子上。"曼桢笑道："变成白鼻子了？"她很仔细的擦了一会，方才到起坐间里来吃早饭。

　　沈太太和叔惠已经坐在饭桌上等着他们。曼桢叫了声"伯母"，沈太太笑道："顾小姐昨天晚上睡好了吧，冷不冷哪，被窝够不够？"曼桢笑道："不冷。"又笑着向叔惠说："我这人真糊涂，今天早上起来，就转了向了，差点找不到这间屋子。"叔惠笑道："你这叫'新来的人，摸不着门。新来乍到，摸不着锅灶。'"这两句谚语也不知道是不是专指新媳妇说的，也不知是曼桢的心理作用，她立刻脸上一红，道："你又是从哪儿学来的这一套。"沈太太笑道："许家少爷说话真有意思。"随即别过脸去向世钧笑道："我刚在那儿告诉许家少爷，你爸爸昨天跟他那么一谈，后来就老说，说你要是有他一半儿就好了——又能干，又活泼，一点也没有现在这般年轻人的习气。我看那神气，你要是个女孩子，你爸爸马上就要招亲，把许家少爷招进来了！"沈太太随随便便的一句笑话，世钧和曼桢两人听了，都觉得有些突兀，怎么想起来的，忽然牵扯到世钧的婚事上去——明知道她是说笑话，心里仍旧有些怔忡不安。

　　世钧一面吃着粥，一面和他母亲说："待会儿叫车夫去买火车票,他们下午就要走了。"沈太太道:"怎么倒要走了,不多住两天。等再过几天,世钧就要到上海去给他舅舅拜寿去,你们等他一块儿去不好么?"挽留不住,她就又说:"明年春天你们再来,多住几天。"世钧想道:"明年春天也许我跟曼桢已经结婚了。"他母亲到底知道不知道他们的关系呢?

沈太太笑道:"你们今天上哪儿玩去?可以到玄武湖去,坐船兜一个圈子,顾小姐不是不能多走路吗?"她又告诉曼桢一些治冻疮的偏方,和曼桢娓娓谈着,并且问起她家里有些什么人。也许不过是极普通的应酬话,但是在世钧听来,却好像是有特殊的意义似的。

那天上午他们就在湖上盘桓了一会。午饭后叔惠和曼桢就回上海去了,沈太太照例买了许多点心水果相送,看上去双方都是"尽欢而散"。世钧送他们上火车,曼桢在车窗里向他挥手的时候,他看见她手上的红宝石戒指在阳光中闪烁着,心里觉得很安慰。

他回到家里,一上楼,沈太太就迎上来说:"一鹏来找你,等了你半天了。"世钧觉得很诧异,因为昨天刚在一起玩的,今天倒又来了,平常有时候一年半载的也不见面。他走进房,一鹏一看见他便道:"你这会儿有事么,我们出去找个地方坐坐,我有话跟你说。"世钧道:"在这儿说不行么?"一鹏不作声,皮鞋阁阁阁走到门口去向外面看了看,又走到窗口去,向窗外发了一会怔,突然旋过身来说道:"翠芝跟我解约了。"世钧也呆了一呆,道:"这是几时的事?"一鹏道:"就是昨天晚上。我不是送她们回去吗,先送文娴,后送她。到了她家,她叫我进去坐一会。她母亲出去打牌去了,家里没有人,她就跟我说,说要解除婚约,把戒指还了我。"世钧道:"没说什么?"一鹏道:"什么也没说。"

沉默了一会，一鹏又道："她要稍微给我一点影子，给我打一点底子，又还好些——抽冷子给人家来这么一下！"世钧道："据我看，总不是一天两天的事情吧，你总也有点觉得。"一鹏苦着脸道："昨天在你们这儿吃饭，不还是高高兴兴的吗？一点也没有什么。"世钧回想了一下，也道："可不是吗！"一鹏又气愤愤的道："老实说，我这次订婚，一半也是我家里主动的，并不是我自己的意思。可是现在已经正式宣布了，社会上的人都知道了，这时候她忽然变卦了，人家还不定怎么样疑心呢，一定以为我这人太荒唐。老实说，我的名誉很受损失。"世钧看他确实是很痛苦的样子，也想不出别的话来安慰他，惟有说："其实，她要是这样的脾气，那也还是结婚前发现的好。"

　　一鹏只是楞磕磕的，楞了半天，又道："这事情我跟谁也没说。就是今天上这儿来，看见我姊姊，我也没告诉她。倒是想去问问文娴——文娴不是她最好的朋友？许知道是怎么回事。"世钧如释重负，忙道："对了，窦小姐昨天也跟我们在一起的。你去问问她，她也说不定知道。"

　　一鹏被他一怂恿，马上就去找文娴去了。第二天又来了，说："我上文娴那儿去过了。文娴倒是很有见识——真看不出来，她那样一个女孩子。跟她谈谈，心里痛快多了。你猜她怎么说？她说翠芝要是这样的脾气，将来结了婚也不会幸福的，还是结婚前发现的好。"世钧想道："咦，这不是我劝他的话吗，他倒又从别处听来了，郑重其事的来告诉我，实在有点可气。"心里这样想着，便笑了笑，道："是呀，我也是这样说呀。"一鹏又好像不听见似的，只管点头播脑的说："我觉得她这话很有道理，你说是不是？"世钧道："那么她知道不知道翠芝这次到底是为什么缘故……"一鹏道："她答应去给我打听打听,叫我今天再去听回音。"

他这一次去了,倒隔了好两天没来。他再来的那天,世钧正预备动身到上海去给他舅舅祝寿,不料他舅舅忽然来了一封快信,说他今年不预备做寿了,打算到南京来避寿,要到他们这里来住两天,和姊姊姊夫多年不见了,正好大家聚聚。世钧本来想借这机会到上海去一趟的,又去不成了,至少得再等几天,他觉得很懊丧。那天刚巧一鹏来了,世钧看见他简直头痛。

一鹏倒还好,不像前两天那副严重的神气。这次来了就坐在那里,默默的抽着烟,半晌方道:"世钧,我跟你多年的老朋友了,你说老实话,你觉得我这人是不是很奇怪?"世钧不大明白他问这话是什么意思,幸而他也不需要回答,便继续说下去道:"文娴分析我这个人,我觉得她说得倒是很有道理。她说我这个人聪明起来比谁都聪明,糊涂起来又比谁都糊涂。"世钧听到这里,不由得诧异地抬了抬眉毛。他从来没想到一鹏"聪明起来比谁都聪明"。

一鹏有点惭恧的说:"真的,你都不相信,我糊涂起来比谁都糊涂。其实我爱的并不是翠芝,我爱的是文娴,我自己会不知道!"

不久他就和文娴结婚了。

十一

世钧的舅父冯菊荪到南京来，目的虽然是避寿，世钧家里还是替他预备下了寿筵，不过没有惊动别的亲友，只有他们自己家里几个人。沈太太不免又有一番忙碌。她觉得她自从嫁过来就没有过过这样顺心的日子，兄弟这时候来得正好，给他看看，自己委屈了一辈子，居然还有这样一步老运。

菊荪带了几听外国货的糖果饼干来，说："这是我们家少奶奶带给她干儿子的。"小健因为一生下来就身体孱弱，怕养不大，所以认了许多干娘，菊荪的媳妇也是他的干娘之一。有人惦记小健，大少奶奶总是高兴的，说等小健病好了，一定照个相片带去给干娘看。

菊荪见到啸桐，心里便对自己说："像我们这样年纪的人，就是不能生病。一场大病生下来，简直就老得不像样子了！"啸桐也想道："菊荪这副假牙齿装坏了，简直变成个瘪嘴老太婆了吗！上次看见他也还不是这个样子。"虽如此，郎舅二人久别重逢，心里还是有无限喜悦。菊荪问起他的病情，啸桐道："现在已经好多了，就只有左手一只手指还是麻木的。"菊荪道："上次我听见说你病了，我就想来看你的，那时候你还住在那边，我想着你们姨太太是不欢迎我上门的。她对我很有点误会吧？我想你给她罚跪的时候，一定把什么都推到我身上了。"

啸桐只是笑。提起当年那一段事迹，就是他到上海去游玩，姨太太追了去和他大闹那一回事，他不免有点神往。和菊荪谈起那一个时期他们"跌宕欢场"的经历，感慨很多。他忽然想起来问菊荪："有一个李璐你记得不记得？"他一句还没说完，菊荪便把大腿一拍，道："差点忘了——我告诉你一个新闻，不过也不是新闻了，已经是好两年前的事了。有一次我听见人说，李璐嫁了人又出来了，也不做舞女了，简直就是个私娼。我就说，我倒要去看看，看她还搭架子不搭！"啸桐笑道："去了没有呢？"菊荪笑道："后来也没去，到底上了年纪的人，火气不那么大了。那要照我从前的脾气，非得去出出气不可！"

他们从前刚认识李璐那时候，她风头很健，菊荪一向自命为"老白相"，他带着别人出去玩，决不会叫人家花冤钱的，但是啸桐在李璐身上花了好些钱也没有什么收获，结果还弄得不欢而散，菊荪第一个认为大失面子，现在提起来还是恨恨的。

啸桐听到李璐的近况，也觉得很是快心。他叹息着说："想不到这个人堕落得这样快！"菊荪抖着腿笑道："看样子，你还对她很有意思呢。"啸桐笑道："不是，我告诉你怎么忽然想起这个人来。我新近看见一个女孩子，长得非常像她。"菊荪嘻嘻的笑着道："哦？在哪儿看见的？你新近又出去玩过？"啸桐笑道："别胡说，这是人家一个小姐，长得可真像她，也是从上海来的。"菊荪道："可会是她的妹妹，我记得李璐有好几个妹妹，不过那时候都是些拖鼻涕丫头。"啸桐道："李璐本来姓什么，不是真姓李吧？"菊荪道：“她姓顾。”啸桐不由得怔了怔，道：“那就是了！这人也姓顾。”菊荪道：“长得怎么样？”啸桐很矛盾的说道：“我也没看仔细。还不难看吧。”菊荪道：“生在这种人家，除非是真丑，要不然一定还是吃这碗饭的。”菊荪很感兴趣似的，尽着追问他是在哪儿见到的这位小姐，似乎很想去揭穿这个骗局，作为一种报复。啸桐只含糊的说是在朋友家碰见的，他不大愿意说出来是他自己儿子带到家里来的。

那天晚上，旁边没人的时候，他便和他太太说：“你说这事情怪不怪。那位顾小姐我一看见她就觉得很眼熟，我说像谁呢，就像菊荪从前认识的一个舞女。那人可巧也姓顾——刚才我听见菊荪说的。还说那人现在也不做舞女了，更流落了。这顾小姐一定跟她是一家。想必是姊妹了，要不然决没有这样像。"沈太太起初听了这话，一时脑子里没有转过来，只是"嗯，嗯，哦，哦"的应着。再一想，不对了，心里暗暗的吃了一惊，忙道："真有这种事情？"啸桐道："还是假的？"沈太太道："那顾小姐我看她倒挺好的，真看不出来！"啸桐道："你懂得些什么，她们那种人，见人说人话，见鬼说鬼话，要骗骗你们这种大门不出，二门不迈的老太太们，还不容易！"说得沈太太哑口无言。

啸桐又道："世钧不知道可晓得她的底细。"沈太太道："他哪儿会知道人家家里这些事情？他跟那顾小姐也不过是同事。"啸桐哼了一声道："同事！"他连世钧都怀疑起来了。但是到底爱子心切，自己又把话说回来了，道："就算她现在是个女职员吧，从前也还不知干过什么——这种人家出身的人，除非长得真丑，长大了总是吃这碗饭的。"沈太太又是半晌说不出话来。她只有把这件事往叔惠身上推，因道："我看，这事情要是真的，倒是得告诉许家少爷一声,点醒他一下。我听见世钧说,她是许家少爷的朋友。"啸桐道:"许叔惠我倒是很器重他的,要照这样,那我真替他可惜,年纪轻轻的,去跟这样一个女人搅在一起。"沈太太道:"我想他一定是不知道。其实究竟是不是,我们也还不能断定。"啸桐半天不言语,末了也只淡淡的说了一声:"其实要打听起来还不容易么?不过既然跟我们不相干,也就不必去管它了。"

沈太太盘算了一晚上。她想跟世钧好好的谈谈。她正这样想着,刚巧世钧也想找个机会跟她长谈一下,把曼桢和他的婚约向她公开。这一天上午,沈太太独自在起坐间里,拿着两只锡蜡台在那里擦着。年关将近了,香炉蜡台这些东西都拿出来了。世钧走进来,在她对面坐下了,笑道:"舅舅怎么才来两天就要走了?"沈太太道:"快过年了,人家家里也有事情。"世钧道:"我送舅舅到上海去。"沈太太顿了一顿方才微笑道:"反正一天到晚就惦记着要到上海去。"世钧微笑着不作声,沈太太便又笑着代他加以解释,道:"我知道,你们在上海住惯了的人,在别处待着总嫌闷得慌。你就去玩两天,不过早点回来就是了,到了年底,店里也要结账,家里也还有好些事情。"世钧"唔"了一声。

他老坐在那里不走,想出一些闲话来跟她说。闲谈了一会,沈太太忽然问道:"你跟顾小姐熟不熟?"世钧不禁心跳起来了。他想她一定是有意的,特地引到这个题目上去,免得他要说又说不出口。母亲真待他太好了。他可以趁此就把实话说出来了。但是她不容他开口,便接连着说下去道:"我问你不是为别的,昨天晚上你爸爸跟我说,说这顾小姐长得非常像他从前见过的一个舞女。"跟着就把那些话一一告诉了他,说那舞女也姓顾,和顾小姐一定是姊妹;那舞女,父亲说是舅舅认识的,也说不定是他自己相好的,却推在舅舅身上。世钧听了,半晌说不出话来。他定了定神,方道:"我想,爸爸也不过是随便猜测的话,怎么见得就是的,天下长得像的人也很多——"沈太太笑道:"是呀,同姓的人也多得很,不过刚巧两桩巧事凑在一起,所以也不怪你爸爸疑心。"世钧道:"顾小姐家里我去过的,她家里弟弟妹妹很多,她父亲已经去世了,就一个母亲,还有祖母,完全是个规规矩矩的人家。那绝对没有这种事情的。"沈太太皱着眉说道:"我也说是不像呀,我看这小姐挺好的嘛!不过你爸爸就是这种囧囧脾气,他心里有了这样一个成见,你跟他一辈子也说不清楚的。要不然从前怎么为一点芝麻大的事情就呕气呢?再给姨太太在中间一挑唆,谁还说得进话去呀?"

世钧听她的口吻可以听得出来,他和曼桢的事情是瞒不过她的,她完全知道了。曼桢住在这里的时候,沈太太倒是一点也没露出来,世钧却低估了她,没想到她还有这点做工。其实旧式妇女别的不会,"装佯"总会的,因为对自己的感情一向抑制惯了,要她们不动声色,假作痴聋,在她们是很自然的事,并不感到困难。

沈太太又道:"你爸爸说你不晓得可知道顾小姐的底细,我说'他哪儿知道呀,这顾小姐是叔惠先认识的,是叔惠的朋友。'你爸爸也真可笑,先那么喜欢叔惠,马上就翻过来说他不好,说他年纪轻轻的,不上进。"

世钧不语。沈太太沉默了一会,又低声道:"你明天看见叔惠,你劝劝他。"世钧冷冷的道:"这是各人自己的事情,朋友劝有什么用——不要说是朋友,就是家里人干涉也没用的。"沈太太被他说得作声不得。

世钧自己也觉得他刚才那两句话太冷酷了,不该对母亲这样,因此又把声音放和缓了些，微笑望着她说道："妈，你不是主张婚姻自主的么？"沈太太道："是的，不错，可是……总得是个好人家的女孩子呀。"世钧又不耐烦起来，道："刚才我不是说了，她家里绝对没有这种事情的。"沈太太没说什么。两人默然对坐着，后来一个女佣走进来说："舅老爷找二少爷去跟他下棋。"世钧便走开了。从此就没再提这个话。

沈太太就好像自己干下了什么亏心事似的，一直有点心虚，在她丈夫和兄弟面前也是未语先笑，分外的陪小心。菊荪本来说第二天要动身，世钧说好了要送他去。沈太太打发人去买了板鸭、鸭肫，和南京出名的灶糖、松子糕，凑成四色土产，拿到世钧房里来，叫他送到舅舅家去，说："人家带东西给小健，我想着也给他们家小孩子带点东西去。"她又问世钧："你这次去，可预备住在舅舅家里？"世钧道："我还是住在叔惠那儿。"沈太太道："那你也得买点东西送送他们，老是打搅人家。"世钧道："我知道。"沈太太道："可要多带点零用钱？"又再三叮嘱他早点回来。他到上海的次数也多了，她从来没像这样不放心过。她在他房里坐了一会，分明有许多话想跟他说，又说不出口来。

世钧心里也很难过。正因为心里难过的缘故，他对他母亲感到厌烦到极点。

第二天动身，他们乘的是午后那一班火车，在车上吃了晚饭。到了上海，世钧送他舅舅回家去，在舅舅家里坐了一会。他舅舅说："这样晚了，还不就住在这儿了。这大冷天，可别碰见剥猪猡的，一到年底，这种事情特别多。"世钧笑着说他不怕，依旧告辞出来，叫了部黄包车，连人带箱子，拖到叔惠家里。他们已经睡了，叔惠的母亲又披衣起来替他安排床铺，又问他晚饭吃过没有。

世钧笑道:"早吃过了,刚才在我舅舅家里又吃了面。"

叔惠这一天刚巧也在家里,因为是星期六,两人联床夜话,又像是从前学生时代的宿舍生活了。世钧道:"我告诉你一个笑话。那天我送你们上火车,回到家里,一鹏来了,告诉我说翠芝和他解除婚约了。"叔惠震了一震,道:"哦?为什么?"世钧道:"就是不知道呀——这没有什么可笑的,可笑的在后头。"他把这桩事情的经过约略说了一遍,说那天晚上在他家里吃饭,饭后一鹏送翠芝回去,她就把戒指还了他,也没说是为什么理由。后来一鹏去问文娴,因为文娴是翠芝的好朋友。叔惠怔怔的听着,同时就回想到清凉山上的一幕。那一天,他和翠芝带着一种冒险的心情到庙里去发掘和尚的秘密,走了许多冤枉路之后,也就放弃了原来的目标,看见山,就稚气地说:"爬到山顶上去吧。"天色苍苍的,风很紧,爬到山顶上,他们坐在那里谈了半天。说的都是些不相干的话,但是大家心里或者都有这样一个感想,想不到今日之下,还能够见这样一面,所以都舍不得说走,一直到天快黑了才下山去。那一段路很不好走,上来了简直没法下去,后来还是他拉了她一把,才下去的。本来可以顺手就吻她一下,也确实的想这样做,但是并没有。因为他已经觉得太对不起她了。那天他的态度,却是可以问心无愧的。可真没想到,她马上回去就和一鹏毁约了,好像她忽然之间一刻也不能忍耐了。

他正想得发了呆,忽然听见世钧在那里带笑说:"聪明起来比谁都聪明——"叔惠便问道:"说谁?"世钧道:"还有谁?一鹏呀。"叔惠道:"一鹏'比谁都聪明'?"世钧笑道:"这并不是我说的,是文娴说的,怎么,我说了半天你都没听见?睡着啦?"叔惠道:"不,我是在那儿想,翠芝真奇怪,你想她到底是为什么?"世钧道："谁知道呢。反正她们那种小姐脾气，也真难伺候。"

叔惠不语。他在黑暗中擦亮一根洋火，点上香烟抽着。世钧道："也给我一支。"叔惠把一盒香烟一盒洋火扔了过来。世钧道："我今天太累了，简直睡不着。"

这两天月亮升得很晚。到了后半夜，月光濛濛的照着瓦上霜，一片寒光，把天都照亮了。就有喔喔的鸡啼声，鸡还当是天亮了。许多人家都养着一只鸡预备过年，鸡声四起，简直不像一个大都市里，而像一个村落。睡在床上听着，有一种荒寒之感。

世钧这天晚上思潮起伏，也不知道什么时候才睡熟的。一觉醒来，看看叔惠还睡得很沉，褥单上落了许多香烟灰。世钧也没去唤醒他，心里想昨天已经搅扰了他，害得他也没睡好。世钧起来了，便和叔惠的父母一桌吃早饭，还有叔惠的妹妹。世钧问她考学校考取了没有。她母亲笑道："考中了。你这先生真不错。"世钧吃完饭去看看，叔惠还没有动静，他便和许太太说了一声，他一早便出门去，到曼桢家里去了。

到了顾家，照例是那房客的老妈子开门放他进去。楼上静悄悄的，顾老太太一个人在前楼吃粥。老太太看见他便笑道："呦，今天这样早呀！几时到上海来的？"自从曼桢到南京去了一趟，她祖母和母亲便认为他们的婚事已经成了定局了，而且有戒指为证，因此老太太看见他也特别亲热些。她向隔壁房间喊道："曼桢，快起来吧，你猜谁来了？"世钧笑道："还没起来呀？"曼桢接口道："人家起了一个礼拜的早，今天礼拜天，还不应该多睡一会儿。"世钧笑道："叔惠也跟你一样懒，我出来的时候他还没升帐呢。"曼桢笑道："是呀，他也跟我一样的，我们全是职工，像你们做老板的当然不同了。"世钧笑道："你是在那儿骂人啦！"曼桢在那边房里嗤嗤的笑着。老太太笑道:"快起来吧,这样隔着间屋子嚷嚷,多费劲呀。"

老太太吃完了早饭,桌上还有几个吃过的空饭碗,她一并收拾收拾,叠在一起,向世钧笑道:"说你早,我们家几个孩子比你还早,已经出去了,看打球去了。"世钧道:"伯母呢?"老太太道:"在曼桢的姊姊家里。她姊姊这两天又闹不舒服,把她妈接去了,昨晚上就在那边没回来。"一提起曼桢的姊姊,便触动了世钧的心事,他脸上立刻罩上一层阴霾。

老太太把碗筷拿到楼下去洗涮,曼桢在里屋一面穿衣服,一面和世钧说着话,问他家里这两天怎么样,他侄儿的病好了没有。世钧勉强做出轻快的口吻和她对答着,又把一鹏和翠芝解约的事情也告诉了她。曼桢听了道:"倒真是想不到,我们几个人在一块儿高高兴兴的吃晚饭,哪儿知道后来就演出这样一幕。"世钧笑道:"嗳,很戏剧化的。"曼桢道:"我觉得这些人都是电影看得太多了,有时候做出的事情都是'为演戏而演戏'。"世钧笑道:"的确有这种情形。"

曼桢洗了脸出来,到前面房里去梳头。世钧望着她镜子里的影子,突然说道:"你跟你姊姊一点也不像嚜。"曼桢道:"我也觉得不像。不过有时候自己看着并不像,外人倒一看见就知道是一家人。"世钧不语。曼桢向他看了一眼,微笑道:"怎么?有谁说我像姊姊么?"世钧依旧不开口,过了一会方才说道:"我父亲从前认识你姊姊的。"曼桢吃了一惊,道:"哦,怪不得他一看见我就说,好像在哪儿见过的!"

世钧把他母亲告诉他的话一一转述给她听。曼桢听着,却有点起反感,因为他父亲那样道貌俨然的一个人,原来还是个寻花

184

问柳的惯家。世钧说完了,她便问道:"那你怎么样说的呢?"世钧道:"我就根本否认你有姊姊。"曼桢听了,脸上便有些不以为然的神气。世钧便又说道:"其实你姊姊的事情也扯不到你身上去,你是一出学校就做写字间工作的。不过对他们解释这些事情,一辈子也解释不清楚,还不如索性赖得干干净净的。"

曼桢静默了一会,方才淡淡的笑了一笑,道:"其实姊姊现在已经结婚了,要是把这个实情告诉你父亲,也许他老人家不会这样固执了——而且我姊姊现在这样有钱。"世钧道:"那……我父亲倒也不是那种只认得钱的人。"曼桢道:"我不是这意思,不过我觉得这样瞒着他也不是事。瞒不住的。只要到我们衖堂里一问就知道了。"世钧道:"我也想到了这一点。我想顶好是搬一个家。所以我这儿带了点钱来。搬家得用不少钱吧?"他从口袋里拿出两叠钞票来,笑道:"这还是我在上海的时候陆续攒下的。"曼桢望着那钱,却没有什么表示。世钧催她道:"你先收起来,别让老太太看见了,她想是怎么回事。"一面说,一面就把桌上一张报纸拉过来,盖在那钞票上面。曼桢道:"那么,将来你父亲跟我姊姊还见面不见面呢?"世钧顿了一顿道:"以后可以看情形再说。暂时我们只好……不跟她来往。"曼桢道:"那叫我怎么样对她解释呢?"世钧不作声。他好像是伏在桌上看报。曼桢道:"我不能够再去伤她的心,她已经为我们牺牲得很多了。"世钧道:"我对你姊姊的身世一直是非常同情的,不过一般人的看法跟我们是两样的。一个人在社会上做人,有时候不能不——"曼桢没等他说完便接口道:"有时候不能不拿点勇气出来。"

世钧又是半天不作声。最后他说:"我知道,你一定觉得我这人太软弱了,自从我那回辞了职。"其实他辞职一大半也还是为了她。他心里真有说不出的冤苦。

曼桢不说话,世钧便又用低沉的声音说道:"我知道,你一定对我很灰心。"他心里想:"你一定懊悔了。你这时候想起豫瑾来,一定觉得懊悔了。"他的脑子里突然充满了豫瑾,曼桢可是一点也不知道。她说:"我并没有觉得灰心,不过我很希望你告诉我实话,你究竟还想不想出来做事了?我想你不见得就甘心在家里待着,过一辈子,像你父亲一样。"世钧道:"我父亲不过脑筋旧些,也不至于这样叫你看不起!"曼桢道:"我几时看不起他了,是你看不起人!我觉得我姊姊没有什么见不得人的地方,她没有错,是这个不合理的社会逼得她这样的。要说不道德,我不知道嫖客跟妓女是谁更不道德!"

世钧觉得她很可以不必说得这样刺耳。他惟有一言不发,默默的坐在那里。那苦痛的沉默一直延长下去。

曼桢突然把她手上的戒指脱下来放在他面前,苦笑着说:"也不值得为它这样发愁。"她说这话的口吻是很洒脱的,可是喉咙不听话,声音却有点异样。

世钧楞了一会,终于微笑道:"你这是干什么?才在那儿说人家那是演戏,你也要过过戏瘾。"曼桢不答。世钧看见她那苍白的紧张的脸色,他的脸色也慢慢的变了。他把桌上的戒指拿起来,顺手就往字纸篓里一丢。

他站起来,把自己的大衣帽子呼噜呼噜拿起来就走。为了想叫自己镇定一些,他临走又把桌上的一杯茶端起来,一口气喝完了。但是身上还是发冷,好像身上的肌肉都失掉了控制力似的,出去的时候随手把门一带,不料那房门就"砰"的一声关上了。那一声"砰!"使他和曼桢两人同样地神经上受到剧烈的震动。

天冷，一杯热茶喝完了，空的玻璃杯还在那里冒热气，就像一个人的呼吸似的。在那寒冷的空气里，几缕稀薄的白烟从玻璃杯里飘出来。曼桢呆呆的望着。他喝过的茶杯还是热呼呼的，他的人已经走远了，再也不回来了。

她大哭起来了。无论怎么样抑制着，也还是忍不住呜呜的哭出声来。她向床上一倒，脸伏在枕头上，一口气透不过来，闷死了也好，反正得压住那哭声，不能让她祖母听见了。听见了不免要来查问，要来劝解，她实在受不了那个。

幸而她祖母一直在楼下。后来她听见祖母的脚步声上楼来了，忙把一张报纸拉过来，预备躺在床上看报，把脸遮住了。报纸一拉过来，便看见桌上两叠钞票，祖母看见了要觉得奇怪的，她连忙把钞票塞在枕头底下。

她祖母走进来便问："世钧怎么走了？"曼桢道："他有事情。"老太太道："不来吃饭了？我倒特为买了肉，楼底下老妈子上菜场去，我托她给我们带了一斤肉来。还承人家一个情！我把米也淘多了，你妈这时候不回来，横是也不见得回来吃饭了。"

她只管嘟囔着，曼桢也不接口，自顾自看她的报。忽然听见"喀"的一响，是老年人骨节的响声，她祖母吃力地蹲下去，在字纸篓里拣废纸去生煤球炉子。曼桢着急起来想起字纸篓里那只戒指。先还想着未见得刚巧给她看见了，才在那儿想着，她已经嚷了起来道："咦，这不是你的戒指么？怎么掉了字纸篓里去了？"曼桢只得一翻身坐了起来，笑道："嗳呀，一定是我刚才扔一张纸，这戒指太大了，一溜就溜下来了。"她祖母道："你这孩子，怎么这样粗心哪？这里丢了怎么办？人家不要生气吗？瞧你，还像没事人儿似的！"着实数说了她一顿，掀起围裙来将那戒指上的灰尘擦了擦，递过来交给她，她也不能不接着。她祖母又道："这上头裹的绒线都脏了，你把它拆下来吧，趁早也别戴着了，拿到店里收一收紧再戴。"曼桢想起世钧从他那件咖啡色的破绒线衫上揪下一截绒线来，替她裹在戒指上的情形，这时候想起来，心里就像万箭钻心一样。

她祖母到楼下去生炉子去了。曼桢找到一只不常开的抽屉，把戒指往里面一掷。但是后来，她听见她母亲回来了，她还是又把那只戒指戴在手上，因为母亲对于这种地方向来很留心，看见她手上少了一样东西，一定要问起的。母亲又不像祖母那样容易搪塞，祖母到底年纪大了。

顾太太一回来就说："我们的门铃坏了，我说怎么揿了半天铃也没人开门。"老太太道："刚才世钧来也还没坏嘛！"顾太太顿时笑逐颜开，道："哦，世钧来啦？"老太太道："来过了又走了。——待会儿还来不来吃晚饭呀？"她只惦记着这一斤肉。曼桢道："没一定。妈，姊姊可好了点没有？"顾太太摇头叹息道："我看她那病简直不好得很。早先不是说是胃病吗，这次我听她说，哪儿是胃病，是痨病虫钻到肠子里去了。"老太太叫了声"啊呀。"曼桢也怔住了，说："是肠结核？"顾太太又悄声道："姑爷是一天到晚不回家，有本事家里一个人病到这样，他一点也不管！"老太太也悄声道："她这病横也是气出来的！"顾太太道："我替她想想也真可怜，一共也没过两天舒服日子。人家说'三两黄金四两福'，这孩子难道就这样没福气！"说着，不由得泪随声下。

老太太下楼去做饭，顾太太拦着她说："妈，我去做菜去。"老太太道："你就歇会儿吧——才回来。"顾太太坐下来，又和曼桢说："你姊姊非常的惦记你，直提说你。你有空就去看看她去。哦，不过这两天世钧来了,你也走不开。"曼桢说:"没关系的,我也是要去看看姊姊去。"顾太太却向她一笑,道:"不好。人家特为到上海来一次,你还不陪陪他。姊姊那儿还是过了这几天再去吧。病人反正都是这种脾气,不管是想吃什么,还是想什么人,就恨不得一把抓到面前来;真来了,倒许她又嫌烦了。"坐着说了一会话,顾太太毕竟还是系上围裙,下楼去帮着老太太做饭去了。吃完饭,有几床褥单要洗,顾太太想在年前赶着把它洗出来,此外还有许多脏衣服,也不能留着过年。老太太只能洗洗小件东西,婆媳俩吃过饭就忙着去洗衣服,曼桢一个人在屋里发怔,顾太太还以为她是在等世钧。其实,她心底里也许还是有一种期待,想着他会来的,难道真的从此就不来了。她怎么着也不能相信。但是他要是来的话,他心里一定也很矛盾的。揿揿铃没有人开门,他也许想着是有意不开门,就会走了。刚巧这门铃早不坏,迟不坏,偏偏今天坏了。曼桢就又添上了一桩忧虑。

平时常常站在窗前看着他来的,今天她却不愿意这样做,只在房间里坐坐,靠靠,看看报纸,又看看指甲。太阳影子都斜了,世钧也没来。他这样负气,她也负气了——就是来了也不给他开门。但是命运好像有意捉弄她似的,才这样决定了,就听见敲门的声音。母亲和祖母在浴室里哗哗哗放着水洗衣服,是决听不见的。楼下那家女佣一定也出去了,不然也不会让人家这样"哆哆哆"一直敲下去。要开门还得她自己去开,倒是去不去呢?有这踌躇的工夫,就听出来了,原来是厨房里"哆哆哆哆"斩肉的声音——还当是有人敲门。她不禁惘然了。

她祖母忽然在那边嚷了起来道:"你快来瞧瞧,你妈扭了腰了。"曼桢连忙跑了去,见她母亲一只手扶在门上直哼哼,她祖母道:"也不知怎么一来，使岔了劲。"曼桢道："妈，我跟你说过多少回了，褥单还是送到外头去洗。"老太太也说："你也是不好，太贪多了，恨不得一天工夫就洗出来。"顾太太哼哼唧唧的道："我也是因为快过年了，这时候不洗，回头大年下的又去洗褥单。"曼桢道："好了好了，妈，还不去躺下歇歇。"便搀她去躺在床上。老太太道："我看你倒是得找个伤科大夫瞧瞧，给他扳一扳就好了。"顾太太又不愿意花这个钱，便说："不要紧的，躺两天就好了。"曼桢皱着眉也不说什么，替她脱了鞋，盖上被窝，又拿手巾来给她把一双水淋淋的手擦干了。顾太太在枕上侧耳听着，道："可是有人敲门？怎么你这小耳朵倒听不见，我倒听见了？"其实曼桢早听见了，她心里想别又听错了，所以没言语。

顾太太道："你去瞧瞧去。"正说着，客人倒已经上楼来了。老太太迎了出去，一出去便高声笑道："哟，你来啦！你好吧？"客人笑着叫了声姑外婆。老太太笑道："你来正好，你表舅母扭了腰了，你给她瞧瞧。"便把他引到里屋来。顾太太忙撑起半身，拥被坐着。老太太道："你就别动了，豫瑾又不是外人。"豫瑾问知她是洗衣服洗多了，所以扭了腰，便道："可以拿热水渥渥，家里有松节油没有，拿松节油多擦擦就好了。"曼桢笑道："待会儿我去买去。"她给豫瑾倒了杯茶来。看见豫瑾，她不由得想到上次他来的时候，她那时候的心情多么愉快，才隔了一两个月的工夫，真是人事无常。她又有些惘惘的。

老太太问豫瑾是什么时候到上海的。豫瑾笑道："我已经来了一个多礼拜。也是因为一直没工夫来……"说到这里，便拿出两张喜柬，略有点忸怩地递了过来。顾太太见了，便笑道："哦，要请我们吃喜酒了！"老太太笑道："是呀，你是该结婚了！"顾太太道:"新娘子是哪家的小姐?"曼桢笑着翻开喜柬,一看日期就是明天,新娘姓陈。老太太又问:"可是在家乡认识的?"豫瑾笑道:"不是。还是上次到上海来,不是在一个朋友家住了两天,就是他给我介绍的。后来我们一直就通信。"曼桢不由得想道:"见见面通通信,就结婚了,而且这样快,一共不到两个月的工夫……"她知道豫瑾上次在这里是受了一点刺激,不过她没想到他后来见到她姊姊,也是一重刺激。她还当是完全因为她的缘故,所以起了一种反激作用,使他很快的跟别人结婚了。但无论如何,总是很好的事情,她应当替他高兴的。可是今天刚巧碰着她自己心里有事,越是想做出欢笑的样子,越是笑不出来,不笑还是不行,人家又不知道她另有别的伤心的事情,或者还以为她是因他的结婚而懊丧。

她向豫瑾笑着说:"你们预备结了婚还在上海耽搁些时吗?"豫瑾微笑道:"过了明天就要回去了。"在他结婚的前夕又见到曼桢,他心里的一种感想也正是难言的。他稍微坐了一会就想走了,说:"对不起,不能多待了,还有许多事情要做。"曼桢笑道:"你不早点告诉我们,也许我们可以帮帮忙。"她尽管笑容满面,笑得两块面颊都发酸了,豫瑾还是觉得她今天有点异样,因为她两只眼睛红红的,而且有些肿,好像哭过了似的。他一来的时候就注意到了。今天来,没看见世钧,难道她和世钧闹翻了吗?——不能再往下面想了,自己是明天就要结婚的人,却还关心到人家这些事情,不知道是什么意思。

他站起来拿起帽子,笑道:"明天早点来。"顾太太笑道:"明天一定来道喜。"曼桢正要送他下去,忽然又有一阵急促的敲门声,然后就听见楼底下的老妈子向上面喊了一声:"顾太太,你们大小姐家里派人来了！"曼桢这时候早已心灰意懒，想着世钧决不会来了，但是听见说不是他，她还是又一次的感到失望。顾太太听见是曼璐家里来了人，却大吃一惊，猜着就是曼璐的病情起了变化。她把被窝一掀，两只脚踏到地上去找鞋子，连声说："是谁来了？叫他上来。"曼桢出去一看，是祝家的汽车夫。那车夫上楼来，站在房门外面说道："老太太，我们太太叫我再来接您去一趟。"顾太太颤声道："怎么啦？"车夫道："我也不清楚，听见说好像是病得很厉害。"顾太太道："我这就去。"顾老太太道："你能去么？"顾太太道："我行。"曼桢向车夫道："好，你先下去吧。"顾太太便和曼桢说："你也跟我一块儿去。"曼桢应了一声，搀着她慢慢的站起来，这一站，脊梁骨上简直痛彻心肺，痛得她直恶心要吐，却又不敢呻吟出声来，怕别人拦她不叫去。

曼璐病重的情形，顾太太本来不想跟豫瑾多说，人家正是喜气洋洋的要办喜事了，不嫌忌讳么。但是顾老太太憋不住，这时候早已一一告诉他了。豫瑾问是什么病。顾太太也就从头讲给他听，只是没有告诉他曼璐的丈夫怎么无情无义，置她的生死于不顾。想想曼璐那边真是凄凉万状，豫瑾这里却是一团喜气，马上要做新郎了，相形之下，曼璐怎么就这样薄福——她母亲说着说着，眼泪就滚下来了。

豫瑾也没有话可以安慰她，只说了一句："怎么忽然的病得这样厉害。"看见顾太太哭了，他忽然明白过来，曼桢哭得眼睛红红的，一定也是手足情深的缘故吧？于是他更觉得他刚才的猜想是无聊得近于可笑。她们马上要去探望病人去了，他在这儿也是耽搁人家的时间，他匆匆的跟她们点了个头就走了。走出后门，门口停着一辆最新型的汽车，想必是曼璐的汽车了。他看了它一眼。

几分钟后，顾太太和曼桢便坐着这辆汽车向虹桥路驰去。顾太太拭泪道："刚才我本来不想跟豫瑾说这些话的。"曼桢说："那倒也没什么关系。倒是他结婚的事情，我想我们看见姊姊先不要提起，她生病的人受不了刺激。"顾太太点头称是。

来到祝家，那小大姐阿宝一看见她们，就像见了亲人似的，先忙着告诉她们姑爷如何如何，真气死人，已经有好几天不回来了，今天派人到处找，也找不到他。喊喊促促，指手划脚，说个不了。带她们走进曼璐房中，走到床前，悄悄的唤道："大小姐，太太跟二小姐来了。"顾太太轻声道："她睡着了就别喊她。"正说着，曼璐已经微微的睁开眼睛，顾太太见她面色惨白，气如游丝，觉得她今天早上也还不是这样，便有些发慌，俯身摸摸她的额角，道："你这时候心里觉得怎么样？"曼璐却又闭上了眼睛。顾太太只有望着她发呆。曼桢低声问阿宝道："医生来过了没有？"曼璐却开口说话了，声音轻微得几乎听不出来，道："来过了，说今天……晚上……要特别当心……"顾太太心里想，听这医生的口气，简直好像今天晚上是一个关口。这医生也太冒失了，这种话怎么能对病人自己说。但是转念一想，也不能怪医生，家里就没有一个负责的人，不对她对谁说呢？曼桢也是这样想，母女俩无言地对看了一眼。

曼桢伸手去搀她母亲，道："妈在沙发上靠靠吧。"曼璐却很留心，问了声"妈怎么了？"曼桢道："刚才扭了下子腰。"曼璐在床上仰着脸向她母亲说道："其实先晓得……你不用来了，有二妹在这儿……也是一样。"顾太太道："我有什么要紧，一下子使岔了劲了，歇歇就好了。"曼璐半天不言语，末了还是说："你等会还是……回去吧。再累着了，叫我心里……也难受。"顾太太想道:"她自己病到这样,还这样顾惜我,这种时候就看出一个人的心来了。照她这样的心地,她不应当是一个短命的人。"她想到这里,不由得鼻腔里一阵酸惨,顿时又两泪交流。幸而曼璐闭着眼睛,也没看见。曼桢搀扶着顾太太,在沙发上艰难地坐下了。阿宝送茶进来,顺手把电灯捻开了。房间里一点上灯,好像马上是夜晚了,医生所说的关口已经来到了,不知道可能平安度过。顾太太和曼桢在灯光下坐着,心里都有点茫然。

曼桢想道:"这次和世钧冲突起来,起因虽然是为了姊姊,其实还是因为他的态度不大好,近来总觉得两个人思想上有些距离。所以姊姊就是死了,问题也还是不能解决的。"她反覆地告诉自己,姊姊死了也没用,自己就又对自己有一点疑惑,是不是还是有一点盼望她死呢?曼桢立刻觉得她这种意念是犯罪的,她惭愧极了。

阿宝来请她们去吃饭,饭开在楼上一间非正式的餐厅里,只有她们母女二人同吃。顾太太问:"招弟呢?"阿宝道:"她向来不上桌子的。"顾太太一定要叫她来一同吃。阿宝只得把那孩子领了来。顾太太笑道:"这孩子,怎么一直不看见她长高?"阿宝笑道:"是呀,才来的时候就是这样高。哪,叫外婆!这是二姨。咦,叫人呀!不叫人没有饭吃。"顾太太笑道:"这孩子就是胆儿小。"她看见那孩子战战兢兢的样子,可以推想到曼璐平日相待情形,不觉暗自嗟叹道:"曼璐就是这种地方不载福!"她存着要替女儿造福的念头,极力应酬那孩子,只管忙着替她拣菜,从鸡汤里捞出鸡肝来,连上面的"针线包"一并送到招弟碗里,笑道:"吃个针线包,明儿大了会做针线。"又笑道:"等你妈好了,我叫她带你上我们家来玩,我们家有好些小舅舅小姨娘,叫他们陪你玩。"

吃完饭,阿宝送上热手巾来,便说:"大小姐说了,叫等太太吃完饭就让车子送太太回去。"顾太太笑道："这孩子就是这种脾气一点也不改，永远说一不二，你说什么她也不听。"曼桢道："妈，你就回去吧，你在这儿熬夜，姊姊也不过意。"阿宝也道："太太您放心回去好了，好在有二小姐在这儿。"顾太太道："不然我就回去了，刚才不是说，医生叫今天晚上要特别当心，我怕万一要有什么，你二小姐年纪轻，没经过这些事情。"阿宝道："医生也不过是那么句话，太太您别着急。真要有个什么，马上派车子去接您。"顾太太倒是也想回去好好的歇歇。平常在家操劳惯了，在这里住着，茶来伸手，饭来张口，倒觉得很不对劲，昨天在这里住了一天，已经住怕了。

顾太太到曼璐房里去和她作别，曼桢在旁边说："妈回去的时候走过药房，叫车夫下去买一瓶松节油，回去多擦擦，看明天可好一点。"顾太太说："对了，我倒忘了，还得拿热水渥。"那是豫瑾给她治腰的办法。想起豫瑾，她忽然想起另一件事来，便悄悄的和曼桢说："明天吃喜酒你去不去呀？我想你顶好去一趟。"她觉得别人去不去都还不要紧，只有曼桢是非去不可的，不然叫人家看着，倒好像她是不乐意。曼桢也明白这一层意思，便点了点头。曼璐却又听见了，问："吃谁的喜酒？"曼桢道："是我一个老同学明天结婚。妈，我明天要是来不及，我直接去了，你到时候别等我。"顾太太道："你不要回来换件衣服么？你身上这件太素了。这样吧，你问姊姊借件衣裳穿，上次我看见她穿的那件紫的丝绒的就挺合适。"曼桢不耐烦地说："好好。"她母亲嘱咐了一番，终于走了。

曼璐好像睡着了。曼桢把灯关了，只剩下床前的一盏台灯。房间里充满了药水的气息。曼桢一个人坐在那里，她把今天一天的事情从头想起，早上还没起床，世钧就来了，两个人隔着间屋子提高了声音说话,他笑她睡懒觉。不过是今天早上的事情。想想简直像做梦一样。

阿宝走进来低声说:"二小姐,你去睡一会吧。我在这儿看着,大小姐要是醒了,我再叫你。"曼桢本来想就在沙发上靠靠,将就睡一晚,可是再一想,鸿才虽然几天没回家,他随时可以回来的,自己睡在这里究竟不方便。当下就点点头,站了起来。阿宝伏下身去向曼璐看了看,悄声道:"这会儿倒睡得挺好的。"曼桢也说:"嗳。我想打个电话告诉太太一声,免得她惦记着。"阿宝轻声笑道:"嗳哟,您这时候打电话回去,太太不吓一跳吗?"曼桢一想,倒也是的,母亲一定以为姊姊的病势突然恶化了,好容易缠清楚了,也已经受惊不小。她本来是这样想,打一个电话回家去,万一世钧倒来过了,母亲一定会告诉她。现在想想,只好算了,不打了。反正她也知道他是不会来的。

他们这里给她预备下了一间房,阿宝带她去,先穿过一间堆家具的房间,就是曼璐从前陪嫁的一堂家具,现在另有了好的,就给刷下来了,杂乱地堆在这里,桌椅上积满了灰尘,沙发上包着报纸。这两间平常大约是空关着的,里面一间现在稍稍布置了一下,成为一间临时的卧室,曼桢想她母亲昨天不知道是不是就住在这里。她也没跟阿宝多说话,就只催她:"你快去吧,姊姊那边离不了人。"阿宝道:"不要紧的,张妈在那儿呢。二小姐还要什么不要?"曼桢道:"没有什么了,我马上就要睡了。"阿宝在旁边伺候着,等她上了床,替她关了灯才走。

曼桢因为家里人多,从小就过着一种集团生活,像这样冷冷清清一个人住一间房,还是有生以来第一次。这里的地段又特别僻静,到了晚上简直一点声音都没有,连犬吠声都很稀少。太静了，反而觉得异样。曼桢忽然想到豫瑾初到上海来的时候，每夜被嘈杂的市声吵得不能安眠，她恰巧和他掉了个过。一想到豫瑾，今天一天里面发生的无数事情立刻就又一哄而上，全到眼前来了，颠来倒去一样一样要在脑子里过一过。在那死寂的空气里，可以听见铁路上有火车驶过，萧萧的两三声汽笛。也不知道是北站还是西站开出的火车，是开到什么地方去的。反正她一听见那声音就想着世钧一定是回南京去了，他是离开她更远更远了。

马路上有汽车驶行的声音，可会是鸿才回来了？汽车一直开过去了，没有停下来，她方才放下心来。为什么要这样提心吊胆的，其实一点理由也没有，鸿才即使是喝醉了酒回来，也决不会走错房间，她住的这间房跟那边完全隔绝的。但是不知道为什么，她一直侧耳听着外面的汽车声。

从前有一次，鸿才用汽车送她回去，他搽了许许多多香水，和他同坐在汽车上，简直香极了。怎么会忽然的又想起那一幕？因为好像又嗅到那强烈的香气。而且在黑暗中那香水的气味越来越浓了。她忽然觉得毛骨悚然起来。

她突然坐起身来了。

有人在这间房间里。

十二

豫瑾结婚，是借了人家一个俱乐部的地方。那天人来得很多，差不多全是女方的亲友，豫瑾在上海的熟人比较少。顾太太去贺喜，她本来和曼桢说好了在那里碰头，所以一直在人丛里张望着，但是直到婚礼完毕还不看见她来。顾太太想道："这孩子也真奇怪，就算她是不愿意来吧，昨天我那样嘱咐她，她今天无论如何也该到一到。怎么会不来呢，除非是她姊姊的病又忽然不好起来了，她实在没法子走开？"顾太太马上坐立不安起来，想着曼璐已经进入弥留状态了也说不定。这时候新郎新娘已经在音乐声中退出礼堂，来宾入座用茶点，一眼望过去，全是一些笑脸，一片嘈嘈的笑语声，顾太太置身其间，只有更觉得心乱如麻。本来想等新郎新娘回来了，和他们说一声再走，后来还是等不及，先走了，一出门就叫了一辆黄包车，直奔虹桥路祝家。

其实她的想像和事实差得很远。曼璐竟是好好的，连一点病容也没有，正披着一件缎面棉晨衣，坐在沙发上抽着烟，和鸿才说话。倒是鸿才很有点像个病人，脸上斜贴着两块橡皮膏，手上也包扎着。他直到现在还有几分惊愕，再三说："真没看见过这样的女人。会咬人的!"他被她拖着从床上滚下来,一跤掼得不轻,差点压不住,让她跑了,只觉得鼻尖底下一阵子热,鼻血涔涔的流下来。被她狂叫得心慌意乱,自己也被她咬得叫出声来,结果还是发狠一把揪住她头发,把一颗头在地板上下死劲磕了几下,才把她砸昏了过去。当时在黑暗中也不知道她可是死了,死了也要了他这番心愿。事后开了灯一看,还有口气,乘着还没醒过来,抱上床去脱光了衣服,像个艳尸似的,这回让他玩了个够,恨不得死在她身上,料想是最初也是最后的一夜。

曼璐淡淡的道:"那也不怪她,你还想着人家会拿你当个花钱的大爷似的伺候着,还是怎么着?"鸿才道:"不是,你没看见她那样子,简直像发了疯似的!早晓得她是这个脾气——"曼璐不等他说完便剪断他的话道:"我就是因为晓得她这个脾气,所以我总是说办不到,办不到。你还当我是吃醋,为这个就跟我像仇人似的。这时候我实在给你逼得没法儿了,好容易给你出了这么个主意,你这时候倒又怕起来了,你这不是诚心气我吗?"她把一支烟卷直指到他脸上去,差点烫了他一下。

鸿才皱眉道:"你别尽自埋怨我,你倒是说怎么办吧。"曼璐道:"依你说怎么办?"鸿才道:"老把她锁在屋里也不是事,早晚你妈要来问我们要人。"曼璐道:"那倒不怕她,我妈是最容易对付的,除非她那未婚夫出来说话。"鸿才霍地立起身来,踱来踱去,喃喃的道:"这事情可闹大了。"曼璐见他那懦怯的样子,实在心里有气,便冷笑道:"那可怎么好?快着放她走吧?人家肯白吃你这样一个亏?你花多少钱也没用,人家又不是做生意的,没这么好打发。"鸿才道:"所以我着急呀。"曼璐却又哼了一声,笑道:"要你急什么?该她急呀。她反正已经跟你发生关系了,她再狠也狠不过这个去,给她两天工夫仔细想想，我再去劝劝她，那时候她要是个明白人，也只好'见台阶就下'。"鸿才仍旧有些怀疑，因为他在曼桢面前实在缺少自信心。他说："要是劝她不听呢？"曼璐道："那只好多关几天，捺捺她的性子。"鸿才道："总不能关一辈子。"曼璐微笑道："还能关她一辈子？哪天她养了孩子了，你放心，你赶她走她也不肯走了，她还得告你遗弃呢！"

鸿才听了这话，方始转忧为喜。他怔了一会，似乎仍旧有些不放心，又道："不过照她那脾气，你想她真肯做小么？"曼璐冷冷的道："她不肯我让她，总行了？"鸿才知道她这是气话，忙笑道："你这是什么话？由我这儿起就不答应！我以后正要慢慢的补报你呢，像你这样贤慧的太太往哪儿找去，我还不好好的孝顺孝顺你。"曼璐笑道："好了好了，别哄我了，少给我点气受就得。"鸿才笑道："你还跟我生气呢！"他涎着脸拉着她的手，又道："你看我给人家打得这样，你倒不心疼么？"曼璐用力把他一推，道："你也只配人家这样对你，谁要是一片心都扑在你身上，准得给你气伤心了！你说是不是，你自己摸摸良心看！"鸿才笑道："得，得，可别又跟我打一架！我架不住你们姐儿俩这样搓弄！"说着，不由得面有得色，曼璐觉得他已经俨然是一副左拥右抱的眉眼了。

她恨不得马上扬起手来，辣辣两个耳刮子打过去，但是这不过是她一时的冲动。她这次是抱定宗旨，要利用她妹妹来吊住他的心，也就仿佛像从前有些老太太们，因为怕儿子在外面游荡，难以约束，竟故意的教他抽上鸦片，使他沉溺其中，就不怕他不恋家了。

夫妻俩正在房中密谈，阿宝有点慌张的进来说："大小姐，太太来了。"曼璐把烟卷一扔，向鸿才说道："交给我好了，你先躲一躲。"鸿才忙站起来，曼璐又道："你还在昨天那间屋子里待着，听我的信儿。不许又往外跑。"鸿才笑道："你也不瞧瞧我这样儿，怎么走得出去。叫朋友看见了不笑话我。"曼璐道："你几时又这样顾面子了。人家还不当你是夫妻打架，打得鼻青眼肿的。"鸿才笑道："那倒不会，人家都知道我太太贤慧。"曼璐忍不住噗哧一笑道："走吧走吧，你当我就这样爱戴高帽子。"

鸿才匆匆的开了一扇门，向后房一钻，从后面绕道下楼。曼璐也手忙脚乱的，先把头发打散了，揉得像鸡窝似的，又捞起一块冷毛巾，胡乱擦了把脸，把脸上的脂粉擦掉了，把晨衣也脱了，钻到被窝里去躺着。这里顾太太已经进来了。曼璐虽然作出生病的样子，顾太太一看见她，已经大出意料之外，笑道："哟，你今天气色好多了，简直跟昨天是两个人。"曼璐叹道："咳，好什么呀，才打了两针强心针。"顾太太也没十分听懂她的话，只管喜孜孜的说："说话也响亮多了！昨天那样儿，可真吓我一跳。"刚才她尽等曼桢不来，自己吓唬自己，还当是曼璐病势垂危，所以立刻赶来探看，这一节情事她当然就略过不提了。

她在床沿上坐下，握着曼璐的手笑道："你二妹呢？"曼璐道："妈，你都不知道，就为了她，我急得都厥过去了，要不是医生给打了两针强心针，这时候早没命了！"顾太太倒怔住了，只说了一声"怎么了？"曼璐似乎很痛苦的，别过脸去向着里床，道："妈，我都不知道怎样对你说。"顾太太道："她怎么了？人呢？上哪儿去了？"她急得站起身来四下乱看。曼璐紧紧的拉住她道："妈，你坐下，等我告诉你，我都别提多恼叨了——鸿才这东西，这有好几天也没回家来过，偏昨儿晚上倒又回来了，也不知他怎么醉得这样厉害，糊里糊涂的会跑到二妹住的那间房里去，我是病得人事不知,赶到我知道已经闯了祸了。"

顾太太呆了半晌方道:"这怎么行,你二妹已经有了人家了,他怎么能这样胡来,我的姑奶奶,这可坑死我了!"曼璐道:"妈,你先别闹,再一闹我心里更乱了。"顾太太急得眼睛都直了,道:"鸿才呢,我去跟他拚命去!"曼璐道:"他哪儿有脸见你。他自己也知道闯了祸了,我跟他说:'你这不是害人家一辈子吗?叫她以后怎么嫁人。你得还我一句话!'"顾太太道:"是呀,他怎么说?"曼璐道:"他答应跟二妹正式结婚。"顾太太听了这话,又是十分出于意料之外的,道:"正式结婚。那你呢?"曼璐道:"我跟他又不是正式的。"顾太太毅然道:"那不成。没这个理。"曼璐却叹了口气,道:"嗳哟,妈,你看我还能活多久呀,我还在乎这些!"顾太太不由得心里一酸,道:"你别胡说了。"曼璐道:"我就一时还不会死,我这样病歪歪的,哪儿还能出去应酬,我想以后有什么事全让她出面,让外头人就知道她是祝鸿才太太,我只要在家里吃碗闲饭,好在我们是自己姊妹,还怕她待亏我吗?"

顾太太被她说得心里很是凄惨,因道:"话虽然这样说,到底还是不行,这样你太委屈了。"曼璐道:"谁叫我嫁的这男人太不是东西呢!再说,这回要不是因为我病了,也不会闹出这个事情来。我真没脸见妈。"说到这里,她直擦眼泪。顾太太也哭了。

顾太太这时候心里难过,也是因为曼桢,叫她就此跟了祝鸿才,她一定是不愿意的,但是事到如今,也只好委曲求全了。曼璐的建议,顾太太虽然还是觉得不很妥当,也未始不是无办法中的一个办法。

顾太太泫然了一会,便站起来说:"我去看看她去。"曼璐一骨碌坐了起来,道:"你先别去——"随又把声音压得低低的,秘密地说道："你不知道，闹得厉害着呢，闹着要去报警察局。"顾太太失惊道："嗳呀，这孩子就是这样不懂事，这种事怎么能嚷嚷出去，自己也没脸哪。"曼璐低声道："是呀，大家没脸。鸿才他现在算是在社会上也有点地位了，这要给人家知道了，多丢人哪。"顾太太点头道："我去劝劝她去。"曼璐道："妈，我看你这时候还是先别跟她见面，她那脾气你知道的，你说的话她几时听过来着，现在她又是正在火头上。"顾太太不由得也踌躇起来，道："那总不能由着她的性儿闹。"曼璐道："是呀，我急得没办法，只好说她病了，得要静养，谁也不许上她屋里去，也不让她出来。"顾太太听到这话，不知道为什么忽然打了个寒噤，觉得有点不对。

曼璐见她呆呆的不作声，便道："妈，你先别着急，再等两天，等她火气下去了些，那时候我们慢慢的劝她，只要她肯了，我们马上就把喜事办起来，鸿才那边是没问题的，现在问题就在她本人，还有那姓沈的——你说他们已经订婚了？"顾太太道："是呀，这时候拿什么话去回人家？"曼璐道："他现在可在上海？"顾太太道："就是昨天早上到上海来的。"曼璐道："她上这儿来他知道不知道？"顾太太道："不知道吧，他就是昨天早上来过一趟，后来一直也没来过。"曼璐沉吟道："那倒显着奇怪，两人吵了架了？"顾太太道："你不说我也没想到，昨天听老太太说，曼桢把那个订婚戒指掉了字纸篓里去了。别是她诚心扔的？"曼璐道："准是吵了架了。不知道因为什么？不是又为了豫瑾吧？"豫瑾和曼桢一度很是接近，这一段情事是曼璐最觉得痛心，永远念念不忘的。顾太太想了一想，道："不会是为了豫瑾，豫瑾昨天倒是上我们那儿去来着，那时候世钧早走了，两人根本没有遇见。"曼璐道："哦，豫瑾昨天来的？他来有什么事吗？"她突然勾起了满腔醋意，竟忘记了其他的一切。

顾太太道："他是给我们送喜帖儿来的——你瞧，我本来没打算告诉你，又叫我说漏了！我这会儿是急糊涂了。"曼璐呆了一呆，道："哦，他要结婚了？"顾太太道："就是今天。"曼璐微笑道："你们昨天说要去吃喜酒，就是吃他的喜酒呀？这又瞒着我干吗？"顾太太道："是你二妹说的，说先别告诉你，你生病的人受不了刺激。"

但是这两句话在现在这时候给曼璐听到，却使她受了很深的刺激。因为她发现她妹妹对她这样体贴，这样看来，家里这许多人里面，还只有二妹一个人是她的知己，而自己所做的事情太对不起人了。她突然觉得很惭愧，以前关于豫瑾的事情，或者也是错怪了二妹，很不必把她恨到这样，现在可是懊悔也来不及了，也只有自己跟自己譬解着，事已至此，也叫骑虎难下，只好恶人做到底了。

曼璐只管沉沉的想着，把床前的电话线握在手里玩弄着，那电话线圆滚滚的像小蛇似的被她匝在手腕上。顾太太突然说道："好好的一个人，不能就这样不见了，我回去怎么跟他们说呢？"曼璐道："老太太不要紧的，可以告诉她实话。就怕她嘴不紧。你看着办吧。弟弟他们好在还小，也不懂什么。"顾太太紧皱着眉毛道："你当他们还是小孩哪，伟民过了年都十五啦。"曼璐道："他要是问起来，就说二妹病了，在我这儿养病呢。就告诉他是肺病，以后不能出去做事了，以后家里得省着点过，住在上海太费了，得搬到内地去。"顾太太茫然道："干吗？"曼璐低声道："暂时避一避呀，免得那姓沈的来找她。"顾太太不语。她在上海居住多年，一下子叫她把这份人家拆了，好像连根都铲掉了，她实在有点舍不得。

但是曼璐也不容她三心两意，拉起电话来就打了一个到鸿才的办事处，他们那里有一个茶房名叫小陶，人很机警，而且知书识字，他常常替曼璐跑跑腿，家里虽然有当差的，却没有一个像他这样得用的人，她叫他马上来一趟。挂上电话，她对顾太太说："我预备叫他到苏州去找房子。"顾太太道："搬到苏州去，还不如回乡下去呢，老太太老惦记着要回去。"曼璐却嫌那边熟人太多，而且世钧也知道那是他们的故乡，很容易寻访他们的下落。她便说："还是苏州好，近些。反正也住不长的，等这儿办喜事一有了日子，马上就得接妈回来主婚。以后当然还是住在上海，孩子们上学也方便些。大弟弟等他毕业了，也别忙着叫他去找事，让他多念两年书，赶明儿叫鸿才送他出洋留学去。妈吃了这么些年的苦，也该享享福了，以后你跟我过。我可不许你再洗衣裳做饭了，妈这么大年纪了，实在不该再做这样重的事，昨天就是累的，把腰都扭了。你都不知道，我听着心里不知多难受呢！"一席话把顾太太说得心里迷迷糊糊的，尤其是她所描绘的大弟弟的锦片前程。

母女俩谈谈说说，小陶已经赶来了，曼璐当着她母亲的面嘱咐他当天就动身，到苏州去赁下一所房子，日内就要搬去住了，临时再打电报给他，他好到车站上去迎接。又叫顾太太赶紧回去收拾东西，叫汽车送她回去，让小陶搭她的车子一同走。顾太太本来还想要求和曼桢见一面，当着小陶，也没好说什么，只好就这样走了，身上揣着曼璐给的一笔钱。

顾太太坐着汽车回去，心里一直有点惴惴的。想着老太太和孩子们等会问起曼桢来，应当怎样对答。这时候想必他们吃喜酒总还没有回来。她一揿铃，是刘家的老妈子来开门，一开门就说："沈先生来了，你们都出去了，他在这儿等了半天了。"顾太太心里卜通一跳，这一紧张，几乎把曼璐教给她的话全忘得干干净净。当下也只得硬着头皮走进来，和世钧相见。原来世钧自从昨天和曼桢闹翻了，离开顾家以后，一直就一个人在外面乱走，到很晚才回到叔惠家里去，一夜也没有睡。今天下午他打了个电话到曼桢的办公处，一问，曼桢今天没有来，他心里想她不要是病了吧，因此马上赶到她家里来，不料他们全家都出去了，刘家的老妈子告诉他曼桢昨天就到她姊姊家去了，是她姊姊家派汽车来接的，后来就没有回来过。世钧因为昨天就听见说她姊姊生病，她一定是和她母亲替换着前去照料，但不知道她今天回来不回来。刘家那老妈子倒是十分殷勤，让他进去坐，顾家没有人在家，把楼上的房门都锁了起来，只有楼下那间空房没有上锁，她便从她东家房里端了一把椅子过去，让世钧在那边坐着。那间房就是从前豫瑾住过的，那老妈子便笑道："从前住在这儿那个张先生，昨天又来了。"世钧略怔了一怔，因笑道："哦？他这次来，还住在这儿吧？"那老妈子道："那倒不晓得，昨天没住在这儿。"正说着，刘家的太太在那边喊"高妈！高妈！"她便跑出去了。这间房空关了许久，灰尘满积，呼吸都有点窒息。世钧一个人坐在这里，万分无聊，又在窗前站了一会，窗台上一层浮灰，便信手在那灰上画字，画画又都抹了，心里乱得很，只管盘算着见到曼桢应当怎样对她解释，又想着豫瑾昨天来，不知道看见了曼桢没有，豫瑾不晓得可知道不知道他和曼桢解约的事——她该不会告诉他吧？她正在气愤和伤心的时候，对于豫瑾倒是一个很好的机会。想到这里，越发心里像火烧似的。恨不得马上就能见到曼桢，把事情挽回过来。

　　好容易盼到后门口门铃响，听见高妈去开门，世钧忙跟了出去，见是顾太太。便迎上去笑道："伯母回来了。"他这次从南京来，和顾太太还是第一次见面，顾太太看见他，却一句寒暄的话也没有，世钧觉得很奇怪，她那神气倒好像是有点张皇。他再转念一想，一定是她已经知道他和曼桢闹决裂了，所以生气，他这样一想，不免有点窘，一时就也说不出话来。顾太太本来心里怀着个鬼胎，所以怕见他，一见面，却又觉得非常激动，恨不得马上告诉他。她心里实在是又急又气，苦于没有一个人可以商量，见到世钧，就像是见了自己人似的，几乎眼泪都要掉下来了。在楼下究竟说话不便，因道："上楼去坐。"她引路上楼，楼上两间房都锁着，房门钥匙她带在身边，便伸手到口袋里去拿，一摸，却摸到曼璐给的那一大叠钞票。那种八成旧的钞票，摸上去是温软的，又是那么厚墩墩的方方的一大叠。钱这样东西，确是有一种微妙的力量，顾太太当时不由得就有一个感觉，觉得对不起曼璐。和曼璐说得好好的，这时候她要是嘴快走漏了消息，告诉了世钧，年轻人都是意气用事的，势必要惊官动府，闹得不可收拾。再说，他们年轻人的事，都拿不准的，但看他和曼桢两个人，为一点小事就可以闹得把订婚戒指都扔了，要是给他知道曼桢现在这桩事情，他能说一点都不在乎吗？到了儿也不知道他们还结得成结不成婚，倒先把鸿才这头的事情打散了，反而两头落空。这么一想，好像理由也很多。

　　顾太太把钥匙摸了出来，便去开房门，她这么一会儿工夫，倒连换了两个主意，闹得心乱如麻。也不知道是因为手汗还是手颤，那钥匙开来开去也开不开，结果还是世钧代她开了。两人走进房内，世钧便搭讪着问道："老太太也出去了？"顾太太心不在焉的应了声："呃……嗯。"顿了一顿，又道："我腰疼，我一个人先回来了。"她去给世钧倒茶，世钧忙道："不要倒了，伯母歇着吧。曼桢到哪儿去了，可知道她什么时候回来？"顾太太背着身子在那儿倒茶，倒了两杯，送了一杯过来，方道："曼桢病了，在她姊姊家，想在她那儿休息几天。"世钧道："病了？什么病？"顾太太道："没什么要紧。过两天等她好了叫她给你打电话。你在上海总还有几天耽搁？"她急于要打听他要在上海住多少天，但是世钧并没有答她这句话，却道："我想去看看她。那儿是在虹桥路多少号？"顾太太迟疑了一下，因道："多少号……我倒不知道。我这人真糊涂，只认得那房子，就不知道门牌号码。"说着，又勉强笑了一笑。世钧看她那样子分明是有意隐瞒，觉得十分诧异。除非是曼桢自己的意思，不许她母亲把地址告诉他，不愿和他见面。但是无论怎么样，老年人总是主张和解的，即使顾太太对他十分不满，怪他不好，她至多对他冷淡些，也决不会夹在里面阻止他们见面。他忽然想起刚才高妈说，昨天豫瑾来过。难道还是为了豫瑾？……

不管是为什么原因，顾太太既然是这种态度，他也实在对她无话可说，只有站起身来告辞。走出来就到一爿店里借了电话簿子一翻，虹桥路上只有一个祝公馆，当然就是曼桢的姊姊家了。他查出门牌号码，立刻就雇车去，到了那里，见是一座大房子，一带花砖围墙。世钧去揿铃，铁门上一个小方洞一开，一个男仆露出半张脸来，世钧便道："这儿是祝公馆吗？我来看顾家二小姐。"那人道："你贵姓？"世钧道："我姓沈。"那人把门洞豁喇一关，随即听见里面煤屑路上咓嚓咓嚓一阵脚步声，渐渐远去，想是进去通报了。但是世钧在外面等了很久的时候,也没有人来开门。他很想再揿一揿铃,又忍住了。这座房子并没有左邻右舍,前后都是荒地和菜园,天寒地冻,四下里鸦雀无声。下午的天色黄阴阴的,忽然起了一阵风,半空中隐隐的似有女人的哭声,风过处,就又听不见了。世钧想道:"这声音是从哪儿来的,不会是房子里边吧?这地方离虹桥公墓想必很近,也许是墓园里新坟上的哭声。"再凝神听时,却一点也听不见了,只觉心中惨戚。正在这时候,铁门上的洞又开了,还是刚才那男仆,向他说道:"顾家二小姐不在这儿。"世钧呆了一呆,道:"怎么?我刚从顾家来,顾太太说二小姐在这儿嚜。"那男仆道:"我去问过了,是不在这儿。"说着,早已豁喇一声又把门洞关上了。世钧想道:"她竟这样绝情,不肯见我。"他站在那儿发了一会怔,便又举手拍门,那男仆又把门洞开了。世钧道:"喂,你们太太在家么?"他想他从前和曼璐见过一面的,如果能见到她,或者可以托她转圜。但是那男仆答道:"太太不舒服,躺着呢。"世钧没有话可说了。拖他来的黄包车因为这一带地方冷静,没有什么生意,兜了个圈子又回来了,见世钧还站在那里,便问他可要拉他回去。那男仆眼看着他上车走了,方才把门洞关上。

阿宝本来一直站在门内,不过没有露面,是曼璐不放心,派她来的,怕那男仆万一应付得不好。这时她便悄悄的问道:"走了没有?"那男仆道:"走了走了!"阿宝道:"太太叫你们都进去,有话关照你们。"她把几个男女仆人一齐唤了进去,曼璐向他们说道:"以后有人来找二小姐,一概回他不在这儿。二小姐是在我们这儿养病,你们小心伺候,我决不会叫你们白忙的。她这病有时候明白,有时候糊涂,反正不能让她出去,我们老太太把她重托给我了，跑了可得问你们。可是不许在外头乱说，明白不明白？"众人自是诺诺连声。曼璐又把年赏提早发给他们，比往年加倍。仆人们都走了，只剩阿宝一个人在旁边，阿宝见事情已经过了明路，便向曼璐低声道："大小姐，以后给二小姐送饭，叫张妈去吧，张妈力气大。刚才我进去的时候，差点儿都给她冲了出来，我拉都拉不住她。"说到这里，又把声音低了一低，悄悄的道："不过我看她那样子，好像有病，站都站不稳。"曼璐皱眉道："怎么病了？"阿宝轻声道："一定是冻的——给她砸破那扇窗子，直往里头灌风，这大冷天，连吹一天一夜，怎么不冻病了。"曼璐沉吟了一会，便道："得要给她挪间屋子。我去看看去。"阿宝道："您进去可得小心点儿。"

曼璐便拿了一瓶治感冒的药片去看曼桢。后楼那两间空房，里间一道锁，外间一道锁，先把外间那扇门开了，叫阿宝和张妈跟进去，在通里间的门口把守着，再去开那一扇门。隔着门，忽然听见里面呛啷啷一阵响，不由得吃了一惊，其实还是那一扇砸破的玻璃窗，在寒风中自己开阖着。每次砰的一关，就有一些碎玻璃纷纷落到楼下去，呛啷啷跌在地上。曼桢是因为夜间叫喊没有人听见，所以把玻璃窗砸破的，她手上也割破了，用一块手帕包着。她躺在床上，一动也不动。曼璐推门进去，她便把一双眼睛定定的望着曼璐。昨天她姊姊病得那样子，简直就像要死了，今天倒已经起来走动了，可见是假病——这样看来，她姊姊竟是同谋的了。她想到这里，本来身上有寒热的，只觉那热气像一蓬火似的，轰的一声，都奔到头上来，把脸胀得通红，一阵阵的眼前发黑。

曼璐也自心虚，勉强笑道："怎么脸上这样红？发烧呀？"曼桢不答。曼璐一步步的走过来,有一把椅子倒在地下拦着路,她俯身把椅子扶了起来。风吹着那破玻璃窗,一开一关,"哗!"一关,发出一声巨响,那声音不但刺耳而且惊心。

曼桢突然坐了起来,道:"我要回去。你马上让我回去,我也就算了,譬如给疯狗咬了。"曼璐道:"二妹,这不是赌气的事,我也气呀,我怎么不气,我跟他大闹,不过闹又有什么用,还能真拿他怎么样?要说他这个人,实在是可恨,不过他对你倒是一片真心,这个我是知道的,有好两年了,还是我们结婚以前,他看见你就很羡慕。可是他一直很敬重你的,昨天要不是喝醉了,他再也不敢这样。只要你肯原谅他,他以后总要好好的补报你,反正他对你决不会变心的。"曼桢劈手把桌上一只碗拿起来往地下一扔,是阿宝刚才送进来的饭菜,汤汁流了一地,碗也破了,她拣起一块锋利的磁片,道:"你去告诉祝鸿才,他再来可得小心点,我有把刀在这儿。"

曼璐默然半晌,俯下身去用手帕擦了擦脚上溅的油渍,终于说道:"你别着急,现在先不谈这些,你先把病养好了再说。"曼桢道:"你倒是让我回去不让我回去?"说着,就扶着桌子,支撑着站起来往外走,却被曼璐一把拉住不放,一刹那间两人已是扭成一团。曼桢手里还抓着那半只破碗,像刀锋一样的锐利,曼璐也有些害怕,喃喃的道:"干什么,你疯了?"在挣扎间,那只破碗脱手跌得粉碎,曼桢喘着气说道:"你才疯了呢,你这都干的什么事情,你跟人家串通了害我,你还是个人吗?"曼璐叫道:"我串通了害你?我都冤枉死了,为你这桩事也不知受了多少夹棍气——"曼桢道:"你还要赖!你还要赖!"她实在恨极了,刷的一声打了曼璐一个耳刮子。这一下打得不轻,连曼桢自己也觉得震动而且眩晕。她怔住了，曼璐也怔住了。曼璐本能的抬起手来，想在面颊上摸摸，那只手却停止在半空中。她红着半边脸，只管呆呆的站在那里，曼桢见了，也不知怎么的，倒又想起她从前的好处来，过去这许多年来受着她的帮助，从来也没跟她说过感激的话。固然自己家里人是谈不上什么施恩和报恩，同时也是因为骨肉至亲之间反而有一种本能的羞涩，有许多话都好像不便出口。在曼璐是只觉得她妹妹一直看不起她。刚才这一巴掌打下去，两个人同时都想起从前那一笔账，曼璐自己想想，觉得真冤，她又是气忿又是伤心，尤其觉得可恨的就是曼桢这样一副烈女面孔。她便冷笑了一声道："哼，倒想不到，我们家里出了这么个烈女，啊？我那时候要是个烈女，我们一家子全饿死了！我做舞女做妓女，不也受人家欺负，我上哪儿去撒娇去？我也是跟你一样的人，一样姊妹两个，凭什么我就这样贱，你就尊贵到这样地步？"她越说声音越高，说到这里，不知不觉的，竟是眼泪流了一脸。阿宝和张妈守在门外，起先听见房内扭打的声音，已是吃了一惊，推开房门待要进来拉劝，后来听见曼璐说什么做舞女做妓女，自然这些话都是不愿让人听见的，阿宝忙向张妈使了个眼色，正要退出去，依旧把门掩上，曼桢却乘这机会抢上前去，横着身子向外一冲。曼璐来不及拦住她，只扯着她一只胳膊，两人便又挣扎起来。曼桢嚷道："你还不让我走？这是犯法的你知道不知道？你还能把我关上一辈子？还能把我杀了？"曼璐也不答言，只把她狠命的一摔摔开了，曼桢究竟发着热，身上虚飘飘的，被曼璐一甩，她连退两步，然后一跌跌出去多远，坐在地下，一只手正揿在那只破碗的碎片上，不禁嗳哟了一声。曼璐倒已经咖嗤咖嗤踏着碎磁片跑了出去，把房门一关，钥匙嗒的一响，又从外面锁上了。

曼桢手上拉了个大口子,血淋淋的流下来。她把手拿起来看看,一看,倒先看见手上那只红宝戒指。她的贞操观念当然和从前的女人有些不同,她并不觉得她有什么愧对世钧的地方,但是这时候看见手上戴的那只戒指,心里却像针扎了一下。

世钧……他到底还在上海不在?他可会到这儿来找她?她母亲也不知道来过没有?指望母亲搭救是没有用的,母亲即使知道实情,也决不会去报告警察局,一来家丑不可外扬,而且母亲是笃信"从一而终"的,一定认为木已成舟,只好马马虎虎的就跟了鸿才吧。姊姊这方面再加上一点压力,母亲她又是个没主意的人,唯一的希望是母亲肯把这件事情的真相告诉世钧,和世钧商量。但是世钧到底还在上海不在呢?

她扶着窗台爬起来,窗棂上的破玻璃成为锯齿形,像尖刀山似的。窗外是花园,冬天的草皮地光秃秃的,特别显得辽阔。四面围着高墙,她从来没注意到那围墙有这样高。花园里有一棵紫荆花,枯藤似的枝干在寒风中摇摆着。她忽然想起小时候听见人家说,紫荆花底下有鬼的。不知道为什么这样说,但是,也许就因为有这样一句话,总觉得紫荆花看上去有一种阴森之感。她要是死在这里,这紫荆花下一定有她的鬼魂吧?反正不能糊里糊涂的死在这里,死也不伏这口气。房间里只要有一盒火柴,她真会放火,乘乱里也许可以逃出去。

忽然听见外面房间里有人声,有一个木匠在那里敲敲打打工作着。是预备在外房的房门上开一扇小门,可以从小门里面送饭,可是曼桢并不知道他们是干什么,猜着也许是把房门钉死了,把她当一个疯子那样关起来。那钉锤一声一声敲下来,听着简直椎心,就像是钉棺材板似的。

又听见阿宝的声音,在那里和木匠说话,那木匠一口浦东话,声音有一点苍老。对于曼桢,那是外面广大的世界里来的声音,她心里突然颤栗着,充满了希望,她扑在门上大声喊叫起来了,叫他给她家里送信,把家里的地址告诉他,又把世钧的地址告诉他,她说她被人陷害,把她关起来了,还说了许许多多话,自己都不知道说了些什么,连那尖锐的声音听着也不像自己的声音。这样大哭大喊,砰砰砰摇着门,不简直像个疯子吗?

她突然停止了。外面显得异样的寂静。阿宝当然已经解释过了,里面禁闭着一个有疯病的小姐。而她自己也疑惑,她已经在疯狂的边缘上了。

木匠又工作起来了。阿宝守在旁边和他攀谈着。那木匠的语气依旧很和平,他说他们今天来叫他,要是来迟一步,他就已经下乡去了,回家去过年了。阿宝问他家里有几个儿女。听他们说话,曼桢仿佛在大风雪的夜里远远看见人家窗户里的灯光红红的,更觉得一阵凄惶。她靠在门上,无力地啜泣起来了。

她忽然觉得身体实在支持不住了,只得跟跟跄跄回到床上去。刚一躺下,倒是软洋洋的,舒服极了,但是没有一会儿工夫,就觉得浑身骨节酸痛,这样睡也不合适,那样睡也不合适,只管翻来覆去,鼻管里的呼吸像火烧似的。她自己也知道是感冒症,可是没想到这样厉害。浑身的毛孔里都像是分泌出一种黏液,说不出来的难受。天色黑了,房间里一点一点的暗了下来,始终也没有开灯,也不知道过了多少时候,方才昏昏睡去,但是因为手上的伤口痛得火辣辣的,也睡不沉,半夜里醒了过来,忽然看见房门底下露出一线灯光,不觉吃了一惊。同时就听见门上的钥匙嗒的一响，但是这一响之后，却又寂然无声。她本来是时刻戒备着的，和衣躺着，连鞋也没脱，便把被窝一掀，坐了起来，但是一坐起来觉得天旋地转，差点没栽倒在地下。定睛看时，门缝里那一线灯光倒已经没有了。等了许久，也没有一点响动，只听见自己的一颗心哄通哄通跳着。她想着一定又是祝鸿才。她也不知道哪儿来的一股子力气，立刻跑去把灯一开，抢着站在窗口。大约心里有这样一个模糊的意念，真要是没有办法，还可以跳楼，跳楼也要拉他一同跳。但是隔了半晌，始终一点动静也没有，紧张着的神经渐渐松弛下来，这才觉得她正站在风口里，西北风呼呼的吹进来，那冷风吹到发烧的身体上，却有一种异样的感觉，又是寒飕飕的，又是热烘烘干敷敷的，非常难受。

她走到门口，把门钮一旋，门就开了，她的心倒又狂跳起来。难道有人帮忙，私自放她逃走么？外面那间堆东西的房间黑洞洞的，她走去把灯开了。一个人也没有。她一眼看见门上新装了一扇小门，小门里安着个窗台，上搁着一只漆盘，托着一壶茶，一只茶杯，一碟干点心。她突然明白过来了，哪里是放她逃走，不过是把里外两间打通了，以后可以经常的由这扇小门里送饭。这样看来，竟是一种天长地久的打算了。她这样一想，身子就像掉到冰窖子里一样。把门钮试了一试，果然是锁着。那小门也锁着。摸摸那壶茶，还是热的。她用颤抖的手倒了一杯喝着，正是口渴得厉害，但是第一口喝进去，就觉得味道不对。其实是自己嘴里没味儿，可是她不能不疑心，茶里也许下了药。再喝了一口，简直难吃，实在有点犯疑心，就搁下了。她实在不愿意回到里面房里那张床上去，就在外面沙发上躺下了，在那旧报纸包裹着的沙发上睡了一宿，电灯也没有关。

第二天早上，大概是阿宝送饭的时候，从那扇小门里看见她那呻吟呓语的样子，她因为热度太高，神志已经不很清楚了，仿佛有点知道有人开了锁进来，把她抬到里面床上去，后来就不断的有人送茶送水。这样昏昏沉沉的，也不知过了多少时候，有一天忽然清醒了许多，见阿宝坐在旁边织绒线，嘴里哼哼唧唧唱着十二月花名的小调。她恍惚觉得这还是从前，阿宝在她们家帮佣的时候。她想她一定是病得很厉害，要不然阿宝怎么不在楼下做事，却到楼上来守着病人。母亲怎么倒不在跟前？她又惦记着办公室的抽屉钥匙，应当给叔惠送去，有许多文件被她锁在抽屉里，他要拿也拿不到。她想到这里，不禁着急起来，便喃喃说道："杰民呢？叫他把钥匙送到许家去。"阿宝先还当她是说胡话，也没听清楚，只听见"钥匙"两个字，以为她是说房门钥匙，总是还在那儿闹着要出去，便道："二小姐，你不要着急，你好好的保重身体吧，把病养好了，什么话都好说。"曼桢见她答非所问，心里觉得很奇怪。这房间里光线很暗，半边窗户因为砸破了玻璃，用一块木板挡住了。曼桢四面一看，也就渐渐的记起来了，那许多疯狂的事情，本来以为是高热度下的乱梦，竟不是梦，不是梦……

阿宝道："二小姐，你不想吃什么吗？"曼桢没有回答，半响，方在枕上微微摇了摇头。因道："阿宝，你想想看，我从前待你也不错。"阿宝略顿了一顿，方才微笑道："是的呀，二小姐待人最好了。"曼桢道："你现在要是肯帮我一个忙，我以后决不会忘记的。"阿宝织着绒线，把竹针倒过来搔了搔头发，露出那踌躇的样子，微笑道："二小姐，我们吃人家饭的人，只能东家叫怎么就怎么，二小姐是明白人。"曼桢道："我知道。我也不想找你别的，只想你给我送个信。我虽然没有大小姐有钱，我总无论如何要想法子，不能叫你吃亏。"阿宝笑道："二小姐，不是这个话，你不知道他们防备得多紧，我要是出去他们要疑心的。"曼桢见她一味推托，只恨自己身边没有多带钱，这时候无论许她多少钱，也是空口说白话，如何能够取信于人。心里十分焦急，不知不觉把两只手都握着拳头，握得紧紧的。她因为怕看见那只戒指，所以一直反戴着，把那块红宝石转到后面去了。一捏着拳头，就觉得那块宝石硬帮帮的在那儿。她忽然心里一动，想道："女人都是喜欢首饰的，把这戒指给她，也许可以打动她的心。她要是嫌不好，就算是抵押品，将来我再拿钱去赎。"因把戒指褪了下来，她现在虽然怕看见它，也觉得很舍不得。她递给阿宝，低声道："我也知道你很为难。你先把这个拿着，这个虽然不值钱，我是很宝贵它的，将来我一定要拿钱跟你换回来。"阿宝起初一定不肯接。曼桢道："你拿着，你不拿你就是不肯帮我忙。"阿宝半推半就的，也就收下了。

曼桢便道："你想法子给我拿一支笔一张纸，下次你来的时候带进来。"她想她写封信叫阿宝送到叔惠家里去，如果世钧已经回南京去了，可以叫叔惠转寄。阿宝当时就问："二小姐要写信给家里呀？"曼桢在枕上摇了摇头，默然了一会，方道："写给沈先生。那沈先生你看见过的。"她一提到世钧，已是顺着脸滚下泪来，因把头别了过去。阿宝又劝了她几句，无非是叫她不要着急，然后就起身出去，依旧把门从外面锁上了，随即来到曼璐房中。

曼璐正在那里打电话，听她那焦躁的声口，一定是和她母亲说话，这两天她天天打电话去，催他们快动身。阿宝把地下的香烟头和报纸都拾起来，又把梳妆台上的东西整理了一下，敞开的雪花膏缸一只一只都盖好，又把刷子上黏缠着的一根根头发都拣掉。等曼璐打完了电话,阿宝先去把门关了,方才含着神秘的微笑,从口袋里掏出那只戒指来,送到曼璐跟前,笑道:"刚才二小姐一定要把这个押给我,又答应给我钱,叫我给她送信。"曼璐道:"哦?送信给谁?"阿宝笑道:"给那个沈先生。"曼璐把那戒指拿在手里看了看,她早听她母亲说过,曼桢有这样一只红宝戒指。是那姓沈的送她的,大概算是订婚戒指。因笑道:"这东西一个钱也不值,你给我吧。我当然不能白拿你的。"说着,便拿钥匙开抽屉,拿出一搭子钞票,阿宝偷眼看着,是那种十张一叠的十元钞票,约有五六叠之多。从前曼璐潦倒的时候,也常常把首饰拿去卖或是当,所以阿宝对于这些事也有相当经验,像这种戒指她也想着是卖不出多少钱的,还不如拿去交给曼璐,还上算些。果然不出她所料,竟是发了一笔小财。当下不免假意推辞了一下。曼璐噗的一声把那一搭子钞票丢在桌上,道:"你拿着吧。总算你还有良心!"阿宝也就谢了一声,拿起来揣在身上,因笑道:"二小姐还等着我拿纸跟笔给她呢。"曼璐想了一想,便道:"那你以后就不要进去了,让张妈去好了。"说着,她又想起一桩事来,便打发阿宝到她娘家去,只说他们人手不够,派阿宝来帮他们理东西,名为帮忙,也就是督促的意思,要他们尽快的离开上海。

顾太太再也没想到,今年要到苏州去过年。一来曼璐那边催逼得厉害,二来顾太太也相信那句话,"正月里不搬家",所以要搬只好在年前搬。她赶着在年前洗出来的褥单,想不到全都做了包袱,打了许多大包裹。她整理东西,这样也舍不得丢,那样也舍不得丢。要是全部带去,在火车上打行李票也嫌太糜费了。而且都是历年积下的破烂,一旦曝露在光天化日之下,仅只是运出大门陈列在衖堂里,堆在塌车上,都有点见不得人。阿宝见她为难，就答应把这些东西全部运到公馆里去，好在那边有的是闲房。其实等顾太太一走，阿宝马上叫了个收旧货的来，把这些东西统统卖了。

顾太太临走的时候，心里本就十分怆惶，觉得就像充军似的。想想曼璐说的话也恐怕不一定可靠，但是以后一切的希望都着落在她身上了，就也不愿意把她往坏处想。世钧有一封信给曼桢，顾太太收到了，也不敢给谁看，所以并不知道里面说些什么。一直揣在身上，揣了好些时候，临走那天还是拿了出来交给阿宝，叫她带去给曼璐看。

世钧的信是从南京寄出的。那天他到祝家去找曼桢，没见到她，他还当是她诚心不出来见他，心里十分难过。回到家里，许太太告诉他说，他舅舅那里派人来找过他。他想着也不知出了什么事情，赶了去一问，原来并没有什么，他有一个小舅舅，是老姨太太生的，老姨太太一直住在南京，小舅舅在上海读书，现在放寒假了，要回去过年，舅舅不放心他一个人走，要世钧和他一同回去。一同去，当然不成问题，但是世钧在上海还有几天耽搁，他舅舅却执意要他马上动身，说他母亲的意思也盼望他早点回去，年底结账还有一番忙碌，他不在那里，他父亲又不放心别人，势必又要自己来管，这一劳碌，恐怕于他的病体有碍。世钧听他舅舅的话音，好像沈太太曾经在他们动身前嘱托过他，叫他务必催世钧快快回来，而沈太太对他说的话一定还不止这些，恐怕把她心底里的忧虑全都告诉了他了，不然他也不会这样固执，左说右说，一定要世钧马上明天就走。世钧见他那样子简直有点急扯白咧的，觉得很不值得为这点事情跟舅舅闹翻脸，也就同意了。他本来也是心绪非常紊乱，他觉得他和曼桢两个人都需要冷静一下，回到南京之后再给她写信,这样也好,写起信来总比较理智些。

他回到南京就写了一封信,接连写过两封,也没有得到回信。过年了,今年过年特别热闹,家里人来人往,他父亲过了一个年,又累着了,病势突然沉重起来。这一次来势汹汹,本来替他诊治着的那医生也感觉到棘手,后来世钧就陪他父亲到上海来就医。

到了上海,他父亲就进了医院,起初一两天情形很严重,世钧简直走不开,也住在医院里日夜陪伴着。叔惠听到这消息,到医院里来探看,那一天世钧的父亲倒好了一点。谈了一会,世钧问叔惠:"你这一向看见过曼桢没有?"叔惠道:"我好久没看见她了。她不知道你来?"世钧有点尴尬地说:"我这两天忙得也没有工夫打电话给她。"说到这里,世钧见他父亲似乎对他们很注意,就掉转话锋说到别处去了。

他们用的一个特别看护,一直在旁边,是一个朱小姐,人很活泼,把她的小白帽子俏皮地坐在脑后,他们来了没两天,她已经和他们相当熟了。世钧的父亲叫他拿出他们自己带来的茶叶给叔惠泡杯茶,朱小姐早已注意到他们是讲究喝茶的人,便笑道:"你们喝不喝六安茶?有个杨小姐,也是此地的看护,她现在在六安一个医院里工作,托人带了十斤茶叶来,叫我替她卖,价钱倒是真便宜。"世钧一听见说六安,便有一种异样的感触,那是曼桢的故乡。他笑道:"六安……你说的那个医院,是不是一个张医生办的?"朱小姐笑道:"是呀,你认识张医生呀?他人很和气的,这次他到上海来结婚,这茶叶就是托他带来的。"世钧一听见这话,不知道为什么就呆住了。叔惠跟他说话他也没听见,后来忽然觉察,叔惠是问他"哪一个张医生"?他连忙带笑答道:"张豫瑾。你不认识的。"又向朱小姐笑道:"哦,他结婚了?新娘姓什么你可知道?"朱小姐笑道:"我倒也不大清楚,只晓得新娘子家在上海,不过他们结了婚就一块回去了。"世钧就没有再问下去,料想多问也问不出所以然来,而且当着他父亲和叔惠,他们也许要奇怪,他对这位张医生的结婚经过这样感到兴趣。朱小姐见他默默无言,还当他是无意购买茶叶,又不好意思拒绝,她自命是个最识趣的人,立刻看了看她腕上的手表,就忙着去拿寒暑表替啸桐试热度。

世钧只盼望叔惠快走。幸而不多一会,叔惠就站起来告辞了。世钧道:"我跟你一块出去,我要去买点东西。"两人一同走出医院,世钧道:"你现在上哪儿去?"叔惠看了看手表,道:"我还得上厂里去一趟。今天没等到下班就溜出来了,怕你们这儿过了探望的时间就不准进来。"

他匆匆回厂里去了,世钧便走进一家店铺去借打电话,他计算着这时候曼桢应当还在办公室里,就拨了办公室的号码。和她同处一室的那个男职员来接电话,世钧先和他寒暄了两句,方才叫他请顾小姐听电话。那人说:"她现在不在这儿了,怎么,你不知道吗?"世钧怔了一怔道:"不在这儿了——她辞职了?"那职员说:"不知道后来有没有补一封辞职信来,我就知道她接连好几天没来,这儿派人上她家去找她,说全家都搬走了。"说到这里,因为世钧那边寂然无声,他就又说下去,道:"也不知搬哪儿去。你不知道啊?"世钧勉强笑道:"我一点也不知道,我刚从南京来,我也有好久没看见她了。"他居然还又跟那人客套了两句,才挂上电话。然后就到柜台上去再买了一只打电话的银角子,再打一个电话到曼桢家里去。当然那人所说的话绝对不会是假话,可是他总有点不相信。铃声响了又响,响了又响,显然是在一所空屋里面。

当然是搬走了。世钧就像是一个人才离开家不到两个钟头，打个电话回去，倒说是已经搬走了。使人觉得震恐而又迷茫。简直好像遇见了鬼一样。

他挂上电话，又在电话机旁边站了半天。走出这家店铺，在马路上茫然的走着，淡淡的斜阳照在地上，他觉得世界之大，他竟没有一个地方可去似的。

当然还是应当到她从前住的地方去问问，看衖堂的也许知道他们搬到哪里去了，他们楼下还有一家三房客，想必也已经迁出了，如果有地址留下来，从那里也许可以打听到一些什么。曼桢的家离这里很远，他坐黄包车去，在路上忽然想到，他们最后一次见面的时候，他不是叫她搬家吗？或者她这次搬走，还是因为听从他的主张？搬是搬了，因为负气的缘故，却迟迟的没有写信给他，是不是有这可能？也许他离开南京这两天，她的信早已寄到了。还有一个可能：也许她早就写信来了，被他母亲藏了起来，没有交给他。——但是她突然辞了职却又是为什么呢？这就把以上的假定完全推翻了。

黄包车在衖口停下了。这地方他不知道来过多少回了，但是这一次来，一走进衖堂就感到一种异样的生疏，也许因为他晓得已经人去楼空了，马上这里的房屋就显得湫隘破败灰暗，好像连上面的天也低了许多。

他记得他第一次来的时候，因为曼桢的家始终带一点神秘性，所以踏进这衖堂就有点莫名其妙的栗栗自危的感觉，当然也不是没有喜悦的成份在内。在那种心情下，看见一些女佣大姐在公共的自来水龙头下淘米洗衣裳，也觉得是一个新鲜明快的画面。而现在是寒冷的冬天，衖堂里没有什么人。衖口有一个小木棚，看衖人就住在那里，却有一个女佣立在他的窗外和他谈心。她一身棉袄裤，裤腰部份特别臃肿，把肚子顶得高高的，把她的白围裙支出去老远。她伏在窗口和里面的人脸对脸谈着。世钧见这情形，就没有和看衖堂的人说话。先走进去看看再说。

但是并没有什么可看的，只是门窗紧闭的一幢空屋，玻璃窗上罩着昏雾似的灰尘。世钧在门外站了一会，又慢慢的向衖口走了出来。这次那看衖堂的却看见了他，他从小屋里迎了出来，向世钧点点头笑笑。世钧从前常常给他钱的，因为常常在顾家谈到很晚才走，衖堂口的铁门已经拉上了，要惊动看衖堂的替他开铁门。现在这看衖堂的和他点头招呼，世钧便带笑问道："顾家他们搬走了？"看衖堂的笑道："还是去年年底搬的。我这儿有他们两封信，要晓得他们地址就给他们转去了，沈先生你可有地方打听？"说着，便从窗外探手进去，在桌上摸索着寻找那两封信。刚才和他谈天的那个女佣始终立在窗外，在窗口斜倚着，她连忙一偏身让开了。向来人家家里的事情都是靠佣人替他们传播出去的，顾家就是因为没有用佣人，所以看衖堂的尽管消息灵通，对于衖内每一家人家都是一本清账，独有顾家的事情他却不大熟悉，而且因为曼璐过去的历史，好像他们家的事情总有些神秘性似的，他们不说，人家就也不便多问。

世钧道："住在他们楼下的还有一个刘家呢，搬到什么地方去了，你可知道？"看衖堂的喃喃的道："刘家……好像说搬到虹口去了吧。顾家是不在上海了，我听见拉塌车的说，说上北火车站噢。"世钧心里砰的一跳，想道："北火车站。曼桢当然是嫁了豫瑾，一同回去了，一家子都跟了去，靠上了豫瑾了。曼桢的祖母和母亲的梦想终于成为事实了。"

他早就知道，曼桢的祖母和母亲一直有这个意思，而且他觉得这并不是两位老太太一厢情愿的想法。豫瑾对曼桢很有好感的，至于他对她有没有更进一步的表示，曼桢没有说，可是世钧直觉地知道她没有把全部事实告诉他。并不是他多疑，实在是两个人要好到一个程度，中间稍微有点隔阂就不能不感觉到。她对豫瑾非常佩服，这一点她是并不讳言的，她对他简直有点英雄崇拜的心理，虽然他是默默地工作着，准备以一个乡村医生终老的。世钧想道："是的，我拿什么去跟人家比，我的事业才开始倒已经中断了，她认为我对家庭投降了，对我非常失望。不过因为我们已经有两三年的历史，所以她对我也不无恋恋。但是两三年间，我们从来没有争吵过，而豫瑾来过不久，我们就大吵，这该不是偶然的事情。当然她绝对不是借故和我争吵，只是因为感情上先有了个症结在那里，所以一触即发了。"

　　看衖堂的把两封信递给他，一封是曼桢的弟弟的学校里寄来的，大约是成绩报告单。还有一封是他写给曼桢的，他一看见自己的字迹便震了一震。信封上除了邮戳之外还有一个圆圈形的酱油渍，想必看衖堂的曾经把菜碗放在上面。他把两封信拿在手里看了一看，便向看衖堂的微笑着点了个头，说："好，我……想法子给他们转寄去。"就拿着走了。

　　走出衖堂，街灯已经亮了。他把他写给曼桢的那封信拿出来辨认了一下。是第二封信。第一封她想必收到了。其实第一封信已经把话说尽说绝了，第二封根本就是多余的。他立刻把它撕成一片片。

　　卖蘑菇豆腐干的人远远吆喝着。那人又来了。每天差不多这时候，他总到这一带来叫卖，大街小巷都串遍，一个瘦长身材的老头子挽着个篮子，曼桢住的衖堂里，他每天一定要到一到的。世钧一听见那声音，就想起他在曼桢家里消磨过的无数的黄昏。"豆……干！五香蘑菇豆……干！"沉着而苍凉的呼声，渐渐叫到这边来了，叫得人心里发空。

于是他又想着，还可以到她姊姊家里去问问。她姊姊家他上回去过一次，门牌号数也还记得。只是那地方很远，到了那儿恐怕太晚了。他就多走了几步路，到附近一家汽车行去叫了一辆汽车，赶到虹桥路，天色倒还没有黑透。下了车一揿铃，依旧在铁门上开了一个方洞，一个仆人露出半边脸来，似乎还是上次那个人。世钧道："我要见你们太太。我姓沈。我叫沈世钧。"那人顿了一顿，方道："太太恐怕出去了，我瞧瞧去。"说着，便把方洞关上了。世钧也知道这是阔人家的仆役应付来客的一种惯技，因为不确定主人见与不见，所以先说着活动话。可是他心里还是很着急，想着曼桢的姊姊也许倒是刚巧出去了。其实她姊夫要是在家，见她姊夫也是一样，刚才忘了问一声。

在门外等着，他也早料到的，一等就等了许久。终于听见里面拔去门闩，开了一扇侧门，那仆人闪在一边，说了声"请进来。"他等世钧走进去，依旧把门闩上了，然后在前面引路，沿着一条煤屑铺的汽车道走进去，两旁都是厚厚的冬青墙。在这傍晚的时候，园子里已经昏黑了，天上倒还很亮，和白天差不多。映着那淡淡的天色，有一钩淡金色的蛾眉月。

世钧在楼窗下经过，曼桢在楼上听见那脚步声，皮鞋践踏在煤屑路上。这本来也没有什么特异之点，但是这里上上下下就没有一个人穿皮鞋的，仆人都穿布鞋，曼璐平常总穿绣花鞋，祝鸿才穿的是那种粉底直贡呢鞋子。他们家也很少来客。这却是什么人呢？曼桢躺在床上，竭力撑起半身，很注意的向窗外看着，虽然什么也看不见，只看见那一片空明的天，和天上细细的一钩淡金色的月亮。她想，也许是世钧来了。但是立刻又想着，我真是疯了，一天到晚盼望世钧来救我，听见脚步声就以为是世钧。那皮鞋声越来越近，渐渐的又由近而远。曼桢心里急得什么似的，因想道："管他是谁呢，反正我喊救命。"可是她病了这些时，发热发得喉咙都哑了，她总有好些天没有和任何人说过话了，所以自己还不大觉得。这时候一张开嘴，自己都吃一惊，这样哑着嗓子叫喊，只听见喉咙管里发出一种沙沙之声罢了。

　　房间里黑沉沉的，只有她一个人在那里，阿宝自从上回白拿了她一只戒指，就没有再进来过，一直是张妈照料着。张妈刚巧走开了一会，到厨房里吃年糕去了。这还是正月里，家里剩下很多的年糕，佣人们也可以随时做着吃。张妈煮了一大碗年糕汤，才呷了一口，忽见阿宝鬼鬼祟祟的跑进来，低声叫道："张奶奶，快上去，叫你呢！"张妈忙放下碗来，问道："太太叫我？"阿宝略点了点头，附耳说道："叫你到后头房去看看。留点神！"张妈听见这话，只当是曼桢那里又出了什么意外，慌得三脚两步跑上楼去。阿宝跟在后面，才走到楼梯脚下，正遇见那男仆引着世钧从大门外面走进来。世钧从前在曼桢家里看见过阿宝的，虽然只见过一面，他倒很记得她，因向她看了一眼。阿宝一时心虚，怕他和她攀谈起来，要是问起顾家现在搬到什么地方去了，万一倒说得前言不对后语。她只把头低着，装作不认识他，径自上楼去了。

　　那男仆把世钧引到客厅里去，把电灯开了。这客厅非常大，布置得也极华丽，但是这地方好像不大有人来似的，说话都有回声。热水汀烧得很旺，世钧一坐下来便掏出手帕来擦汗。那男仆出去了一会，又送茶进来，搁在他面前的一张矮桌上。世钧见是两杯茶，再抬起眼来一看，原来曼璐已经进来了，从房间的另一头远远走来，她穿着一件黑色的长旗袍，袍叉里露出水钻镶边的黑绸长裤，踏在那藕灰丝绒大地毯上面，悄无声息的走过来。世钧觉得他上次看见她的时候，好像不是这样瘦，两个眼眶都深深的陷了进去，在灯影中看去，两只眼睛简直陷成两个窟窿。脸上经过化妆，自是红红白白的，也不知怎么的，却使世钧想起"红粉骷髅"四个字，单就字面上讲，应当是有点像她的脸型。

他从来没和她这样的女人周旋过，本就有点慌张，因站起身来，向她深深的一点头，没等她走到跟前，就急于申明来意，道："对不起，来打搅祝太太——刚才我去找曼桢，他们全家都搬走了。他们现在不知搬到哪儿去了？"曼璐只是笑着"嗯，嗯"答应着，因道："沈先生坐。喝点茶。"她先坐了下来。世钧早就注意到了，她手里拿着一个小纸包，他不禁向那纸包连看了两眼，却猜不出是什么东西，也不像是信件。他在她对面坐了下来，曼璐便把那纸包拆开了，里面另是一层银皮纸，再把那银皮纸的小包打开来，拿出一只红宝戒指。世钧一看见那戒指，不由得心中颤抖了一下，也说不出是何感想。曼璐把戒指递了过来，笑道："曼桢倒是料到的，她说沈先生也许会来找我。她叫我把这个交给你。"世钧想道："这就是她给我的回信吗？"他机械地接了过来，可是同时就又想着："这戒指不是早已还了我了？当时还了我，我当她的面就扔了字纸篓里了，怎么这时候倒又拿来还我？这又不是什么贵重的东西，假使非还我不可，就是寄给我也行，也不必这样郑重其事的，还要她姊姊亲手转交，不是诚心气我吗？她不是这样的人哪，我倒不相信，难道一个人变了心，就整个的人都变了？"

他默然了一会,便道:"那么她现在不在上海了?我还是想当面跟她谈谈。"曼璐却望着他笑了一笑,然后慢吞吞的说道:"那我看也不必了吧?"世钧顿了一顿,便红着脸问道:"她是不是结婚了?"曼璐的脸色动了一动,可是并没有立刻回答。世钧便又微笑道:"是不是跟张豫瑾结婚了?"曼璐端起茶杯来抿了一口。她本来是抱着随机应变的态度,虽然知道世钧对豫瑾是很疑心,她倒也不敢一口咬定说曼桢是嫁了豫瑾了,因为这种谎话是很容易对穿的,但是看这情形,要是不这样说,料想他也不肯死心。她端着茶杯,在杯沿上凝视着他,因笑道:"你既然知道,也用不着我细说了。"世钧其实她这儿来的时候也就没有存着多少希望,但是听了这话,依旧觉得轰然一声,人都呆住了,一个字也说不出来。隔了有一会工夫,他很仓促的站起来,和她点了个头,微笑道:"对不起,打搅你这半天。"就转身走了。可是才一举步,就仿佛脚底下咯吱一响,踩着一个什么东西,低头一看,却是他那只戒指。好好的拿在手里,不知怎么会手一松,滚到地下去了。也不知什么时候掉到地下的,那地毯那样厚,自然是听不见声音。他弯下腰去拾了起来,就很快的向口袋里一揣。要是闹了半天,还把那戒指丢在人家家里,那才是笑话呢。曼璐这时候也站起来了,世钧也没朝她看,不管她是一种嘲笑的还是同情的神气,同样是不可忍耐的。他匆匆的向门外走去,刚才那仆人倒已经把大门开了,等在那里。曼璐送到大门口就回去了,依旧由那男仆送他出去。世钧走得非常快,那男仆也在后面紧紧跟着。不一会,他已经出了园门,在马路上走着了,那边呜呜的来了一辆汽车,两道白光在前面开路。这虹桥路上并没有人行道,只是一条沥青大道,旁边却留出一条沙土铺的路,专为在上面跑马。世钧避到那条骑马道上走着，脚踩在那松松的灰土上，一软一软的，一点声音也没有。街灯昏昏沉沉的照着，人也有点昏昏沉沉的。

那只戒指还在他口袋里。他要是带回家去仔细看看，就可以看见戒指上裹的绒线上面有血迹。那绒线是咖啡色的，干了的血迹是红褐色，染在上面并看不出来，但是那血液胶黏在绒线上，绒线全僵硬了，细看是可以看出来的。他看见了一定会觉得奇怪，因此起了疑心，但是那好像是侦探小说里的事，在实生活里大概是不会发生的。世钧一路走着，老觉得那戒指在他裤袋里，那颗红宝石就像一个燃烧着的香烟头一样，烫痛他的腿。他伸进手去，把那戒指掏出来，一看也没看，就向道旁的野地里一扔。

那天晚上他回到医院里，他父亲因为他出去了一天，问他上哪儿去了，他只推说遇见了熟人，被他们拉着不放，所以这时候才回来。他父亲见他有些神情恍惚，也猜着他一定是去找女朋友去了。第二天，他舅舅到医院里来探病，坐的时间比较久，啸桐说话说多了，当天晚上病情就又加重起来。自这一天起，竟是一天比一天沉重，在医院里一住两个月，后来沈太太也到上海来了，姨太太带着孩子们也来了，就等着送终。啸桐在那年春天就死在医院里。

春天，虹桥路紫荆花也开花了，紫郁郁的开了一树的小红花。有一只鸟立在曼桢的窗台上跳跳蹦蹦，房间里面寂静得异样，它以为房间里没有人，竟飞进来了，扑喇扑喇乱飞乱撞，曼桢似乎对它也不怎么注意。她坐在一张椅子上，她的病已经好了，但是她发现她有孕了。她现在总是这样呆呆的，人整个的有点麻木。坐在那里，太阳晒在脚背上，很是温暖，像有一只黄猫咕噜咕噜伏在她脚上。她因为和这世界完全隔离了，所以连这阳光照在身上都觉得有一种异样的亲切的意味。

她现在倒是从来不哭了，除了有时候，她想起将来有一天跟世钧见面，要把她的遭遇一一告诉他听，这样想着的时候，就好像已经面对面在那儿对他说着，她立刻两行眼泪挂下来了。

十三

　　啸桐的灵柩由水路运回南京，世钧跟着船回去，沈太太和姨太太则是分别乘火车回去的。沈太太死了丈夫，心境倒开展了许多。寡居的生活她原是很习惯的，过去她是因为丈夫被别人霸占去而守活寡，所以心里总有这样一口气咽不下，不像现在是名正言顺的守寡了，而且丈夫简直可以说是死在她的怀抱中，盖棺论定，现在谁也没法把他抢走了。这使她心里觉得非常安定而舒泰。

　　因为家里地方狭窄，把灵柩寄存在庙里，循例开吊发丧，忙过这些，就忙分家的事情。是姨太太那边提出分家的要求，姨太太那边的小孩既多，她预算中的一笔教育费又特别庞大，还有她那母亲，她说啸桐从前答应给她母亲养老送终的。虽然大家都知道她这些年来积下的私蓄一定很可观，而且啸桐在病中迁出小公馆的时候，也还有许多要紧东西没有带出来，无如这都是死无对证的事。世钧是一贯抱着息事宁人的主张，劝他母亲吃点亏算了，但是女人总是气量小的，而且里面还牵涉着他嫂嫂。他们这次分家是对姨太太而言，他嫂嫂以后还是跟着婆婆过活，不过将来总是要分的。他嫂嫂觉得她不为自己打算，也得为小健打算。她背后有许多怨言，怪世钧太软弱了，又说他少爷脾气，不知稼穑之艰难，又疑心他从前住在小公馆里的时候，被姨太太十分恭维，年轻人没有主见，所以反而偏向着她。其实世钧在里面做尽难人。拖延了许多时候，这件事总算了结了。

他父亲死后，百日期满，世钧照例到亲戚家里去"谢孝"，挨家拜访过来，石翠芝家里也去了一趟。翠芝的家是一个半中半西的五开间老式洋房，前面那花园也是半中半西的，一片宽阔的草坪，草坪正中却又堆出一座假山，挖了一个小小的池塘，养着金鱼。世钧这次来，是一个夏天的傍晚，太阳落山了，树上的蝉声却还没有休歇，翠芝正在花园里溜狗。她牵着狗，其实是狗牵着人，把一根皮带拉得笔直的，拉着她飞跑。世钧向她点头招呼，她便喊着那匹狗的英文名字："来利！来利！"好容易使那狗站住了。世钧笑道："这狗年纪不小了吧？我记得一直从前你就有这么个黑狗。"翠芝道："你说的是它的祖母了。这一只跟你们家那只是一窝。"世钧道："叫来利？"翠芝道："妈本来叫它来富，我嫌难听。"世钧笑道："伯母在家？"翠芝道："出去打牌去了。"

翠芝在他们开吊的时候也来过的，但是那时候世钧是孝子，始终在孝帏里，并没有和她交谈，所以这次见面，她不免又向他问起他父亲故世前的情形。她听见说世钧一直在医院里侍候，便道："那你这次去没住在叔惠家里？你看见他没有？"世钧道："他到医院里来过两次。"翠芝不言语了。她本来还想着，叔惠也说不定不在上海了，她曾经写过一封信给他，信里提起她和一鹏解除婚约的事，而他一直没有回信。他一直避免和她接近，她也猜着是因为她家里有钱，他自己觉得高攀不上，所以她总想着应当由她这一方面采取主动的态度。但是这次写信给他他没有回信，她又懊悔，倒不是懊悔她这种举动太失身分，因为她对他是从来不想到这些的。她懊悔不是为别的，只是怕人家觉得她太露骨了，即使他本来有意于她的，也会本能地起反感。所以她这一向一直郁郁的。

她又笑着和世钧说："你在上海常看见顾小姐吧？她好吗？"世钧道："这回没看见她。"翠芝笑道："她跟叔惠很好吧？"世钧听她这话，先觉得有点诧异，然而马上就明白过来，她一定是从他嫂嫂那里听来的，曼桢和叔惠那次到南京来玩，他不是告诉他家里人说曼桢是叔惠的朋友，免得他们用一种特殊的眼光看待曼桢。现在想起那时候的情景，好像已经事隔多年，渺茫得很了。他勉强笑道："她跟叔惠也是普通朋友。"翠芝道："我真羡慕像她那样的人，在外面做事多好。"世钧不由得苦笑了，他想曼桢身兼数职，整天辛苦奔波的情形，居然还有人羡慕她。但是那也是过去的事了，人家现在做了医院院长的太太，当然生活比较安定了。

翠芝又道："我也很想到上海去找一个事做做。"世钧笑道："你要做事干什么？"翠芝笑道："怎么，你觉得我不行？"世钧笑道："不是，你现在不是在大学念书么？"翠芝道："大学毕业也不过是那么回事，我就是等毕了业说要出去做事，我家里人也还是要反对的。"说着，她长长的透了口气。她好像有一肚子的牢骚无从说起似的。世钧不由得向她脸上望了望。她近来瘦多了。世钧觉得她自从订了婚又毁约之后，人好像跟从前有点不同，至少比从前沉静了许多。

两人跟在那只狗后面，在草坪上缓缓走着。翠芝忽然说了一声："他真活泼。"世钧道："你是说来利？"翠芝略顿了一顿，道："不，我说叔惠。"世钧道："是的，他真活泼，我要是心里不痛快的时候，去找他说说话，就真的会精神好起来了。"他心里想，究竟和翠芝没有什么可谈的，谈谈就又谈到叔惠身上来了。

翠芝让他进去坐一会，他说他还有两家人家要去一趟，就告辞走了。他这些日子一直没到亲戚家里去走动过，这时候已经满了一百天，就没有这些忌讳了，渐渐就有许多不可避免的应酬。从前他嫂嫂替他和翠芝做媒碰了个钉子，他嫂嫂觉得非常对不起她的表妹，"鞋子不做倒落了个样"。事后当然就揭过不提了，翠芝的母亲那方面当然更是讳莫如深，因此他们亲戚间对于这件事都不大知道内情。爱咪说起这桩事情，总是归罪于世钧的怕羞，和翠芝的脾气倔，要不然两人倒是很好的一对。翠芝一度订了婚又悔婚，现在又成了个问题人物了。世钧也许是多心，他觉得人家请起客来，总是有他一定有她。翠芝也有同感。她常到爱咪那里去打网球，爱咪就常常找世钧去凑一脚。世钧在那里碰见一位丁小姐，网球打得很好，她是在上海进大学的，和世钧还是先后同学。世钧回家去，说话中间提起过她几次，他母亲就借故到爱咪那里去了一趟，偷偷的把那丁小姐相看了一下。世钧的父亲临终的时候曾经说过，说他唯一的遗憾就是没有看见世钧结婚。他母亲当时就没敢接这个碴，因为想着世钧如果结婚的话，一定就是和曼桢结婚了。但是现在事隔多时，沈太太认为危机已经过去了，就又常常把他父亲这句遗言提出来，挂在嘴上说着。

相识的一班年轻人差不多都结婚了，好像那一年结婚的人特别多似的，入秋以来，接二连三的吃人家的喜酒。这其间最感刺激的是翠芝的母亲。本来翠芝年纪也还不算大，她母亲其实用不着这样着急，但是翠芝最近有一次竟想私自逃走，留下一封信来，说要到上海去找事，幸而家里发觉得早，在火车站上把她截获了，虽然在火车站上没看见有什么人和她在一起，她母亲还是相信她一定是受人诱惑，所以自从出过这桩事情，她母亲更加急于要把她嫁出去，认为留她在家里迟早要出乱子。

最近有人替她做媒，说一个秦家，是一个土财主的少爷，还有人说他是有嗜好的。介绍人请客，翠芝无论如何不肯去，一早就躲出去了，也没想好上哪儿去。她觉得她目前的处境，还只有她那表姊比较能够了解，就想去找她的表姊痛痛快快哭诉一番。沈家大少奶奶跟翠芝倒是一直很知己的，就连翠芝和一鹏解约，一个是她的表妹，一个是她自己的弟弟，她也并没有偏向着谁。因为在她简单的头脑中，凡是她娘家的人都是好的，她弟弟当然是一等一的好人。她的表妹也错不了，这事情一定是有外人从中作祟。一鹏解约后马上就娶了窦文娴，那一定就是窦文娴不好，处心积虑破坏他们的感情，把一鹏抢了去了。因此她对翠芝倒颇为同情。

这一天翠芝到沈家来想对她表姊诉苦，没想到大少奶奶从来不出门的人，倒刚巧出去了，因为她公公停灵在庙里，她婆婆想起来说好久也没去看看，便买了香烛纸钱要去磕个头，把小健也带着。就剩世钧一个人在家，他一看见翠芝就笑道："哦，你家里知道你要上这儿来？刚才他们打电话来问的，我还告诉他们说不在这儿。"翠芝知道她母亲一定是着急起来了，在那儿到处找她。她自管自坐下来，问道："表姊出去了？"世钧道："跟我妈上庙里去了。"翠芝道："哦，伯母也不在家？"她看见桌上有本书，就随手翻看着，世钧见她那样子好像还预备坐一会，便笑道："要不要打个电话回去告诉你家里，说你来了？"翠芝突然抬起头来道："干什么？"世钧倒怔了一怔，笑道："不是，我想伯母找你也许有什么事情。"她又低下头去看书,道:"她不会有什么事情。"

世钧听她的口吻就有点明白了,她一定是和母亲呕气跑出来的。翠芝这一向一直很不快乐,他早就看出来了,但是因为他自己心里也很悲哀,而他绝对不希望人家问起他悲哀的原因,所以推己及人,别人为什么悲哀他也不想知道。说是同病相怜也可以,他觉得和她在一起的时候,比和别人作伴要舒服得多,至少用不着那样强颜欢笑。翠芝送他们的那只狗,怯怯的走上前来摇着尾巴,翠芝放下书给它抓痒痒,世钧便搭讪着笑道:"这狗落到我们家里也够可怜的,也没有花园,也没有人带它出去溜溜。"翠芝也没听见他说些什么。世钧忽然看见她的眼眶里充满了泪水,他便默然了。还是翠芝打破了这沉默,问道:"你这两天有没有去打网球?"世钧微笑道:"没有。你今天去不去?一块去吧?"翠芝道:"我打来打去也没有进步。"她说话的声音倒很镇静,跟平常完全一样,但是一面说着话,眼泪就簌簌的落下来了,她别过脸去不耐烦地擦着,然而永远擦不干。世钧微笑着叫了声"翠芝。"又道:"你怎么了?"她不答应。他又呆了一会,便走过来坐在她身边,用手臂围住她的肩膀。

新秋的风从窗户里吹进来,桌上那本书自己一页一页掀动着,拍拍作声,那声音非常清脆可爱。

翠芝终于挣脱了他的手臂。然后她又好像解释似的低声说了一句:"待会儿给人家看见了。"那么,如果没有被人看见的危险,就是可以的了。世钧不禁望着她微微一笑,翠芝立刻胀红了脸,站起来就走,道:"我走了。"世钧笑道:"回家去?"翠芝大声道:"谁说的?我才不回去呢!"世钧笑道:"那么上哪儿去?"翠芝笑道:"那你就别管了!"世钧笑道:"去打网球去,好不好?"翠芝先是不置可否，后来也就一同去了。

第二天他又到她家里去接她，预备一同去打网球，但是结果也没去，就在她家里坐着谈谈说说，吃了晚饭才回去。她母亲对他非常亲热，对翠芝也亲热起来了。这以后世钧就常常三天两天的到他们家去。沈太太和大少奶奶知道了，当然非常高兴，但是也不敢十分露出来，恐怕大家一起哄，他那里倒又要打退堂鼓了。大家表面上尽管不说什么，可是自会造成一种祥和的空气，世钧无论在自己家里或是到翠芝那里去，总被这种祥和的空气所包围着。

翠芝过生日，世钧送了她一只钻石别针，钻石是他家里本来有在那里的，是他母亲的一副耳环，拿去重镶了一下，平排四粒钻石，下面托着一只白金管子，式样倒很简单大方。翠芝当场就把它别在衣领上，世钧站在她背后看着她对镜子别别针，她便问他："你怎么知道我什么时候过生日？"世钧笑道："我嫂嫂告诉我的。"翠芝笑道："是你问她的还是她自己告诉你的？"世钧扯了个谎道："我问她的。"他在镜子里看她，今天她脸上淡淡的抹了些胭脂，额前依旧打着很长的前刘海，一头鬈发用一根乌绒带子束住了，身上穿着件深红灯芯绒的短袖夹袍。世钧两只手抚摸着她两只手臂，笑道："你怎么瘦了？瞧你这胳膊多瘦！"翠芝只管仰着脸，很费劲的扣她的别针，道："我大概是疰夏，过了一个夏天，总要瘦些。"世钧抚摸着她的手臂，也许是试探性的，跟着就又从后面凑上去，吻她的面颊。她的粉很香。翠芝挣扎着道："别这么着——算什么呢——给人看见了——"世钧道："看见就看见。现在不要紧了。"为什么现在即使被人看见也不要紧，他没有说明白，翠芝也没有一定要他说出来。她只是回过头来有些腼腆地和他相视一笑。两人也就算是一言为定了。

世钧平常看小说,总觉得小说上的人物不论男婚女嫁,总是特别麻烦,其实结婚这桩事情真是再便当也没有了,他现在发现。

因为世钧的父亲才亡故不久,不能太铺张,所以他们订婚也不预备有什么举动。预定十月里结婚。他和翠芝单独相处的时候,他们常常喜欢谈到将来婚后的情形,翠芝总希望有一天能够到上海去组织小家庭,住什么样的房子,买什么样的家具,墙壁漆什么颜色,或是用什么花纸,一切都是非常具体的。不像从前和曼桢在一起,想到将来共同生活,只觉得飘飘然,却不大能够想像是怎样的一个情形。

结婚前要添置许多东西,世钧打算到上海去一趟。他向翠芝说:"我顺便也要去看看叔惠,找他来做伴郎,有许多别的事他也可以帮帮忙,不要看他那样嘻嘻哈哈的,他做起事来真能做,我真佩服他。"翠芝先没说什么,过了一会,她忽然很愤激地说:"我不懂为什么,你一提起叔惠总是说他好,好像你样样事情都不如他似的,其实你比他好得多,你比他好一万倍。"她拥抱着他,把她的脸埋在他肩上。世钧从来没看见她有这样热情的表示,他倒有点受宠若惊了。同时他又觉得惭愧,因为她对他是这样一种天真的热情,而他直到现在恐怕心底里还是有点忐忑不定。也就是为这个原因,他急于想跟叔惠当面谈谈,跟他商量商量。

他来到上海,知道叔惠不到星期日不会回家来的,就直接到杨树浦他们那宿舍里去找他。叔惠已经下班了,世钧注意到他身上穿着件灰色绒线背心,那还是从前曼桢打了同样的两件分送给他们两个人,世钧那一件他久已不穿了,却不能禁止别人穿。

两人在郊外散步,叔惠说:"你来得真巧,我正想给你写信呢。我弄了个奖学金,到美国去,去当穷学生去,真是活回去了。没办法,我看看这儿也混不出什么来,搞个博士回来也许好点。"世钧忙问:"到美国什么地方?"叔惠道:"是他们西北部一个小大学,名不见经传的。管它呢,念个博士回来,我们也当当波士。你有兴趣,我到了那儿给你找关系,你也去。"世钧笑道:"我去是也未尝不想去,可是我的情形不太简单。"叔惠笑道:"听你这口气,你要结婚了是不是?"世钧一听就知道他误会了,以为是曼桢,倒真有点窘,只得微笑道:"我就是为这桩事来跟你商量商量。我跟翠芝订婚了。"叔惠愕然道:"石翠芝?"说着忽然怪笑了起来,又道:"跟我商量什么?"他那声口简直有敌意,不见得完全是为曼桢不平,似乎含有一种侮辱的意味。世钧觉得实在可气,在这种情形下,当然绝对不肯承认自己也在狐疑不决,便道:"想找你做伴郎。"叔惠默然了一会,方道:"跟翠芝结婚,那你就完全泥足了,只好一辈子安份守己,做个阔少奶奶的丈夫。"世钧只淡淡地笑了笑,道:"那也在乎各人自己。"他显然是不大高兴,叔惠也觉得了,自己就又谴责自己,为什么这样反对他们结合呢?是否还是有一点私心,对于翠芝,一方面理智地不容许自己和她接近,却又不愿意别人占有她。那太卑鄙了。他这样一想,本来有许多话要劝世钧的,也就不打算说了。

他笑道:"你看我这人真岂有此理,还没跟你道喜呢,只顾跟你抬杠!"世钧也笑了。叔惠又笑道:"你们什么时候订婚的?"世钧道:"就是最近。"他觉得似乎需要一点解释,因为他一向对翠芝毫无好感,叔惠是比谁都知道得更清楚的。他便说:"从前你记得,我嫂嫂也给我们介绍过的,不过那时候她也还是个小孩,我呢,我那时候大概也有点孩子脾气,越是要给我介绍,我越是不愿意。"他这口吻好像是说,从前那种任性的年轻时代已经过去了，而现在是稳步进入中年，按照他们同一阶层的人们所习惯的生活方式，循规蹈矩的踏上人生的旅程。叔惠听见他这话，倒觉得一阵凄凉。他们在旷野中走着，杨树浦的工厂都放工了，远远近近许多汽笛呜呜长鸣，烟囱里的烟，在通红的夕阳天上笔直上升。一群归鸦呱呱叫着从头上飞过。世钧又说起叫他做伴郎的话，叔惠推辞说动身在即，恐怕来不及参与世钧的婚礼了。但是世钧说，如果来不及的话，他宁可把婚期提早一些，想必翠芝也会同意的。叔惠见他这样坚持，也就无法拒绝了。

那天晚上叔惠留他在宿舍里吃了晚饭，饭后又谈了一会才走，他这次来是住在他舅舅家里。住了几天，东西买得差不多了，就回南京去了。

叔惠在他们的喜期的前一天来到南京。办喜事的人家向来是闹哄哄的，家翻宅乱，沈太太在百忙中还替叔惠布置下一间客房。他们自己家里地方是逼仄一点，可是这次办喜事排场倒不小，先在中央饭店举行婚礼，晚上又在一个大酒楼上排下喜宴。翠芝在酒楼上出现的时候，已经换上一身便装，大红丝绒窄袖旗袍上面罩一件大红丝绒小坎肩，是那时候最流行的式样。叔惠远远的在灯下望着她，好久不见了，快一年了吧，上次见面的时候，他向她道贺因为她和一鹏订了婚，现在倒又向她道贺了。永远身为局外人的他，是不免有一点感慨的。他是伴郎，照理应当和新郎新娘同席，但是因为他善于应酬，要借重他招待客人，所以把他安插在另外一桌上。他们那一桌上也许因为有他，特别热闹，闹酒闹得很凶。叔惠豁拳的技术实在不大高明，又不肯服输，结果是他喝得最多。

后来大家轮流到新人的席上去敬酒，叔惠也跟着起哄，大家又闹着要他们报告恋爱经过。僵持了许久，又有人出来打圆场，叫他们当众搀一搀手就算了。这在旧式的新郎新娘，或许是一个难题，像他们这是由恋爱而结婚的新式婚姻，握握手又算得了什么，然而翠芝脾气很僵，她只管低着头坐在那里，世钧又面嫩，还是叔惠在旁边算是替他们解围，他硬把翠芝的手一拉，笑道："来来来，世钧，手伸出来，快。"但是翠芝这时候忽然抬起头来，向叔惠呆呆的望着。叔惠一定是喝醉了，他也不知怎么的，尽拉着她的手不放。世钧心里想，翠芝一定生气了，她脸上颜色很不对，简直惨白，她简直好像要哭出来了。

　　席散了以后，一部份人仍旧跟他们回到家里去，继续闹房，叔惠却没有参加，他早跟世钧说好的，当天就得乘夜车回上海去，因为马上就要动身出国了，还有许多事情需要料理。所以他回到世钧家里，只和沈太太说了一声，就悄悄的拿着箱子雇车走了。

　　闹房的人一直闹到很晚才走。本来挤满了一屋子的人，人都走了，照理应当显得空阔得多，但是恰巧相反，不知道为什么反而觉得地方变狭小了。屋顶也太低了，简直有点透不过气来。世钧装出闲适的样子，伸了个懒腰。翠芝道："刚才闹得最厉害的有一个小胖子，那是谁？"他们把今天的来宾一一提出来讨论着，某小姐最引人注目，某太太最"疯"了，某人的举动最滑稽，一谈就谈了半天，谈得很有兴味似的。桌上摆着几只高脚玻璃碟子，里面盛着各色糖果，世钧就像主人似的让她吃，她每样都吃了一些。这间房本来是他们家的起坐间，经过一番改装，沈太太因为迎合他们年轻人的心理，并没有照旧式新房那样一切都用大红色，红天红地像个血海似的。现在这间房却是布置得很幽雅，比较像一个西式的旅馆房间。不过桌上有一对银蜡台，点着两只红烛。只有这深宵的红烛是有一些新房的意味。

翠芝道："叔惠今天醉得真厉害。"世钧笑道："可不是！他一个人怎么上火车，我倒真有点不放心。"翠芝默然，过了一会又道："等他酒醒的时候，不知道火车开到什么地方了。"她坐在梳妆台前面刷头发，头发上全是人家撒的红绿纸屑。

世钧又和她说起他舅舅家那个老姨太太，吃斋念佛，十廿年没出过大门，今天居然也来观礼。翠芝刷着头发，又想起来说："你有没有看见爱咪今天的头发样子，很特别。"世钧道："哦，我倒没注意。"翠芝道："据说是上海最新的样子。你上次到上海去有没有看见？"世钧想了一想，道："不知道。倒没留心。……"

谈话的资料渐渐感到缺乏，世钧便笑道："你今天一定累了吧？"翠芝道："我倒还好。"世钧道："我一点也不困，大概话说多了，反而提起神来了。我倒想再坐一会，看看书，你先睡吧。"翠芝道："好。"

世钧拿着一本画报在那儿看。翠芝继续刷头发。刷完头发，又把首饰一样样脱下来收在梳妆台抽屉里。世钧见她尽管慢吞吞的，心里想她也许觉得当着人就解衣上床有许多不便，就笑道："开着灯你恐怕睡不着吧？"翠芝笑道："嗳。"世钧道："我也有这个习惯的。"他立起来把灯关了，他另外开了一盏台灯看书，房间里立刻暗了下来。

半晌，他别过头去一看，她还没睡，却在烛光下剪手指甲。时候真的不早了，两只蜡烛已经有一只先点完了。要照迷信的说法，这是很不好的预兆，虽然翠芝不见得会相信这些，但是世钧还是留了个神，只笑着说了一声："呦，蜡烛倒已经点完了，你还不睡？"翠芝隔了一会方才答道："我就要睡了。"世钧听她的声音有点喑哑，就想着她别是又哭了，因为他冷淡了她？总不会是因为有一只蜡烛先点完？

他向她注意地看了看，但是就在这时候，她刚巧用她剪指甲的那把剪刀去剪烛花，一剪，红烛的光焰就往下一挫，顿时眼前一黑，等到剪好了，烛光又亮了起来，照在她脸上，她的脸色已经是很平静的。但是世钧知道她刚才一定是哭了。

他走到她跟前去，微笑道："为什么又不高兴了？"一遍一遍问着。她先是厌烦地推开了他。然后她突然拉住他的衣服呜咽起来，冲口而出地说："世钧，怎么办，你也不喜欢我。我想过多少回了，要不是从前已经闹过一次——待会人家说，怎么老是退婚，成什么话？现在来不及了吧，你说是不是来不及了？"

当然来不及了。她说的话也正是他心里所想的，他佩服她有这勇气说出来，但是这种话说出来又有什么好处？

他惟有喃喃地安慰着她："你不要这样想。不管你怎么样，反正我对你总是……翠芝，真的，你放心。你不要这样。你不要哭。……喂，翠芝。"他在她耳边喃喃地说着安慰她的话，其实他自己心里也和她一样的茫茫无主。他觉得他们像两个闯了祸的小孩。

十四

曼桢因为难产的缘故进了医院。祝家本来请了一个产科医生到家里来接生，是他们熟识的一个女医生，常常和曼璐一桌打牌的，那女医生也是一个清客一流的人物，对于阔人家里有许多怪现状也见得多了，丝毫不以为奇，所以曼璐认为她是可以信托的。她的医道可并不高明，偏又碰到难产。她主张送医院，可是祝家一直延挨着，不放心让曼桢走出那个大门，直到最后关头方才仓皇地用汽车把她送到一个医院里。是曼璐陪她去的，曼璐的意思当然要住头等病室，尽可能地把她和外界隔离起来，可是刚巧头二等病房都客满了，再换一家医院又怕耽误时候，结果只好住了三等病房。

曼桢在她离开祝家的时候已经陷入昏迷状态了，但是汽车门砰的一关，汽车缓缓开出去，花园的大铁门也豁朗朗打开了，她忽然心里一清。她终于出来了。死也要死在外面。她恨透了那所房子，这次出去是再也不会回去了，除非是在噩梦中。她知道她会梦见它的。无论活到多么大，她也难以忘记那魔宫似的房屋与花园，在恐怖的梦里她会一次一次的回到那里去。

她在医院里生下一个男孩子，只有五磅重，她想他一定不会活的。夜班看护把小孩抱来给她喂奶，她在黯黄的灯光下望着他的赤红色的脸。孩子还没出世的时候她对他的感觉是憎恨大于一切，虽然明知道孩子是无辜的。就连现在，小孩已经在这里了，抱在她怀里了，她也仍旧于惊讶中感到一丝轻微的憎恶的颤栗。他长得像谁？其实这初生的婴儿是什么人都不像，只像一个红赤赤的剥了皮的小猫，但是曼桢仿佛在他脸上找到某种可疑之点，使她疑心他可是有点像祝鸿才。……无论如何是不像她，一点也不像。也有人说，孩子怀在肚里的时候，如果那母亲常常想念着什么人，孩子将来就会长得像那个人。——像不像世钧呢？实在看不出来。

　　想到世钧，她立刻觉得心里很混乱。在祝家度着幽囚的岁月的时候，她是渴望和他见面的，见了面她要把一切都告诉他听，只有他能够安慰她。她好像从来没想到，她已经跟别人有了小孩了，他会不会对她有点两样呢？那也是人情之常吧？但是她把他理想化了，她相信他只有更爱她，因为她受过这许多磨难。她在苦痛中幸而有这样一个绝对可信赖的人，她可以放在脑子里常常去想想他，那是她唯一的安慰。但是现在，她就快恢复自由了，也许不久就可以和他见面了，她倒又担忧起来。假如他在上海，并且刚巧到这家医院来探望朋友，走过这间房间看见了她——那太好了，马上可以救她出去，但是——如果刚巧被他看见这吃奶的孩子偎在她身边，他作何感想呢？替他想想，也真是很难堪。

　　她望着那孩子，孩子只是全心全力地吮吸着乳汁，好像恨不得把她这个人统统喝下去似的。

　　她得要赶紧设法离开这医院，也许明天就走，但是她不能带着孩子一同走。她自己也前途茫茫，还不知道出去之后是怎样一个情形。孩子丢给她姊姊倒不用担心，她姊姊不会待亏他的，不是一直想要一个儿子吗？不过这孩子太瘦弱了，她相信他会死掉的。

她突然俯下身去恋恋地吻着他。她觉得他们母子一场，是在生与死的边疆上匆匆的遇合，马上就要分开了，然而现在暂时他们是世界上最亲近的人。

看护来把孩子抱走的时候，她向看护要一杯水喝。上次来量热度的时候她已经说过这话，现在又说了，始终也没有拿来。她实在口渴得厉害，只得大声喊："郑小姐！郑小姐！"却把隔壁床上的一个产妇惊醒了，她听见那人咳嗽。

她们两张床中间隔着一个白布屏风。她们曾经隔着屏风说过话的，那女人问曼桢是不是头胎，是男是女。她自己生的也是一个男的，和曼桢的孩子同日生的，先后只相差一个钟头不到。这女人的声音听上去很年轻，她却已经是四个孩子的母亲了，她丈夫姓蔡，她叫金芳，夫妻俩都在小菜场摆蛋摊度日。那天晚上曼桢听见她咳嗽，便道："蔡师母，把你吵醒了吧？"蔡金芳道："没关系的。此地的看护顶坏了，求她们做点事情就要像叫化子似的，'小姐小姐'叫得震天响。我真恨伤了，想想真是，爷娘公婆的气我都不受，跑到这里来受她们的气！"

蔡金芳翻了个身，又道："祝师母，你嫂嫂今天没来看你？"曼桢一时摸不着头脑，"祝师母"是谁，"嫂嫂"又是谁，后来忽然想起来，曼璐送她进院的时候，大概是把她当作祝鸿才太太来登记的。前几天曼璐天天来探视，医院里的人都知道她也姓祝，还当作她是曼桢婆家的人。

金芳见曼桢答不出话来，就又问："是你的嫂嫂吧？"曼桢只得含糊地答应了一声。金芳又道："你的先生不在上海呀？"曼桢又"唔"了一声，心里却觉得非常难过。

夜深了，除了她们两个人，一房间的人都睡熟了。窗外是墨黑的天，天上面嵌着白漆窗棂的白十字架。在昏黄的灯光下，曼桢把她的遭遇一样一样都告诉了蔡金芳了。她跟金芳直到现在始终也没有见过面，不过直觉地感到那是一个热心人，而她实在需要援助。本来想一有机会就告诉此地的医生，她要求提早出院，不等家属来接。或者告诉看护叫她们转达，也是一样，但是这里的医生看护对三等病房的病人显然是不拿他们当回事，谁高兴管你们这些家庭纠纷。

而且她的事情这样离奇，人家能不能相信她呢？万一曼璐倒一口咬定她是有精神病的，趁她这时候身体还没有复元，没有挣扎的力量，就又硬把她架回去，医院里人虽然多，谁有工夫来管这些闲事。她自己看看也的确有点像个精神病患者，头发长得非常长，乱蓬蓬地披在肩上，这里没有镜子，无法看见自己的脸，但是她可以看见她的一双手现在变得这样苍白，手腕瘦得像柴棒似的，一根螺蛳骨高高的顶了起来。

只要两只脚稍微有点劲，下地能够站得住，她就悄悄的自己溜出去了，但是她现在连坐起来都觉得头晕，只恨自己身体不争气。她跟金芳商量，想托金芳的丈夫给她家里送个信，叫她母亲马上来接她。其实她也觉得这办法不是顶妥当，她母亲究竟是什么态度也还不知道，多半已经被她姊姊收买了，不然怎么她失去自由快一年了也不设法营救她？这一点是她最觉得痛心的，想不到她自己的母亲对她竟是这样，倒反而不及像蔡金芳这样一个陌路相逢的人。

金芳愤慨极了，说她的姊姊姊夫简直不是人，说："拖他们到巡捕房里去！"曼桢忙道："你轻一点！"金芳不作声了，听听别的病人依旧睡得声息毫无，极大的房间里，只听见那坐在门口织绒线的看护的竹针偶尔轻微地"嗒——"一响。

曼桢低声道："我倒不想跟他们打官司。打起官司来，总是他们花得起钱的人占上风。"金芳道："你这话一点也不错。我刚才是叫气昏了，其实像我们这样做小生意的人，吃巡捕的苦头还没有吃够？我还有什么不晓得——拖他们到巡捕房里去有什么用，还不是谁有钞票谁凶！决不会办他们吃官司的，顶多叫他们拿出点钱来算赔偿损失。"

曼桢道："我是不要他们的钱。"金芳听了这话，似乎又对她多了几分敬意，便道："那么你快点出去吧，明天我家霖生来，就叫他陪你一块出去，你就算是我，就算他是来接我的。你走不动叫他搀搀你好了。"曼桢迟疑了一下，道："好倒是好，不过万一给人家看出来了，不要连累你们吗？"金芳笑了一声道："他们要来寻着我正好，我正好辣辣两记耳光打下去。"曼桢听她这样说，倒反而一句话也说不出，心里的感激之情都要满溢出来了。金芳又道："不过就是你才生了没有几天工夫，这样走动不要带了毛病。"曼桢道："我想不要紧的。也顾不了这许多了。"

两人又仔细商议了一回。她们说话的声音太轻了，头一着枕就听不清楚，所以永远需要把头悬空，非常吃力。说说停停，看看已经天色微明了。

第二天下午，到了允许家属来探望的时间，曼桢非常焦急地盼望金芳的丈夫快来，谁知他还没来，曼璐倒和鸿才一同来了，鸿才这还是第一次到医院来，以前一直没露面。他手里拿着一把花，露出很侷促的样子。曼璐拎着一个食篮,她每天都要煨了鸡汤送来的。曼桢一看见他们就把眼睛闭上了。曼璐带着微笑轻轻地叫了声"二妹"。曼桢不答。鸿才站在那里觉得非常不得劲,只得向周围张张望望,皱着眉向曼璐说道:"这房间真太不行了,怎么能住?"曼璐道:"是呀,真气死人,好一点的病房全满了。我跟他们说过了,头二等的房间一有空的出来,立刻就搬过去。"鸿才手里拿着一束花没处放,便道:"叫看护拿个花瓶来。"曼璐笑道:"叫她把孩子抱来给你看看。你还没看见呢。"便忙着找看护。

乱了一会,把孩子抱来了。鸿才是中年得子,看见这孩子,简直不知道要怎样疼他才好。夫妻俩逗着孩子玩,孩子呱呱地哭了,曼璐又做出各种奇怪的声音来哄他。曼桢始终闭着眼睛不理他们。又听见鸿才问曼璐:"昨天来的那个奶妈行不行?"曼璐道:"不行呀,今天验了又说是有沙眼。"夫妻俩只管一吹一唱,曼桢突然不耐烦地睁开眼睛,有气无力地说了一声:"我想睡一会,你们还是回去吧。"曼璐呆了一呆,便轻声向鸿才道:"二妹嫌吵得慌。你先走吧。"鸿才懊丧地转身就走,曼璐却又赶上去,钉住了他低声问:"你预备上哪儿去?"鸿才咕哝了一句,不知道他是怎样回答她的,她好像仍旧不大放心,却又无可奈何,只说了一声:"那你到那儿就叫车子回来接我。"

鸿才走了,曼璐却默默无言起来,只是抱着孩子,坐在曼桢床前,轻轻地摇着拍着孩子。半晌方道:"他早就想来看你的,又怕惹你生气。前两天,他看见你那样子,听见医生说危险,他急得饭都吃不下。"

曼桢不语。曼璐从那一束花里抽出一枝大红色的康乃馨,在孩子眼前晃来晃去,孩子的一颗头就跟着它动。曼璐笑道:"咦,倒已经晓得喜欢红颜色了！"孩子把花抓在手里，一个捏不牢，那朵花落在曼桢枕边。曼璐看了看曼桢的脸色，见她并没有嫌恶的神情，便又低声说道："二妹，你难道因为一个人酒后无德做错了事情，就恨他一辈子。"说着，又把孩子送到她身边，道："二妹，现在你看在这孩子份上，你就原谅了他吧。"

曼桢因为她马上就要丢下孩子走了，心里正觉得酸楚，没想到在最后一面之后倒又要见上这样一面。她也不朝孩子看，只是默然地搂住了他，把她的面颊在他头上揉擦着。曼璐不知道她的心理。在旁边看着，却高兴起来，以为曼桢终于回心转意了，不过一时还下不下这个面子，转不过口来；在这要紧关头，自己说话倒要格外小心才是，不要又触犯了她。因此曼璐也沉默下来了。

金芳的丈夫蔡霖生已经来了好半天了。隔着一扇白布屏风，可以听见他们喁喁细语，想必金芳已经把曼桢的故事一情一节都告诉他了。他们那边也凝神听着这边说话，这边静默下来，那边就又说起话来了。金芳问他染了多少红蛋，又问他到这里来，蛋摊上托谁在那里照应着。他们本来没有这许多话说的，霖生早该走了，只因为要带着曼桢一同走，所以只好等着。老坐在那里不说话，也显得奇怪，只得断断续续地想出些话来说。大概他们夫妇俩从来也没有这样长谈过，觉得非常吃力。霖生说这两天他的姊姊在蛋摊上帮忙，姊姊也是大着肚子。金芳又告诉他此地的看护怎样怎样坏。

曼璐尽坐在那儿不走，家属探望的时间已经快过去了。有些家属给产妇带了点心和零食来，吃了一地的栗子壳，家里人走了，医院里一个工役拿着扫帚来扫地，瑟瑟地扫着，渐渐扫到这边来了，分明有些逐客的意味。曼桢心里非常着急。看见那些栗子壳，她想起糖炒栗子上市了，可不是已经深秋了，糊里糊涂的倒已经在祝家被监禁了快一年了。突然她自言自语似地说："现在栗子粉蛋糕大概有了吧？"她忽然对食物感到兴味，曼璐更觉得放心了，忙笑道："你可想吃？想吃我去给你买。"曼桢道："时候也许来不及了吧？"曼璐看了看手表道："那我就去。"曼桢却又冷淡起来，懒懒地道："特为跑一趟，不必了。"曼璐道："难得想吃点什么，还不吃一点。你就是因为吃得太少了，所以复元得慢。"说着，已经把大衣穿好，把小孩送去交给看护，便匆匆走了。

曼桢估量着她已经走远了，正待在屏风上敲一下，霖生却已经抱着一卷衣服掩到这边来了。是金芳的一件格子布旗袍，一条绒线围巾和一双青布搭襻鞋。他双手交给曼桢，一言不发地又走了。曼桢看见他两只手都是鲜红的，想必是染红蛋染的。她不禁微笑了，又觉得有点怅惘，因为她和金芳同样是生孩子，她自己的境遇却是这样凄凉。

她急忙把金芳的衣服加在外面，然后用那条围巾兜头兜脸一包，把大半个脸都藏在里面，好在产妇向来怕风，倒也不显得特别。穿扎整齐，倒已经累出一身汗来，站在地下，两只脚虚飘飘好像踩在棉花上似的。她扶墙摸壁溜到屏风那边去，霖生搀着她就走。她对金芳只有匆匆一瞥，金芳是长长的脸，脸色黄黄的，眉眼却生得很俊俏。霖生的相貌也不差，他扶着曼桢往外走，值班的看护把曼桢的孩子送到婴儿的房间里去，还没有回来，所以他们如入无人之境。下了这一层楼，当然更没有人认识他们了。走出大门，门口停着几辆黄包车，曼桢立刻坐上一辆，霖生叫车夫把车篷放下来，说她怕风，前面又遮上雨布。黄包车拉走了，走了很长的路，还过桥。天已经黑了，满眼零乱的灯光。霖生住在虹口一个陋巷里，家里就是他们夫妇俩带着几个孩子，住着一间亭子间。霖生一到家，把曼桢安顿好了，就又匆匆出去了，到她家里去送信。她同时又托他打一个电话到许家去，打听一个沈世钧先生在不在上海，如果在的话，就说有个姓顾的找他，请他到这里来一趟。

霖生走了，曼桢躺在他们床上，床倒很大，里床还睡着一个周岁的孩子。灰泥剥落的墙壁上糊着各种画报，代替花纸，有名媛的照片，水旱灾情的照片，连环图画和结婚照，有五彩的，有黑白的，有咖啡色的，像舞台上的百衲衣一样的鲜艳。紧挨着床就是一张小长桌，一切的日用品都摆在桌上，热水瓶、油瓶、镜子、杯盘碗盏，挤得叫人插不下手去。屋顶上挂下一只电灯泡，在灯光的照射下，曼桢望着这热闹的小房间，她来到这里真像做梦一样，身边还是躺着一个小孩，不过不是她自己的孩子了。

蔡家四个小孩，最大的一个是个六七岁的女孩子，霖生临走的时候丢了些钱给她，叫她去买些抢饼来作为晚饭。灶披间好婆看见了，问他这新来的女客是谁，他说是他女人的小姊妹，但是这事情实在显得奇怪，使人有点疑心他是趁女人在医院里生产，把女朋友带到家里来了。

那小女孩买了抢饼回来，和弟妹们分着吃，又递了一大块给曼桢，搁在桌沿上。曼桢便叫她把桌上一面镜子递给她，拿着镜子照了照，自己简直都不认识了，两只颧骨撑得高高的，脸上一点血色都没有，连嘴唇都是白的，眼睛大而无神。她向镜子里呆望了许久，自己用手爬梳着头发，偏是越急越梳不通。她心里十分着急，想着世钧万一要是在上海的话，也许马上就要来了。

其实世钧这两天倒是刚巧在上海，不过他这次来是住在他舅舅家里，他正是为着筹备着结婚的事，来请叔惠做伴郎，此外还有许多东西要买。他找叔惠,是到杨树浦的宿舍里去的,并没到叔惠家里去,所以许家并不知道他来了。霖生打电话去问,许太太就告诉他说沈先生不在上海。

霖生按照曼桢给他的住址,又找到曼桢家里去,已经换了一家人家住在那里了,门口还挂着招牌,开了一爿跳舞学校。霖生去问看衖堂的,那人说顾家早已搬走了,还是去年年底搬的。霖生回来告诉曼桢,曼桢听了,倒也不觉得怎样诧异。这没有别的,一定是曼璐的釜底抽薪之计。可见她母亲是完全在姊姊的掌握中,这时候即使找到母亲也没用,或者反而要惹出许多麻烦。但是现在她怎么办呢,不但举目无亲,而且身无分文。霖生留她住在这里,他自己当晚就住到他姊姊家去了。曼桢觉得非常不过意。她不知道穷人在危难中互相照顾是不算什么的,他们永远生活在风雨飘摇中,所以对于遭难的人特别能够同情,而他们的同情心也不像有钱的人一样地为种种顾忌所钳制着。这是她后来慢慢地才感觉到的,当时她只是私自庆幸,刚巧被她碰见霖生和金芳这一对特别义气的夫妻。

那天晚上,她向他们最大的那个女孩子借了一枝铅笔,要了一张纸,想写一封简单的信给世钧,叫他赶紧来一趟。眼见得就可以看见他了,她倒反而觉得渺茫起来,对他这人感觉到不确定了。她记起他性格中的保守的一面。他即使对她完全谅解,还能够像从前一样地爱她么?如果他是不顾一切地爱她的,那他们最后一次见面的时候根本就不会争吵,争吵的原因也是因为他对家庭太妥协了。他的婚事,如果当初他家里就不能通过,现在当然更谈不到了——要是被他们知道她在外面生过一个孩子。

她执笔在手,心里倒觉得茫然。结果她写了一封很简短的信,就说她自从分别后,一病至今,希望他见信能够尽早的到上海来一趟,她把现在的地址告诉了他,此外并没有别的话,署名也只有一个"桢"字。她也是想着,世钧从前虽然说过,他的信是没有人拆的,但是万一倒给别人看见了。

她寄的是快信,信到了南京,世钧还在上海还没有回来。他母亲虽然不识字,从前曼桢常常写信来的,有一个时期世钧住在他父亲的小公馆里,他的信还是他母亲亲手带去转交给他的,她也看得出是个女孩子的笔迹,后来见到曼桢,就猜着是她,再也没别人。现在隔了有大半年光景没有信来,忽然又来了这样一封信,沈太太见了,很是忐忑不安,心里想世钧这里已经有了日子,就快结婚了,不要因为这一封信,又要变卦起来。她略一踌躇,便把信拆了,拿去叫大少奶奶念给她听。大少奶奶读了一遍,因道:"我看这神气,好像这女人已经跟他断了,这时候又假装生病,叫他赶紧去看她。"沈太太点头不语。两人商量了一会,都说"这封信不能给他看见"。当场就擦了根洋火把它烧了。

曼桢自从寄出这封信,就每天计算着日子。虽然他们从前有过一些芥蒂,她相信他接到信一定会马上赶来,这一点她倒是非常确定。她算着他不出三四天内就可以赶到了,然而一等等了一个多星期,从早盼到晚,不但人不来,连一封回信都没有。她心里想着,难道他已经从别处听到她遭遇的事情,所以不愿意再跟她见面了?他果然是这样薄情寡义,当初真是白认识了一场。她躺在床上,虽然闭着眼睛,那眼泪只管流出来,枕头上冰冷的湿了一大片,有时候她把枕头翻一个身再枕着,有时候翻过来那一面也是哭湿了的。

她想来想去,除非是他根本没收到那封信,被他家里人截留下来了。如果是那样的话，那就是再写了去也没有用，照样还是被截留下来。只好还是耐心养病，等身体复元了，自己到南京去找他。但是这手边一个钱没有，实在急人。住在蔡家，白吃人家的不算，还把仅有的一间房间占住了，害得霖生有家归不得，真是于心不安。她想起她办公处还有半个月薪水没拿，拿了来也可以救急，就写了一张便条，托霖生送了去。厂里派了一个人跟他一块回来，把款子当面交给她。她听见那人说，他们已经另外用了一个打字员了。

她拿到钱，就把三层楼上空着的一个亭子间租了下来，搬到楼上去住，霖生又替她置了两张铺板和两件必需的家具，茶水饭食仍旧由他供应。曼桢把她剩下的一些钱交给他，作为伙食钱，他一定不肯收，说等她将来找到了事情再慢慢的还他们好了。这时候金芳也已经从医院里回来了，在家里养息着，曼桢一定逼着她要她收下这钱，金芳便自作主张，叫霖生去剪了几尺线呢，配上里子，交给衖口的裁缝店，替曼桢做了一件夹袍子，不然她连一件衣服都没有。多下的钱金芳依旧还了她，叫她留着零花，曼桢拗不过她，也只好拿着。

金芳出院的时候告诉她说，那天曼璐买了栗子粉蛋糕回来，发现曼桢已经失踪了，倒也没有怎样追究，只是当天就把孩子接了回去。曼桢猜着他们一定是心虚，所以也不敢声张，只要能保全孩子就算了。

曼桢究竟本底子身体好，年纪轻的人也恢复得快，不久就健康起来了。她马上去找叔惠，想托他找事，同时也想着，碰得巧的话，也说不定可以看见世钧，如果他在上海的话。她拣了个星期六的傍晚到许家去，因为那时候叔惠在家的机会比较多。从后门走进去，正碰见叔惠的母亲在厨房里操作，曼桢叫了声伯母。许太太笑道："咦，顾小姐，好久不看见了。"曼桢笑道："叔惠在家吧？"许太太笑道："在家在家。真巧了，他刚从南京回来。"曼桢哦了一声，心里想叔惠又到南京去玩过了，总是世钧约他去的。她走到三层楼上，房间里的人大约是听见她的皮鞋声，就有一个不相识的少女迎了出来，带着询问的神气向她望着。曼桢倒疑心是走错人家了，便笑道："许叔惠先生在家吗？"她这一问，叔惠便从里面出来了，笑道："咦，是你！请进来请进来！这是我妹妹。"曼桢这才想起来，就是世钧曾经替她补算术的那个女孩子，倒又觉得惘然。

到房间里坐下了，叔惠笑道："我正在那儿想着要找你呢，你倒就来了。"说到这里，他妹妹送了杯茶进来，打了个岔就没说下去，曼桢心里就有点疑惑，想着他许是听见世钧和她闹决裂的事，要给他们讲和。也许就是世钧托他的。当下她接过茶来喝了一口，便搭讪着和叔惠的妹妹说话。他妹妹大概正在一个怕羞的年龄，含笑在旁边站了一会，就又出去了。叔惠笑道："我就要走了。"便把他出国的事告诉她听，曼桢自是替他高兴。但是他把这件新闻从头至尾报告完了，还是没提起世钧。她觉得很奇怪。不然她早就问起了，也不知怎么的，越是心里有点害怕，越是不敢动问。难道他是知道他们吵翻了，所以不提？那除非是世钧对他表示过，他们是完了。

她要不是中间经过了这一番，也还不肯在叔惠面前下这口气。她端起茶杯来喝茶，因搭讪着四面看了看，笑道："这屋子怎么改了样子了？"叔惠笑道："现在是我妹妹住在这儿了。"曼桢笑道："怪不得，我说怎么收拾得这样齐齐整整的——从前给你们两人堆得乱七八糟的！"她所说的"你们两人"，当然是指世钧和叔惠。她以为这样说着，叔惠一定会提起世钧的，可是他并没有接这个碴。曼桢便又问起他什么时候动身，叔惠道："后天一早走。"曼桢笑道："可惜我早没能来找你，本来我还想托你给我找事呢。"叔惠道："怎么，你不是有事么？你不在那儿了？"曼桢道："我生了一场大病，他们等不及，另外用了人了。"叔惠道："怪不得，我说你怎么瘦了呢！"他问她生的什么病，她随口说是伤寒。他叫她到一家洋行去找一个姓吴的，听说他们要用人，一方面他先替她打电话去托人。

说了半天话，始终也没提起世钧。曼桢终于含笑问道："你新近到南京去过的？"叔惠笑道："咦，你怎么知道？"曼桢笑道："我刚才听伯母说的。"话说到这里，叔惠仍旧没有提起世钧，他擦起一根洋火点香烟，把火柴向窗外一掷，便站在那里，面向着窗外，深深的呼了口烟。曼桢实在忍不住了，便也走过去，手扶着窗台站在他旁边，笑道："你到南京去看见世钧没有？"叔惠笑道："就是他找我去的呀。他结婚了，就是前天。"曼桢两只手揿在窗台上，只觉得那窗台一阵阵波动着，也不知道那坚固的木头怎么会变成像波浪似的，捏都捏不住。叔惠见她仿佛怔住了，便又笑道："你没听见说？他跟石小姐结婚了，你也见过的吧？"曼桢道："哦，那回我们到南京去见过的。"

叔惠对于这件事仿佛不愿意多说似的，曼桢当然以为他是因为知道她跟世钧的关系。她不知道他自己也是满怀抑郁，因为翠芝的缘故。曼桢没再坐下来谈，便道："你后天就要动身了，这两天一定忙得很，不搅糊你了。"叔惠留她吃饭，又要陪她出去吃，曼桢笑道："我也不替你钱行，你也不用请客了，两免了吧。"叔惠要跟她交换通讯处，但是他到美国去也还没有住址，只写了个学校地址给她。

她从叔惠家里走出来，简直觉得天地变色，真想不到她在祝家关了将近一年，跑出来，外面已经换了一个世界。还不到一年，世钧已经和别人结婚了吗？

她在街灯下走着，走了许多路才想起来应当搭电车。但是又把电车乘错了，这电车不过桥，在外滩就停下了，她只能下来自己走。刚才大概下过几点雨，地下有些潮湿。渐渐走到桥头上，那钢铁的大桥上电灯点得雪亮，桥梁的巨大的黑影，一条条的大黑杠子，横在灰黄色的水面上。桥下停泊着许多小船，那一大条一大条的阴影也落在船篷船板上。水面上一丝亮光也没有。这里的水不知道有多深？那平板的水面，简直像灰黄色的水门汀一样，跳下去也不知是摔死还是淹死。

桥上一辆辆卡车轰隆隆开过去，地面颤抖着，震得人脚底心发麻。她只管背着身子站在桥边，呆呆的向水上望去。不管别人对她怎样坏，就连她自己的姊姊，自己的母亲，都还没有世钧这样的使她伤心。刚才在叔惠家里听到他的消息，她当时是好像开刀的时候上了麻药，糊里糊涂的，倒也不觉得怎样痛苦，现在方才渐渐苏醒过来了，那痛楚也正开始。

桥下的小船都是黑魆魆的，没有点灯，船上的人想必都睡了。时候大概很晚了，金芳还说叫她一定要回去吃晚饭，因为今天的菜特别好，他们的孩子今天满月。曼桢又想起她自己的孩子，不知道还在人世吗？……

那天晚上真不知道是怎么过去的。但是人既然活着，也就这么一天天的活下去了，在这以后不久，她找着了一个事情，在一个学校里教书，待遇并不好，就图它有地方住。她从金芳那里搬了出来，住到教员宿舍里去。她从前曾经在一个杨家教过书，两个孩子都和她感情很好，现在这事情就是杨家替她介绍的，杨家他们只晓得她因为患病，所以失业了，家里的人都回乡下去了，只剩她一个人在上海。

现在她住在学校里简直不大出门，杨家她也难得去一趟。有一天，这已经是两三年以后的事了，她到杨家去玩，杨太太告诉她说，她母亲昨天来过，问他们可知道她现在在哪里。杨太太大概觉得很奇怪，她母亲怎么会不晓得。就把她的地址告诉了她母亲。曼桢听见了，就知道一定有麻烦来了。

这两年来她也不是不惦记着她母亲，但是她实在不想看见她。那天她从杨家出来，简直不愿意回宿舍里去。再一想，这也是无法避免的事，她母亲迟早会找到那里去的。那天回去，果然她母亲已经在会客室里等候着了。

顾太太一看见她就流下泪来。曼桢只淡淡的叫了声"妈"。顾太太道："你瘦了。"曼桢没说什么，也不问他们现在住在什么地方，家里情形怎样，因为她知道一定是她姊姊在那里养活着他们。顾太太只得一样样的自动告诉她，道："你奶奶这两年身体倒很强健的，倒比从前好了，大弟弟今年夏天就要毕业了。你大概不知道，我们现在住在苏州——"曼桢道："我只知道你们从吉庆坊搬走了。我猜着是姊姊的主意，她安排得真周到。"说着，不由得冷笑了一声。顾太太叹道："我说了回头你又不爱听，其实你姊姊她倒也没有坏心，是怪鸿才不好。现在你既然已经生了孩子，又何必一个人跑到外头来受苦呢。"

曼桢听她母亲这口吻，好像还是可怜她漂泊无依，想叫她回祝家去做一个现成的姨太太。她气得脸都红了,道:"妈,你不要跟我说这些话了,说了我不由得就要生气。"顾太太拭泪道:"我也都是为了你好……"曼桢道:"为我好,你可真害了我了。那时候也不知道姊姊是怎样跟你说的,你怎么能让他们把我关在家里那些时。他们心也太毒了,那时候要是早点送到医院里,也不至于受那些罪,差点把命都送掉了!"顾太太道:"我知道你要怪我的。我也是因为晓得你性子急,照我这个老脑筋想起来,想着你也只好嫁给鸿才了,难得你姊姊她倒气量大,还说让你们正式结婚。其实要叫我说,你也还是太倔了,你将来这样下去怎么办呢?"说到这里,渐渐呜呜咽咽哭出声来了。曼桢起先也没言语,后来她有点不耐烦地说:"妈不要这样。给人家看着算什么呢?"

顾太太极力止住悲声,坐在那里拿手帕擦眼睛擤鼻子,半响,又自言自语地道:"孩子现在聪明着呢,什么都会说了,见了人也不认生,直赶着我叫外婆。养下的时候那么瘦,现在长得又白又胖。"曼桢还是不作声,后来终于说道:"你也不要多说了,反正无论怎么样,我绝对不会再到祝家去的。"

学校里哨哨哨打起钟来,要吃晚饭了。曼桢道:"妈该回去了。不早了。"顾太太只得叹了口气站起身来,道:"我看你再想想吧。过天再来看你。"

但是她自从那次来过以后就没有再来,大概因为曼桢对她太冷酷了,使她觉得心灰意冷。她想必又回苏州去了。曼桢也觉得她自己也许太过分了些,但是因为有祝家夹在中间,她实在不能跟她母亲来往,否则更要纠缠不清了。

又过了不少时候。放寒假了,宿舍里的人都回家过年去了,只剩下曼桢一个人是无家可归的。整个的楼面上只住着她一个人,她搬到最好的一间屋里去，但是实在冷静得很。假期中的校舍，没有比这个更荒凉的地方了。

有一天下午，她没事做，坐着又冷，就钻到被窝里去睡中觉。夏天的午睡是非常舒适而自然的事情，冬天的午睡就不是味儿，睡得人昏昏沉沉的。房间里晒满了淡黄色的斜阳，玻璃窗外垂着一根晾衣裳的旧绳子，风吹着那绳子，吹起来多高，那绳子的影子直窜到房间里来，就像有一个人影子一晃。曼桢突然惊醒了。

她醒过来半天也还是有点迷迷糊糊的。忽然听见学校里的女佣在楼底下高声喊："顾先生，你家里有人来看你。"她心里想她母亲又来了，却听见外面一阵杂乱的脚步声，绝对不止一个人。曼桢想道："来这许多人干什么？"她定了定神，急忙披衣起床，这些人却已经走了进来，阿宝和张妈搀着曼璐，后面跟着一个奶妈，抱着孩子。阿宝叫了声"二小姐"，也来不及说什么，就把曼璐扶到床上去，把被窝堆成一堆，让她靠在上面。曼璐瘦得整个的人都缩小了，但是衣服一层层地穿得非常臃肿，倒反而显得胖大。外面罩着一件骆驼毛大衣，头上包着羊毛围巾，把嘴部也遮住了，只看见她一双眼睛半开半掩，惨白的脸上汗滢滢的，坐在那里直喘气。阿宝替她把手和脚摆摆好，使她坐得舒服一点。曼璐低声道："你们到车上去等着我。把孩子丢在这儿。"阿宝便把孩子抱过来放在床上，然后就和奶妈她们一同下楼去了。

孩子穿着一套簇新的枣红毛绒衫裤，仿佛是特别打扮了一下，带来给曼桢看的，脸上还扑了粉，搽着两朵圆圆的红胭脂。他满床爬着，咿咿哑哑说着叫人听不懂的话，拉着曼璐叫她看这样看那样。

曼桢抱着胳膊站在窗前朝他们望着。曼璐道："二妹，你看我

261

病得这样，看上去也拖不了几个月了。"曼桢不由得哼了一声，冷笑道："你何必净咒自己呢。"曼璐顿了一顿方才说道："也难怪你不相信我。可是这回实在是真的。我这肠痨的毛病是好不了了。"她自己也觉得她就像那骗人的牧童，屡次喊"狼来了！狼来了！"等到狼真的来了，谁还相信他。

　　房间里的空气冷冰冰的，她开口说话，就像是赤着脚踏到冷水里去似的。然而她还是得说下去。她颤声道："你不知道，我这两年的日子都不是人过的。鸿才成天的在外头鬼混，要不是因为有这孩子，他早不要我了。你想等我死了，这孩子指不定落在一个什么女人手里呢。所以我求求你，你还是回去吧。"曼桢道："这些废话你可以不必再说了。"曼璐又道："我讲你不信，其实是真的，鸿才他就佩服你，他对你真是同别的女人两样，你要是管他一定管得好的。"曼桢怒道："祝鸿才是我什么人，我凭什么要管他？"曼璐道："那么不去说他了，就看这孩子可怜，我要是死了他该多苦，孩子总是你养的。"

　　曼桢怔了一会，道："我赶明儿想法子把他领出来。"曼璐道："那怎么行，鸿才他哪儿肯哪！你就是告他，他也要倾家荡产跟你打官司，好容易有这么个宝贝儿子，哪里肯放手。"曼桢道："我也想着是难。"曼璐道："是呀，要不然我也不来找你。只有这一个办法，我死了你可以跟他结婚——"曼桢道："这种话你就不要去说它了。我死也不会嫁给祝鸿才的。"曼璐却挣扎着把孩子抱了起来，送到曼桢跟前，叹息着道："为来为去还不是为了他吗。你的心就这样狠！"

　　曼桢实在不想抱那孩子，因为她不愿意在曼璐面前掉眼泪。但是曼璐只管气喘喘地把孩子掇了过来。她还没伸手去接，孩子却哇的一声哭了起来，别过头去叫着"妈！妈！"向曼璐怀中躲去。他当然只认得曼璐是他的母亲，但是曼桢当时忽然变得无可理喻起来，她看见孩子那样子，觉得非常刺激。

曼璐因为孩子对她这样依恋，她也悲从中来，哽咽着向曼桢说道："我这时候死了，别的没什么丢不下的，就是不放心他。我真舍不得。"说到这里，不由得泪如泉涌。曼桢心里也不见得比她好过，后来看见她越哭越厉害，而且喘成一团，曼桢实在不能忍受了，只得硬起心肠，厌烦地皱着眉说道："你看你这样子！还不赶快回去吧！"说着，立刻掉转身来跑下楼去，把汽车上的阿宝和张妈叫出来，叫她们来搀曼璐下楼。曼璐就这样哭哭啼啼的走了，奶妈抱着孩子跟在她后面。

曼桢一个人在房间里，她把床上乱堆着的被窝叠叠好，然后就在床沿上坐下了，发了一会呆。根本一提起鸿才她就是一肚子火，她对他除了仇恨还有一种本能的憎恶，所以刚才不加考虑地就拒绝了她姊姊的要求。现在冷静下来仔细想想，她这样做也是对的。她并不是不疼孩子，现在她除了这孩子，在这世界上再也没有第二个亲人了。如果能够把他领出来由她抚养，虽然一个未婚的母亲在这社会上是被歧视的，但是她什么都不怕。为他怎么样牺牲都行，就是不能够嫁给鸿才。

她不打算在这里再住下去了，因为怕曼璐会再来和她纠缠，或者又要叫她母亲来找她。她向学校提出辞职，但是因为放寒假前已经接受了下学期的聘书，所以费了许多唇舌才辞掉了，另外在别处找了个事做会计。她从前学过会计的。找到事又找房子，分租了人家一间房间，二房东姓郭。有一天她下了班回去，走到郭家后门口，里面刚巧走出一个年轻女子，小圆脸儿，黄黑皮色，

263

腮颊上的胭脂抹得红红的,两边的鬓发吊得高高的,穿着一件白地子红黄小花麻纱旗袍。原来是阿宝。——怎么会又被他们找到这里来了?曼桢不觉怔了一怔。阿宝看见她也似乎非常诧异,叫了声"咦,二小姐!"阿宝身后还跟着一个男子,曼桢认得他是荐头店的人,这才想起来,郭家的一个老妈子回乡下去了,前两天他们家从荐头店里叫了一个女佣来试工,大概不合适,所以又另外找人。看样子阿宝是到郭家来上工的,并不是奉命来找曼桢的,但是曼桢仍旧懒得理她,因为看见她不免就想起从前在祝家被禁闭的时候,她也是一个帮凶。固然她们做佣人的人也是没办法,吃人家的饭,就得听人家指挥,所以也不能十分怪她,但无论如何,曼桢看到她总觉得非常不愉快,只略微把头点了一点,脚步始终没有停下来,就继续地往里面走。阿宝却赶上来叫道:"二小姐大概不知道吧,大小姐不在了呀。"这消息该不是怎样意外的,然而曼桢还是吃了一惊,说:"哦?是几时不在的?"阿宝道:"喏,就是那次到您学校里去,后来不到半个月呀。"说着,竟眼圈一红,落下两点眼泪。她倒哭了,曼桢只是怔怔地朝她看着,心里觉得空空洞洞的。

阿宝用一只指头顶着手帕,很小心地在眼角擦了擦,便向荐头店的人说:"你可要先回去?我还要跟老东家说两句话。"曼桢却不想跟她多谈,便道:"你有事你还是去吧,不要耽搁了你的事。"阿宝也觉得曼桢对她非常冷淡,想来总是为了从前那只戒指的事情,便道:"二小姐,我知道你一定怪我那时候不给你送信,咳,你都不知道——你晓得后来为什么不让我到你房里来了?"她才说到这里,曼桢便皱着眉拦住她道:"这些事还说它干什么?"阿宝看了看她的脸色,便也默然了,自己抱住自己两只胳膊,只管抚摸着。半晌方道:"我现在不在他家做了。我都气死了,二小姐你不知道,大小姐一死,周妈就在姑爷面前说我的坏话,这周妈专门会拍马屁,才来了几个月,就把奶妈戳掉了,小少爷就归她带着。当着姑爷的面假装的待小少爷不知多么好,背后简直像个晚娘。我真看不过去,我就走了。"

她忽然变得这样正义感起来。曼桢觉得她说的话多少得打点折扣,但是她在祝家被别的佣人挤出来了,这大约是实情。她显然是很气愤,好像憋着一肚子话没处说似的,曼桢不邀她进去,她站在后门口就滔滔不绝地长谈起来。又说:"姑爷这一向做生意净蚀本,所以脾气更坏了,家当横是快蚀光了,虹桥路的房子也卖掉了,现在他们搬了,就在大安里。说是大小姐有帮夫运,是真的呵,大小姐一死,马上就倒楣了!他自己横是也懊悔了,这一向倒楣瞌眬的蹲在家里,外头的女人都断掉了,我常看见他对大小姐的照片淌眼泪。"

一说到鸿才,曼桢就露出不耐烦的神气,仿佛已经在后门口站得太久了。阿宝究竟还知趣,就没有再往下说,转过口来问道:"二小姐现在住在这儿?"曼桢只含糊地应了一声,就转问她:"你到这儿来是不是来上工的?"阿宝笑道:"是呀,不过我看他们这儿人又多,工钱也不大,我不想做。我托托二小姐好吧,二小姐有什么朋友要用人,就来喊我,我就在对过的荞头店里。"曼桢也随口答应着。

随即有一刹那的沉默。曼桢很希望她再多说一点关于那孩子的事情,说他长得有多高了,怎样顽皮——一个孩子可以制造出许多"轶闻"和"佳话",为女佣们所乐道的。曼桢也很想知道,他说话是什么地方的口音?他身体还结实吗?脾气好不好?阿宝不说，曼桢却也不愿意问她，不知道为什么这样羞于启齿。

阿宝笑道："那我走了，二小姐。"她走了，曼桢也就进去了。

阿宝说祝家现在住在大安里，曼桢常常走过那里的，她每天乘电车，从她家里走到电车站有不少路，这大安里就是必经之地，现在她走到这里总是换到马路对过走着，很担心也许会碰见鸿才，虽然不怕他纠缠不清，究竟讨厌。

这一天，她下班回来，有两个放学回来的小学生走在她前面。她近来看见任何小孩就要猜测他们的年龄，同时计算着自己的孩子的岁数，想着那孩子是不是也有这样高了。这两个小孩当然比她的孩子大好些，总有七八岁的光景，一律在棉袍上罩着新蓝布罩袍，穿得胖墩墩的。两人像操兵似的并排走着，齐齐地举起手里的算盘，有节奏地一举一举，使那算盘珠发出"哗！哗！"的巨响，作为助威的军乐。有时候又把算盘扛在肩上代表枪枝。

曼桢在他们后面，偶尔听见他们谈话的片段，他们的谈话却是太没有志气了，一个孩子说："马正林的爸爸开面包店的，马正林天天有面包吃。"言下不胜艳羡的样子。

他们忽然穿过马路，向大安里里面走去。曼桢不禁震了一震，虽然也知道这决不是她的小孩，而且这一个衖堂里面的孩子也多得很，但是她不由自主地就跟在他们后面过了马路，走进这衖堂。她的脚步究竟有些迟疑，所以等她走进去，那两个孩子早已失踪了。

那是春二三月天气，一个凝冷的灰色的下午。春天常常是这样的，还没有嗅到春的气息，先觉得一切东西都发出气味来，人身上除了冷飕飕之外又有点痒梭梭的，觉得肮脏。虽然没下雨，衖堂里地下也是湿黏黏的。走进去，两旁都是石库门房子，正中停着个臭豆腐干担子，挑担子的人叉着腰站在稍远的地方，拖长了声音吆喝着。有一个小女孩在那担子上买了一串臭豆腐干，自己动手在那里抹辣酱。好像是鸿才前妻的女儿招弟。曼桢也没来得及向她细看，眼光就被她身旁的一个男孩子吸引了去，一个四五岁的男孩子，和招弟分明是姊弟，两人穿着同样的紫花布棉袍，虽然已经是春天了，他们脚上还穿着老棉鞋，可是光着脚没穿袜子，那红赤赤的脚踝衬着那旧黑布棉鞋，看上去使人有一种奇异的凄惨的感觉。那男孩子头发长长的，一直覆到眉心上，脸上虽然脏，仿佛很俊秀似的。

曼桢心慌意乱地也没有来得及细看，却又把眼光回到招弟身上，想仔细认一认她到底是不是招弟。虽然只见过一面，而且是在好几年前，曼桢倒记得很清楚。照理一个小孩是改变得最快的，这面黄肌瘦的小姑娘却始终是那副模样，甚至于一点也没长高——其实当然不是没有长高，她的太短的袍子就是一个证据。

那招弟站在豆腐干担子旁边，从小瓦罐里挑出辣酱抹在臭豆腐干上。大概因为辣酱是不要钱的，所以大量地抹上去，就像在面包上涂果子酱似的，把整块的豆腐干涂得鲜红。挑担子的人看了她一眼，仿佛想说话了，结果也没说。招弟一共买了三块，穿在一根稻草上，拎在手里吃着。她弟弟也想吃，他踮着脚，两只手扑在她身上，仰着脸咬了一口。曼桢心里想这一口吃下去，一定辣得眼泪出，喉咙也要烫坏了。她不觉替他捏一把汗，谁知他竟面不改色地吞了下去，而且吃了还要吃，依旧踮着脚尖把嘴凑上去。招弟也很友爱似的，自己咬一口，又让他咬一口。曼桢看着她那孩子的傻相，不由得要笑，但是一面笑着，眼眶里的泪水已经滴下来了。

她急忙别过身去，转了个弯走到支衖里去，一面走一面抬起手背来擦眼泪。忽然听见背后一阵脚步声，一回头，却是招弟，向这边啪哒啪哒追了过来，她那棉鞋越穿越大，踏在那潮湿的水门汀上，一吸一吸，发出唧唧的响声。曼桢想道："糟了，她一定是认识我。我还以为她那时候小，只看见过我一回，一定不记得了。"曼桢只得扭过头去假装寻找门牌，一路走过去，从眼角里看看那招弟，招弟却在一家人家的门首站定了，这家人家想必新近做过佛事，门框上贴的黄纸条子刚撕掉一半，现在又在天井里焚化纸钱，火光熊熊。招弟一面看着他们烧锡箔，一面吃她的臭豆腐干，似乎对曼桢并不注意。曼桢方才放下心来，便从容地往回走，走了出去。

那男孩身边现在多了一个女佣，那女佣约有四十来岁年纪，一脸横肉，两只蝌蚪式的乌黑的小眼睛，她端了一只长凳坐在后门口摘菜，曼桢心里想这一定就是阿宝所说的那个周妈，招弟就是看见她出来了，所以逃到支衖里去，大概要躲在那里把豆腐干吃完了再回来。

曼桢缓缓地从他们面前走过。那孩子看见她，也不知道是喜欢她的脸还是喜欢她的衣裳，他忽然喊了一声"阿姨！"曼桢回过头来向他笑一笑，他竟"阿姨！阿姨！"地一连串喊下去了。那女佣便嘟囔了一句："叫你喊的时候倒不喊，不叫你喊的时候倒喊个不停！"

曼桢走出那个衖堂，一连走过十几家店面，一颗心还是突突地跳着。走过一家店铺的橱窗，她向橱窗里的影子微笑。倒看不出来，她有什么地方使一个小孩一看见她就对她发生好感，"阿姨！阿姨！"地喊着。她耳边一直听见那孩子的声音。她又仔细回想他的面貌，上次她姊姊把他带来给她看，那时候他还不会走路吧，满床爬着,像一个可爱的小动物,现在却已经是一个有个性的"人物"了。

这次总算运气,一走进去就看见了他。以后可不能再去了。多看见了也无益,徒然伤心罢了。倒是她母亲那里,她想着她姊姊现在死了,鸿才也未见得有这个闲钱津贴她母亲,曼桢便汇了一笔钱去,但是没有写她自己的地址,因为她仍旧不愿意她母亲来找她。

转瞬已经到了夏天,她母亲上次说大弟弟今年夏天毕业,他毕了业就可以出去挣钱了,但是曼桢总觉得他刚出去做事,要他独力支持这样一份人家,那是绝对不可能的。她又给他们寄了一笔钱去。她把她这两年的一些积蓄陆续都贴给他们了。

这一天天气非常闷热,傍晚忽然下起大雨来,二房东的女佣奔到晒台上去抢救她晾出去的衣裳。楼底下有人揿铃,揿了半天没有人开门,曼桢只得跑下楼去,一开门,见是一个陌生的少妇。那少妇有点侷促地向曼桢微笑道:"我借打一个电话,便当吗?我就住在九号里,就在对过。"

外面哗哗地下着雨,曼桢便请她进来等着,笑道:"我去喊郭太太。"喊了几声没人应,那女佣抱着一卷衣裳下楼来说:"太太不在家。"曼桢只得把那少妇领到穿堂里,装着电话的地方。那少妇先拿起电话簿子来查号码,曼桢替她把电灯开了,在灯光下看见那少妇虽然披着斗篷式的雨衣,依旧可以看出她是怀着孕的。她的头发是直的,养得长长的掳在耳后,看上去不像一个上海女人,然而也没有小城市的气息,相貌很娟秀,稍有点扁平的鹅蛋脸。她费了很多的时候查电话簿,似乎有些抱歉,不时地抬起头来向曼桢微笑着,搭讪着问曼桢贵姓,说她自己姓张。又问曼桢是什么地方人，曼桢说是安徽人。她却立刻注意起来，笑道："顾小姐是安徽人？安徽什么地方？"曼桢道："六安。"那少妇笑道："咦，我新近刚从六安来的。"曼桢笑道："张太太也是六安人吗？倒没有六安口音。"那少妇道："我是上海人呀，我一直就住在这儿。是我们张先生他是六安人。"曼桢忖了一忖，便道："哦。六安有一个张豫瑾医生，不知道张太太可认识吗？"那少妇略顿了一顿，方才低声笑道："他就叫豫瑾。"曼桢笑道："那真巧极了，我们是亲戚呀。"那少妇哟了一声，笑道："那真巧，豫瑾这回也来了，顾小姐几时到我们那儿玩去，我现在住在我母亲家。"

她拨了号码，曼桢就走开了，到后面去转了一转，等她的电话打完了，再回到这里来送她出去。本来要留她坐一会等雨小些再走，但是她说她还有事，今天有个亲戚请他们吃饭，刚才她就为这个事打电话找豫瑾，叫他直接到馆子里去。

她走后，曼桢回到楼上她自己的房间里，听那雨声紧一阵慢一阵，不像要停的样子。她心里想豫瑾要是知道她住在这里，过两天他一定会来看她的。她倒有点怕看见他，因为一看见他就要想起别后这几年来她的经历，那噩梦似的一段时间，和她过去的二十来年的生活完全不发生连系，和豫瑾所认识的她也毫不相干。她非常需要把这些事情痛痛快快地和他说一说，要不然，那好像是永远隐藏在她心底里的一个恐怖的世界。

这样想着的时候，立刻往事如潮，她知道今天晚上一定要睡不着觉了。那天天气又热，下着雨又没法开窗子，她躺在床上，不停地扇着扇子，反而扇出一身汗来。已经快十点钟了，忽然听见门铃响，睡在厨房里的女佣睡得糊里糊涂的，瓮声瓮气地问："谁呀？……啊？……啊？找谁？"曼桢忽然灵机一动，猜着一定是豫瑾来了。她急忙从床上爬起来,捻开电灯,手忙脚乱地穿上衣裳,便跑下楼去。那女佣因为是晚上,不认识的人不敢轻易放他进来。是豫瑾,穿着雨衣站在后门口,正拿着手帕擦脸,头发上亮晶晶地流下水珠来。

他向曼桢点头笑道:"我刚回来。听见说你住在这儿。"曼桢也不知道为什么,一看见他,马上觉得万种辛酸都涌上心头,幸而她站的地方是背着灯,人家看不见她眼睛里的泪光。她立刻别过身去引路上楼,好在她总是走在前面,依旧没有人看见她的脸。进了房,她又抢着把床上盖上一幅被单,趁着这背过身去铺床的时候,终于把眼泪忍回去了。

豫瑾走进房来,四面看看,便道:"你怎么一个人住在这儿?老太太他们都好吧?"曼桢只得先含糊地答了一句:"她们现在搬到苏州去住了。"豫瑾似乎很诧异,曼桢本来可以趁此就提起她预备告诉他的那些事情,她看见豫瑾这样热心,一听见说她住在这里,连夜就冒雨来看她,可见他对她的友情是始终如一的,她更加决定了要把一切都告诉他。但是有一种难于出口的话,反而倒是对一个萍水相逢的人可以倾心吐胆地诉说。上次她在医院里,把她的身世告诉金芳,就不像现在对豫瑾这样感觉到难以启齿。

她便换了个话题,笑道:"真巧了,刚巧会碰见你太太。你们几时到上海来的?"豫瑾道:"我们来了也没有几天。是因为她需要开刀,我们那边的医院没有好的设备,所以到上海来的。"曼桢也没有细问他太太需要开刀的原因,猜着总是因为生产的缘故,大概预先知道要难产。豫瑾又道:"她明天就要住到医院里去了,现在这儿是她母亲家里。"

他坐下来,身上的雨衣湿淋淋的,也没有脱下来。当然他是不预备久坐的,因为时间太晚了。曼桢倒了一杯开水搁在他面前,笑道:"你们今天有应酬吧?"豫瑾笑道:"是的,在锦江吃饭,现在刚散,她们回去了,我就直接到这儿来了。"豫瑾大概喝了点酒,脸上红红的,在室内穿着雨衣,也特别觉得闷热,他把桌上一张报纸拿起来当扇子扇着。曼桢递了一把芭蕉扇给他,又把窗子开了半扇。一推开窗户,就看见对过一排房屋黑沉沉的,差不多全都熄了灯,豫瑾在岳家的人想必都已经睡觉了。豫瑾倘若在这里耽搁得太久了,他的太太虽然不会多心,太太娘家的人倒说不定要说闲话的。曼桢便想着,以后反正总还要见面的,她想告诉他的那些话还是过天再跟他说吧。但是豫瑾自从踏进她这间房间,就觉得很奇怪,怎么曼桢现在弄得这样孑然一身,家里人搬到内地去住,或许是为了节省开销,沈世钧又到哪里去了呢?怎么他们到现在还没有结婚?

豫瑾忍不住问道:"沈世钧还常看见吧?"曼桢微笑道:"好久不看见了。他好几年前就回南京去了。"豫瑾道:"哦?"曼桢默然片刻,又说了一声:"后来听说他结婚了。"豫瑾听了,也觉得无话可说。

在沉默中忽然听见一阵瑟瑟的响声,是雨点斜扑进来打在书本上,桌上有几本书,全打湿了。豫瑾笑道:"你这窗子还是不能开。"他拿起一本书,掏出手帕把书面的水渍擦干了。曼桢道:"随它去吧,这上头有灰,把你的手绢子弄脏了。"但是豫瑾仍旧很珍惜地把那些书一本本都擦干了,因为他想起从前住在曼桢家里的时候,晚上被隔壁的无线电吵得睡不着觉,她怎样借书给他看。那时候要不是因为沈世钧,他们现在的情形也许很两样吧?

他急于要打断自己的思潮,立刻开口说话了,谈起他的近况,因道："在这种小地方办医院,根本没有钱可赚,有些设备又是没法省的,只好少雇两个人,自己忙一点。我虽然是土生土长的,跟地方上的人也很少来往。蓉珍刚去的时候,这种孤独的生活她也有点过不惯,觉得闷得慌,后来她就学看护,也在医院里帮忙,有了事情做也就不寂寞了。"蓉珍想必是他太太的名字。

他自己觉得谈得时间够长了,突然站起身来笑道："走了!"曼桢因为时候也是不早了,也就没有留他。她送他下楼,豫瑾在楼梯上忽然又想起一件事来,问道："上次我在这儿,听见说你姊姊病了,她现在可好了?"曼桢低声道:"她死了。就是不久以前的事。"豫瑾惘然道:"那次我听见说是肠结核,是不是就是那毛病?"曼桢道:"哦,那一次……那一次并没有那么严重。"那次就是她姊姊假装命在旦夕,做成了圈套陷害她。曼桢顿了一顿,便又淡笑着说道:"她死我都没去——这两年里头发生的事情多了,等你几时有空讲给你听。"豫瑾不由得站住了脚,向她注视了一下,仿佛很愿意马上听她说出来,但是他看见她脸上突然显得非常疲乏似的,他也就没有说什么,依旧转身下楼。她一直送到后门口。

她回到楼上来,她房间里唯一的一张沙发椅,豫瑾刚才坐在这上面的,椅子上有几块湿印子,是他雨衣上的水痕染上去的。曼桢望着那水渍发了一会呆,心里有说不出来的惆怅。

今天这雨是突然之间下起来的,豫瑾出去的时候未见得带着雨衣,一定是他太太给他把雨衣带到饭馆子里去了。他们当然是感情非常好,这在豫瑾说话的口吻中也可以听得出来。

那么世钧呢?他的婚后生活是不是也一样的美满?许久没有想起他来了。她自己也以为她的痛苦久已钝化了。但是那痛苦似乎是她身体里面唯一的有生命力的东西,永远是新鲜强烈的,一发作起来就不给她片刻的休息。

她把豫瑾的那杯茶倒在痰盂里,自己另外倒上一杯。不知道怎么一来,热水瓶里的开水一冲冲出来,全倒在她脚面上,她也木木的,不大觉得,仿佛脚背上被一只铁锤打了一下,但是并不痛。

那天晚上的雨一直下到天明才住,曼桢也直到天明才睡着。刚睡了没有一会,忽然有人推醒了她,好像还是在医院里的时候,天一亮,看护就把孩子送来喂奶。她迷迷糊糊地抱着孩子,心中悲喜交集,仿佛那孩子已经是失而复得的了。但是她忽然发现那孩子浑身冰冷——不知道什么时候死了,都已经僵硬了。她更紧地抱住了他,把他的脸揿没在她胸前,唯恐被人家发觉这是一个死孩子。然而已经被发觉了。那满脸横肉的周妈走过来就把他夺了过去,用芦席一卷,挟着就走。那死掉的孩子却在芦席卷里挣扎着,叫喊起来:"阿姨!阿姨!"那孩子越叫越响,曼桢一身冷汗,醒了过来,窗外已是一片雪白的晨光。

曼桢觉得她这梦做得非常奇怪。她不知道她是因为想起过去的事情,想到世钧,心里空虚得难过,所以更加渴念着她的孩子,就把一些片段的印象凑成了这样一个梦。

她再也睡不着了,就起来了。今天她一切都提早,等她走出大门的时候,还不到七点,离她办公的时间还有两个钟头呢。她在马路上慢慢地走着,忽然决定要去看看她那孩子。其实,与其说是"决定",不如说是她忽然发现了她一直有这意念,所以出来得特别早,恐怕也是为了这个缘故。

快到大安里了。远远的看见那衖堂里走出一行人来,两个扛夫挑着一个小棺材,后面跟着一个女佣——不就是那周妈吗!曼桢突然眼前一黑,她身体已经靠在墙上了,两条腿站都站不住。

她极力镇定着，再向那边望过去。那周妈一只手举着把大芭蕉扇，遮住头上的阳光，嘴里一动一动的，大概刚吃过早饭，在那里吮舐着牙齿。这一幅画面在曼桢眼中看来，显得特别清晰，她心里却有点迷迷糊糊的。她觉得她又走入噩梦中了。

那棺材在她面前经过。她想走上去向那周妈打听一声，死的是什么人，但是那周妈又不认识她是谁。她这一踌躇之间，他们倒已经去远了。她一转念，竟毫不犹豫地走进大安里，她记得祝家是一进门第四家，她径自去揿铃，就有一个女佣来开门，这女佣却是一个旧人，姓张。这张妈见是曼桢，不由得呆了一呆，叫了声"二小姐"。曼桢也不和她多说，只道："孩子怎么样了？"张妈道："今天好些了。"——显然是还活着。曼桢心里一松，陡然脚踏实地了，但是就像电梯降落得太快，反而觉得一阵眩晕。她扶着门框站了一会，便直截地举步往里走，说道："他在哪儿？我去看看。"那张妈还以为曼桢一定是从别处听见说孩子病了，所以前来探看，便在前面引路，这是个一楼一底的石库门房子，从后门进出的，穿过灶披间，来到客堂里。客堂间前面一列排门都钉死了，房间里暗沉沉的，靠里放着一张大床，孩子就睡在那张床上。曼桢见他脸上通红，似睡非睡的，伸手在他额上摸了摸，热得烫手。刚才张妈说他"今天好些了，"那原来是她们的一种照例的应酬话。曼桢低声说："请医生看过没有？"张妈道："请的。医生讲是他姊姊过的，叫两人不要在一个房间里。"曼桢道："哦，是传染病。你可知道是什么病？"张妈道："叫什么猩红热。招弟后来看着真难受——可怜，昨天晚上就死了呀。"曼桢方才明白过来，刚才她看见的就是招弟的棺材。

她仔细看那孩子脸上，倒没有红色的斑点。不过猩红热听说也有时候皮肤上并不现出红斑。他在床上翻来覆去，不到一分钟就换一个姿势，怎样睡也不舒服。曼桢握住他的手，他的手又干又热，更觉得她自己的手冷得像冰一样。

张妈送茶进来，曼桢道："你可知道，医生今天还来不来？"张妈道："没听见说。老爷今天一早就出去了。"曼桢听了，不禁咬了咬牙，她真恨这鸿才，又要霸住孩子不肯放手，又不好好的当心他，她不能让她这孩子再跟招弟一样，糊里糊涂的送掉一条命。她突然站起身来往外走，只匆匆地和张妈说了一声："我一会儿还要来的。"她决定去把豫瑾请来，叫他看看到底是不是猩红热。她总有点怀疑祝家请的医生是否靠得住。

这时候豫瑾大概还没有出门，时候还早。她跳上一部黄包车，赶回她自己的寓所，走到斜对过那家人家，一揿铃，豫瑾却已经在阳台上看见了她，她这里正在门口问佣人："张医生可在家？"豫瑾已经走了出来，笑着让她进去。曼桢勉强笑道："我不进去了。你现在可有事？"豫瑾见她神色不对，便道："怎么了？你是不是病了？"曼桢道："不是我病了，因为姊姊的小孩病得很厉害，恐怕是猩红热，我想请你去看看。"豫瑾道："好，我立刻就去。"他进去穿上一件上装，拿了皮包，就和曼桢一同走出来，两人乘黄包车来到大安里。

豫瑾曾经听说曼璐嫁得非常好，是她祖母告诉他的，说她怎样发财，造了房子在虹桥路，想不到他们家现在却住着这样湫隘的房屋，他觉得很是意外。他以为他会看见曼璐的丈夫，但是屋主人并没有出现，只有一个女佣任招待之职。豫瑾一走进客堂就看见曼璐的遗容，配了镜框迎面挂着。曼桢一直就没看见，她两次到这里来，都是心慌意乱的，全神贯注在孩子身上。

那张大照片大概是曼璐故世前两年拍的，眼睛斜睨着，一只手托着腮，手上戴着一只晶光四射的大钻戒。豫瑾看到她那种不调和的媚态与老态，只觉得怆然。他不由得想起他们最后一次见面的时候。那次他也许是对她太冷酷了，后来想起来一直耿耿于心。

　　是她的孩子，他当然也是很关切的。经他诊断，也说是猩红热。曼桢说："要不要进医院？"医生向来主张进医院的，但是豫瑾看看祝家这样子，仿佛手头很拮据，也不能不替他们打算打算，便道："现在医院也挺贵的，在家里只要有人好好的看护，也是一样的。"曼桢本来想着，如果进医院的话，她去照料比较方便些，但是实际上她也出不起这个钱，也不能指望鸿才拿出来。不进医院也罢。她叫张妈把那一个医生的药方找出来给豫瑾看，豫瑾也认为这方子开得很对。

　　豫瑾走的时候，曼桢一路送他出去，就在街口的一爿药房里配了药带回来，顺便在药房里打了个电话到她做事的地方去，请了半天假。那孩子这时候清醒些了，只管目光灼灼地望着她。她一转背，他就悄悄地问："张妈，这是什么人？"张妈顿了一顿，笑道："这是啊……是二姨。"说时向曼桢偷眼望了望，仿佛不大确定她愿意她怎样回答。曼桢只管摇晃着药瓶，摇了一会，拿了只汤匙走过来哄孩子吃药，道："赶快吃，吃了就好了。"又问张妈："他叫什么名字？"张妈道："叫荣宝。这孩子也可怜，太太活着的时候都宝贝得不得了，现在是周妈带他——"说到这里，便四面张望了一下，方才鬼鬼祟祟地说："周妈没良心，老爷虽然也疼孩子，到底是男人家，有许多地方他也想不到——那死鬼招弟是常常给她打的，这宝宝她虽然不敢明欺负他，暗地里也不少吃她的亏。二小姐你不要对别人讲呵，她要晓得我跟你说这些话，我这碗饭就吃不成了。阿宝就是因为跟她两个人闹翻了,所以给她戳走了。阿宝也不好,太太死了许多东西在她手里弄得不明不白,周妈一点也没拿着,所以气不伏,就在老爷面前说坏话了。"

这张妈把他们家那些是是非非全都搬出来告诉曼桢,分明以为曼桢这次到祝家来,还不是跟鸿才言归于好了,以后她就是这里的主妇了,趁这时候周妈出去了还没回来,应当赶紧告她一状。张妈这种看法使曼桢觉得非常不舒服,祝家的事情她实在不愿意过问,但是一时也没法子表明自己的立场。

后门口忽然有人拍门,不知道可是鸿才回来了。虽然曼桢心里并不是一点准备也没有,终究不免有些惴惴不安,这里到底是他的家。张妈去开门,随即听见两个人在厨房里喊喊喳喳说了几句,然后就一先一后走进房来。原来是那周妈,把招弟的棺材送到义冢地去葬了,现在回来了。那周妈虽然没有见过曼桢,大概早就听说过有她这样一个人,也知道这荣宝不是他们太太亲生的。现在曼桢忽然出现了,周妈不免小心翼翼,"二小姐"长"二小姐"短,在旁边转来转去献殷勤,她那满脸杀气上再浓浓堆上满面笑容,却有点使人不寒而栗。曼桢对她只是淡淡的,心里想倒也不能得罪她,她还是可以把一口怨气发泄在孩子身上。那周妈自己心虚,深恐张妈要在曼桢跟前揭发她的罪行,她一向把那邋遢老太婆欺压惯了的,现在却把她当作老前辈似的尊崇起来,赶着她喊"张奶奶",拉她到厨房里去商量着添点什么菜,款待二小姐。

曼桢却在那里提醒自己,她应当走了。拣要紧的事情嘱咐张妈两句,就走吧,宁可下午再来一次。正想着,荣宝却说话了,问道:"姊姊呢?"这是他第一次直接和曼桢说话,说的话却叫她无法答覆。曼桢过了一会方才悄声说道:"姊姊睡着了。你别闹。"

想起招弟的死，便有一阵寒冷袭上她的心头，一种原始的恐惧使她许愿似的对自己说："只要他好了，我永生永世也不离开他了。"虽然她明知道这是办不到的事。荣宝垫的一床席子上面破了一个洞，他总是烦躁地用手去挖它，越挖越大。曼桢把他两只手都握住了，轻声道："不要这样。"说着，她眼睛里却有一双泪珠"嗒"地一声掉在席子上。

忽然听见鸿才的声音在后门口说话，一进门就问："医生可来过了？"张妈道："没来。二小姐来了。"鸿才听了，顿时寂然无语起来。半晌没有声息，曼桢知道他已经站在客堂门口，站了半天了。她坐在那里一动也不动，只是脸上的神情变得严冷了些。

她不朝他看，但是他终于趑趄着走入她的视线内。他一副潦倒不堪的样子，看上去似乎脸也没洗，胡子也没剃，瘦削的脸上腻着一层黄黑色的油光，身上穿着一件白里泛黄的旧绸长衫，戴着一顶白里泛黄的旧草帽，帽子始终戴在头上没有脱下来。他搭讪着走到床前在荣宝额上摸了摸，喃喃地道："今天可好一点？医生怎么还不来？"曼桢不语。鸿才咳嗽了一声，又道："二妹，你来了我就放心了。我真着急。这两年不知怎么走的这种悖运，晦气事情全给我碰到了。招弟害病，没当它桩事情，等晓得不好，赶紧给她打针，钱也花了不少，可是已经太迟了。这孩子也就是给过上的，可不能再耽搁了，今天早上为了想筹一点钱，就跑了一早上。"说到这里，他叹了口冷气，又道："真想不到落到今天这个日子！"

其实他投机失败，一半也是迷信帮夫运的缘故。虽然他向不承认他的发迹是沾了曼璐的光，他心底里对于那句话却一直有三分相信。刚巧在曼璐去世的时候，他接连有两桩事情不顺手，心里便有些害怕。做投机本来是一种赌博，越是怕越是输，所以终至一败涂地。而他就更加笃信帮夫之说了。

周妈绞了一把热手巾送上来，给鸿才擦脸，他心不在焉地接过来，只管拿着擦手，把一双手擦了又擦。周妈走开了，半响，他忽然迸出一句话来："我现在想想，真对不起她。"他背过身去望着曼璐的照片，便把那毛巾揿在脸上擤鼻子。他分明是在那里流泪。

阳光正照在曼璐的遗像上，镜框上的玻璃反射出一片白光，底下的照片一点也看不见，只看见那玻璃上的一层浮尘。曼桢呆呆地望着那照片，她姊姊是死了，她自己这几年来也心灰意冷，过去那一重重纠结不开的恩怨，似乎都化为烟尘了。

鸿才又道："想想真对不起她。那时候病得那样，我还给她气受，要不然她还许不会死呢。二妹，从前的事都是我不好，你不要恨你姊姊了。"他这样自怨自艾，其实还是因为心疼钱的缘故，曼桢没想到这一点，见他这样引咎自责，便觉得他这人倒还不是完全没有良心。她究竟涉世未深，她不知道往往越是残暴的人越是怯懦，越是在得意的时候横行不法的人，越是禁不起一点挫折，立刻就矮了一截子，露出一副可怜的脸相。她对鸿才竟于憎恨中生出一丝怜悯，虽然还是不打算理他，却也不愿意使他过于难堪。

鸿才向她脸上看了一眼，嗫嚅着说道："二妹，你不看别的，看这小孩可怜，你在这儿照应他几天，等他好了再回去。我到朋友家去住几天。"他唯恐她要拒绝似的，没等说完就走出房去，从口袋里掏出一叠钞票来，向张妈手里一塞，道："你待会交给二小姐，医生来了请她给付付。"又道："我不是在王家就是在严先生那里，万一有什么事，打电话找我好了。"说罢，马上逃也似地匆匆走了。

曼桢倒相信他这次大概说话算话，说不回来就不回来。曼璐从前曾经一再地向她说，鸿才对她始终是非常敬爱，他总认为她是和任何女人都两样的，他只是一时神志不清做下犯罪的事情，也是因为爱得她太厉害的缘故。像这一类的话，在一个女人听来是很容易相信的，恐怕没有一个女人是例外。曼桢当时听了虽然没有什么反应，曼璐这些话终究并不是白说的。

那天晚上她住在祝家没回去，守着孩子一夜也没睡。第二天早上她不能不照常去办公，下班后又回到祝家来，知道鸿才已经来过一次又走了。曼桢这时候便觉得心定了许多，至少她可以安心看护孩子的病，不必顾虑到鸿才了。她本来预备再请豫瑾来一趟，但是她忽然想起来，豫瑾这两天一定也很忙，不是说他太太昨天就要进医院了吗，总在这两天就要动手术了。昨天她是急糊涂了，竟把这桩事情忘得干干净净。其实也可以不必再找豫瑾了，就找原来的医生继续看下去吧。

豫瑾对那孩子的病，却有一种责任感，那一天晚上，他又到曼桢的寓所里去过一趟，想问问她那孩子可好些了。二房东告诉他：曼桢一直没有回来。豫瑾也知道他们另外有医生在那里诊治着，既然有曼桢在那里主持一切，想必决不会有什么差池的，就也把这桩事情抛开了。

豫瑾在他丈人家寄居，他们的楼窗正对着曼桢的窗子，豫瑾常常不免要向那边看一眼。这样炎热的天气，那两扇窗户始终紧闭着，想必总是没有人在家。隔着玻璃窗，可以看见里面晒着两条毛巾，一条粉红色的搭在椅背上，一条白色的晒在绳子上，永远是这个位置。那黄烘烘的太阳从早晒到晚，两条毛巾一定要晒馊了。一连十几天晒下来，毛巾烤成僵硬的两片，颜色也淡了许多。

曼桢一直住在祝家没有回来,豫瑾倒也并不觉得奇怪,想着她姊姊死了,丢下这样一个孩子没人照应,他父亲也许是一个没有知识的人,也许他终日为衣食奔走,分不开身来,曼桢向来是最热心的,最肯负责的,孩子病了,她当然义不容辞地要去代为照料。

但是时间一天天地过去了,豫瑾的太太施手术产下一个女孩之后,在医院里休养了一个时期,夫妇俩已经预备动身回六安去了,曼桢却还没有回来。豫瑾本来想到她姊夫家里去一趟,去和她道别,但是究竟是不大熟悉的人家,冒冒失失地跑去似乎不大好,因此一直拖延着,也没有去。

这一天,他忽然在无意中看见曼桢那边开着一扇窗户,两条毛巾也换了一个位置,仿佛新洗过,又晾上了。他想着她一定是回来了。他马上走下楼去,到对门去找她。

他来过两次,那二房东已经认识他了,便不加阻止,让他自己走上楼去。曼桢正在那里扫地擦桌子,她这些日子没回家,灰尘积得厚厚的。豫瑾带笑在那开着的房门上敲了两下,曼桢一抬头看见是他,在最初的一刹那间她脸上似乎有一层阴影掠过,她好像不愿意他来似的,但是豫瑾认为这大概是他的一种错觉。

他走进去笑道:"好久不看见了。那小孩好了没有?"曼桢笑道:"好了。我也没来给你道喜,你太太现在已经出院了吧?是一个男孩子还是女孩子?"豫瑾笑道:"是个女孩子。蓉珍已经出来一个礼拜了,我们明天就打算回去了。"曼桢嗳呀了一声道:"就要走啦?"她拿抹布在椅子上擦了一把,让豫瑾坐下。豫瑾坐下来笑道:"明天就要走了,下次又不知什么时候才见得着,所以我今天无论如何要来看看你,跟你多谈谈。"他一定要在动身前再和她见一次面,也是因为她上次曾经表示过,她有许多话要告诉他,听她的口气仿佛有什么隐痛似的。但是这时候曼桢倒又懊悔她对他说过那样的话。她现在已经决定要嫁给鸿才了，从前那些事当然也不必提了。

桌上已经擦得很干净了，她又还拿抹布在桌上无意识地揩来揩去。揩了半天，又去伏在窗口抖掉抹布上的灰。本来是一条破旧的粉红色包头纱巾，她拿它做了抹布。两只手拎着它在窗外抖灰，那红纱在夕阳与微风中懒洋洋地飘着。下午的天气非常好。

豫瑾等候了一会，不见她开口，便笑道："你上次不是说有好些事要告诉我么？"曼桢道："是的，不过我后来想想，又不想再提起那些事了。"豫瑾以为她是怕提起来徒然引起伤感，他顿了一顿，方道："说说也许心里还痛快些。"曼桢依旧不作声。豫瑾沉默了一会，又道："我这次来，是觉得你兴致不大好，跟从前很两样了。"他虽然说得这样轻描淡写，说这话的时候却是带着一种感慨的口吻。

曼桢不觉打了个寒噤。他一看见她就看得出来她是叠经刺激，整个的人已经破碎不堪了。她一向以为她至少外貌还算镇静。她望着豫瑾微笑着说道："你觉得我完全变了个人吧？"豫瑾迟疑了一下，方道："外貌并没有改变，不过我总觉得……"从前他总认为她是最有朝气的，她的个性也有它的沉毅的一面，一门老幼都倚赖着她生活，她好像还余勇可贾似的，保留着一种闲静的风度。这次见面，她却是那样神情萧索，而且有点恍恍惚惚的。仅仅是生活的压迫决不会使她变得这样厉害。他相信那还是因为沈世钧的缘故。中间不知道出了些什么变故，使他们不能有始有终。她既然不愿意说，豫瑾当然也不便去问她。

他只能恳切地对她说："我又不在此地，你明天常常给我写信好不好？说老实话，我看你现在这样，我倒是真有点不放心。"他越是这样关切，曼桢倒反而一阵心酸，再也止不住自己，顿时泪如雨下。豫瑾望着她，倒呆住了，半晌，方才微笑道："都是我不好，不要说这些了。"曼桢忽然冲口而出地说："不，我是要告诉你——"说到这里，又噎住了。

她实在不知道从何说起。看见豫瑾那样凝神听着，她忽然脑筋里一阵混乱，便又冲口而出地说道："你看见的那个孩子不是姊姊的——"豫瑾愕然望着她，她把脸别了过去，脸上却是一种冷淡而强硬的神情。豫瑾想道："那孩子难道是她的么，是她的私生子，交给她姊姊抚养的？是沈世钧的孩子？还是别人的——世钧离开她就是为这个原因？"一连串的推想，都是使他无法相信的，都在这一刹那间在他脑子里掠过。

曼桢却又断断续续地说起话来了，这次她是从豫瑾到她家里来送喜柬的那一天说起，就是那一天，她陪着她母亲到她姊姊家去探病。在叙述中间，她总想为她姊姊留一点余地，因为豫瑾过去和曼璐的关系那样深，他对曼璐的那点残余的感情她不愿意加以破坏。况且她姊姊现在已经死了。但是她无论怎么样为曼璐开脱，她被禁闭在祝家一年之久，曼璐始终坐视不救，这总是实情。豫瑾简直觉得骇然。他不能够想像曼璐怎样能够参与这样卑鄙的阴谋。曼璐的丈夫他根本不认识，可能是一个无恶不作的人，但是曼璐……他想起他们十五六岁的时候刚见面的情景，还有他们初订婚的时候，还有后来，她为了家庭出去做舞女，和他诀别的时候。他所知道的她是那样一个纯良的人。就连他最后一次看见她，他觉得她好像变粗俗了，但那并不是她的过错，他相信她的本质还是好的。怎么她对她自己的妹妹竟是这样没有人心。

曼桢继续说下去，说到她生产后好容易逃了出来，她母亲辗转访到她的下落，却又劝她回到祝家去。豫瑾觉得她母亲简直荒谬到极点，他气得也说不出话来。曼桢又说到她姊姊后来病重的时候亲自去求她，叫她为孩子的缘故嫁给鸿才，又被她拒绝了。她说到这里，声调不由得就变得涩滞而低沉，因为当时虽然拒绝了,现在也还是要照死者的愿望做去了。她也晓得这样做是不对的，心里万分矛盾，非常需要跟豫瑾商量商量，但是她实在没有勇气说出来。她自己心里觉得非常抱愧，尤其觉得愧对豫瑾。

刚才她因为顾全豫瑾的感情，所以极力减轻她姊姊应负的责任，无形中就加重了鸿才的罪名，更把他表现成一个恶魔，这时候她忽然翻过来说要嫁给他，当然更无法启齿了。其实她也知道，即使把他说得好些，成为一个多少是被动的人物，豫瑾也还是不会赞成的。这种将错就错的婚姻，大概凡是真心为她打算的朋友都不会赞成的。

她说到她姊姊的死，就没有再说下去了。豫瑾抱着胳膊垂着眼睛坐在那里，一直也没开口。他实在不知道应当用什么话来安慰她。但是她这故事其实还没有完——豫瑾忽然想起来，这次她那孩子生病，她去看护他，在祝家住了那么些日子，想必她和鸿才之间总有相当的谅解，不然她怎么能够在那里住下去，而且住得这样久。莫非她已经改变初衷，准备为了孩子的幸福牺牲自己，和鸿才结婚。他甚至于疑心她已经和鸿才同居了。不，那倒不会，她决不是那样的人，他未免太把她看轻了。

他考虑了半天，终于很谨慎地说道："我觉得你的态度是对的，你姊姊那种要求简直太没有道理了。这种勉强的结合岂不是把一生都葬送了。"他还劝了她许多话，她从来没听见豫瑾一口气说过这么些话。他认为夫妇俩共同生活，如果有一个人觉得痛苦的话，其他的一个人也不可能得到幸福的。其实也用不着他说，他所能够说的她全想到了，也许还更彻底。譬如说鸿才对她，就算他是真心爱她吧，像他那样的人，他那种爱是不是能持久呢，但是话不能这样说。当初她相信世钧是确实爱她的，他那种爱也应当是能够持久的，然而结果并不是。所以她现在对世界上任何事物都没有确切的信念，觉得无一不是渺茫的。倒是她的孩子是唯一的真实的东西。尤其这次她是在生死关头把他抢回来的，她不能再扔下不管了。

她自己是无足重轻的，随便怎样处置她自己好像都没有多大关系。譬如她已经死了。

豫瑾又道："其实你现在只要拿定了主意，你的前途一定是光明的。"他不过是一种勉励的话，曼桢听了，却觉得心中一阵伤惨，眼泪又要流下来了。老对着他哭算什么呢？豫瑾现在的环境也不同了，在现在这样的情形下，她应当稍微有分寸一点。她很突兀地站起身来，带笑说道："你看我这人，说了这半天废话，也不给你倒碗茶。"五斗橱上覆着两只玻璃杯，她拿起一只来迎着亮照了一照，许久不用，上面也落了许多灰。她在这里忙着擦茶杯找茶叶，豫瑾却楞住了。她为什么忽然这样客套起来，倒好像是不愿再谈下去了。然而他再一想，他那些劝勉的话也不过是空言安慰，他对她实在也是爱莫能助。他沉默了一会，便道："你不用倒茶了，我就要走了。"曼桢也没有阻止他。她又把另外一只玻璃杯拿起来，把上面的灰吹了一吹，又拿抹布擦擦。豫瑾站起来要走，又从口袋里摸出一本记事簿来，撕下一张纸来，弯着腰伏在桌上写下他自己的地址，递给曼桢。曼桢道："你的地址我有的。"豫瑾道：

"你这儿是十四号吧？"他也写在他的记事簿上。曼桢心里想这里的房子她就要回掉了，他写信来也寄不到的，但是她也没说什么。她实在没法子告诉他。将来他总会从别人那里听到的，说她嫁给鸿才了。他一定想着她怎么这样没出息，他一定会懊悔他过去太看重她了。

她送他下楼，临别的时候问道："你们明天什么时候动身？"豫瑾道："明天一早就走。"

曼桢回到楼上来，站在窗口，看见豫瑾还站在斜对过的后门口，似乎揿过铃还没有人来开门。他也看见她了，微笑着把一只手抬了一抬，做了一个近于挥手的姿态。曼桢也笑着点了个头，随后就很快地往后一缩，因为她的眼泪已经流了一脸。她站在桌子跟前啜泣着，顺手拿起那块抹布来预备擦眼睛，等到明白是抹布的时候，就又往桌上一掷。那敝旧的红纱懒洋洋地从桌上滑到地下去。

十五

八一三抗战开始的时候，在上海连打了三个月，很有一些有钱的人着了慌往内地跑的。曼桢的母亲在苏州，苏州也是人心惶惶。顾太太虽然不是有钱的人，她也受了他们一窝蜂的影响，人家都向长江上游一带逃难，她也逃到他们六安原籍去。这时候他们老太太已经去世了。顾太太做媳妇一直做到五六十岁，平常背地里并不是没有怨言，但是婆媳俩一向在一起苦熬苦过，倒也不无一种老来伴的感觉。老太太死了，就剩她一个人，几个儿女都不在身边，一个女孩子在苏州学看护，两个小的由他们哥哥资助着进学校。伟民在上海教书，他也已经娶亲了。

顾太太回到六安，他们家在城外有两间瓦屋，本来给看坟人住的，现在收回自用了。她回来不久，豫瑾就到她家来看她，他想问问她关于曼桢的近况，他屡次写信给曼桢，都无法投递退了回来。他因为知道曼桢和祝家那一段纠葛，觉得顾太太始终一味的委曲求全，甚至于曼桢被祝家长期禁锁起来，似乎也得到了她的同意。不管她是忍心出卖了自己的女儿还是被愚弄了，豫瑾反正对她有些鄙薄。见面之后，神情间也冷淡得很，顾太太初看见他，却像他乡遇故知一样,分外亲热。谈了一会,豫瑾便道:"曼桢现在在哪儿?"顾太太道:"她还在上海,她结婚了呀——哦,曼璐死你知道吧,曼桢就是跟鸿才结婚了。"顾太太几句话说得很冠冕,仿佛曼桢嫁给她姊夫也是很自然的事情,料想豫瑾未见得知道里面的隐情,但是她对于这件事究竟有些心虚,认为是家门之玷,所以就这样提了一声,就岔开去说到别处去了。

豫瑾听到这消息,虽然并不是完全出于意料之外,也还是十分刺激。他真替曼桢觉得可惜。顾太太尽自和他说话,他唯唯诺诺地随口敷衍了两句,便推说还有一点事情,告辞走了。他就来过这么一次。过年也不来拜年,过节也不来拜节。顾太太非常生气,心里想"太岂有此理了,想不到他也这么势利,那时候到上海来不是总住在我们家,现在看见我穷了,就连亲戚也不认了。"

打仗打到这里来了。顾太太一直主意不定,想要到上海去,这时候路上也难走,她孤身一个人,又上了年纪,沿途又没有人照应。后来是想走也不能走了。

上海这时候早已沦陷了。报纸上登出六安陷落的消息,六安原是一个小地方,报上刊出这消息,也只是短短几行,以后从此就不提了。曼桢和伟民杰民自然都很忧虑,不知道顾太太在那里可还平安。伟民收到顾太太一封信,其实这封信还是沦陷前寄出的,所以仍旧不知道她现在的状况,但还是把这封信互相传观着,给杰民看了,又叫他送去给曼桢看。杰民现在在银行里做事,他大学只读了一年,就进了这爿银行。这一天他到祝家来,荣宝是最喜欢这一个小舅舅的,他一来,就守在面前不肯离开。天气热,杰民只穿着一件白衬衫,一条黄卡其短裤。他才一坐下,那荣宝正偎在曼桢身边,忽然回过头去叫了一声"妈。"

曼桢应了声"唔？"荣宝却又不作声了，隔了一会，方才仰着脸悄悄的说道："妈，小舅舅腿上有个疤。"曼桢向杰民膝盖上望了一望，不禁笑了起来道："我记得你这疤从前没有这样大的。人长大，疤也跟着长大了。"杰民低下头去在膝盖上摸了一摸，笑道："这还是那时候学着骑自行车，摔了一跤。"说到这里，他忽然若有所思起来。曼桢问他银行里忙不忙，他只是漫应着，然后忽然握着拳头在腿上捶了一下，笑道："我说我有一桩什么事要告诉你的！看见你就忘了。——那天我碰见一个人，你猜是谁？碰见沈世钧。"也是因为说起那时候学骑自行车，还是世钧教他骑的，说起来就想起来了。他见曼桢怔怔的，仿佛没听懂他的话，便又重了一句道："沈世钧。他到我们行里来开了个户头，来过好两次了。"曼桢微笑道："你倒还认识他。"杰民道："要不然我也不会认得了，我也是看见他的名字，才想起来的。我也没跟他招呼。他当然是不认得我了——他看见我那时候我才多大？"说着，便指了指荣宝，笑道："才跟他一样大！"曼桢也笑了。她很想问他，世钧现在是什么样子，一句话在口边，还没有说出来，杰民却欠了欠身，从裤袋里把顾太太那封信摸出来，递给她看。又谈起他们行里的事情，说下个月也许要把他调到镇江去了。几个岔一打，曼桢就不好再提起那桩事了。其实也没有什么不好意思的，问一声有什么要紧，是她多年前的恋人，现在她已经是三十多岁的人，孩子都这么大了，尤其在她弟弟的眼光中，已经是很老了吧？但是正因为是这样，她更是不好意思在他前面做出那种一往情深的样子。

　　她看了她母亲的信，也没什么可说的，彼此说了两句互相宽慰的话，不过大家心里都有这样一个感想，万一母亲要是遭到了不幸，大家不免要责备自己，当时没有坚持着叫她到上海来。杰民当然是没有办法，他自己也没有地方住，他是住在银行宿舍里。伟民那里也挤得很，一共一间统厢房，还有一个丈母娘和他们住在一起，他丈母娘就这一个女儿，结婚的时候说好了的，要跟他们一同住，靠老终身。曼桢和他不同，她并不是没有力量接她母亲来。自从沦陷后，只有商人赚钱容易，所以鸿才这两年的境况倒又好转了，新顶下一幢两上两下的房子，顾太太要是来住也很方便，但是曼桢不愿意她来。曼桢平常和她两个弟弟也很少见面的，她和什么人都不来往，恨不得把自己藏在一个黑洞里。她自己总有一种不洁之感。

鸿才是对她非常失望。从前因为她总好像是可望而不可即的，想了她好两年了，就连到手以后，也还觉得恍恍惚惚的，从来没有觉得他是占有了她。她一旦嫁了他，日子长了，当然也就没有什么稀罕了，甚至于觉得他是上了当，就像一碗素虾仁，看着是虾仁，其实是洋山芋做的，木木的一点滋味也没有。他先还想着，至少她外场还不错，有她这样一个太太是很有面子的事，所以有一个时期他常常逼着她一同出去应酬，但是她现在简直不行了，和他那些朋友的太太们比起来，一点也不见得出色。她完全无意于修饰，脸色黄黄的，老是带着几分病容，装束也不入时，见了人总是默默无言，有时候人家说话她也听不见，她眼睛里常常有一种呆笨的神情。怎么她到了他手里就变了个人了，鸿才真觉得愤恨。所以他总是跟她吵闹。无论吵得多厉害，曼桢也从来没有跟他翻旧账，说她嫁给他本来不是自愿。她也是因为怕想起从前的事情，想起来只有更伤心。她不提，他当然也就忘了。本来，一结婚以后，结婚前的经过也就变成无足重轻的了，不管当初是谁追求谁，反正一结婚之后就是谁不讲理谁占上风。一天到晚总是鸿才向她寻衅，曼桢是不大和他争执的，根本她觉得她是整个一个人都躺在泥塘里了，还有什么事是值得计较的。什么都没有多大关系。

六安沦陷了有十来天了，汇兑一直还不通，想必那边情形还是很混乱。曼桢想给她母亲寄一点钱去，要问问杰民汇兑通了没有，这些话在电话上是不便说的，还是得自己去一趟，把钱交给他，能汇就给汇去。他们这是一个小小的分行，职员宿舍就在银行的楼上，由后门出入。那天曼桢特意等到他们下班以后才去，因为她上次听见杰民说，世钧到他们行里去过，她很怕碰见他。其实当初是他对不起她，但是隔了这些年，她已经不想起那些了，她只觉得她现在过的这种日子是对不起她自己。也许她还是有一点恨他，因为她不愿意得到他的怜悯。

这一向正是酷热的秋老虎的天气，这一天傍晚倒凉爽了些。曼桢因为不常出去，鸿才虽然有一辆自备三轮车，她从来也不坐他的。她乘电车到杰民那里去，下了电车，在马路上走着，淡墨色的天光，一阵阵的凉风吹上身来，别处一定有地方在那里下雨了。这两天她常常想起世钧。想到他，就使她想起她自己年轻的时候。那时候她天天晚上出去教书，世钧送她去，也就是这样在马路上走着。那两个人仿佛离她这样近，只要伸出手去就可以碰到，有时候觉得那风吹着他们的衣角，就飘拂到她身上来。仿佛就在她旁边，但是中间已经隔着一重山了。

杰民他们那银行前门临街，后门开在一个衖堂里。曼桢记得是五百零九号，她一路认着门牌认了过来，近衖口有一爿店，高高挑出一个红色的霓虹灯招牌，那衖口便静静的浴在红光中。衖堂里有个人走了出来，在那红灯影里，也看得不很清晰，曼桢却吃了一惊。也许是那走路的姿势有一点熟悉……但是她和世钧总有上十年没见面了，要不是正在那里想到他，也决不会一下子就看出是他。——是他。她疾忙背过脸去，对着橱窗。他大概并没有看见她。当然，他要不是知道到这儿来有碰见她的可能，对一个路过的女人是不会怎样注意的。曼桢却也没有想到，他这样晚还会到那银行里去。总是因为来晚了，所以只好从后门进去，找他相熟的行员通融办理。这是曼桢后来这样想着，当时是心里乱得什么似的，就光知道她全世界最不要看见的人就是他了。她掉转身来就顺着马路朝西走。他似乎也是朝西走，她听见背后的脚步声，想着大概是他。虽然她仍旧相信他并没有看见她，心里可就更加着慌起来。偏是一辆三轮车也没有，附近有一家戏院散戏，三轮车全拥到那边去了。也是因为散戏的缘故，街上汽车一辆接着一辆，想穿过马路也没法过去。后面那个人倒越走越快，竟奔跑起来了。曼桢一下子发糊涂了，见有一辆公共汽车轰隆轰隆开了过来，前面就是一个站头，她就也向前跑去，想上那公共汽车。跑了没有几步，忽然看见世钧由她身边擦过，越过她前头去了，原来他并不是追她，却是追那公共汽车。

曼桢便站定了脚，这时候似乎危险已经过去了，她倒又忍不住要看看，到底是不是世钧，因为太像做梦了，她总有点不能相信。这一段地方因为有两家皮鞋店橱窗里灯光雪亮，照到街沿上，光线也很亮，可以看得十分清楚，世钧穿的什么衣服，脸上什么样子。虽然这都是一刹那间的事，大致总可以感觉到他是胖了还是瘦了，好像很发财还是不甚得意。但是曼桢不知道为什么，一点印象也没有，就只看见是世钧，已经心里震荡着，一阵阵的似喜似悲，一个身体就像浮在大海里似的，也不知道是在什么地方。

她只管呆呆的向那边望着，其实那公共汽车已经开走了，世钧却还站在那里，是因为车上太挤，上不去，所以只好再等下一部。下一部车子要来还是从东面来，他自然是转过身来向东望着，正是向着曼桢。她忽然之间觉得了。要是马上掉过身来往回走，未免显得太突然，倒反而要引起注意。这么一想，也来不及再加考量，就很仓皇的穿过马路，向对街走去。这时候那汽车的一字长蛇阵倒是松动了些，但是忽然来了一辆卡车，嗞溜溜的顿时已经到了眼前，车头上两盏大灯白茫茫的照得人眼花，那车头放大得无可再大，有一间房间大，像一间黑暗的房间向她直冲过来。以后的事情她都不大清楚了，只听见"吱呦"一声拖长的尖叫，倒是煞住了车，然后就听见那开车的破口大骂。曼桢两条腿颤抖得站都站不住，但是她很快的走到对街去，幸而走了没有多少路就遇到一辆三轮车，坐上去，车子已经踏过了好几条马路，心里还是砰砰的狂跳个不停。

也不知道是不是受过惊恐后的歇斯底里，她两行眼泪像涌泉似的流着。真要是给汽车撞死了也好，她真想死。下起雨来了，很大的雨点打到身上，她也没有叫车夫停下来拉上车篷。她回到家里，走到楼上卧房里，因为下雨，窗户全关得紧腾腾的，一走进来觉得暖烘烘的。她电灯也不开，就往床上一躺。在那昏黑的房间里，只有衣橱上一面镜子闪出一些微光。房间里那些家具，有的是她和鸿才结婚的时候买的，也有后添的。在那郁闷的空气里，这些家具都好像黑压压的挤得特别近，她觉得气也透不过来。这是她自己掘的活埋的坑。她倒在床上，只管一抽一提的哭着。

忽然电灯一亮，是鸿才回来了。曼桢便一翻身朝里睡着。鸿才今天回来得特别早，他难得回家吃晚饭的，曼桢也从来不去查问他。她也知道他现在又在外面玩得很厉害，今天是因为下雨，懒得出去了，所以回来得早些。他走到床前，坐下来脱鞋换上拖鞋，因顺口问了一声："怎么一个人躺在这儿？唔？"说着，便把手搁在她膝盖上捏了一捏。他今天不知道为什么，好像对她倒又颇有好感起来。遇到这种时候，她需要这样大的力气来压伏自己的憎恨，剩下的力气一点也没有了。她躺在那里不动，也不作声。鸿才嫌这房间里热，换上拖鞋便下楼去了，客厅里有个风扇可以用。

曼桢躺在床上，房间里窗户虽然关着，依旧可以听见衖堂里有一家人家的无线电，叮叮咚咚正弹着琵琶，一个中年男子在那里唱着，略带点妇人腔的呢喃的歌声，却听得不甚分明。那琵琶的声音本来就像雨声，再在这阴雨的天气，隔着雨遥遥听着，更透出那一种凄凉的意味。

这一场雨一下，次日天气就冷了起来。曼桢为了给她母亲汇钱的事，本要打电话给杰民，叫他下班后到她这里来一趟，但是忽然接到伟民一个电话，说顾太太已经到上海来了，现在在他那里。曼桢一听便赶到他家里去，当下母女相见。顾太太这次出来，一路上吃了许多苦，乘独轮车，推车的被拉夫拉去了，她徒步走了百十里路。今天天气转寒，在火车上又冻着了，直咳嗽，喉咙都哑了，可是自从到了上海，就说话说得没停，因为刚到的时候，伟民还没有回来，她不免把她的经历先向媳妇和亲家母叙述了一遍，伟民回来了，又叙了一遍，等伟民打电话把杰民找了来，她又对杰民诉了一遍，现在对曼桢说，已是第四遍了。原来六安沦陷后又收复了——沦陷区的报纸自然是不提的。顾太太在六安，本来住在城外，那房子经过两次兵燹，早已化为平地了。她寄住在城里一个堂房小叔家里。日本兵进城的时候，照例有一番奸淫掳掠，幸而她小叔家里只有老两口子，也没有什么积蓄，所以损失不大。六安一共只沦陷了十天，就又收复了。她乘着这时候平靖些，急于要到上海去，刚巧本城也有几个人要走，找到一个熟悉路上情形的人做向导，便和他们结伴同行，到了上海。

她找到伟民家里，伟民他们只住着一间房，另用板壁隔出一小间，作为他丈母陶太太下榻的地方。那陶太太见了顾太太，心中便有些惭恧，觉得她这是雀巢鸠占了。她很热心的招待亲家母，比她的女儿还要热心些，但是又得小心不能太殷勤了，变了反客为主，或者反而叫对方感到不快，因此倒弄得左右为难。顾太太只觉得她的态度很不自然，一会儿亲热，一会儿又淡淡的。伟民的妻子名叫琬珠，琬珠虽然表面上的态度也很好，顾太太总觉得她们只多着她一个人。后来伟民回来了，母子二人谈了一会。他本来觉得母亲刚来，不应当马上哭穷，但是随便谈谈，不由得就谈到这上面去了。教师的待遇向来是苦的，尤其现在物价高涨，更加度日艰难。琬珠在旁边插嘴说，她也在那里想出去做事，赚几个钱来贴补家用，伟民便道："在现在的上海，找事情真难，倒是发财容易，所以有那么些暴发户。"陶太太在旁边没说什么。陶太太的意思，女儿找事倒还在其次，就使找到事又怎样，也救不了穷。倒是伟民，他应当打打主意了。既然他们有这样一位阔姑奶奶，祝鸿才现在做生意这样赚钱，也可以带他一个，都是自己人，怎么不提携提携他。陶太太心里总是这样想着，因此她每次看见曼桢，总有点酸溜溜的，不大愉快的样子。这一天曼桢来了，大家坐着说了一会话。曼桢看这神气,她母亲和陶太太是决合不来的,根本两个老太太同住,各有各的一定不移的生活习惯,就很难弄得合适,这里地方又实在是小,曼桢没有办法,只得说要接她母亲到她那里去住。伟民便道:"那也好,你那儿宽敞些,可以让妈好好的休息休息。"顾太太便跟着曼桢一同回去了。

到了祝家,鸿才还没有回来,顾太太便问曼桢:"姑爷现在做些什么生意呀?做得还顺手吧?"曼桢道:"他们现在做的那些事我真看不惯,不是囤米就是囤药,全是些昧良心的事。"顾太太想不到她至今还是跟以前一样,一提起鸿才就是一种愤激的口吻,当下只得陪笑道:"现在就是这个时世嘛,有什么办法!"曼桢不语。顾太太见她总是那样无精打采的,而且脸上带着一种苍黄的颜色,便皱眉问道:"你身体好吧?咳,你都是从前做事,从早上忙到晚上,把身体累伤了!那时候年纪轻撑得住,年纪大一点就觉得了。"曼桢也不去和她辩驳。提起做事,那也是一个痛疮,她本来和鸿才预先说好的,婚后还要继续做事,那时候鸿才当然千依百顺,但是她在外面做事他总觉得不放心,后来就闹着要她辞职,为这件事也不知吵过多少回。最后她因为极度疲倦的缘故,终于把事情辞掉了。

顾太太道:"刚才在你弟弟家,你弟媳妇在那儿说,要想找个事,也好贴补家用。他们说是说钱不够用,那些话全是说给我听的——把个丈母娘接在家里住着,难道不要花钱吗?……想想养了儿子真是没有意思。"说着,不由得叹了口冷气。

荣宝放学回来了,顾太太一看见他便拉着他问:"还认识不认识我呀?我是谁呀?"又向曼桢笑道:"你猜他长得像谁?越长越像了——活像他外公。"曼桢有点茫然的说:"像爸爸?"她记忆中的父亲是一个蓄着八字胡的瘦削的面容,但是母亲回忆中的他大概是很两样的,还是他年轻的时候的模样,并且在一切可爱的面貌里都很容易看见他的影子。曼桢不由得微笑起来。

曼桢叫女佣去买点心。顾太太道:"你不用张罗我,我什么都不想吃,倒想躺一会儿。"曼桢道:"可是路上累着了?"顾太太道:"唔。这时候心里挺难受的。"楼上床铺已经预备好了,曼桢便陪她上楼去。顾太太躺下,曼桢便坐在床前陪她说话,因又谈起她在危城中的经历。她老没提起豫瑾,曼桢却一直在那儿惦记着他,因道:"我前些日子听见说打到六安了,我真着急,想着妈就是一个人在那儿,后来想豫瑾也在那儿,也许可以有点照应。"顾太太嗐了一声道:"别提豫瑾了,我到了六安,一共他才来了一趟。"说到这里突然想起来,在枕上欠起半身,轻声道:"嗳,你可知道,他少奶奶死了,他给抓去了。"曼桢吃了一惊,道:"啊?怎么好好的——?"顾太太偏要从头说起,先把她和豫瑾呕气的经过叙述了一遍,把曼桢听得急死了。她有条不紊地说下去,说他不来她也不去找他,又道:"刚才在你弟弟那儿,我就没提这些,给陶家他们听见了,好像连我们这边的亲戚都看不起我们。这倒不去说它了,等打仗了,风声越来越紧,我一个人住在城外,他问也不来问一声。好了,后来日本人进来了,把他逮了去,医院的看护都给轮奸,说是他少奶奶也给糟蹋了,就这么送了命。嗳呀,我听见这话真是——!人家眼睛里没我这个穷表舅母,我到底看他长大的!这侄媳妇是向不来往的,可怎么死得这么惨!豫瑾逮了去也不知怎么了,我走那两天,城里都乱极了,就知道医院的机器都给搬走了——还不就是看中他那点机器!"

曼桢呆了半晌,方才悄然道:"明天我到豫瑾的丈人家问问,也许他们会知道得清楚一点。"顾太太道："他丈人家？我听见他说，他丈人一家子都到内地去了。那一阵子不是因为上海打仗，好些人都走了。"

曼桢又是半天说不出话来。豫瑾是唯一的一个关心她的人，他也许已经不在人间了。她尽坐在那里发呆，顾太太忽然凑上前来，伸手在她额上摸了摸，又在自己额上摸了摸，皱着眉也没说什么，又躺下了。曼桢道："妈怎么了？是不是有点发热？"顾太太哼着应了一声。曼桢道："可要请个医生来看看？"顾太太道："不用了，不过是路上受了点感冒，吃一包午时茶也就好了。"曼桢找出午时茶来，叫女佣去煎，又叫荣宝到楼下去玩，不要吵了外婆。荣宝一个人在客厅里摺纸飞机玩，还是杰民那天教他的，掷出去可以飞得很远。他一掷掷出去，又飞奔着追过去，又是喘又是笑，蹲在地下拎起来再掷。恰巧鸿才进来了，荣宝叫了声"爸爸，"站起来就往后面走。鸿才不由得心里有气，便道："怎么看见我就跑！不许走！"他真觉得痛心，想着这孩子自从他母亲来了，就光认识他母亲。荣宝缩在沙发背后，被鸿才一把拖了出来，喝道："干吗看见我就吓得像小鬼似的？你说！说！"荣宝哇的一声哭了起来。鸿才叱道："哭什么？又没打你！惹起我的气来我真打你！"

曼桢在楼上听见孩子哭，忙赶下楼来，见鸿才一回来就在那儿打孩子，便上前去拉，道："你这是干什么？无缘无故的。"鸿才横鼻子竖眼的嚷道："是我的儿子我就能打！他到底是我的儿子不是？"曼桢一时急气攻心，气得打战，但是也不屑和他说话，只把那孩子下死劲一拉，拉了过去，鸿才还赶着打了他几下，恨恨的道："也不知道谁教的他，见了我就像仇人似的！"一个女佣跑进来拉劝，把荣宝带走了，荣宝还在那里哭，那女佣便哄他道："不要闹,不要闹,带你到外婆那儿去!"鸿才听了,倒是一怔,便道:"她说什么?他外婆来了?"因向曼桢望了望,曼桢只是冷冷的,也不作声,自上楼去了。那女佣便在外面接口道:"外老太太来了,在楼上呢。"鸿才听见说有远客来到,也就不便再发脾气了,因整了整衣,把卷起的袖子放了下来,随即迈步登楼。

　　他听见顾太太咳嗽声音,便走进后房,见顾太太一个人在那里,他叫了声"妈。"顾太太忙从床上坐了起来,寒暄之下,顾太太告诉他听这次逃难的经过。她又问起鸿才的近况,鸿才便向她叹苦经,说现在生活程度高,总是入不敷出。但是他一向有这脾气,诉了一阵苦之后,又怕人家当他是真穷,连忙又摆阔,说他那天和几个朋友在一个华字头酒家吃饭,五个人,随便吃吃,就吃掉了一笔惊人的巨款。

　　曼桢一直没有进来。女佣送了一碗午时茶进来。鸿才问知顾太太有点不大舒服,便道:"妈多休息几天,等妈好了我请妈去看戏,现在上海倒比从前更热闹了。"女佣来请吃晚饭,今天把饭开在楼上,免得顾太太还要上楼下楼,也给她预备了稀饭,但是顾太太说一点也吃不下,所以依旧是他们自己家里两个人带着孩子一同吃。荣宝已经由曼桢替他擦了把脸,眼皮还有些红肿。饭桌上太寂静了,咀嚼的声音显得异样的响。三个人围着一张方桌坐着,就像有一片乌云沉沉地笼罩在头上,好像头顶上撑着一把伞似的。

　　鸿才突然说道:"这烧饭的简直不行,烧的这菜像什么东西!"曼桢也不语。半响,鸿才又愤愤的道:"这菜简直没有一样能吃的!"曼桢依旧不去睬他。有一碗鲫鱼汤放在较远的地方,荣宝拣不着,站起身来伸长了手臂去拣,却被鸿才伸过筷子来把他的筷子拦腰打了一下，骂道："你看你吃饭也没个吃相！一点规矩也没有！"啪的一声，荣宝的筷子落到桌子上，他的眼泪也落到桌布上。曼桢知道鸿才是有心找碴子，他还不是想着他要伤她的心，只有从孩子身上着手。她依旧冷漠地吃她的饭，一句话也不说。荣宝对于这些也习惯了，他一面啜泣着一面拾起了筷子。又端起饭碗，爬了两口饭，却有一大块鱼，鱼肚子上，没有什么刺的，送到他碗里来，是曼桢拣给他的。他本来已经不哭了，不知道为什么，眼泪倒又流下来了。

曼桢心里想，照这样下去，这孩子一定要得消化不良症的。差不多天天吃饭的时候都是这样。简直叫人受不了。但是鸿才似乎也受不了这种空气的压迫，要想快一点离开这张桌子。他一碗饭还剩小半碗，就想一口气吃完它算了。他仰起了头，举起饭碗，几乎把一只饭碗覆在脸上，不耐烦地连连爬着饭，筷子像急雨似的敲得那碗一片声响。他每次快要吃完饭的时候例必有这样一着。他有好几个习惯性的小动作，譬如他擤鼻涕总是用一只手指揿住鼻翅，用另一只鼻孔往地下一哼，短短的哼那么一声。其实这也没有什么，也不能说是什么恶习惯。倒是曼桢现在养成了一种很不好的习惯，就是她每次看见他这种小动作，她脸上马上起了一种憎恶的痉挛，她可以觉得自己眼睛下面的肌肉往上一牵，一皱。她没有法子制止自己。

鸿才的筷子还在那里噔噔噔敲着碗底，曼桢已经放下饭碗站起身来，走到后面房里去。顾太太见她走进来，便假装睡熟了。外面房间里说的话，顾太太当然听得很清楚，虽然一共也没说几句话，她听到的只是那僵冷的沉默，但是也可以知道，他们两个人呕气不是一朝一夕的事。照这样一天到晚吵架，到他们家里来做客的人实在是很难处置自己的。顾太太便想着,鸿才刚才虽然是对她很表示欢迎,可是亲戚向来是"远香近臭",住长了恐怕又是一回事了。这样看起来,还是住到儿子那儿去吧,虽然他们弄了个丈母娘在那里,大家面和心不和的,非常讨厌,但是无论如何,自己住在那边是名正言顺的,到底心里还痛快些。

于是顾太太就决定了,等她病一好就回到伟民那里去。偏偏她这病老不见好,一连躺了一个多礼拜。曼桢这里是没有一天不闹口舌的,顾太太也不敢夹在里面劝解,只好装作不闻不问。要想在背后劝劝曼桢,但是她虽然是一肚子的妈妈经与驭夫术,在曼桢面前却感觉到很难进言。她自己也知道,曼桢现在对她的感情也有限,剩下的只是一点责任心罢了。

顾太太的病算是好了,已经能够起来走动,但是胃口一直不大好,身上老是啾啾唧唧的不大舒服,曼桢说应当找个医生去验验。顾太太先不肯,说为这么点事不值得去找医生,后来听曼桢说有个魏医生,鸿才跟他很熟的,顾太太觉得熟识的医生总比较可靠,看得也仔细些,那天下午就由曼桢陪着她一同去了。这魏医生的诊所设在一个大厦里,门口停着好些三轮车,许多三轮车夫在那里闲站着,曼桢一眼看见她自己家里的车夫春元也站在那里,他看见曼桢却仿佛怔了一怔,没有立刻和她打招呼。曼桢觉得有点奇怪,心里想他或者是背地里在外面载客赚外快,把一个不相干的人踏到这里来了,所以他自己心虚。她当时也没有理会,自和她母亲走进门去,乘电梯上楼。

魏医生这里生意很好,候诊室里坐满了人。曼桢挂了号之后,替她母亲找了一个位子,在靠窗的一张椅子上坐下,她自己就在窗口站着。对面一张沙发上倒是只坐着两个人,一个男子和一个小女孩，沙发上还有很多的空余，但是按照一般的习惯，一个女子还是不会跑去坐在他们中间的。那小姑娘约有十一二岁模样，长长的脸蛋，黄白皮色，似乎身体很孱弱，她坐在那里十分无聊，把一个男子的呢帽抱在胸前缓缓的旋转着，却露出一种温柔的神气。想必总是她父亲的帽子。坐在她旁边看报的那个人总是她父亲了。曼桢不由得向他们多看了两眼，觉得这一个画面很有一种家庭意味。

那看报的人被报纸遮着，只看见他的袍裤和鞋袜，仿佛都很眼熟。曼桢不觉呆了一呆。鸿才早上就是穿着这套衣裳出去的。——他到这儿来是看病还是找魏医生有什么事情？可能是带这小孩来看病。难道是他自己的小孩？怪不得刚才在大门口碰见春元，春元看见她好像见了鬼似的。她和她母亲走进来的时候，鸿才一定已经看见她们了，所以一直捧着张报纸不放手，不敢露面。曼桢倒也不想当场戳穿他。当着这许多人闹上那么一出，算什么呢，而且又有她母亲在场，她很不愿意叫她母亲夹在里面，更添上许多麻烦。

从这大厦的窗口望下去，可以望得很远，曼桢便指点着说道："妈，你来看，喏，那就是我们从前住的地方，就是那教堂的尖顶背后。看见吧？"顾太太站到她旁边来，一同凭窗俯眺，曼桢口里说着话，眼梢里好像看见那看报的男子已经立起身来要往外走。她猛一回头，那人急忙背过身去，反剪着手望着壁上挂的医生证书。分明是鸿才的背影。

鸿才只管昂着头望着那配了镜框的医生证书，那镜框的玻璃暗沉沉的，倒是正映出了窗口两个人的动态。曼桢又别过身去了，和顾太太一同伏在窗口，眺望着下面的街道。鸿才在镜框里看见了，连忙拔腿就走。谁知正在这时候，顾太太却又掉过身来，把眼睛闭了一闭，笑道："呦，看着这底下简直头晕！"她离开了窗口，依旧在她原来的座位上坐下，正好看见鸿才的背影匆匆的往外走，但是也并没有加以注意。倒是那小女孩喊了起来道："爸爸你到哪儿去？"她这一叫唤，候诊室里枯坐着的一班病人本就感觉到百无聊赖，这就不约而同地都向鸿才注视着。顾太太便咦了一声，向曼桢说道："那可是鸿才？"鸿才知道溜不掉了，只得掉过身来笑道："咦，你们也在这儿！"顾太太因为听见那小女孩喊他爸爸，觉得非常奇怪，一时就怔住了说不出话来。曼桢也不言语。鸿才也僵住了，隔了一会方才笑道："这是我的干女儿，是老何的女孩子。"又望着曼桢笑道："哦，我告诉你没呀？这是老何一定要跟我认干亲。"一房间人都眼睁睁向他们望着，那小女孩也在内。鸿才又道："他们晓得我认识这魏医生，一定要叫我带她来看看，这孩子闹肚子。——嗳，你们怎么来的？是不是陪妈来的？"他自己又点了点头，郑重地说："嗳，妈是应当找魏医生看看，他看病非常细心。"他心里有点发慌，话就特别多。顾太太只有气无力地说了一声："曼桢一定要我来看看，其实我也好了。"

医生的房门开了，走出一个病人，一个看护妇跟在后面走了出来，叫道："祝先生。"轮到鸿才了。他笑道："那我先进去了。"便拉着那孩子往里走，那孩子对于看医生却有些害怕，她楞磕磕的捧着鸿才的帽子，一只手被鸿才牵着，才走了没有两步，突然回过头来向旁边的一个女人大声叫道："姆妈，姆妈也来！"那女人坐在他们隔壁的一张沙发椅上，一直在那儿埋头看画报，被她这样一叫，却不能不放下画报，站起身来。鸿才显得很尴尬，当时也没来得及解释，就讪讪地和这女人和孩子一同进去了。

顾太太轻轻地在喉咙管里咳了一声嗽，向曼桢看了一眼。那沙发现在空着了，曼桢便走过去坐了下来，并且向顾太太招手笑道："妈坐到这边来吧？"顾太太一语不发地跟了过去，和她并排坐下。曼桢顺手拿起一张报纸来看。她也并不是故作镇静。发现鸿才外面另有女人，她并不觉得怎样刺激——已经没有什么东西能够刺激她的感情了，她对于他们整个的痛苦的关系只觉得彻骨的疲倦。她只是想着，他要是有这样一个女儿在外面，或者还有儿子。他要是不止荣宝这一个儿子，那么假使离婚的话，或者荣宝可以归她抚养。离婚的意念，她是久已有了的。

顾太太手里拿着那门诊的铜牌，尽自盘弄着，不时的偷眼望望曼桢，又轻轻的咳了一声嗽。曼桢心里想着，今天等一会先把她母亲送回去，有机会就到杨家去一趟。她这些年来因为不愿意和人来往，把朋友都断尽了，只有她从前教书的那个杨家，那两个孩子倒是一直和她很好。两个孩子一男一女，男的现在已经大学毕业了，在一个律师那里做帮办。她想托他介绍，和他们那律师谈谈。有熟人介绍总好些，不至于太敲竹杠。

通到医生的房间那一扇小白门关得紧紧的，那几个人进去了老不出来了。那魏医生大概看在鸿才的交情份上，看得格外仔细，又和鸿才东拉西扯谈天，尽让外面的病人等着。半晌，方才开了门，里面三个人鱼贯而出。这次顾太太和曼桢看得十分真切，那女人年纪总有三十开外了，一张枣核脸，妖媚的小眼睛，嫣红的胭脂直涂到鬓脚里去，穿着件黑呢氅衣，脚上却是一双窄窄的黑绣花鞋，白缎滚口，鞋头绣着一朵白蟹爪菊。鸿才跟在她后面出来，便抢先一步，上前介绍道："这是何太太。这是我岳母。这是我太太。"那何太太并没有走过来，只远远地朝这边带笑点了个头，又和鸿才点点头笑笑，便带着孩子走了。鸿才自走过来在顾太太身边坐下，有一搭没一搭地逗着顾太太闲谈，一直陪着她们，一同进去看了医生出来，又一同回去。他自己心虚，其实今天这桩事情，他不怕别的，就怕曼桢当场发作，既然并没有，那是最好了，以后就是闹穿了，也不怕她怎样。但是他对于曼桢，也说不上来是一种什么心理，有时候尽量的侮辱她，有时候却又微微的感觉到一种莫名其妙的恐惧。

他把自备三轮车让给顾太太和曼桢坐，自己另雇了一辆车。顾太太坐三轮车总觉得害怕，所以春元踏得特别慢，渐渐落在后面。顾太太在路上就想和曼桢谈论刚才那女人的事，只是碍着春元，怕给他听见了不好。曼桢又叫春元弯到一个药房里，照医生开的方子买了两样药，然后回家。

鸿才已经到家了，坐在客厅里看晚报。顾太太出去了这么一趟，倒又累着了，想躺一会，便到楼上去和衣睡下，又把那丸药拿出来吃，因见曼桢在门外走过，便叫道："嗳，你来，你给我看看这仿单上说些什么。"曼桢走了进来，把那丸药的仿单拿起来看，顾太太却从枕上翘起头来，见四面无人，便望着她笑道："刚才那女人也不知是怎么回事。"曼桢淡淡的笑了一笑，道："是呀，看他们那鬼鬼祟祟的样子，一定是他的外家。"顾太太叹道："我说呢，鸿才现在在家里这么找碴子，是外头有人了吧？姑娘，不是我说，也怪你不好，你把一个心整个的放在孩子身上了，对鸿才也太不拿他当桩事了！他的脾气你还不知道吗？你也得稍微笼络着他一点。"曼桢只是低着头看仿单。顾太太见她老是不作声，心里想曼桢也奇怪，平常为一点小事也会和鸿才争吵起来，真是碰见这种事情，倒是不能轻轻放过他的，她倒又好像很有容让似的。这孩子怎么这样糊涂。照说我这做丈母的,只有从中排解,没有反而在中间挑唆的道理,可是实在叫人看着着急。

曼桢还有在银钱上面,也太没有心眼了,一点也不想着积攒几个私房。根本她对于鸿才的钱就嫌它来路不正,简直不愿过问。顾太太觉得这是非常不智的。她默然片刻,遂又开口说道:"我知道说了你又不爱听,我这回在你这儿住了这些日子,我在旁边看着,早就想劝劝你了。别的不说,趁着他现在手头还宽裕,你应该自己攒几个钱。看你们这样一天到晚的吵,万一真闹僵了,家用钱他不拿出来,自己手里有几个钱总好些。我也不晓得你肚子里打的什么主意。"她说到这里,不禁有一种寂寞之感,儿女们有什么话是从来不肯告诉她的。

她又叹了口气,道:"嘻!我看你们成天地吵吵闹闹的,真揪心!"曼桢把眼珠一转,便微笑道:"是真的,我也知道妈嫌烦。过两天等妈好了,还不如到伟民那儿去住几天,还清静点。"顾太太万想不到她女儿会下逐客令,倒怔了一怔,便道:"那倒也好。"转念一想,一定是曼桢下了决心要和鸿才大闹,要他和那女人断绝关系;这次一定有一场剧烈的争吵,所以要她避一避开,免得她在旁边碍事。顾太太忖量了一会,倒又有点不放心起来,便又叮嘱道:"我可憋不住,还要说啊,你要跟他闹,也不要太决裂了,还得给他留点地步。你看刚才那孩子已经有那么大了,那个人横是也不止一年了,算起来还许在你跟他结婚之前呢。这样长久了,叫她走恐怕难呢。"

曼桢略点了点头。顾太太还待要说下去,忽然有个女子的声音在楼梯口高叫了一声"二姊,"顾太太一时矇住了,忙轻声问曼桢:"谁?"曼桢一时也想不起来,原来是她弟媳妇琬珠,径笑着走了

307

进来。曼桢忙招呼她坐下,琬珠笑道:"伟民也来了。妈好了点没有?"正说着,鸿才也陪着伟民上楼来了。鸿才今天对伟民夫妇也特别敷衍,说:"你们二位难得来的,把杰民找来,我们热闹热闹。"立逼着伟民去打电话,又吩咐仆人到馆子里去叫菜。又笑道:"妈不是爱打麻将吗?今天正好打几圈。"顾太太虽然没心肠取乐,但是看曼桢始终不动声色,她本人这样有涵养,顾太太当然也只好随和些。女佣马上把麻将桌布置起来,伟民夫妇和鸿才就陪着顾太太打了起来。不久杰民也来了,曼桢和他坐在一边说话,杰民便问:"荣宝呢?"把荣宝找了来,但是荣宝因鸿才在这里,就像避猫鼠似的,站得远远的,杰民和他说话,他也不大搭碴。顾太太便回过头来笑道:"今天怎么了,不喜欢小舅舅啦?"一个眼不见,荣宝倒已经溜了。

杰民踱过去站在顾太太身后看牌。那牌桌上的强烈的灯光照着他们一个个的脸庞,从曼桢坐的地方望过去,却有一种奇异的感觉,仿佛这灯光下坐着立着的一圈人已经离她很远很远了,连那笑语声听上去也觉得异常渺茫。

她心里筹划着的这件事情,她娘家这么些人,就没有一个可商量的。她母亲是不用说了,绝对不能给她知道,知道了不但要惊慌万分,而且要竭力阻挠了。至于伟民和杰民,他们虽然对鸿才一向没有好感,当初她嫁他的时候,他们原是不赞成的,但是现在既然已经结了婚好几年了,这时候再闹离婚,他们一定还是不赞成的。本来像她这个情形,一个女人一过了三十岁,只要丈夫对她不是绝对虐待,或是完全不予赡养,即使他外面另外弄了个人,既然并不是明目张胆的,也就算是顾面子的了。要是为她打算的话,随便去问什么人也不会认为她有离婚的理由。曼桢可以想像伟民的丈母听见这话，一定要说她发疯了。她以后进行离婚，也说不定有一个时期需要住在伟民家里，只好和她母亲和陶太太那两位老太太挤一挤了。她想到这里，却微笑起来。

鸿才一面打着牌，留神看看曼桢的脸色，觉得她今天倒好像很高兴似的，至少脸上活泛了一点，不像平常那样死气沉沉的。他心里就想着，她刚才未必疑心到什么，即使有些疑心，大概也预备含混过去，不打算揭穿了。他心里一块石头落了地，便说起他今天晚上还有一个饭局，得要出去一趟。他逼着杰民坐下来替他打，自己就坐着三轮车出去了。曼桢心里便忖了一忖，他要是真有人请吃饭，春元等一会一定要回来吃饭的。向例是这样，主人在外面吃馆子，车夫虽然拿到一份饭钱，往往还是踏着车子回到家里来吃，把那份钱省下来。曼桢便和女佣说了一声："春元要是回来吃饭，你叫他来，我有话关照他。我要叫他去买点东西。"

馆子里叫的菜已经送来了，他们打完了这一圈，也就吃饭了，饭后又继续打牌。曼桢独自到楼上去，拿钥匙把柜门开了。她手边也没有多少钱，她拿出来正在数着，春元上楼来了，他站在房门口，曼桢叫他进来，便把一卷钞票递到他手里，笑道："这是刚才老太太给你的。"春元见是很厚的一叠，而且全是大票子，从来人家给钱，没有给得这样多的，倒看不出这外老太太貌不惊人，像个乡下人似的，出手倒这样大。他不由得满面笑容，说了声"呵哟，谢谢老太太！"他心里也有点数，想着这钱一定是太太拿出来的，还不是因为今天在医生那里看见老爷和那女人在一起，形迹可疑，向来老爷们的行动，只有车夫最清楚的，所以要向他打听。果然他猜得不错，曼桢走到门外去看了一看，她也知道女佣都在楼下吃饭，但还是很谨慎的把门关了，接着就盘问他，她只作为她已经完全知道了,就只要打听那女人住在哪里。春元起初推不知道,说他也就是今天才看见那女人,想必她是到号子里去找老爷的,他从号子里把他们踏到医生那里去,后来就看见她一个人带着孩子先出来,另外叫车子走了。曼桢听他赖得干干净净,便笑道:"一定是老爷叫你不要讲的。不要紧,你告诉我我不会叫你为难的。"又许了他一些好处。她平常对佣人总是很客气的,但是真要是得罪了她,当然也有被解雇的危险。而且春元也知道,她向来说话算话,决不会让老爷知道是他泄漏的秘密,当下他也就松了口,不但把那女人的住址据实说了出来,连她的来历也都和盘托出。原来那女人是鸿才的一个朋友何剑如的下堂妾,鸿才介绍她的时候说是何太太,倒也是实话,那何剑如和她拆开的时候,挽出鸿才来替他讲条件,鸿才因此就和她认识了,终至于同居。这是前年春天的事。春元又道:"这女人还有个拖油瓶女儿,就是今天去看病的那个。"这一点,曼桢却觉得非常意外,原来那孩子并不是鸿才的。那小女孩抱着鸿才的帽子盘弄着,那一个姿态不知道为什么,倒给她很深的印象。那孩子对鸿才显得那样的亲切,那好像是一种父爱的反映。想必鸿才平日对她总是很疼爱的了。他在自己家里也是很痛苦的吧,倒还是和别人的孩子在一起,也许他能够尝到一点家庭之乐。曼桢这样想着的时候,唇边浮上一个淡淡的苦笑。她觉得这是命运对于她的一种讽刺。

这些年来她固然是痛苦的,他也没能够得到幸福。要说是为了孩子吧,孩子也被带累着受罪。当初她想着牺牲她自己,本来是带着一种自杀的心情。要是真的自杀,死了倒也就完了,生命却是比死更可怕的,生命可以无限制地发展下去,变得更坏,更坏,比当初想像中最不堪的境界还要不堪。

她一个人倚在桌子角上呆呆的想着，春元已经下楼去了。隐隐的可以听见楼下清脆的洗牌声。房间里静极了，只有那青白色的日光灯发出那微细的咝咝的声响。

眼前最大的难题还是在孩子身上。尽管鸿才现在对荣宝那样成天的打他骂他，也还是决不肯让曼桢把他带走的。不要说他就是这么一个儿子，哪怕他再有三个四个，照他们那种人的心理，也还是想着不能够让自己的一点亲骨血流落在外边。固然鸿才现在是有把柄落在曼桢手里，他和那个女人的事，要是给她抓到真凭实据，她可以控告他，法律上应当准许她离婚，并且孩子应当判给她的。但是他要是尽量拿出钱来运动，胜负正在未定之天。所以还是钱的问题。她手里拿着刚才束钞票的一条橡皮筋，不住的绷在手上弹着，一下子弹得太重了，打在手上非常痛。

现在这时候出去找事，时机可以说是不能再坏了，一切正当的营业都在停顿状态中，各处只有裁人，决没有添人的。而且她已经不是那么年轻了，她还有那种精神，能够在没有路中间打出一条路来吗？

以后的生活问题总还比较容易解决，她这一点自信心还有。但是眼前这一笔费用到哪里去设法——打官司是需要钱的。……真到没有办法的时候，她甚至于可以带着孩子逃出沦陷区。或者应当事先就把荣宝藏匿起来，免得鸿才到那时候又使出急赖的手段，把孩子劫了去不放。

她忽然想起蔡金芳来，把孩子寄存在他们那里，照理是再妥当也没有了。鸿才根本不知道她有这样一个知己的朋友。她和金芳已经多年没见面了，不知道他们还住在那儿吗。自从她嫁给鸿才，她就没有到他们家去过，因为她从前在金芳面前曾经那样慷慨激昂过的，竟自出尔反尔，她实在没有面目再去把她的婚事通知金芳。现在想起来，她真是恨自己做错了事情。从前的事，那是鸿才不对，后来她不该嫁给他。……是她错了。

十六

天下的事情常常是叫人意想不到的。世钧的嫂嫂从前那样热心地为世钧和翠芝撮合，翠芝过门以后，妯娌间却不大和睦。翠芝还是小孩脾气，大少奶奶又爱多心，虽然是嫡亲的表姊妹，也许正因为太近了，反而容易发生摩擦。一来也是因为世钧的母亲太偏心了，俗语说新箍马桶三日香，新来的人自然得宠些，而且沈太太疼儿子的心盛，她当然偏袒着世钧这一方面，虽然这些纠纷并不与世钧相干。

家庭间渐渐意见很深了。翠芝就和世钧说，还不如早点分了家吧，免得老是好像欺负了他们孤儿寡妇。分家这个话，酝酿了一个时期，终于实行了。把皮货店也盘掉了。大少奶奶带着小健自己住，世钧却在上海找到了一个事情，在一爿洋行的工程部里任职。沈太太和翠芝便跟着世钧一同到上海来了。

沈太太在上海究竟住不惯，而且少了一个大少奶奶，没有一个共同的敌人，沈太太和翠芝也渐渐的不对起来。沈太太总嫌翠芝对世钧不够体贴的，甚至于觉得她处处欺负他，又恨世钧太让着她了。沈太太忍不住有的时候就要插身在他们夫妇之间，和翠芝呕气。沈太太这样大年纪的人,却还是像一般妇人的行径,动不动就会赌气回娘家,到她兄弟那里一住住上好两天,总要世钧去亲自接她回来。她一直想回南京去,又怕被大少奶奶讪笑,笑她那样帮着二房里,结果人家自己去组织小家庭去了,她还是被人家挤走了。

沈太太最后还是回南京去的,带着两个老仆赁了一所房子住着。世钧常常回去看她。后来翠芝有了小孩,也带着小孩一同回去过一次,是个男孩子,沈太太十分欢喜。她算是同翠芝言归于好了。此后不久就回去了。

有些女人生过第一个孩子以后,倒反而出落得更漂亮了,翠芝便是这样,丰满中更见苗条。她前后一共生了一男一女两个孩子,这些年来历经世变,但是她的心境一直非常平静。在一个少奶奶的生活里,比在水果里吃出一条肉虫来更惊险的事情是没有的了。

这已经是战后,叔惠回国,世钧去接飞机,翠芝也一同去了。看看叔惠家里人还没来,飞机场里面向来冷冷清清,倒像战时缺货的百货公司,空柜台,光溜溜的塑胶地板。一时扩音机嗡隆嗡隆报告起来,明明看见那年轻貌美的女职员手执话机,那声音绝对与她连不到一起,不知道是从哪一个角落里发出来的,带着一丝恐怖的意味。两人在当地徘徊着,世钧因道:"叔惠在那儿这些年,想必总已经结婚了。"翠芝先没说什么,隔了一会方道:"要是结婚了,他信上怎么不提呢?"世钧笑道:"他向来喜欢闹着玩,也许他要想给我们惊奇一下。"翠芝却别过头去,没好气的说道:"瞎猜些什么呢,一会儿他来了不就知道了!"世钧今天是太高兴了,她那不耐烦的神气他竟完全没有注意到,依旧笑嘻嘻的说道:"他要是还没结婚,我们来给他做个媒。"翠芝一听见这话,她真火了,但是也只能忍着气冷笑道："叔惠他那么大岁数的人，他要是要结婚，自己不会去找，还要你替他操心？"

在一度沉默之后，翠芝再开口说话，声气便和缓了许多，她说道："这明天要好好的请请叔惠。我们可以借袁家的厨子来，做一桌菜。"世钧微笑道："呵哟，那位大司务手笔多么大，叔惠也不是外人，何必这么排场？"翠芝道："也是你的好朋友，这么些年不见了，难不成这几个钱都舍不得花。"世钧道："不是这么说，与其在家里大请客，不如陪他出去吃，人少些，说话也痛快些。"翠芝刚才勉强捺下的怒气又涌了上来，她大声道："好了好了，我也不管了，随你爱请不请，不要这样面红耳赤的好不好？"世钧本来并没有面红耳赤，被她这一说，倒气得脸都红了，道："你自己面红耳赤的，还说我呢！"翠芝正待回嘴，世钧远远看见许太太来了，翠芝见他向那边打招呼，也猜着是叔惠的母亲，两人不约而同的便都收起怒容，满面春风的齐齐迎了上去。裕舫在抗战期间到重庆去了，还没复员回来。许太太没跟去，回家乡去住着，这回赶着到上海来等着叔惠，暂住在她女儿家里。世钧本来要去接她一同上飞机场，她因为女婿一家子都要去，所以叫世钧还是先去。当下一一介绍，她女儿已经是廿几岁的少妇，不说都不认识了。站在那里谈了几句，世钧便笑道："叔惠来信可提起，他结了婚没有？"许太太轻声笑道："结了婚又离了吧？还是好两年前的事了，他信上也没多说。"大家不由得寂然了一会，他妹夫便道："现在美国还不都是这样。"世钧便也随口轻声问了声："是美国人？"许太太悄悄的笑道："中国人。"世钧心里想中国夫妇在外国离婚的倒少，不过这几年消息隔绝，或者情形又不同些，也许是美国化的华侨小姐？他并没有问出口，许太太倒仿佛已经料到他有此一问，带笑补了一句道："也是个留学生。"他们亲家太太便道："是纪航森的女儿。"世钧不知道这纪航森是何许人也，但是听这口气，想必不是个名人也是个大阔人。当下又有片刻的寂静。世钧因笑道："真想不到他一去十年。"许太太道："可不是，谁想到赶上打仗，回不来。"他妹妹笑道："好容易盼得他回来了，爸爸又还回不来，急死人了。"世钧道："老伯最近有信没有？"许太太道："还在等船呢，能赶上回来过年就算好的了。"

谈谈讲讲，时间过得快些，这班飞机倒已经准时到达。大家挤着出去等着，隔着一溜铁丝网矮栏杆，看见叔惠在人丛里提着小件行李，挽着雨衣走来。飞机场就是这样，是时间空间的交界处，而又那么平凡，平凡得使人失望，失望得要笑，一方面也是高兴得笑起来。叔惠还是那么漂亮，但是做母亲的向来又是一副眼光，许太太便向女儿笑道："叔惠瘦了。你看是不是瘦了？瘦多了。"

没一会工夫，已经大家包围着他，叔惠跟世钧紧紧握着手，跟翠芝当然也这样，对自己家里人还是中国规矩，妹夫他根本没见过。翠芝今天特别的沉默寡言，但是这也是很自然的事。她跟许太太是初会，又夹在人家骨肉重逢的场面里。他妹妹问道："吃了饭没有？"叔惠道："飞机上吃过了。"世钧帮着拿行李，道："先上我们那儿去。"许太太道："现在上海找房子难，我想着还是等你来了再说，想给你定个旅馆的，世钧一定要你住在他们那儿。"他们亲家太太道："还是在我们那儿挤两天吧，难得的，热闹热闹。"世钧道："你们是在白克路？离我们那儿不远，他回去看伯母挺便当的。"翠芝也道："还是住我们那吧。"再三说着，叔惠也就应诺了。

大家叫了两部汽车，满载而归，先到白克路，他们亲家太太本来要大家都进去坐,晚上在丰泽楼替他接风。世钧与翠芝刚巧今天还有个应酬,就没有下车,料想他们母子久别重逢,一定有许多话说,讲定他今天在这里住一夜,明天搬过来。翠芝向叔惠笑道:"那我们先回去了,你可一定要来。"

他们回到自己的住宅里,他们那儿房子是不大,门前却有一片草皮地,这是因为翠芝喜欢养狗,需要有点空地溜狗,同时小孩也可以在花园里玩。两个小孩,大的一个本来叫贝贝,后来有了妹妹,就叫他大贝,小的一个就叫二贝。他们现在都放学回来了,二贝在客厅里吃面包,吃了一地的粒屑,招了许多蚂蚁来。她蹲在地下看,世钧来了,她便叫道:"爸爸爸爸你来看蚂蚁,排班呢!"世钧蹲下来笑道:"蚂蚁排班干什么?"二贝道:"蚂蚁排班拿户口米。"世钧笑道:"哦?拿户口米啊?"翠芝走过来,便说二贝:"你看,吃面包不在桌子上吃,蹲在地下多脏!"二贝带笑嚷道:"妈来看轧米呵!"翠芝便向世钧道:"你就是这样,不管管她,还领着她胡闹!"世钧笑道:"我觉得她说的话挺有意思的。"翠芝道:"你反正净捧她,净叫我做恶人,所以两个小孩都喜欢你不喜欢我呢!你看这地上搞得这样,蚂蚁来惯了又要来的,明天人家来了看着像什么样子?我这儿拾掇都来不及。"

她本来腾出地方来,预备留叔惠在书房里住,佣人还在打蜡。家里乱哄哄的,一只狗便兴兴头头,跟在人背后窜出窜进,刚打了蜡的地板,好几次绊得人差一点跌跤。翠芝便想起来对世钧说:"这狗看见生人,说不定要咬人的,记着明天把它拴在亭子间里。"翠芝向来不肯承认她这只狗会咬人的,去年世钧的侄儿小健到上海来考大学,到他们家里来住着,被狗咬了,翠芝还怪小健自己不好,说他胆子太小,他要是不跑,狗决不会咬他的。这次她破例要把狗拴起来，阖家大小都觉得稀罕。

二贝与狗跟着世钧一同上楼，走过亭子间，世钧见他书房里的一些书籍什物都搬到这里来了，乱七八糟堆了一地，不觉嗳呀了一声，道："怎么把我这些书全堆在地下？"正说着，那狗已经去咬地下的书，把他历年订阅的工程杂志咬得七零八落。世钧忙嚷道："嗨！不许乱咬！"二贝也嚷着："不许乱咬！"她拿起一本书来打狗，却没有打中，书本滚得老远。她又双手搬起一本大书，还没掷出去，被世钧劈手夺了过来，骂道："你看你这孩子！"二贝便哭了起来。她一半也是放刁，因为听见她母亲到楼上来了。孩子们一向知道翠芝有这脾气，她平常尽管怪世钧把小孩惯坏了，他要是真的管教起来，她就又要拦在头里，护着孩子。

这时候翠芝走进亭子间，看见二贝哇哇的直哭，跟世钧抢夺一本书，便皱着眉向世钧道："你看，你这人怎么跟孩子一样见识，她拿本书玩，就给她玩好了，又引得她哭！"那二贝听见这话，越发扯开喉咙大哭起来。世钧只顾忙着把杂志往一叠箱子上搬。翠芝蹙额道："给你们一闹，我都忘了，我上来干什么的。哦，想起来了，你出去买一瓶好点的酒来吧，买瓶强尼华格的威士忌，要黑牌的。"世钧道："叔惠也不一定讲究喝外国酒，我们不是还有两瓶挺好的青梅酒吗，也让他换换口味。"翠芝道："他不爱喝中国酒。"世钧笑道："哪有那么回事。我认识他这么些年了，还不知道？"他觉得很可笑，倒要她来告诉他叔惠爱吃什么，不爱吃什么。她一共才见过叔惠几回？他又道："咦，你不记得，我们结婚的时候，他喝了多少酒——那不是中国酒么？"他忽然提起他们结婚那天，她觉得很是意外。她不禁想到叔惠那天喝得那样酩酊大醉，在喜筵上拉着她的手的情景。这时候想起来，于伤心之外又有点回肠荡气。她总有这么一个印象，觉得他那时候出国也是为了受了刺激，为了她的缘故。

当下她一句话也没说，转身便走。世钧把书籍马马虎虎整理了一下，回到楼下，却不见翠芝，便问女佣："少奶奶呢？"女佣道："出去了，去买酒去了。"世钧不觉皱了皱眉，心里想女人这种虚荣心真是没有办法。当然他也能够了解她的用意，无非是因为叔惠是他最好的朋友，唯恐怠慢了人家，其实叔惠就跟自己人一样，何必这样。走到书房看看，地板打好了蜡，家具还是杂乱地堆在一隅。大扫除的工作做了一半，家里搅得家翻宅乱，她自己倒又丢下来跑出去了。去了好些时候也没回来，天已经黑了，他们八点钟还有个饭局，也是翠芝应承下来的。世钧忍不住屡次看钟，见女佣送晚报进来，便道："李妈你去把书房家具摆摆好。"李妈道："我摆的怕不合适，还是等少奶奶回来再摆吧。"

翠芝终于大包小裹满载而归，由三轮车夫帮着拿进来，除了酒还买了一套酒杯，两大把花，一条爱尔兰麻布桌布，两听义大利咖啡，一只新型煮咖啡的壶。世钧道："你再不回来，我当你忘了还要到袁家去。"翠芝道："可不差点忘了。早晓得打个电话去回掉他们。"世钧道："不去顶好——又得欠他们一个人情。"翠芝道："几点了？应该早点打的。这时候来不及了。"又道："忘了买两听好一点的香烟。就手去买了点火腿，跑到抛球场——只有那家的顶好了，叫佣人买又不行，非得自己去拣。"世钧笑道："我这两天倒正在这儿想吃火腿。"翠芝却怔了一怔，用不相信的口吻说道："你爱吃火腿？怎么从来没听见你说过？"世钧笑道："我怎么没说过？我每次说，你总是说，非得要跑到抛球场去，非得要自己去拣。结果从来也没吃着过。"翠芝不作声了，忙着找花瓶插花，分搁在客室饭厅书房里。到书房里一看，便叫道："嗳呀，怎么这房间还是这样乱七八糟的？你反正什么都不管，怎么不叫他们把东西摆好呢？李妈！陶妈！都是些死人，一家子简直离掉我就不行！"捧着一瓶花没处搁，又捧回客室，望了望墙上，又道："早没想着开箱子，把那两幅古画拿出来挂。"世钧道："你要去还不快点预备起来。"翠芝道："你尽着催我，你怎么坐这儿不动？"世钧道："我要不了五分钟。"

翠芝方去打扮，先到浴室，回到卧房来换衣服，世钧正在翻抽屉，道："李妈呢？我的衬衫一件也找不到。"翠芝道："我叫她去买香烟去了。你衬衫就不要换了，她洗倒洗出来了，还没烫。"世钧道："怎么一件也没烫？"翠芝道："也要她忙得过来呀！她这么大年纪了。"世钧道："我就不懂，怎么我们用的人总是些老弱残兵，就没有一个能做事情的。"翠芝道："能做事情的不是没有，袁太太上回说荐个人给我，说又能做又麻利，可是我们不请客打牌，没有外快，人家不肯哪。阿司匹灵你搁哪儿去了？"世钧道："没看见。"翠芝便到楼梯口叫道："陶妈！陶妈！有瓶药片给我拿来，上次大贝伤风吃的。"世钧道："这时候要阿司匹灵干什么？头疼？"翠芝道："养花的水里搁一片，花不会谢。"世钧道："这时候还忙这个？"翠芝道："等我们回来就太晚了。"

她梳头梳了一半，陶妈把那瓶药片找了来，她又趿着拖鞋跑下楼去，在每瓶花里浸上一片。世钧看表道："八点五分了。你还不快点？"翠芝道："我马上就好了，你叫陶妈去叫车子。"过了一会，世钧在楼下喊道："车子叫来了。你还没好？"翠芝在楼上答道："你不要老催，催得人心慌。柜上的钥匙在你那儿吧？"世钧道："不在我这儿。"翠芝道："我记得你拿的嚜！一定在你哪个口袋里。"世钧只得在口袋里姑且掏掏试试,里里外外几个口袋都掏遍了,翠芝那边倒又找到了,也没作声,自开橱门取出两件首饰来戴上。

她终于下楼来了,一面下楼一面喊道:"陶妈,要是有人打电话来,给他袁家的号码,啊!你不知道问李妈。你看着点大贝二贝,等李妈回来了让他们早点睡。"坐在三轮车上,她又高声叫道:"陶妈,你别忘了喂狗,啊!"

两人并排坐在三轮车上,刚把车毯盖好了,翠芝又向世钧道:"嗳呀,你给我跑一趟,在柜子里第二个抽屉里有个粉镜子,你给我拿来。不是那只大的——我要那个有麂皮套子的。"世钧道:"钥匙没有。"翠芝一言不发,从皮包里拿出来给他。他也没说什么,跳下车去穿过花园,上楼开柜子把那只粉镜子找了来,连钥匙一并交给她。翠芝接过来收在皮包里,方道:"都是给你催的,催得人失魂落魄。"

他们到了袁家,客人早已都到齐了。男主人袁驷华,女主人屏妮袁,一齐迎上来和他们握手,那屏妮是他们这些熟人里面的"第一夫人",可说是才貌双全,是个细高个子,细眉细眼粉白脂红的一张鹅蛋脸,说话的喉咙非常尖细。不知道为什么,说起英文来更比平时还要高一个调门,完全像唱戏似的捏着假嗓子。她莺声呖呖向世钧道:"好久不见见你啦。近来怎么样?忙吧?你爱打勃立奇吗?"世钧笑道:"打得不好。"屏妮笑道:"你一定是客气。可是打勃立奇倒是真要用点脑子……"她吃吃笑了起来,又续上一句,"有些人简直就打不好。"她一向认为世钧有点低能。他跟她见了面从来没有什么话说。要说他这个人呢当然是个好人,不过就是庸庸碌碌,一点特点也没有,也没多大出息,非但不会赚钱,连翠芝陪嫁的那些钱都贴家用快贴光了，她很替翠芝不平。

后来说话中间，屏妮却又笑着说："翠芝福气真好，世钧脾气又好，人又老实，也不出去玩。"她向那边努了努嘴，笑道："像我们那个骊华，花头不知道有多少。也是在外头应酬太多，所以诱惑也就多了。你不要说，不常出去是好些！"她那语气里面，对世钧这一类的规行矩步的丈夫倒有一种鄙薄之意。她自己的丈夫喜欢在外面拈花惹草，那是尽人皆知的。屏妮觉得她就是这一点比不上翠芝。但是她是个最要强的人，就使只有这一点不如人，也不肯服输的。

今天客人并不多，刚刚一桌。屏妮有个小孩也跟他们一桌吃，还有小孩的保姆。小孩一定要有一个保姆，保姆之外或者还要个看护，给主人主母打针，这已经成为富贵人家的一种风气，好像非这样就不够格似的。袁家这保姆就是个看护兼职，上上下下都称她杨小姐，但是恐怕年纪不轻了，长得又难看，不知道被屏妮从哪里觅来的。要不是这样的人，在他们家也做不长，男主人这样色迷迷的。

世钧坐在一位李太太旁边，吃螃蟹，李太太郑重其事地介绍道："这是阳澄湖的，他们前天特为叫人带来的。"世钧笑道："这还是前天的？"李太太忙道："呃！活的！湖水养着的！一桶桶的水草装着运来的。"世钧笑道："可了不得，真费事。"这位李太太他见过几面，实在跟她无话可说，只记得有人说她丈夫是兰心香皂的老板，这肥皂到处做广告，因道："我都不知道，兰心香皂是你们李先生的？"李太太格格的笑了起来道："他反正什么都搞。"随即掉过脸去和别人说话。

饭后打桥牌，世钧被拖入局，翠芝不会打。但也过了午夜方散。

两人坐三轮车回去，翠芝道："刚才吃饭的时候李太太跟你说什么？"世钧茫然道："李太太？没说什么。说螃蟹。"翠芝道："不是，你说什么，她笑得那样？"世钧笑道："哦，说肥皂。兰心香皂。有人说老李是老板。"翠芝道："怪不得，我看她神气不对。兰心香皂新近出了种皂精，老李捧的一个舞女绰号叫小妖精，现在都叫她皂精。"世钧笑道："谁知道他们这些事？"翠芝道："你也是——怎么想起来的，好好的说人家做肥皂！"世钧道："你干吗老是听我跟人说话？下回你不用听。"翠芝道："我是不放心，怕你说话得罪人。"世钧不禁想道："从前曼桢还说我会说话，当然她的见解未见得靠得住，那是那时候跟我好。但是活到现在，又何至于叫人担心起来，怕我说错话？"好些年没想起曼桢了，这大概是因为叔惠回来了，联想到从前的事。

翠芝又道："屏妮皮肤真好。"世钧道："我是看不出她有什么好看。"翠芝道："我晓得你不喜欢她。反正是女人你都不喜欢。"

他对她的那些女朋友差不多个个都讨厌的，他似乎对任何女人都不感兴趣，不能说他的爱情不专一。但是翠芝总觉得他对她也不过如此，所以她的结论是他这人天生的一种温吞水脾气。世钧自己也是这样想。但是他现在却又想，也许他比他意想中较为热情一些，要不然那时候怎么跟曼桢那么好？那样的恋爱大概一个人一辈子只能有一回吧？也许一辈子有一回也够了。

翠芝叫了声"世钧。"她已经叫过一声了，他没有听见。她倒有点害怕起来了，笑道："咦，你怎么啦？你在那儿想些什么？"世钧道："我啊……我在那儿想我这一辈子。"翠芝又好气又好笑，道："什么话？你今天怎么回事——生气啦？"世钧道："哪儿？谁生什么气。"翠芝道："你要不是生气才怪呢。你不要赖了。你这人还有哪一点我不知道得清清楚楚的。"世钧想道:"是吗?"

到家了。世钧在那儿付车钱,翠芝便去揿铃。李妈睡眼朦朦来开门,呵欠连连,自去睡觉。翠芝将要上楼,忽向世钧说道:"嗳,你可闻见,好像有煤气味道。"世钧向空中嗅了嗅,道:"没有。"他们家是用煤球炉子的,但同时也装着一个煤气灶。翠芝道:"我老不放心李妈,她到今天还是不会用煤气灶。我就怕她没关紧。"

两人一同上楼,世钧仍旧一直默默无言。翠芝觉得他今天非常奇怪,她有点不安起来。在楼梯上走着,她忽然把头靠在他身上,柔声道:"世钧。"世钧也就机械地拥抱着她,忽道:"嗳,我现在闻见了。"翠芝道:"闻见什么?"世钧道:"是有煤气味儿。"翠芝觉得非常无味,略顿了顿,便淡淡的道:"那你去看看吧,就手把狗带去放放,李妈一定忘了,你听它直在那儿叫。"

世钧到厨房里去看了一看,见煤气灶上的机钮全都拧得紧紧的,想着也许是管子有点漏,明天得打个电话给煤气公司。他把前门开了,便牵着狗出去,把那门虚掩着,走到那黑沉沉的小园中。草地上虫声唧唧,露水很重。凉风一阵阵吹到脸上来,本来有三分酒意的,酒也醒了。

楼上他们自己的房间里已经点上了灯。在那明亮的楼窗里,可以看见翠芝的影子走来走去。翠芝有时候跟他生起气来总是说:"我真不知道我们怎么想起来会结婚的!"他也不知道。他只记得那时候他正是因为曼桢的事情非常痛苦,那就是他父亲去世那一年。也是因为自己想法子排遣,那年夏天他差不多天天到爱咪家里去打网球。有一个丁小姐常在一起打网球,现在回想起来,当时和那丁小姐或者也有结婚的可能。此外还有亲戚家的几个女孩子,有一个时期也常常见面,大概也可能和她们之间任何一位结了婚的。事实是只差一点就没跟翠芝结婚,现在想起来觉得很可笑。

小时候第一次见面,是他哥哥结婚,她拉纱,他捧戒指。当时觉得这拉纱的小女孩可恶极了,她看不起他,因为她家里人看不起他家。现在却常常听见翠芝说:"我们第一次见面倒很罗曼蒂克。"她常常这样告诉人。

世钧把狗牵进去,把大门关上,把狗仍旧拴在厨房里。因见二贝刚才跟他抢的那本书被她拖到楼下来,便捡起来送回亭子间。看见亭子间里乱堆着的那些书,他不由得就又要去整理整理它,随手拿起一本,把上面的灰掸了掸,那是一本《新文学大系》,这本书一直也不知道塞在什么角落里,今天要不是因为腾房间给叔惠住,也决不会把它翻出来的。他信手翻了翻,忽然看见书页里夹着一张信笺,双摺着,纸张已经泛黄了,是曼桢从前写给他的一封信。曼桢的信和照片,他早已全都销毁了,因为留在那里徒增怅惘,就剩这一封信,当时不知道为什么,竟没有舍得把它消灭掉。他不知不觉一歪身坐了下来,拿着这封信看着。大约是他因为父亲生病,回南京去的时候,她写给他的。信上说:
"世钧:

现在是夜里,家里的人都睡了,静极了,只听见弟弟他们买来的蟋蟀的鸣声。这两天天气已经冷起来了,你这次走得这样匆忙,冬天的衣服一定没有带去吧?我想你对这些事情向来马马虎虎,冷了也不会想到加衣裳的。我也不知怎么老是惦记着这些,自己也嫌啰唆。随便看见什么,或是听见别人说一句什么话,完全不相干的,我脑子里会马上转几个弯,立刻就想到你。

昨天到叔惠家里去了一趟,我也知道他不会在家的,我就是想去看看他父亲母亲,因为你一直跟他们住在一起的,我很希望他们会讲起你。叔惠的母亲说了好些关于你的事,都是我不知道的。她说你从前比现在还要瘦,又说起你在学校里的一些琐事。我听她说着这些话,我真觉得安慰,因为你走了有些时了我就有点恐惧起来了,无缘无故的。世钧,我要你知道,这世界上有一个人是永远等着你的,不管是什么时候,不管在什么地方,反正你知道,总有这么个人。"

世钧看到最后几句,就好像她正对着他说话似的。隔着悠悠岁月,还可以听见她的声音。他想着:"难道她还在那里等着我吗?"

下面还有一段:"以上是昨天晚上写的,写上这么些无意识——"到这里忽然戛然而止,下面空着小半张信纸,没有署名也没有月日。他却想起来了,这就是他那次从南京回来,到她的办公室去找她,她正在那里写信给他,所以只写了一半就没写下去。他忽然觉得从前的事一桩桩一件件如在目前,和曼桢自从认识以来的经过,全都想起来了。第一次遇见她,那还是哪一年的事?算起来倒已经有十四年了!——可不是十四年了!

十七

　　翠芝道："世钧！"世钧抬起头来，见翠芝披着晨衣站在房门口，用骇异的眼光望着他，又道："你在这儿干什么？这时候还不去睡？"世钧道："我就来了。"他脚都坐麻了，差点站不起来，因将那张信笺一夹夹在书里，把书合上，依旧放还原处。翠芝道："你晓得现在什么时候了？都快三点了！"世钧道："反正明天礼拜天，不用起早。"翠芝道："明天不是说要陪叔惠出去玩一整天么，也不能起得太晚呀。我把闹钟开了十点钟。"世钧不语。翠芝本来就有点心虚，心里想难道给他看出来了，觉得她对叔惠热心得太过分了，所以他今天的态度这样奇怪。

　　他不等闹钟闹醒，天一亮就起来了两遍，大概是螃蟹吃坏了，闹肚子。叔惠来吃午饭，他也只下来陪着，喝了两口汤。多年不见的老朋友，一旦相见，因为是极熟而又极生疏的人，说话好像深了不是，浅了又不是，彼此都还在暗中摸索，是一种异样的心情，然而也不减于它的愉快。三个人坐在那里说话，世钧又想起曼桢来了。他们好像永远是三个人在一起，他和叔惠另外还有一个女性。他心里想叔惠不知道可有同感。

饭后翠芝去煮咖啡，因为佣人没用过这种蒸馏壶。叔惠正在说美国的情形，在战时因为需要用人，机会倒比较多，待遇也比较好。世钧道："你这下子真是熬出资格来了。懊悔那时候没跟你走。是你说的，在这儿混不出什么来。"叔惠道："在哪儿还不都是混，只要心里还痛快就是了。"世钧道："要说我们这种生活，实在是无聊，不过总结一下，又仿佛还值得。别的不说，光看这两个孩子，人生不就是这么回事吗？"叔惠不由得看了他一眼，欲言又止。翠芝随即捧着咖啡进来了，打断了话锋。

叔惠饭后又出去看朋友，去找一个老同事，天南地北谈起从前的熟人，那老同事讲起曼桢曾经回到他们厂里找过事，留下一个地址，这是去年的事，仿佛她结过婚又离了婚。叔惠便把地址抄了下来。那同事刚巧那天有事，约了改天见面，叔惠从那里出来，一时兴起，就去找曼桢。她住的那地方闹中取静，简直不像上海，一条石子铺的小巷走进去，一带石库门房子，巷底却有一扇木栅门，门内有很大的一个天井。傍晚时分，天井里正有一个女佣在那里刷马桶，沙啦沙啦刷着。就在那阴沟旁边，却高高下下放着几盆花，也有夹竹桃，也有常青的盆栽。

这里的住户总不止一家，又有个主妇模样的胖胖的女人在院子里洗衣裳，靠墙搭了一张板桌，在那板桌上打肥皂。叔惠笑道："对不起，有个顾小姐可住在这儿？"那妇人抬起头来打量了他一下，便向那女佣道："顾小姐还没回来吧？我看见她房门还锁着。"叔惠踌躇了一会，便在记事簿上撕下一张纸来，写了自己的姓名与他妹夫家的电话号码，递给那妇人，笑道："等她回来了请你交给她，"便匆匆走了。

隔了半个多钟头，果然就有人打电话到他妹夫家里，他们亲家太太接的电话，一般勤，便道："他住到朋友家去了，他们的电话是七二〇七五，你打到那边去吧。"那边是翠芝接的电话，回道："许先生出去了，你贵姓？……噢，你的电话是三——五——一——七——四。……噢，别客气。"

世钧那天一直不大舒服，在楼上躺着。翠芝挂上电话上楼来，便道："有个姓顾的女人打电话找叔惠，不知道是谁？会不会是你们从前那个女同事，到南京来过的？"世钧呆了一呆道："不知道。"心里想昨天刚想起曼桢，今天就有电话来，倒像是冥冥中消息相通。翠芝道："她还没结婚？"世钧道："结了婚了吧？"翠芝道："那还姓顾？"世钧道："结了婚的女人用本来的姓的也多得很，而且跟老同事这么说也比较清楚。"翠芝道："那时候你妈说是叔惠的女朋友，一鹏又说是你的朋友——你们的事！"说着笑了。世钧没作声。翠芝默然了一会，又道："叔惠没跟你说他离婚的事？"世钧笑道："哪儿有机会说这些个？根本没跟他单独谈几分钟。"翠芝道："好好，嫌我讨厌，待会儿他来了我让开，让你们说话。"

隔了一会，叔惠回来了，上楼来看他，翠芝果然不在跟前。世钧道："翠芝告诉你没有，刚才有个姓顾的打电话给你。"叔惠笑道："一定是曼桢，我刚才去找她，没碰着。"世钧道："我都不知道她在上海。"叔惠笑道："你这些年都没看见她？"世钧道："没有。"叔惠道："听说她结了婚又离婚了，倒跟我一样。"这本来是最好的机会，可以问他离婚的事，但是世钧正是百感交集，根本没有想到叔惠身上。她跟豫瑾离婚了？怎么会——？为什么？反正绝对不会是为了他。就是为了他又怎么着？他现在还能怎么样？

叔惠见他提起曼桢就有点感触似的，便岔开来说别的。翠芝又进来问世钧："你好了点没有？"世钧道："我今天不行了，还是你陪叔惠出去吃饭。"叔惠道:"就在家里吃不是一样?"世钧道:"不行,你这些年没看见上海了,得出去看看。"翠芝便道:"那也好,晚上本来没预备菜,打算出去吃的。"叔惠道:"没菜没关系,今天我们别出去了,我也跑了一下午,还是在家里休息休息吧。"但是拗不过他们俩,翠芝还待商议吃哪家馆子,要不要订座位,世钧催她快换衣裳,叔惠只得到楼下去等着。

翠芝坐在镜子前面梳头发,世钧躺在床上看着她。她这一头头发,有时候梳上去,有时候又放下来,有时候朝里卷,有时候又往外卷,这些年来不知道变过多少样子。今天她把头发光溜溜地掠到后面去,高高地盘成一个大髻,倒越发衬托出那丰秀的面庞。世钧平常跟她一块出去,就最怕她出发之前的梳妆打扮,简直急死人了,今天他因为用不着陪她出去,所以倒有这闲情逸致,可以冷眼旁观,心里想翠芝倒是真不显老,尤其今天好像比哪一天都年轻,连她的眼睛都特别亮,仿佛很兴奋,像一个少女去赴什么约会似的。她换上一件藏青花绸旗袍,上面印有大朵的绿牡丹。世钧笑道:"你今天真漂亮。"翠芝听见这话很感到意外,非常高兴,笑道:"还漂亮?老都老了。"

两个孩子看了电影回来,二贝站在梳妆台旁边看她化妆。大贝说下次再也不带二贝去了,说她又要看又要害怕,看到最紧张的地方又要人家带她去撒溺。他平时在家里话非常少,而且轻易不开笑脸的。世钧想道:"一个人九岁的时候,不知道脑子里究竟想些什么?"虽然他自己也不是没有经过那时期,但是就他的记忆所及,仿佛他那时候已经很懂事了,和眼前这个蛮头蛮脑的孩子没有丝毫相似之点。

翠芝走了,孩子们也下去吃饭去了。这时候才让他一个人静一会，再想到刚才说曼桢的话。一想起来，突然心头咕咚一声撞了一下——翠芝记下的电话号码一定让叔惠撕了去了。这一想，他本来披着晨衣靠在床上，再也坐不住了，马上下楼去。电话旁边搁着本小记事册，一看最上面的一页，赫然的歪歪斜斜写着"顾三五一七四"。叔惠一个人在楼下这半天，一定把号码抄到他的住址簿上了，想必也已经打了电话去。就在今天晚上这一两个钟头内，她的声音倒在这熟悉的穿堂里出现了两次，在灯光下仿佛音容笑貌就在咫尺间。他为什么不能也打一个去？老朋友了，这些年不见，本来应当的。她起初未必知道这是他家，等叔惠刚才打了去，总告诉她了，他不打去倒是他缺礼，仿佛怪她不应当打到他家里来似的。过去的事已经过去了，不能一开口就像对质似的，而且根本不必提了。也不是年轻人了，还不放洒脱点？随便谈两句，好在跟曼桢总是不愁没话可说的。难得今天一个人在家，免得翠芝又要旁听。专门听他跟别人说话，跟她自己说倒又不爱听。但是正唯其这样，因为觉得是个好机会，倒仿佛有点可耻。

正踌躇间，却听见李妈叫道："咦，少爷下来了！在下边开饭吧？我正要送上楼去。少奶奶叫把汤热给你吃，还有两样吃粥的菜。"两个孩子便嚷道："我也吃粥！爸爸来吃饭！"世钧把号码抄了下来，便走进去跟他们一桌吃，听他们夹七夹八讲今天的电影给他听。饭后他坐在楼下看晚报。这时候好些了，倒又懊悔刚才没撑着跟叔惠一块出去。大概因为没有打电话给曼桢，所以特别觉得寂寞，很盼望他们早点回来。这回叔惠来了，始终没有畅谈过，今天可以谈到夜深。孩子们都去睡了，看看钟倒已经快十点了，想必他们总是吃了饭又到别处去坐坐。翠芝前两天曾经提起哪家夜总会的表演听说精采。

等来等去还不来，李妈倒报说大少奶奶来了。现在小健在上海进大学，大少奶奶不放心他一个人在上海，所以也搬了来住，但是她因为和翠芝不睦，跟世钧这边也很少往来。自从小健那回在这儿给狗咬了，大少奶奶更加生气。

但是世钧一听见说他嫂嫂来了，猜想她的来意，或者还是为了小健。小健这孩子，听说很不长进，在学校里功课一塌糊涂，成天在外面游荡。当然这也要怪大少奶奶过于溺爱不明，造成他这种性格。前一向他还到世钧这里来借钱的，打扮得像个阿飞。借钱的事情他母亲大概是不知道，现在也许被她发觉了，她今天晚上来，也许就是还钱来的。但是世钧并没有猜着。大少奶奶是因为今天有人请客，在一个馆子里吃饭，刚巧碰见了翠芝。请客是在楼上房间里，翠芝和叔惠在楼下的火车座里。大少奶奶就从他们面前走过，看见翠芝在那儿擦眼泪。大少奶奶是认识叔惠的，叔惠却不认识她了，因为隔了这些年，她见老了，而且现在完全换了一副老太太的打扮。翠芝也没看见她，大概全神都搁在叔惠身上，两人可并没有说话。大少奶奶就也没跟他们招呼，径自上楼赴宴。席散后再下楼来，他们已经不在那里了。大少奶奶回去，越想越觉得不对，因此连夜赶到世钧这里来察看动静。她觉得这事情关系重大，不能因为她是翠芝的娘家人便代为隐瞒，所以她自以为是抱着一种大义灭亲的心理，而并不是幸灾乐祸。一问翠芝还没回来，更心里有数，因笑道："怎么丢你一个人在家呀？"世钧告诉她有点不舒服，泻肚子，所以没去。

叔嫂二人互相问候，又谈起小健。世钧听她的口气，仿佛对小健在外面荒唐的行径并不知情，他觉得他应当告诉她，要不然，说起来他也有不是，怎么背地里借钱给小健。但是跟她说这话倒很不容易措辞，一个不好，就像是向她讨债似的。而且大少奶奶向来护短，她口中的小健永远是一个出类拔萃的好青年，别人说他不好，这话简直说不出口。大少奶奶见世钧几次吞吞吐吐，又没有说出个所以然来，就越发想着他是有什么难以出口的隐情。她是翠芝娘家的表姊，他一定是要在她娘家人面前数说她的罪状。大少奶奶便道："你可是有什么话要说？你尽管告诉我不要紧。"世钧笑道："不是，也没什么——"他还没往下说，大少奶奶便接上去说道："是为翠芝是吧？翠芝也是不好，太不顾你的面子了，跟一个男人在外头吃饭，淌眼抹泪的——要不然我也不多这个嘴了，翠芝那样子实在是不对，给我看见不要紧，给别人看见算什么呢？"世钧倒一时摸不着头脑，半响方道："你是说今天哪？她今天是陪叔惠出去的。"大少奶奶淡淡的道："是的，我认识，从前不是常到南京来，住在我们家的？他可不认识我了。"世钧道："他刚回国，昨天刚到。本来我们约好了一块出去玩的，刚巧我今天不大舒服，所以只好翠芝陪着他去。"大少奶奶道："出去玩不要紧哪，冲着人家淌眼泪，算哪一出？"世钧道："那一定是你看错了，嫂嫂，不会有这事。叔惠是我最好的朋友，翠芝虽然脾气倔一点，要说有什么别的，那她也还不至于！"说着笑了。大少奶奶道："那顶好了！只要你相信她就是了！"

世钧见她颇有点气愤愤的样子，他本来还想告诉她关于小健在外面胡闹的事。现在当然不便启齿了。她才说了翠芝的坏话，他就说小健的坏话，倒成了一种反击，她听见了岂不更气上加气？所以他也就不提了，另外找出些话来和她闲谈。大少奶奶始终怒气未消，没坐一会就走了。她走后，世钧倒慨叹了一番，心里想像她这样"唯恐天下不乱"的人，实在是心理不大正常。她也是因为青年守寡，说起来也是个旧礼教下的牺牲者。

过了十一点，翠芝一个人回来了。世钧道："叔惠呢？"翠芝道："他回家去了，说他跟他们老太太说好的。"世钧很是失望，问知他们是去看跳舞的，到好几处去坐了坐。翠芝听见说他一直在楼下等着他们，也觉得不过意，便道："你还是去躺下吧。"世钧道："我好了，明天可以照常出去了。"翠芝道："那你明天要起早，更该多休息休息了。"世钧道："我今天睡了一天了，老躺着也闷得慌。"她听见说大少奶奶来过，问"有什么事？"世钧没有告诉她，她们的嫌隙已经够深的。说她哭是个笑话，但是她听见了只会生气。她非但没有泪容，并没有不愉快的神气。

她催他上楼去躺着，而且特别体贴入微，因为他说闷得慌，就从亭子间拿了本书来给他看。她端着杯茶走进房来，便把那本书向他床上一抛。这一抛，书里夹着的一张信笺便飘落在地下。世钧一眼看见了，就连忙踏着拖鞋下床去拾，但是翠芝一周到，已经弯腰替他捡了起来，拿在手里不经意地看了看。世钧道："你拿来给我——没什么可看的。"说着便伸手来夺。翠芝却不肯撒手了，一面看着，脸上渐渐露出诧异的神气，笑道："呦！还是封情书哪！这是怎么回事？是谁写给你的？"世钧道："这还是好些年前的事。拿来给我！"

翠芝偏擎得高高的，一个字一个字念出来道："'你这次走得这样匆忙，冬天的衣服一定没带去吧？我想你对这些事情向来马马虎虎，冷了也不会想到加衣裳的。我也不知怎么老是惦记着这些——'"她读到这里，不由得格格的笑了起来。世钧道："你还我。"她又捏着喉咙，尖声尖气学着流行的话剧腔往下念："'随便看见什么，或是听见人家说一句什么话，完全不相干的，我脑子里会马上转几个弯,立刻就想到你。'"她向世钧笑道:"嗳哟,看不出你倒还有这么大的本事,叫人家这样着迷,啊!"说着又往下念:"'昨天我到叔惠家里去了一趟,我也知道他不会在家的,我就是想去看看他的父亲母亲,因为你一直跟他们住在一起的——'"她"哦"了一声,向世钧道:"我知道,就是你们那个顾小姐,穿着个破羊皮大衣到南京来的。还说是叔惠的女朋友,我就不相信。"世钧道:"为什么?不够漂亮?不够时髦?"翠芝笑道:"呦!侮辱了你的心上人了?看你气得这样!"她又打着话剧腔娇声娇气念道:"'世钧!我要你知道,这世界上有一个人是永远等着你的,不管是什么时候,不管在什么地方,反正你知道,总有这么个人。'——嗳呀,她还在那儿等着你吗?"

世钧实在忍不住了,动手来跟她抢,粗声道:"你给我!"翠芝偏不给他,两人挣扎起来,世钧差点没打她。翠芝突然叫了声"嗳哟",便掣回手去,气烘烘地红着脸道:"好,你拿去拿去!谁要看你这种肉麻的信!"一面说一面挺着胸脯子往外走。

世钧把那绉成一团的信纸一把抓在手里,团得更紧些,一塞塞在口袋里。他到现在还气得打战。他把衣裳穿上,就走下楼来。翠芝在楼下,坐在沙发上用一种大白珠子编织皮包,见他往外走,便淡淡的道:"咦,你这时候还出去?上哪儿去?"听那声口是不预备再吵下去了,但是世钧还是一言不发的走了出去。

出了大门,门前的街道黑沉沉的,穿过两条马路,电灯霓虹灯方才渐渐繁多起来。世钧走进一爿药房去打电话,他不知道曼桢的住址,只有一个电话号码。打过去,是一个男人来听电话,听见说找顾小姐,便道:"你等一等。"一等等了半天。世钧猜想着一定是曼桢家里没有电话,借用隔壁的电话,这地方闹哄哄的,或者也是一爿店家，又听见小孩的哭声。他忽然想起自己家里那两个小孩，刚才那种不顾一切的决心就又起了动摇。明知道不会有什么结果的，那又何必呢？这时候平白的又把她牵涉到他的家庭纠纷里去，岂不是更对不起她？电话里面可以听见那边的汽车喇叭声，朦胧的远远的两声"波波"，听上去有一种如梦之感。

他懊悔打这个电话，想要挂断了，但是忽然有一个女人的声音在那边说起话来。所说的却是"喂，去喊去了，你等一等啊！"他想叫他们不要喊去，当然也来不及了。他悄然把电话挂上了，只好叫曼桢白跑一趟吧。

他从药房里出来，在街上走着。将近午夜，人行道上没什么人。他大概因为今天躺了一天，人有点虚飘飘的，走多了路就觉得疲倦，但是一时也不想回家。刚才不该让曼桢白走那一趟路，现在他来赔还她吧。新秋的风吹到脸上，特别感到那股子凉意，久违了的，像盲人的手指在他脸上摸着，想知道他是不是变了，老了多少。他从来不想到她也会变的。

刚才他出来的时候，家里那个李妈留了个神，本来李妈先给翠芝等门，等到翠芝回来了，她已经去睡了，仿佛听见嚷闹的声音，还没听真，又听见高跟鞋格登格登跑下楼来，分明是吵了架。李妈岂肯错过，因在厨房门口找了点不急之务做着，随即看见世钧衣冠齐整的下楼，像要出去似的，更觉得奇怪。他今天一天也没好好的穿衣服，这时候换上衣服到哪儿去？再听见翠芝问他上哪儿去，他理也不理，这更是从来没有过的事。李妈却心里雪亮，还不是为了大少奶奶今天到这儿来说的那些话——李妈全听见了。李妈虽然做起事来有点老迈龙钟，听壁脚的本领却不输于任何人。大少奶奶说少奶奶跟许先生好，少爷虽然不相信，还替少奶奶辩护，他也许是爱面子，当时只好这样，所以等客人走了，少奶奶回来了，就另外找碴子跟她呕气，这种事情也是有的。李妈忍不住，就去探翠芝的口气，翠芝果然什么都不知道，就只晓得大少奶奶今天来过的。李妈便把大少奶奶的话和盘托出，都告诉了她。

世钧回来了，翠芝已经上床了，坐在床上织珠子皮包，脸色很冷淡。他一面解领带，便缓缓说道："你不用胡思乱想的，我们中间并没有什么第三者。而且已经是这么些年前的事了。"翠芝马上很敌意的问道："你说什么？什么第三者？这话是什么意思？"世钧沉默了一会，方道："我是说那封信。"翠芝向他看了一眼，微笑道："哦，那封信！我早忘了那回事了。"听她那口吻，仿佛觉得他这人太无聊了，十几年前的一封情书，还拿它当桩了不起的事，老挂在嘴上说着。世钧也就光说了一声，"那顶好了。"

他想明天看见叔惠的时候打听打听，还有没有机会到美国去深造。蹉跎了这些年，当然今非昔比了。叔惠自己还回不回美国也要看情形，预备先到北边去一趟，到了北边也可以托他代为留心，能在北方找个事，换换环境也好，可以跟翠芝分开一个时期，不过这一层暂时不打算告诉叔惠。偏偏叔惠一连几天都没来，也没打电话来。世钧渐渐有点疑心起来，难道是翠芝那天得罪了他。这两天闹别扭，连这话都不愿意问她。结果还是自己打了个电话去，叔惠满口子嚷忙，特别忙的原因是改变主张，日内就动身北上，有机会还想到东北去一趟。匆匆的也没来得及多谈，就约了星期五来吃晚饭。

那天下午，世钧却又想着，当着翠芝说话不便，不如早一点到叔惠那里去一趟，邀他出去坐坐，再和他一同回来。打电话去又没打着，他是很少在家的，只好直接从办公室到他那儿去碰碰看。他妹夫家是跑马厅背后的衖堂房子,交通便利,房子却相当老,小院子上面满架子碧绿的爬山虎,映着窗前一幅蓝绿色的新竹帘子,分外鲜明。细雨后,水门汀湿漉漉的,有个女人蹲在这边后门口扇风炉,看得见火舌头。世钧看着门牌数过来,向一家人家的厨房门口问了声:"许先生在家么?"灶下的女佣便哇啦一声喊:"少奶!找舅少爷!"

叔惠的妹妹抱着孩子走来,笑着往里让,走在他前面老远,在一间厢房门口站住了,悄悄的往里叫了声:"妈,沈先生来了。"看她那神气有点鬼头鬼脑,他这才想起来她刚才的笑容有点浮,就像是心神不定,想必今天来得不是时候,因道:"叔惠要是不在家,我过天再来看伯母。"里面许太太倒已经站了起来,笑脸相迎。她女儿把世钧让到房门口,一眼看见里面还有个女客,这种厢房特别狭长,光线奇暗,又还没到上灯时分,先没看出来是曼桢,就已经听见轰的一声,是几丈外另一个躯壳里的血潮澎湃,仿佛有一种音波扑到人身上来,也不知道还是他自己本能的激动。不过房间里的人眼睛习惯于黑暗,不像他刚从外面进来,她大概是先看见了他,而且又听见说"沈先生来了"。

他们这里还是中国旧式的门槛,有半尺多高,提起脚来跨进去,一脚先,一脚后,相当沉重,没听见许太太说什么,倒听见曼桢笑着说:"咦,世钧也来了!"声调轻快得异样。大家都音调特别高,但是声音不大,像远处清脆的笑语,在耳边营营的,不知道说些什么,要等说过之后有一会才听明白了。许太太是在说:"今天都来了,叔惠倒又出去了。"曼桢道:"是我不好,约了四点钟,刚巧今天忙,耽搁到这时候才来,他等不及先走了。"

许太太态度很自然,不过话比平时多,不等寂静下来就忙着去填满那空档。先解释叔惠这一向为什么忙得这样，又说起叔惠的妹妹，从前世钧给她补算术的时候才多大？现在都有了孩子了。又问曼桢还是哪年看见她的。算来算去，就不问她跟世钧多少年没见了。叔惠今天到他家去吃饭的事，许太太想必知道，但是绝口不提。世钧的家当然是最忌讳的。因又说起裕舫。谈了一会，曼桢说要走了，世钧便道："我也得走了，改天再来看伯母。"到了后门口，叔惠的妹妹又还赶出来相送。她在少女时代就知道他们是一对恋人，现在又看见他们双双的走了。

重逢的情景他想过多少回了，等到真发生了，跟想的完全不一样，说不上来的不是味儿，心里老是恍恍惚惚的，走到衖堂里，天地全非，又小又远，像倒看望远镜一样。使他诧异的是外面天色还很亮。她憔悴多了，幸而她那种微方的脸型，再瘦些也不会怎么走样。也幸而她不是跟从前一模一样，要不然一定是梦中相见，不是真的。曼桢笑道："真是——多少年不见了？"世钧道："我都不知道你在上海。"曼桢道："我本来也当你在南京。"说的话全被四周奇异的寂静吞了下去，两人也就沉默下来了。

一路走着，倒已经到了大街上，他没有问她上哪儿去，但是也没有约她去吃饭。两人坐一辆三轮车似乎太触目，无论什么都怕打断了情调，她会说要回去了。于是就这么走着，走着，倒看见前面有个霓虹灯招牌，是个馆子。世钧便道："一块吃饭去，好多谈一会。"曼桢果然笑道："我得回去了，还有点事。你过天跟叔惠来玩。"世钧道："进去坐会儿，不一定要吃饭。"她没说什么。还有好一截子路，等走到那里也就一同进去了。里面地方不大，闹哄哄的，正是上座的时候。世钧见了，忽然想起来叔惠到他家去吃饭，想必已经来了。找了个火车座坐下，点了菜之后，便道：

"我去打个电话就来。"又笑着加上一句,"你可别走,我看得见的。"电话就装在店堂后首,要不然他还真有点不放心,宁可不打。他拨了号码,在昏黄的灯下远远的望着曼桢,听见翠芝的声音,恍如隔世。橱窗里望出去只看见一片苍茫的马路,沙沙的汽车声来往得更勤了。大玻璃窗上装着霓虹灯青莲色的光管,背面看不出是什么字,甚至于不知道是哪一国的文字,也不知道身在何方。

他口中说道:"叔惠来了没有?我不能回来吃饭了,你们先吃,你留他多坐一会,我吃完饭就回来。"他从来没有做过这样拆烂污的事,约了人家来,自己临时又不回来。过天他可以对叔惠解释的,但是他预料翠芝一听就要炸了。他不预备跟她争论,打算就挂断了,免得万一让曼桢听见。她倒也没说什么,也没问他现在在哪儿,在那儿忙些什么,倒像是有一种预感似的。

世钧挂上了电话,看见旁边有板壁隔出来的房间,便走过来向曼桢道:"我们进去坐,外边太乱。"茶房在旁边听见了,便替他们把茶壶茶杯碗筷都搬进去,放下了白布门帘。曼桢进去一看,里面一张圆桌面,就摆得满坑满谷,此外就是屋角一只衣帽架。曼桢把大衣脱了挂上。从前有一个时期他天天从厂里送她回家去,她家里人知趣,都不进房来,她一脱大衣他就吻她。现在呢?她也想起来了?她不会不记得的。他想随便说句话也就岔过去了,偏什么都想不起来。希望她说句话,可是她也没说什么。两人就这么站着,对看着。也许她也要他吻她。但是吻了又怎么样?前几天想来想去还是不去找她,现在不也还是一样的情形?所谓"铁打的事实",就像"铁案如山"。他眼睛里一阵刺痛,是有眼泪,喉咙也堵住了。他不由自主地盯着她看。她的嘴唇在颤抖。

曼桢道:"世钧。"她的声音也在颤抖。世钧没作声,等着她说下去，自己根本哽住了没法开口。曼桢半晌方道："世钧，我们回不去了。"他知道这是真话，听见了也还是一样震动。她的头已经在他肩膀上。他抱着她。

她终于往后让了让，好看得见他，看了一会又吻他的脸，吻他耳朵底下那点暖意，再退后望着他，又半晌方道："世钧，你幸福吗？"世钧想道："怎么叫幸福？这要看怎么解释。她不应当问的。又不能像对普通朋友那样说'马马虎虎。'"满腹辛酸为什么不能对她说？是绅士派，不能提另一个女人的短处？是男子气，不肯认错？还是护短，护着翠芝？也许爱不是热情，也不是怀念，不过是岁月，年深月久成了生活的一部份。这么想着，已是默然了一会，再不开口，这沉默也就成为一种答覆了，因道："我只要你幸福。"

话一出口他立刻觉得说错了，等于刚才以沉默为答覆。他在绝望中搂得她更紧，她也更百般依恋，一只手不住地摸着他的脸。他把她的手拿下来吻着，忽然看见她手上有很深的一道疤痕，这是从前没有的，因带笑问道："咦，你这是怎么的？"他不明白她为什么忽然脸色冷淡了下来，没有马上回答，她低下头去看了看她那只手。是玻璃划伤的。就是那天在祝家，她大声叫喊着没有人应，急得把玻璃窗砸碎了，所以把手割破了。那时候一直想着有朝一日见到世钧，要怎么样告诉他，也曾经屡次在梦中告诉他过。做到那样的梦，每回都是哭醒了的。现在真在那儿讲给他听了，却是用最平淡的口吻，因为已经是那么些年前的事了。

这时候因为怕茶房进来，已经坐了下来。世钧越听越奇怪，脸上一点表情都没有，只是很苍白。出了这种事，他竟懵然。最气人的是自己完全无能为力，现在就是粉身碎骨也冲不进去，没法把她救出来。曼桢始终不朝他看着，仿佛看见了他就说不下去似的。讲到从祝家逃出来，结果还是嫁给鸿才了，她越说越快。跟着就说起离婚，费了无数周折，孩子总算是判给她抚养了。她是借了许多债来打官司的。

世钧道："那你现在怎么样？钱够用吗？"曼桢道："现在好了，债也还清了。"世钧道："这人现在在哪儿？"曼桢道："还提他干什么？事情已经过去了。后来也是我自己不好，怎么那么糊涂，我真懊悔，一想起那时候的事就恨。"当然她是指嫁给鸿才的事。世钧知道她当时一定是听见他结婚的消息，所以起了自暴自弃之念，因道："我想你那时间也是……也是因为我实在叫你灰心。"曼桢突然别过头去。她一定是掉下眼泪来了。

世钧一时也无话可说，隔了一会方低声道："我那时候去找你姊姊的，她把你的戒指还了我，告诉我说你跟豫瑾结婚了。"曼桢吃了一惊，道："哦，她这么说的？"世钧便把他那方面的事讲给她听，起初她母亲说她在祝家养病，他去看她，他们却说她不在那儿，他以为她是不见他。回到南京后写信给她，一直没有回音，后来再去找她，已经全家都离开上海了。再找她姊姊，就听见她结婚的消息。当时实在是没有想到她自己姊姊会这样，而且刚巧从别方面听见说，豫瑾新近到上海来结婚。曼桢道："他是那时候结婚的。"世钧道："他现在在哪儿？"曼桢道："在内地。抗战那时候他在乡下让日本人逮了去，他太太也死在日本人手里。他后来总算放出来了，就跑到重庆去了。"世钧惨然了一会，因道："他还好？有信没有？"曼桢道："也是前两年，有个亲戚在贵阳碰见他，才有信来，还帮我想法子还债。"

凭豫瑾对她的情分，帮助她还债本来是理所当然的。世钧顿了顿,结果还是忍不住,仿佛顺口问了声:"他有没有再结婚?"曼桢道:"没有吧?"因向他笑了笑,道:"我们都是寂寞惯了的人。"世钧顿时惭愧起来,仿佛有豫瑾在那里,他就可以卸责似的。他其实是恨不得破坏一切,来补偿曼桢的遭遇。他在桌子上握着她的手,默然片刻,方微笑道:"好在现在见着你了,别的什么都好办。我下了决心了,没有不可挽回的事。你让我去想办法。"曼桢不等他说完,已经像受不了痛苦似的,低声叫道:"你别说这话行不行?今天能见这一面,已经是……心里不知多痛快!"说着已是两行眼泪直流下来,低下头去抬起手背揩拭。

她一直知道的。是她说的,他们回不去了。他现在才明白为什么今天老是那么迷惘,他是跟时间在挣扎。从前最后一次见面,至少是突如其来的,没有诀别。今天从这里走出去,却是永别了,清清楚楚,就跟死了的一样。

他们这壁厢生离死别,那头他家里也正难舍难分,自从翠芝挂上了电话,去告诉叔惠说世钧不回来吃饭,房间里的空气就透着几分不自然。翠芝见甚话说,便出去吩咐开饭。两个孩子已经吃过了。偏那李妈一留神,也不进来伺候添饭,连陶妈也影踪全无,老妈子们再笨些,有些事是不消嘱咐的。叔惠是在别处吃得半醉了来的,也许是出于自卫,怕跟他们夫妇俩吃这顿饭。现在就只剩下一个翠芝,也只有更僵。

在饭桌上,两人都找了些闲话来讲,但是老感到没话说。翠芝在一度沉默之后,便淡淡的说道:"我知道,你怕我又跟你说那些话。"他本来是跟她生气,那天出去吃饭,她那样尽情发泄。她当然也知道事到如今,他们之间唯一的可能是发生关系。以他跟世钧的交情,这又是办不到的,所以她仿佛有恃无恐似的。女人向来是这样，就光喜欢说。男人是不大要"谈"恋爱的，除了年纪实在轻的时候。

他生气，也是因为那诱惑太强了。几天不见，又想回来了，觉得对她不起。他微醺地望着她，忽然站起来走过来，怜惜地微笑着摸了摸她的头发。翠芝坐着一动也不动，脸上没有表情，眼睛向前望着，也不朝他看，但是仍旧凄然，而又很柔驯的神气。叔惠只管顺着她头发抚摸着，含笑望着她半晌，忽道："其实仪娃跟你的脾气有点像，不过她差远了，也不知道是我自己的年纪关系，心境不同了。"便讲起他的结婚经过。其实他当时的心理说来可笑——当然他也不会说——多少有点赌气。翠芝的母亲从前对他那样，虽然不过匆匆一面，而且事隔多年，又远隔重洋，明知石太太也不会听见，毕竟出了口气。他不说，翠芝也可以想像——比她阔，比她出风头的小姐。

仪娃怕生孩子，老是怕会有，就为这个不知道闹过多少回。他虽然收入不错，在美国生活程度高，当然不够她用的。她自己的钱不让她花，是逼着她吃苦。用她的钱，日子久了又不免叫她看不起，至少下意识地。吵架是都为了节育，她在这件事上太神经质，结果他烦不胜烦，赌气不理她了，又被她抓住了错处，闹着要离婚。离就离——他不答应，难道是要她出赡养费？

所谓抓住了错处，当然是有别的女人。他没提。本来在战时美国，这太普遍了。他结婚很晚，以前当然也有过艳遇，不过生平也还是对翠芝最有知己之感，也憧憬得最久。这时候灯下相对，晚风吹着米黄色厚呢窗帘，像个女人的裙子在风中鼓荡着，亭亭地，姗姗地，像要进来又没进来。窗外的夜色漆黑。那幅长裙老在半空中徘徊着，仿佛随时就要走了，而过门不入，两人看着都若有所失，有此生虚度之感。

　　翠芝忽然微笑道："我想你不久就会再结婚的。"叔惠笑道："哦？"翠芝笑道："你将来的太太一定年轻、漂亮——"叔惠听她语气未尽，便替她续下去道："有钱。"两人都笑了。叔惠笑道："你觉得这是个恶性循环，是不是？"因又解释道："我是说，我给你害的，仿佛这辈子只好吃这碗饭了，除非真是老得没人要。"在一片笑声中，翠芝却感到一丝凄凉的胜利与满足。

　　* 初载一九五〇年四月二十五日至一九五一年二月十一日《亦报》，题《十八春》，一九五一年十一月上海亦报社出版单行本；经作者改写后，以《惘然记》为题连载于一九六七年二月至七月《皇冠》月刊，一九六九年七月皇冠出版社出版单行本，改名《半生缘》。

著作权合同登记号　图字：01-2018-4226

本书由皇冠文化集团授权，仅限于中国大陆地区发行，不得销售至港、澳及任何海外地区。

图书在版编目（CIP）数据

半生缘／张爱玲著．—北京：北京十月文艺出版社，2019.3（2025.7重印）
（张爱玲全集）
ISBN 978-7-5302-1864-8

Ⅰ.①半… Ⅱ.①张… Ⅲ.①长篇小说—中国—现代 Ⅳ.①I246.5

中国版本图书馆CIP数据核字（2018）第184483号

半生缘
BANSHENGYUAN
张爱玲 著

出　　版	北京出版集团公司
	北京十月文艺出版社
地　　址	北京北三环中路6号
邮　　编	100120
网　　址	www.bph.com.cn
发　　行	新经典发行有限公司
	电话 (010)68423599
经　　销	新华书店
印　　刷	河北鹏润印刷有限公司
版　　次	2019年3月第1版
印　　次	2025年7月第31次印刷
开　　本	850毫米×1168毫米　1/32
印　　张	11
字　　数	220千字
书　　号	ISBN 978-7-5302-1864-8
定　　价	55.00元

质量监督电话　010-58572393
如有印装质量问题，由本社负责调换。

版权所有，未经书面许可，不得转载、复制、翻印，违者必究。